《诗探索》编辑委员会在工作中始终坚持：

　　发现和推出诗歌写作和理论研究的新人。

　　培养创作和研究兼备的复合型诗歌人才。

　　坚持高品位和探索性。

　　不断扩展《诗探索》的有效读者群。

　　办好理论研究和创作研究的诗歌研讨会和有特色的诗歌奖项。

　　为中国新诗的发展做出贡献。

诗探索 ⑤

POETRY EXPLORATION

理论卷

主编 / 吴思敬

2017年 第1辑

作家出版社

主　管：中国当代文学研究会

主　办：首都师范大学中国诗歌研究中心

　　　　北京大学中国诗歌研究院

《诗探索》编辑委员会

主　任：谢　冕　杨匡汉　吴思敬

委　员：王光明　刘士杰　刘福春　吴思敬　张桃洲　苏历铭

　　　　杨匡汉　陈旭光　邹　进　林　莽　谢　冕

《诗探索》出品人：北京人天书店有限公司

社　长：邹　进

《诗探索·理论卷》主编：吴思敬

通信地址：北京市西三环北路 83 号首都师范大学

　　　　　　中国诗歌研究中心《诗探索·理论卷》编辑部

邮政编码：100089

电子信箱：poetry_ cn@ 163. com

特约编辑：王士强

《诗探索·作品卷》主编：林　莽

通信地址：北京市丰台区晓月中路 15 号

　　　　　　《诗探索·作品卷》编辑部

邮政编码：100165

电子信箱：stshygj@ 126. com

目 录

诗学研究

截句断议

向以鲜

李小龙写过诗没有，并不重要。在我眼中，李小龙的确是一个用速度、力量和怪叫写作的另类诗人，而且是一个化繁为简、技进乎道的大诗人。根据蒋一谈的相关回忆与记载[1]，正是在李小龙所创造的简捷犀利的截拳道的启示下，蒋氏想到了令他兴奋的一个词。不，是一种文体，至少他希望成为一种文体：截句——"简洁、直接和非传统性"。之后，蒋氏认为他命名的截句，应该有一个更大的传统来做支撑，应该"源自古典"——这看起来似乎和他所强调的"非传统性"有点儿互相抵触的味道，但只要仔细想一想，就可以明白蒋氏的苦衷和用心。对古代诗歌史略有了解的人都知道，"截句"之称，古已有之。虽然那时的截句（绝句）和蒋氏所谓的截句，从内容到形式并不完全相同，但二者之间的关系，却又无法彻底撇清，与其两难，不如两合。

截句最初出现时，是一种及物行为，而不是一个名词，更不是一种诗歌样式。比如《宋史》（选举志二）中记载："学校、场屋，并禁断章截句，破坏义理，及《春秋经》越年牵合。"这儿的"截句"，与断章同义，即对经典作品顾头不顾尾或顾尾不顾头的粗暴阅读与引用行为。而作为一种文体的命名，青年诗论家胡亮考证说：截句命名最早见于元朝。元人诗学著作《诗法源流》[2]中就说："绝句，截句也。"并具体说明怎么个截法：后两句对者，截律诗前半首；前两句对者，截律诗后半首；四句皆对者，截中间四句；四句皆不对者，截前后四句。很明显，

---

[1] 蒋一谈：《截句》，新星出版社2015年版。

[2] 苏州市图书馆现藏有《傅与砺诗法》四卷，题元任邱宋应祥伯祯点校、弟傅若川编，为嘉靖年间熊奎、方九叙重刊本（原洪武二十一年刊本已佚）。全书包括：卷一《诗法源流》《文法》；卷二《诗法》《诗宗正法》《诗宗正法眼藏》；卷三《诗法家数》；卷四选录汉魏晋诗。据卷一《文法》后傅若川跋文，卷一《诗法源流》《文法》，为傅与砺述范德机（亨父）意而作。范氏尚著有《诗学禁脔》，有四库全书本存世。

此处之截句，即截取律诗四句之意。

上面元人的解释，仅针对唐代或之后成熟的律绝而言，大体上是可以的。但从诗学史的角度来看，绝句的出现与形成历史，则要比律诗古老一些。绝句最初出现时，常常叫断句。《南史·刘昶传》记载刘昶奔魏时，"在道慷慨为断句"①；同书《檀超传》还记载宋明帝（刘彧）说吴迈远"连绝之外，无所复有"。此处之"断"与"连"，指的是当时一种诗坛流行做派：诗人们在一起，互相以诗庚酬，每人四句即止（断句），应者同韵连续之，仍为四句，故连句又称联句，连绵不绝之意也（类似于日本的和歌）。《文心雕龙·明诗》总结说："联句共韵，则柏梁余制。"但此时的断句或绝句，除了"共韵"之外，并无平仄方面的要求，相对后来的唐绝来说，还是相当自由的。

在清代各种笔记杂记中，也有大量的关于"截句"的说法，实亦绝句之别称。金埴《巾箱说》："予过岸堂（渔洋先生书额东塘即以为号），索观《桃花扇》本，至'香君寄扇'一折，借血点作桃花，红雨著于便面，真千古新奇之事，所谓'全秉巧心，独抒妙手'，关、马能不下拜耶。予一读一击节，东塘亦自让自击节。当是时也，不觉秋爽侵人，坠叶响于庭阶矣。忆洪君昉思谱《长生殿》成，以本示予，与予每醉辄歌之。今两家并盛行矣，因题二截句于《桃花扇》后云：'潭水深深柳乍垂，香君楼上好风吹。不知京兆当年笔，曾染桃花向画眉。''两家乐府盛康熙，进御均叨天子知。纵使元人多院本，勾栏争唱孔洪词。'"龚自珍《龚自珍集》卷八《破戒草之余》亦有："梦中作四截句（十月十三夜也）：抛却湖山一笛秋，人间无地署无愁。忽闻海水茫茫绿，自拜南东小子侯。"黄子云《野鸿诗的》（道光刊昭代丛书本）中有一段话值得注意："明年于新安道上，方悟少陵七绝实从《三百篇》来，高驾王、李诸公多矣。因作《江行漫兴》，于截句中有云：'野烧燃来风作意，沙鸥飞起水无纹。'又：'短鬓寒灯孤照影，江山千里为谁来。'又：'黄山脱有青精饭，身世商量归不归。'及《还家后题壁》云：'诗句不忘前代体，酒缸无恙旧家风。'颇亦以为有获。然仅可与知者道也。"黄子云此处所说的"截句"，就形式来说，还是绝句，但他更强调所举双句的独立性，这和蒋氏所谈的截句，可能意义更为接近一些。

"截句"之"截"，除"截取"之外，还有一义，可能是更为重要之一义：截断。汉代刘熙《释名》卷四："断，段也，分为异段也。绝，

---

① 唐朝李延寿《南史》卷一四（列传第四）。

截也，如割截也。"此时，一种无形的刀锋闪现出来。宋人徐照《芳兰轩集》中有《题江心寺》一诗："两寺今为一，僧多外国人。流来天际水，截断世间尘。鸦宿腥林径，龙归损塔轮。却疑成片石，曾坐谢公身。"诗中之"截断"，正用其义：截断，是一种力量，且是一种大无畏的力量；截断，是一种智慧，且是一种义无反顾的觉悟与决断。东汉安世高译《宝积三昧文殊师利菩萨》中有："文殊言：诸法无有恐惧者，若金刚。佛问。何谓金刚。答言无能截断者，以故名曰金刚。"这倒让我想起禅宗公案中的很多截断故事。比如宋代蜀中著名禅师圜悟克勤在其《碧岩录》第五则中，载录了北宋遂宁禅师雪窦重显的一条垂示："大凡扶竖宗教，须是英灵底汉；有杀人不眨睛的手脚，方可立地成佛。所以照用同时，卷舒齐唱，理事不二，权实并行。放过一着，建立第二义门，直下截断葛藤，后学初机难为凑泊。昨日怎么，事不获已，今日又怎么，罪过弥天。若是明眼汉，一点谩他不得。其或未然，虎口里横身，不免丧身失命。"好一句"直下截断葛藤"！重显例举唐代禅僧雪峰义存公案："尽大地撮来如粟米粒大，抛向面前，漆桶不会，打鼓普请看。"重显宅心仁厚，怕人们不明白其意，还写了一则颂词："牛头没，马头回，曹溪镜里绝尘埃。打鼓看来君不见，百花春至为谁开？"对于这则颂词，圜悟克勤做了一番解释，并再次提及"截断"的重要性："雪窦自然见他古人，只消去他命脉上一札，与他颂出，牛头没马头回。且道说个什么？见得透底，如早朝吃粥，斋时吃饭相似，只是寻常。雪窦慈悲，当头一锤击碎。一句截断，只是不妨孤峻，如击石火，似闪电光，不露锋芒，无尔凑泊处。且道向意根下摸索得么？此两句一时道尽了也。"①

　　说得真好，这几乎是我目前所见到的，对于"截句"所做出的最好的描述了："一句截断，只是不妨孤峻，如击石火，似闪电光，不露锋芒，无尔凑泊处。"

　　蒋一谈所倡导的截句特征，他自己也做了不少总结，其中有些是较为模糊的，比如偏爱口语或冷抒情等。尤其是关于口语的问题，我在这儿要多说两句。口语与书面语或雅语之间，本无严格的界限。首先，从语言史或词汇史的角度来看，并不存在真正意义上的口语与书面语之分——所有的书面语都来源于口语；反过来，几乎所有的口语，都有书面语的根源。其次，在人类历史早期，口语大于、多于书面语；随着时间的推移，由于书面语的记忆、传承与叠加，书面语就越来越丰富繁杂，

———————————

① 宋朝圜悟克勤著、尚之煜校注《碧岩录》，中州古籍出版社 2011 年版，第 29 页、32 页、33 页。

书面语渐渐大于、多于口语。口语诗的本质是用最具表现力的、充满生活气息的语言（包括方言），剔除一切伪饰与矫情，返回诗歌和内心深处，从而达成天籁之音。一国一族的诗人及其诗歌作品，应该成为其母语的发动机和心脏，他们肩负着不断拓展、丰富、创造其语言文化空间的重任！只要想一想：但丁、歌德、维吉尔、莎士比亚、屈原、李白、杜甫、苏东坡，他们为自己的祖国和民族，贡献了多少鲜活的甚至取之不尽的语言财富！我们今天的诗人可还有值得骄傲的资本？如果我们的诗歌写作，仅就单字量和词汇量而言，局限于纯粹出于简单交流沟通之需的、屈指可数的日常口语或口水话范围之内（其单字量不超过一千个），我们的汉语诗歌，必将日益瘦弱、枯萎，甚至死掉！

蒋一谈所倡导的截句，有两点是他一直强调的，并且也是清晰明白的：一是截句没有标题，二是截句不能多于四行。开宗明义地打出自己的主张，是好事。但问题是，具备这两个特征的诗歌写作行为，是否为截句所独有？在唐代及之后的律绝中，就有大量的无标题作品，至少有两种情况可视为无标题：一是直接以"绝句"或"无题"为标题者，前者如杜甫的《绝句》（两个黄鹂鸣翠柳），后者如明人祝允明的《无题》（强笑争禁别恨牵）；二是以首句头两字为题者，如李商隐的《锦瑟》即是众所周知的例子。《诗经》中也有大量的此类无标题作品，如《七月》《黄鸟》等，均取首句头两字为题，显然是整理《诗经》者为了人们阅读方便而附加的。

刘彦和在《文心雕龙·乐府》中有一段讨论上古诗歌的话："乐府者，声依永，律和声也。钧天九奏，既其上帝；葛天八阕，爰及皇时。自咸英以降，亦无得而论矣。至于涂山歌于候人，始为南音；有娀谣乎飞燕，始为北声；夏甲叹于东阳，东音以发；殷整思于西河，西音以兴；音声推移，亦不一概矣。匹夫庶妇，讴吟土风，官采言，乐盲被律，志感丝篁，气变金石：是以师旷觇风于盛衰，季札鉴微于兴废，精之至也。夫乐本心术，故响浃肌髓，先王慎焉，务塞淫滥。敷训胄子，必歌九德；故能情感七始，化动八风。"在这段话中，提及好几段重要的远古诗歌：葛天氏的牛尾八阕歌、黄帝的咸池、帝喾的六英、涂山氏的候人歌、夏王孔的破斧歌等。这些远古诗歌大部分没有能够流传下来，因为那时还没有文字记载，只能口耳相传。从有限的留存下来（经过后来的人们整理记录）的小部分来看，具有两个明显的特征：一是大多都没有标题（有标题亦为后人附加），二是很短。最短的只有一行，且只有四个字——还是由巴蜀大地的一位深情女子涂山氏所唱出来的："候人兮猗"。用今天的话说：我在等你啊，唉！多么简单的诗歌啊，又是多么美丽的诗歌啊！此诗最早见载于战国时期秦国吕不韦所著的《吕氏春秋》（季夏纪第六）："禹行功，见涂山之女。禹未之遇而巡省南土。涂山氏之女乃令其妾候禹于涂山之阳。女乃作歌，歌曰'候人兮猗'，实始作为南音。周公及召公取风焉，以为'周南''召南'。"

可不要小看这首只有四个字的诗歌，这绝对是一首了不起的爱情诗！因此，刘彦和认为它是"南音"之始。作为南方人，我们应该为此感到庆幸：一部漫长复杂的南方诗歌史，由这样一位伟大的女诗人翻开第一页。南方诗歌从一开始，从南方的初啼，就浸透着爱与孤独的音调。一直在等待大禹归来的涂山氏，可以说，称得上是中国上古的萨福。

要说截句，还有比这涂山氏截得更好的吗？她要在长长的无尽的等待中，截一段清流，截一滴眼泪，截一缕心香，截一声叹息。

其实，诗歌的好与坏，本与长和短并无直接关系。截句何以在今天受到相当一部分人的热爱，可能与移动互联网时代的碎片阅读和碎片写作紧密相关。

我曾在一些场合中提出这样的说法：短诗是诗人的通行证，长诗是诗人的身份证。我应该不是这个说法的首倡者，最初是谁说的，一时也难以考证，姑且当作一种个见吧。其实，在这句话中，对长诗或短诗并没有厚此薄彼。如果没有通行证，我们就没有游走四方的底气或合法性；如果没有身份证，我们将失去社会学意义上的标志或识别性。不过，对于那些一生只写短诗的诗人，或者对于那些全身心致力于长诗的写作者来说，此一说法似乎又失之武断。天下没有哪一种理论可以令所有人满意，何况这只是一个说法而已。管他呢，我还是固执地认为自有其存在的理由。想一想，如果李白只有《静夜思》而没有《蜀道难》，也没有《梦游天姥吟留别》；或者杜甫只有绝句而没有"三吏""三别"，也没有《自京赴奉先县咏怀五百字》，那么，李白还会是李白，杜甫还会是杜甫吗？再说大一点儿，如果中国只有短小的《诗经》而没有宏伟的《楚辞》，那么，中国的诗歌传统还会那样辉煌吗？！

话说回来，多长叫长诗，多短才叫短诗，这个也没有定数。四行内的截句，够短的了，但大多数截句作品，和前面涂山氏的诗歌相比，还是很长的。蒋一谈倡导的截句，有其自身的合理性，甚至有着某种历史的必然性。一些颇具创造力的诗人，也写出了一些精彩的截句。但总的来看，并不尽如人意，有点儿盛名之下其实难副的感觉。这种形式上类似于古典诗歌（绝句）、技巧上接近于日本俳句的所谓截句，无明确意图的自由写作行为，仅仅作为诗人的一种智力练习，倒也无可厚非。但是，如果把这种零碎的心灵鸡汤、人生感悟或风景切片上升为一种诗歌文体，并假以魅惑的商业包装，极有可能形成鱼目混珠、泥沙俱下的场景，这是人们所不待见的。

很多时候，我阅读到的截句，正如其名字所暗示的那样，本身就是不健全的，砍头去尾的东西，说得狠一点儿：截句如同截肢。当然，如能达成圜悟克勤所说的那种境界，则又另当别论：一句截断，不妨孤峻！

2016 年 10 月 成都石不语斋

[作者单位：四川大学古籍整理研究所]

诗学研究

也来谈截句

胡 亮

一

最近几十年来，文学的文类界限不断松动。即以中国而论，也出现了像《前文化导言》（蓝马）这样的文论，像《内地研究》（萧开愚）这样的诗歌，以及像《黑山羊谣》（张承志）、《马桥词典》（韩少功）和《灵山》（高行健）这样的小说。文论的碎片化，诗歌的叙事化或学术化，小说的诗化、词典化或非情节化，都松动了既有的文类界限。跨文类写作——又叫跨文体写作——已然成为风尚，其登峰造极者，当推《旁观者》（钟鸣），如果要问，这是一部文学史，文献史，随笔集，传记式批评，成长小说，自传与他传相交织的回忆录，诗集，译诗集，注释，摄影集，还是一部书影录，一次手稿展，恐怕就很难回答。"很难回答？"钟鸣开心死了，也许他会说，"这就对了，我解放了我，也解放了你们。"

钟鸣作为个案，比较极端，且来看看只在两种文类之间的滑翔。比如一个小说家，因为腻、疲倦，也因为勃动的创造力，他不再满足于人物或故事，将小说写成了诗化小说，那么，他定会惹恼"小说"的读者或批评家，同时却也会把自己从一个小说家解放为一个诗人——"我"有了"非我"。小说，诗歌，可能会互相争吵，也可能会互相改造，以至于两者都有契机来获得新的面目——亦即既有文类的计划外特征。甚而至于，这个小说家忽然松开了小说的大绑，开始醉心于诗歌，那么，他或将给诗歌带来完全出乎专业诗人意料的计划外特征。

所以说，对小说家蒋一谈——而非某个诗人或诗论家——提出并践行"截句"这种诗体，我是一点儿也不吃惊，并且兴奋地嘟哝着，"终于来了这么一个人物"。这位作家的出现，将改变我们对小说家和诗

诗探索5 理论卷 2017年 第1辑

人的认知，并同时赋予这两种文类以越位的理想。"人到中年小说始"①吗？不一定呢，中年，小说，似乎只是一种绕道。在蒋一谈这里，我们已经看到，小说化的人物、细节和场景对截句的成全；我们也有理由相信，截句还有可能反过来掐去其小说的头尾，甚至藏起其小说的心脏——让小说也可以化身为神龙。他已经将自己的小说家身份与诗人身份——换句话说，他的中年与青年——做了一次混淆，不惮于绕道小说，绕道中年，返回到他的截句和青年时代。"我要离开你／实在不行／我就离开／我自己"。两种文类——还有两种身份——之间的滑翔，变成了时间上的向后的滑翔，从今日往昔日的滑翔。

真是妙极了！

二

2014年秋天，蒋一谈路过旧金山的一家中国功夫馆，看见了李小龙的照片；到了2015年春天，他梦见了李小龙的身影。是的，就是李小龙以及其截拳道，给这位小说家带来了一次诗学的午休。截拳道意味着什么？街头？贴身？stop-hit？自由搏击术？也许不是这么简单，在更高的层面上，截拳道还意味着方法论？思想？精神？艺术？大道至简？上善若水？——正如李小龙所说："以无法为有法，以无限为有限。"李小龙丢开了任何拳谱，将搏击术从工厂制品中解放——或者说解救——出来，最终臻于以武学入哲学的境界。在这样的境界基础上，武学、诗学、捡狗屎，又有什么区别？你有"截拳道"，我有"截句"——至于"道"，且再等它一会儿。蒋一谈就此命名了截句——截拳道的功夫美学，转了弯，以武学入文学，在小说的班级里，招收了一个诗歌的好学生。

截句之截，其来有自；截句之句，其来有自。前者来自李小龙的截拳道，后者可能来自绝句、俳句，或是集句、残句、秀句。绝句、俳句，亦句亦篇，乃是两种诗体，后文还要论及；至于集句，乃是一种游戏，残句，乃是一种现象，秀句，则是一种评语。梁人钟嵘在谈到谢朓的时候，较早用了秀句之说，"奇章秀句，往往警遒"②——秀句与奇章并列而互文。后来，杜甫、梅尧臣和龚自珍都沿袭了此种说法，分别见于

① 蒋一谈：《截句》，新星出版社2015年版，第114页。下引蒋一谈截句及其短文《截句，一个偶然》亦见此书。

② 钟嵘：《诗品》，卷中，见徐达译注《诗品全译》，贵州人民出版社1990年版，第107页。

《送韦十六评事充同谷郡防御判官》《寄题时上人碧云堂》，以及《自春徂秋得十五首》。

说着说着就说远了，还是回到截句。蒋一谈认为，截句是诗，亦非诗。就在诗与非诗之间，我们相信，他得到了创造的自由——更高的自由。他曾如是自释，"截句是一种绝然和坦然，是自我与他我的对视和深谈，是看见别人等于看见自己的微妙体验，是不瞻前不顾后的词语舍身，是抵达单纯目标后的悄然安眠……截句，截天截地截自己"，这几句话也不是拳谱，紧接着，他也丢开了任何拳谱，"也许是这样吧"。

"也许是这样吧"，说得好啊，简直可以译成苏轼的名言，"赋诗必此诗，定知非诗人"，见于《书鄢陵王主簿所画折枝二首》。由此可见，截句正如截拳道，远非胶柱鼓瑟，更未刻舟求剑。

这位显在的小说家——潜在的诗人——很快就已管不住自己的兴奋。那么，他是提出了一个命名，进而创设了一种诗体吗？为了得到更加肯定的答案，他不断优化着截句的文类学设计。此种设计，由内涵而外延，已逐渐具体到文类学仪式。他曾在不同场合说道：截句不用标题，不用句号，不可多于四行，偏爱口语、冷抒情和雌雄同体。这里着重讨论其中两个特征。其一，关于无题。标题于截句何碍？私下里揣度，标题乃是眼睛，而截句，"以神遇而不以目视"，哪里还需要什么眼睛。其二，关于建行。截句可四行，可三行，可二行，可一行。行数越少，留白越大，留白越大，越不欢迎偷懒的阅读。四行恰好可以满足一次诗意的小团圆，而蒋一谈却很少将截句写成四行，他要的，不是一个环，而是一个玦。中国艺术的留白，非始于绘画，亦非始于书法，始于玉器也，就是这个玦。玦——还有截句——既是对作者的挑战，更是对读者的挑战。

在与黄得文决战取胜之后，李小龙猛地反省，由于太过耗时，自己同时也已被打败。务求瞬间取胜，不可超过六秒。而截句，也要瞬间取胜，不可多于四行。

三

现在，笔者要来掉书袋，从词源学的角度谈谈截句。截句之名，由来已久——这有些扫兴，然而，学术有为，不可不探其源而求其真。

说起来很是简单，截句以及断句，都是绝句的别称。绝者，断也，截也。绝句起于两汉，成于魏晋南北朝，盛于唐宋。绝句这个命名，最早见于南朝。

诗探索5

理论卷 2017年 第1辑

陈代徐陵所编《玉台新咏》，已收录四首"古绝句"①。而"截句"这个命名，最早见于元朝。元人不怎么懂写诗，却偏爱研究"诗法"，并留下了若干"诗话"。元人范德机与傅与砺，就曾合著《诗法源流》——这部书，笔者没有见到。所幸，清人赵翼的《陔余丛考》，就引了《诗法源流》的说法："绝句，截句也。"②据此书分析，绝句乃是截取律诗而来。绝句只有四句，而律诗共有八句。八句分为四联：首联、颔联、颈联、尾联。颔联和颈联必须用对仗，首联和尾联可以不用对仗。如果绝句后两句用对仗，就是截取律诗的前两联；前两句用对仗，就是截取律诗的后两联；四句都用对仗，就是截取律诗的中两联；四句都不用对仗，就是截取律诗的首尾两联。如此阐释截句之"截"，清人王夫之有些怀疑③。事实上，绝句要早于律诗，所以，前述分析不妨反过来理解。另有清人董文涣，著有《声调四谱图说》——这部书，笔者也没有见到。所幸，当代学者王力的《汉语诗律学》，亦引用了《声调四谱图说》的说法："绝句，……或称截句，或称断句。"前述几部书，都很冷门，只是学者的雪藏，当代诗人——包括蒋一谈——未见得有所涉猎。另有清人文康，著有《儿女英雄传》，却是家喻户晓。此书写到侠女十三妹何玉凤的故事，上半部述其快意恩仇，下半部述其潜心礼乐，虽然越读越不来劲儿，却与我们的话题有些关联。且说何玉凤嫁进了安家，东走西看，"只见内中有一幅双红笺纸，题着一首七言截句"④，往下面去读，正是一首七言绝句。从这里也可以看出，截句正是绝句，只不过，前者乃是后者的次要命名。

　　既然绝句之体，少说已有一千八百年历史，截句之名，少说已有六百年历史，那么，蒋一谈命名的意义何在？从发生学的角度来看，此种命名或有参考截拳道，却并非蹈袭——而是暗合——了一个古代的命名，或者说，仅仅暗合了一个古代的"能指"。在美学命意上，古之截句，今之截句，或有相似，更有不同，已是两个几乎完全不同的"所指"。古之截句，字，句，韵，平仄，都有讲究，乃是严苛的格律诗，诗意既能实现一次小团圆，也要服从若干大规矩。今之截句，如神龙托身于蚯蚓，不要小团圆，也不要大规矩，乃是新诗不断求取自由的独得之境。

　　在新诗的历史上，类截句命名，还有小诗、短诗、微型诗、袖珍诗，

---

① 《玉台新咏》，卷十，中华书局1985年版，第469页。

② 赵翼：《陔余丛考》，卷二十三，中华书局1963年版，第457页。

③ 王夫之：《姜斋诗话》，卷下，见王夫之等撰《清诗话》，上海古籍出版社1963年版，第19~20页。

④ 文康：《儿女英雄传》，上海古籍出版社1991年版，第361页。

等等，仅仅着眼于篇幅，却没有显示出美学立场，都是临时性的姑且如此的命名。卞之琳独拈出"断章"，却值得说说——但是所谓断章，表示没写完，"未足成较长的一首诗"[①]，而截句显然并无此种意图。看来看去，倒是即兴诗、偶成诗、口占诗，这些命名——无涉篇幅——反而更接近截句的某些特质。

四

　　截句与传统到底有没有关系？在这个问题上，蒋一谈似乎有点儿前后矛盾。他谈及截拳道，盛赞其"简洁、直接和非传统性"，谈及截句，却又指出其"源自古典"。根据笔者的经验，任何诗学，思考越深，矛盾定然就越多，有时候甚至归于两可之说。对于蒋一谈，当作如是观：与其说是前后矛盾，不如说是交替思考。

　　任何文类都丢不掉传统，撇不开古典，截句亦是如此。截句不可多于四行，就与传统——主要是东方传统——大有干系。除了中国的绝句，还有波斯的塔兰涅（Taraneh），西亚的鲁拜（Rubai），英国的四行诗（Quatrain），每首都是四行。仓央嘉措的道诗（其实是情歌），大多都是四行。印度古诗——无论是吠陀诗、格言诗、抒情诗，还是佛经和史诗，都爱使用四行诗节。可见，诚如前文所言，四行恰好可以满足诗意的一次小团圆。还要谈到日本的俳句，俳句也是截句，所截者，和歌也，俳句（十七字）只是和歌（一般三十一字）的"发句"，相当于绝句只是律诗的两联。俳句每首一行，也可排为三行，分别为五个字、七个字、五个字。古代还流行过两行诗节，比如阿拉伯和波斯的玛斯纳维（Masnawi）——玉素甫（Yusuf）所作长诗《福乐智慧》就爱使用两行诗节。刚谈到的这些诗节与诗体，都很讲究格律。此外，在各国古典诗里面，笔者从未见过两行诗、一行诗，希望能有方家教我。

　　截句不仅在建行上——还在美学立场上——响应了东方传统，特别是中国传统。这个话头有点大，谈起来容易显得匠气。何谓东方传统？简单来说，就是以少胜多，以无胜有。少有少的办法，无有无的办法：两者乃是中国美学的核心"机密"。截句可四行，可三行，可二行，可一行，就是从少到无。从少到无，技而进乎道。最后要达到什么样

---

　　① 卞之琳：《冼星海纪念附骥小识》，见江弱水编《〈断章〉取义》，安徽教育出版社1999年版，第30页。

诗探索 5　理论卷　2017年　第1辑

的效果？言有尽，意无穷。古来相关论述，车载斗量，笔者则独钟司空图之说："遇之匪深，即之愈希。脱有形似，握手已违。"[①] 很显然，与其他现代文类——比如小说——相比较，截句更有可能接近并最终臻于此种境界。

我们已经看到，蒋一谈以及其他截句作者，通过现代汉语——只是剩下来的汉语啊——试图续接和焕发中国—东方传统美学，已经有了不容小觑的成果。这并非偶然。

五

笔者以为，截句妙在起结，当戛然而起，起而未起，戛然而结，结而未结，如同孤峰拔地，悬崖临空。意到了，笔呢，偏偏不到欤。罗丹砍下了巴尔扎克雕像的手，因为这只手过于完美。截句就是这只手，而不是巴尔扎克雕像。截句就是居延的两根断简，就是萨福（Sappho）留下来的一角芦纸。所以，一首上乘的截句，其行与行之间，当有万里之势，词与词之间，字与字之间，亦能有千里百里之势。在一首上乘截句的背后，必有无限的意义空间。这个意义空间，将由作者和无限的读者来共同建构。创造和阅读（也是一种创造）的自由并不容易，进门容易，登堂入室则难矣哉。

参照这样的美学刻度，在蒋一谈命名之前，新诗里可曾出现过截句？中国自有新诗以来，四行诗节也很流行，尤以新月派诸家为甚。至于刘半农拟写的江阴四句头山歌，林庚和吴兴华创写的四行诗，每首都是四行——但是这些作品，明显只是民歌和绝句的变体，而且都是格律诗，颇有完整度，似乎不能算是截句。最早最接近截句的试验，也许可以追溯到 1922 年，杭州，湖畔诗社。湖畔诗社的主要成员有四个：潘漠华、冯雪峰、应修人、汪静之。其中，汪静之的试验，有四行诗、三行诗、两行诗，甚至还有一行诗（真是大胆啊），都用自由体，颇有余味，值得重视，或可视为截句的一个滥觞。其他还有没有呢？北岛的《太阳城札记》，写于二十世纪七十年代，堪称截句——但是每首都有小标题。往后，就是严力的《多面》，伊沙的《点射》，马非的《残片》，再往后，则是王敖《绝句》，肖水的《新绝句》，都已是很当行的截句。

①　司空图：《二十四诗品》，见何文焕辑《历代诗话》，中华书局 1981 年版，第 38 页。

自 2015 年以来，经过蒋一谈的倡导，截句写作已经成为潮流，甚至可以说，他已经发动了一个截句运动。2016 年，他主编推出十九家截句，荟萃了很多名宿与新秀。截句甚至再次唤起了部分诗人的创作冲动：他们本来已经搁笔，可是，截句趁手，那就再写写吧，要再写写才能睡呢。

六

截句为何忽而如此流行？除了传统之力，还有现代之力。散文，戏剧，长篇小说，下午七点钟的评书广播，已如"开元天宝遗事"。时间，空间，都已经被细细分割。只剩下了表格，合同，条例，规划，通知，说明书，抓紧，提前，各种转动的机器——这是一个加速度的时代。互联网，各种自媒体，已经改变了——并加快改变着——我们的生活和写作。电脑写作吗？不，手机写作啊。截句可谓恰逢其时，要将书斋写作转变为课堂的、机场的、地铁的、办证大厅的、咖啡店的，甚至会议室的写作。这不但是文类的翻新，还会是写作方式的革命。

小说家们，诗人们，在文类学的各个边缘，如果你愿意，那就起跳，你会成为一个滑翔者。"雾中奔跑"。如果你不是小说家，也不是诗人，你只是理发师，鞋匠，司机，厨师，礼仪小姐，卖香蕉的小贩，电工，门卫，全职太太，游民，高中生，或是公务员，"尘世落在身上／慢慢变成了僧袍"，那么就从你的身份起跳，你也会成为一个滑翔者，一个自己的"替身"或"逃犯"。那么，快来写截句吧，"给予你的片刻时间以最高的质量"①。

[作者单位：四川遂宁市文化广电和新闻出版局]

---

① 瓦尔特·诺拉陶·佩特（Walter Horatio Pater）：《文艺复兴》，见高建平、丁国旗主编《西方文论经典》第四卷，安徽文艺出版社 2014 年版，第 17 页。

诗探索 5　理论卷　2017 年　第 1 辑

两行诗的关键

木　朵

神功接混茫
　　——杜甫

疑来浪认香
　　——李商隐

面孔的揭示过程就是语言的揭示过程本身。
　　——吉奥乔·阿甘本

你在闪电光下看到的一切无不属于你自己。
　　——卢齐安·布拉加

正在写着的东西把应写作的人交付给了一种断言……
　　——莫里斯·布朗肖

・诗学研究・

一

　　一首诗由两行组成，或者说只有两行就构成了一首诗，这并非罕见现象。两行，刚刚好，不多不少，适可而止，是一种关于分寸感的宿命，抵达于此，从时间的宣泄上看，这里容不得徜徉、优柔，必须一气呵成，点到为止，但又不免对一气呵成所附带的紧迫感、节奏感保持警觉。实际上，一首两行诗不见得就是几分钟内一挥而就的成果，它也完全可以协商多日才得以成型。首先要澄清的命题是，两行不等于囫囵吞枣，并非求快，也不省力，从一开始就不是关乎少而精或简略的美学主张。

　　两行，这种陈列方式、摆放姿态，最容易流露出辩证法的发辫，也可以说，它作为一个观念的结晶，一个单数、一个第三人称的对应物，关乎阴阳、始终、得失、来去、上下、横竖、开关……所以说，一位对两行诗刚刚感兴趣的读者首先意识到的正是这种诗体有那么一点太极的意思：阴阳调和，正反结合。从数量上看，它是四行（五绝、七绝）的倍缩，也是一行的倍扩。但并不意味着一首四行诗最终可以删减为两行诗，或者一行诗总能找到自己的另一行。在这里，强调一下，两行诗不是诗行增删的结果（而是某种有意为之或不得不如此的特定处境），是必要的。

那么，我们凭什么判断、裁定两行的恰当性呢？为什么一首诗只能是两行，难道就不能令才思敏捷的诗人写出第三行吗？要回答这些问题，不妨从两个角度来考虑：其一，从创作的自觉性上看，写一首两行诗是诗人的初衷。自一开始，他就对这种诗体抱有戒心和信心，他即将写出的诗就是两行诗，他在出发前就兼顾了对两行诗这种诗体可能性予以探索的强烈愿望，他总有办法让半成品最终变成视觉上一望便知的两行诗；其二，在第一首对诗体开始觉醒的两行诗诞生之前，一首诗在行数上并无讲究，只是诗人写完两行就感觉到气数已尽，不得再添加一行（否则边际收益为负）。

当一位诗人猛然意识到两行诗的丰沛（作为一种诗体的存在价值）时，他会陆续写出一系列体态匀称的两行诗，被引诱进入一个绝密的空间，并且并不急切和贪婪在这个洞穴附近另造"一行诗"或"三行诗"的附属建筑，而是一门心思在两行诗的宜人空间精神矍铄地发掘前无古人的精神遗产。这将是怎样的处境啊？这里并无具体的历史文物可挖，但是他萌生了奋力发掘的胆识，觉得在这里可以挖到一些什么宝贝。每一个这样进行中的诗人都会触摸到类似有益的自我意识：全世界此刻只有我一人在挖掘！这是别人从未涉足的处女地！我要一口气耗尽这个空间这种诗体的养分，我要让两行诗在我手里发扬光大！这是前无古人的工作——这种精神上的自我勉励促成了诗人与诗体的不解之缘，也为诗人不断搜索这种诗体的野味／野性／野心提供了强大的动力。他可能兴致勃勃地写出一百首两行诗，以便形成一篇整洁的声明：在这里，两行诗被穷尽了它的可能性！

但是，在两行诗这种独立诗体的穹顶出现之前，诗人的工作并不会特别顺利，他照样面临不少挫折，写出一些失败之作。而且，在某一年里，他不全然扮演两行诗的作者，他肯定还会钻研其他诗体，既不要为两行诗内蕴的枯竭而处心积虑，也不必为了吃独食而造成营养不良和心智的狭隘。如果说两行诗这种诗体有朝一日彪炳史册，那也有一种可能，就是最初尝试的自觉诗人并非功勋卓著之人。心智成熟的诗人必定注意

诗探索 5　理论卷　2017年　第 1 辑

到了这一点虚荣心，在偶尔的憧憬之外，他致力于旧瓶装新酒的更丰富的写作实践。一种诗体的旺盛生命力的表征就在于它不会被一人独享殆尽，而是交到带劲的诗人手上依然可以呼风唤雨，毫不逊色于初尝风韵之人。

一首已经完成的两行诗总会造成另一首未得到的两行诗的蓄意，就好像八字的一撇总能找到自己的那一捺，或者说，一首早先的两行诗其实是一首巍峨的两行诗的第一行，另一首两行诗的问世才凑成两行诗观念的份额与崔巍。这种诗体太过醒目的作品往往凭借着作者或读者对两行诗内蕴的揣测，任由形式感比"内容"（乃至情感的力量）占据优势，说到底，其他方面的损失都是在为两行诗的体格做贡献。得失观在这里变得更为醒目，选择的余地几乎可以塑造另一个语言部落，丧失的感觉明显并非坏事，它们躁动不安时反而增强了诗之所得的珍贵。

尽管庞德的《在地铁车站》是一首两行诗，但是这首诗并未催熟后来诗人的两行诗意识。这是一首碰巧是两行的诗，而不是作者一系列两行诗中的佼佼者。它不是即将开展的两行诗大量尝试的端倪，也不是对一个新传统轮廓的试探，简言之，这首诗不是在重塑诗的耳廓而是在测试诗的听力。当一个当代诗人打算多写几首两行诗时，他很可能较少受益于庞德这首诗的启蒙，只是觉得这是两行诗中不可多得的早期名作而已。而关乎两行诗的声誉或潜质，需要写出更多站得住脚的作品来陆续摸底。两行诗的存在不是一位诗人全集作品中的万一，一朵别致的浪花，而是量变之中诗人形象的关键戏码。有的诗人配得上称之为两行诗诗人，而有的诗人最好不要凭写了一首两行诗去偷腥与沽名。

但我们也要懂得，一位古典诗人被称为"七绝诗人"并非什么好事，只能说他七绝写得更好，而七律可能落于下风，一位当代诗人如果钓誉于"两行诗诗人"，也只能说明他拥有过一个亮眼的橱窗，倒不如一个"好诗人"称谓中毫无诗体侧重感来得心旷神怡。不过，诗神最终会选择一位诗人担当起对诗体的重铸任务，而此人凭借着上百首同一诗体的作品来践行他作为一位独特诗人的使命感：历史的接力棒莫名其妙出现在他手里，经过一番自觉的洗礼，现在，他要把这能屈能伸的棍棒抛向空中，由大风选择另一个下落方向，在那里，他就是衣钵的合法拾遗人。

在两行诗所应允的时空约束中，诗人再次启程，或许一路通畅，得体于行列的视觉美感，或许磕磕碰碰，在形式与内容的不协调之间不懈奋斗，他当然会面临两种情况：

其一，骨骼健硕的两行框架以及长久运行的惯例吞咽着诗思，眼睁着溶液般的字词被倒入那个容器，瞬间就被那深不见底的载体淹没为瓶口的一缕青烟，失势似的诗人不禁惊悚于自造的容器怡然自得的能力，再好的措辞也变成瓶底不可见的某种残渣，服务于这个容器的边际效应。孰料，对容器的见解并不见得有所增持，反而使得写作的努力多出了一个意愿：与容器一斗！与两行诗体进行搏斗，以便不输给诗人的名誉。

其二，或许三十秒钟后，诗体的捆缚感就消失了，诗思自由地流淌，好像突然获得的材料就是这般自然地找到了承载之物体，野心半在诗思才情的宣泄之中半在对诗体的回眸之中摇摆。两个方面的同步行进凑成了诗思的饱满。届时，诗既可以事后被读者当成情感捕捉的惟妙惟肖的载体，也可以列为两行诗体的示范，尽情满足挑剔读者对一首诗起承转合的诸多审视。尤其是，每行字数偏多，甚至一行里都有两个句号。在这种情况下，诗得体地劝服读者信任两行的可信度，它并不认可自由分行的先前定义这一次可以将其拆分为更多行而不丧失对新诗威仪的尊崇，它几乎不留给读者这么想下去的余地。到此为止，诗体与其所承载的字词、修辞、情感一并造就了诗的定义，这就是一首两行诗的典例，而其他改动它的欲望都不是诗的工作，反倒像散文的后见之明。

读者在结集的两行诗中还能明显感受到诗人的一首两行诗得到了另一首两行诗的应答，这个现象很值得深究。看上去，这种短促的诗体有一个天然的缺陷：不可能在狭窄的空间内款待时间的漫不经心。它必须挑要紧的说，去头掐尾似的，只扑向那关键的铮铮铁骨。一首诗面临着拓展这一诗体无限空间的凤愿，而另一首诗则是对未能达成凤愿的反复补救，更何况，诗同时还要去承接言事抒情的本职工作。真不知一位诗人如何协调好削足适履与弃如敝屣这两个同步发声的主张：那闯入诗人脑海的感觉如何片刻工夫就化作诗的两行，增删彷徨之际，到底往诗眼里注入多少情势，另一方面不禁野心勃发，偏要以此契机观察诗还可以怎么折腾才能触及语言的痛痒，哪怕是把诗体历来的惯例与经验统统抛弃再造诗的两翼。

而缺陷如果能从容待之，诗人就暂表一枝，默默应许下一首诗再度扫及其他死角。他总有"下一首诗"来排遣未能一次性达成的烦恼。为此，每一次他都计划添加与此前不同的缀饰，也不再迫切于一气呵成，在一次具体的劳作中把最为紧要的修辞和想法用掉，他变得更为从容了。甚至，为了唤醒某些特定的读者，他宁肯重复一个语调或意象，并不担心这首诗与上一首诗可能存在致命的重复感，他正要运用这些漂浮在诗体上的重复的云彩来设计渡人的彩虹，确有读者有赖重复出现的某些特

诗探索 5 理论卷 2017年 第1辑

征才感知到诗人的召唤。于是，两行诗对于一位诗人来说不再存有数量上的限度，他完全可以不厌其烦地写上一百首，甚至更多。

然而，炽热的雄心在于他必须写最为重要的诗篇。这些诗才能发现诗体的风采。同样，当他在某个场合听闻读者们打心眼里佩服这样诗体的杰出贡献者中必有自己的份额时，他的虚荣心也得到了满足，而在这个场合迟迟未能出现的苦境中，他必须向自己的虚荣心屡屡献上天赋之税。他变着法儿来鼓励自己。当然，在具体实践中，写着写着，他会遭遇两方面的尺度来检验他工作的得失：其一，已经写出／生产的作品所带出来的那股子理论的拼劲将会拼凑出宽窄适度的标尺，以此来评估后续作品是否算得上承接有序、香火相继；其二，那不可一下子达成的至高标准总在未完成的作品中显灵，它生成一种巨大的诱惑力，催促诗人马不停蹄地追赶着。换言之，如果诗人在创作伊始想得太多，而具体之作难以负载，那么，有关诗体的观念纷纭就遥遥领先于诗句，并造成诗人旅程中的一个个挫折。

总而言之，两行诗先有形式上的门槛待人跨过，然后再以形式之秤／之城来称量／估算注入其中的字词句到底有多少真情实意。当诗人念头一现，打算立即写一首两行诗时——这种决定到底是怎样产生的——一方面是火花般的灵感清晰呈现，简明而飞快，另一方面他凭借经验，同步预装了类似韵律、断句、对称的结构化配饰，以保证诗之行程畅通无阻。看起来，第一行诗率先考虑的是包括句长、句法结构在内的形式上的感觉，这是即将导向两行诗的、不可追悔的必由之路，一出手，就要摸到不俗的诗体风骨，而关乎情感或纪事的考虑则延迟在后续的步骤来弥补、充实，第二行确实具备力挽狂澜的坚韧品格，或可说，两行诗能否写得出色就在于第二行收放自如的程度。如果考虑到诗人修改草稿的习惯，那么，最初发生在第一行、第二行，发生在初来乍到与行将结束之间的角逐或谦让就变得模糊不堪，经不起理论上的总结和推演。毕竟，草稿上的第二行很可能成为成品上的首句，就好像草稿是临时打下的收条，而正式交给读者的发票应难以对应诗人此行到底有多大的确切牟利。

在我们对两行诗的可能性进行理论总结时，看到的范例基本上是诗人拿得出手的成品、定稿，从这些样本中归纳总体特征，难免让人忐忑不安，而能让我们减轻负疚与躁动情绪的办法就是，假设一首失败之作的成因有哪些。这意味着我们不仅是在读眼前之诗，而且还要设想诗人最初的草稿会是什么样子，也即诗生成之前的世界最早以什么样子"降临"于诗的层面，这一点也许只有极少数读者能有眼福看到诗人主动呈现的草稿真容。同时，我们必定要在眼前之诗的浏览进度中同步构造一首典范之作来与之抗衡，既是尺度也是戒备，而最后要达成共识的就是——基于现成作品，我们一起设想未来的力作是什么样的。

二

诗人陈律在 2009 年、2010 年接连写下逾百首两行诗，如今看来，这些诗正是那个关键时期留下的礼物，在彼时一位诗人思虑的残骸。这些诗且又不甘心偏居于时光的角落，它们向作者及其知情的友人发出呼吁：难道你（们）没能看出在这里有多于是其所是的诗学信息／营养吗？进而建议，称职的读者应于散文领域来构造一个对峙的局面，以相互审视各自的生死有命。

对于作者本人来说，旧日子的痕迹／余响犹存，它们证实了一次写作经历，是他跃上高地的一个见证。而对于已不可能停留在当年的读者来说，尽可能要完成的工作就是阐明这些旧作之新颖，也即关于它们生气的再度验明。作者重温这些旧作的意愿很可能不同于读者的特意闯劲。这里存在不小的分歧。读者确实暗自承受了一个使命：追认作者在一个更早时期的贡献，恳切而又富有说服力的散文作者有可能为诗人的名誉之桌擦拭掉一层尘土。更何况，多年来，基于这些旧作，诗人的执着进取也不自觉沾有自我遮蔽的外壳，如果读者不轻敲细打，就难以恢复这些两行诗的初衷与欲念。我们多么想回到它们呱呱坠地继而嗷嗷待哺的时日。

致力于两行诗的持续实践，构成了他个人写作史的一个事件，这是对自我潜能的不断发掘，而且几乎在无人发觉的环境下独立完成，一旦读者从这些已具备个人风格的作品中梳理出关于两行诗技法与观念的刘海，就迈出了向它们的作者亲近的步伐，我们确实有必要了解一下这些作品背后的那个王。于是，我们从这些作品中清理出两类梗概：其一，归属于两行诗的公共禀赋与品性；其二，归属于作者个人风格的习气与匠心。我们把公共禀赋拿来用于自身的实践（我们也可以顺着梯子／体制成为两行诗的作者），把纯属作者个人的习气拿来作为讴歌一个开创者的目录。

在品评摆在眼前的两行诗作时，我们要分辨出两个时刻：其一，哪些诗代表着从无到有的历程，它们至今仍携带初生时的喜悦与纯情，

诗探索 5　理论卷　2017 年　第 1 辑

每一个成员各自对应了一次对诗体特征的初步接洽，摸到了那诗体的锁骨，获取了一次特惠；其二，哪些诗意味着尚未完成之约，它们尝试了逾越边界，部分地呼应了预约，却又踟蹰不前，等待其他富有生气的诗人一并前行。或者，它们留下了一些踪迹，而它们的作者已去了别处，它们只是打开了壁垒的一道铁丝网，而前方未知领域仍需更多的作品来探悉，那是怎样的禁区，唯有胆识超群的诗人才能进行后续报道。

这些冠名为"两行诗"的诗最醒目的外在特征就是两行，但它们并不陷于这个粗浅印象所对应的虚荣之中，彼此挤眉弄眼也好，摩肩擦踵也罢，都在默默分担体现出其他特征的任务。既有形式上的探求，也有观念上的抒发。有的诗明明可以写成三行、六行，并由此诗绪发展成十几行，但诗人偏偏按捺住这些活蹦乱跳的诗句，使之成为苛求的两行：在那进程中，凭什么哄人的技艺和严肃的纪律，让嘈杂的诗句服膺于一个既定的秩序？是既定的秩序主宰了涌现而至的诗句，还是不确定的诗句再一次刷新了两行诗的风格和影响？

诗之两行如纬，而句长若经，纬主事先声明的空间，挑明了感情的角尺/醵池所在，提请诗人往这里下料，活在其中，任其驰骋，而经设法透露写作前后的时间观念，或可说，总想提出一个全新的管理时间的方案，非要诉说万事万物的经过不可，非要搔首弄姿摘取禁果不可。就好像两行诗是一个精致的井字结构，诗人在精心耕耘这貌似有限空间的无限光阴，而光影摇曳，时空穿梭，成就诗之阡陌。

有迫不得已的两行，话已至此，戛然而止，刚好填满了这一方醵池，有游移不定之后削足适履似的两行，旁支已去，唯留现成的两行、精选的两行；有格局先定而工作重心在单句与复句之间攀附的两行，尽可能展现两行诗之生机，大有举例说明之干劲；有三心二意、左右周旋之后略显恍惚（甚至还带有一丝失败感）的两行，就好像诗人捉不住那滑溜的美妙而又不舍这份赤忱，多多少少拿出来证明自己曾经差一点化作骈骊，自信读者仍能从不完美的两行中看到圣洁的灵魂琐事……凡此种种，读者边读边想，若能跟得上作者的慎思，两行诗一半的结构就成功达成，那本是诗人用过的一只梭子，现在读者以散文的眼光把它变成了博得两行诗全部秘密的梭哈筹码。

且看诗人从三个方面入手：其一，结合自身的家史，播撒地域文明之花，这些诗就写生他养他的杭州生态，近在咫尺，随手拈来，必是一番不同以往作者作风的境况，在这里当然要显露出对自我生活的执念与质问，对得起活在当下的介入美学；其二，常见事理、一般景象也可在两行诗中演绎两回事，你写我也写，这里确有额外的收获，以他之丰补你之俭，事关作诗法则的种种变通，每一次都含辛茹苦，为了造就欣欣向荣的诗学荷塘；其三，以先见之明以诗论诗，阐明两行诗是骡子是马、是得是失，诗中还裹着诗，大有宗师的谦逊与幽眇，承担了既打鱼又晒网的示范差使，到头来为两行诗输入独家"配方"。

两行诗在形体上最受诟病的一类可能是句长超出了一瞥所及的距离，句子太长了，几乎把一页纸或一面屏幕的边长都侵占了，就好像诗人故意拉长篇幅，为的是凑出两行而非更多行。诗句的左边是顶格的，而右侧常见的空白变得狭小无比，仿佛诗人用此策略来引人注目，逼迫读者打破常规。那么，我们去细察之。这个长句是经过烦琐的修饰，是对一个重点照顾的意象的言不由衷吗？他为什么写这么长？尤其是第一行的漫长是否能让第二行跟得过来而不致气喘吁吁？或许，太过孤单的诗人在长句中并非磨洋工，反而有长锯锯心之痛，他必须在亭亭荷叶齐整的表面悠然倾诉，这是他悠长的呼唤呀！一个事物首先出现，出现在共有的现实视域，但眼下必须兑现为个人的视野，怎么把它从公共场合中隔离出来，拖泥带水也好，沾亲带故也罢，藕断丝连也是，这里需要一个等量齐观的价值审核契机：他必须给出一个中心。要知道任何围绕中心的倾诉（哪怕是不言自明的回眸），都不是利索的了事，而是对利益的清算所必须付出的居中协调。长，既是对生长的声张，既有单个的诗利用长吁来促成自身的生成，又见诗学理念摸索阶段中诗人的长影，还有对短嗟的防范之心。倘若诗人在写作中总感觉到长得不像是一行诗应有的样子，那么，关于长句的训练还得继续，他务必拿捏好这经度的分量，饱满而圆润，而不是作成一首理应分成更多行的好诗的赝品。

一首高超的两行诗验证了一次抵达/完善，诗人生涯创作高峰偶露峥嵘，读者拾趣也到了认知层面的拱顶，两相暗合，为之叫绝；但显然，一首两行诗太过孤单，就像美好的晚膳只有一位食客享用，它一定要向四周发出邀请，也即，任何一首诗都在召唤另一首诗，既是对他者的补偿，也是认识到自身的不足而期盼从他者那里得到补助。至少需要两首两行诗来入席这顿大餐，每一首诗相当于唯一的两行诗的其中一行。的确，当我们凝视诗人的一首两行诗时，偶尔会生发出一次感慨：它如此精妙而扼要地讲解了语言的富丽，却敢于承认自己至此仍是不足的，并给以忠告：切莫做只知其一不知其二的浅薄读者。

"二"的存在让我们想起了小学语文课的缩句或扩句训练，经过简单的示范，人人掌握了增删句子的正确做法，然而，在这里，在他逾百首诗里——逾百个同心圆组成的结构——任何的增删建议都可能是不明智的，因为诗人已经苦熬过这个历程，增删作为一种写作的必要之举，已经做过了一遍，再度的增删可谓是次要的行为，比它更重要的工作并不是判断并置在一行中的多个名词孰轻孰重，而是包括但不限于观察从一个名词渡向另一个名词之间发生了什么，进而归纳出再一次过渡之际诗人许可了怎样的不同的处境发生。每一个名词太过醒目地陈列在一定的位置上，它能否胜任这个岗位尚未可知，不能让它感到太舒适、太安逸，时不时在其他位置上朝它投来一片塔影。我们的确被建议先去了解名词的位置与作用，看似省略了开场白与串场词，直奔主题，两行诗都明确地拥有一个歌咏的中心，而这颗心就是无数同心圆之核心。两行诗在外在形态上的警示性/近似性很方便诱导读者去做出一个判断：不同写法的两行诗其实都是在写一首同题诗（其中还隐含另一个判断：两行诗更擅长于反复触碰同一主题）。一首名曰《桂花》的诗，大致是改头换面（却不换心）变成了标题为《枯荷》的诗，《爱》和《寂寞》亦如此，也可以说，《桂花》和《爱》（或《地狱》）亦是如此关系。

　　而关于节制问题，他的两行诗倒也告诉了我们屡屡止步于此的缘由，要么一首诗只需拥有一个清俊的开头即可，辨别他怎么动情，要么情到深处怎么做才不致难看/难堪，这当然观察的是中程的发力与稳定性，要么最拿手的正是探求诗的尾声问题，既然任何一首诗都必然有一个结尾部分，那么，还有谁比两行诗更像是尾声的演练？我们不断加于其上的感受，都会自觉地打扫干净，认可诗目前的样子，不必冒冒失失凑出一个诗的前戏、一个生物链齐全的养殖场，也不会画蛇添足，抵制诗人权威的声音，非要在第二行的下面加一把梯子，想当然地理解为这是对空中楼阁的层层落实。一行开启，一行结束，看起来没有什么中间位置，但上看下看，到最好的心智阶段，我们还是觉得两行诗就是对中间位置/中程/中度的得体反馈：诗并非如你所见开启于第一行结束于第二行，早已跳脱出开关的约束，明灭自治。

　　而谈及诗的中程，就促使读者注意到诗人对两行诗运行速度的敏感，换言之，他既要主导一次顺畅的过渡，又要提防微波荡漾、一帆风顺的直接达成。顺畅在某种程度上类似堤坝的崩溃，诗人有必要予以管束，考虑延滞的办法，避免两行诗在一念之间就被看完，也可以说，他必须在断章之中更新人们对"顺畅"这一文学品性的认识。诗句运行结束的时间要比目光浏览全诗略长，并假定读者还要读第二遍，这也正是两行诗这一偶数机制向读者提出的更高要求：比较你第一次浏览与第二次观照之间的差别——重读之际，什么感觉随之产生？通常情况下，诗人只允许其中一行是单列的一句，中间没有逗号或句号，另一行要避开顺畅的副作用则必须利用好有效的顿挫，利用逗号所可能产生的从表面到内置的延展效果，向读者阐明抵达的曲折。但切记，延滞诗句递进的速度并不是靠繁复的修饰，有时，过于优美的形容反而会挫伤读者的心气，敦促他们更快地谛视末句。简言之，繁复的修饰不是延缓而是推进，观念是不加修饰的，而名词经两次以上的修饰会被一种加速度推动，从而领先于观念的步伐而过早地抵达了尾声，甚至被语句外的某些聒噪之音所干扰。即便是一行只有寥寥数字（比如五六个字），只要诗人事先兼顾到了跟理想读者进行观念上磋商的苦衷，诗也就不会变得急切，导致更快完成意义的呈现。

两行之中有肉体与灵魂的二分法，有本体与喻体的相互牵扯，有烘托之兴起与本意之专指的两相愉悦，更有手法上常用的互文色彩，的确可以在其中一行摘录／嵌入早先诗人的名句，而在诗的其余成分中与之攀谈周旋。甚至可以说，在用典方面，两行诗最懂得怎么平分秋色。对典故（或所涉及的人杰）的声援也好，反驳也罢，两行诗不可多得的空间里出现的引言放大了对名句的尊重感，同时也醒示其他成分的媲美之决心。我中有你之浑然天成，方显得你中有我在逻辑上的顺通。有时另造一个恋人，轻言细语，为之奉献诗句之曼丽，抚弹命运之协奏曲，有时直拟一个精魄，平等相待，体验想象世界的同袍福泽，做文学上的挣扎出路。于写作之进度中矜持、旁若无人，于写作之后颓唐、匮乏，两行者，乃独来之又独往之，真所谓两行热泪也。

[作者为江西诗人，元知网（miniyuan.com）创始人]

诗探索 5　理论卷　2017年　第 1 辑

两行诗十五首

陈　律

西湖早期

湖风呵，趁保持纤细体形的桨还未懊悔旅程，柳梢上的苍蝇仍眷恋古典视频，
请唤来你的与莲藕订婚的无意识，同去垄断了火球的西湖早期。

爱

列车把我孤零零地放在那里[①]。
哦，从美抵达爱是那么难。

寂寞

我多么寂寞，多么寂寞。
必须说出这种寂寞，这种无限。

桂　花

桂花，那遥远的已在先验中的桂花，
让我想起，童年在西湖钓虾。

地　狱

仰望星空，会看到地狱。
地狱是圆的，极其古典。

---

① "列车把我孤零零地放在那里。"引自马拉美的《光荣》。

像乌贼之王那样的下一场

银行的灯亮着。收回领养它的雄壮吸盘，
我疲惫地回到深海，与等在那儿的抹香鲸搏斗。

标 记

这晚，波德莱尔领我去早期，目睹了无限——
火中原始的大海，幽暗而辉煌；单细胞的撒旦拨奏着最低
限度的音乐。

枯 荷

一生，摇曳湖上，不知悲欢离合。
死了，神俊的遗体也无意晚节留香……

守夜人

醒来吧，听巴赫的康塔塔唱："醒来吧，锡安人。"这宇
宙之爱的引擎，坚忍、精准地循环，
让守夜人咏叹，"基督来到人世。"三百年后，一个宇宙
过客在杭州终于听见。

敬 拜

静极了，除夕。而三界又将在我心发动。呵，敬拜！
就让我敬拜汉语，敬拜汉语中的鬼神、雷霆、松柏，振翅
的东皇太一的凤凰！

宜兰听雨

四十岁的心，有金色、苦味的凶恶。
我雨中无边的欲望呵，几时空心如竹子。

诗探索 5

理论卷 2017年 第1辑

人　生

我的人生，
爱甚少，美很多。

自　白

毕生雄心只为坠入一个陷阱。
但为何，黑暗中，一只画眉仍甩给我露珠——几滴晶莹的
看破红尘的哲学？

没有爱

星空很美，
但没有爱。

一　天

很好，一天又荒废了，
希望明天同样黯淡无光。

暮色里的秋鹨与尘世之灰

霍俊明

在任何一个时代，都会有极少数的诗人让那些专业阅读者们望而却步。这一类别的诗人不仅制造了足以令人惊悚的诗歌文本，而且他们自身对诗学的阐释能力已经远远超出了大多数的专业批评家。在当代汉语诗界，陈先发就属于这极少数之一。陈先发的诗歌总是让我想到沉沉暮色里的那只秋鹨，在冷冷的夜色里那些翅羽闪着微光。我更愿意把这看作诗人的化身或者精神境遇，而翅羽要不时抖落的正是尘世之灰。

一

在我打印完陈先发新近完成的组诗《九章》（包括《斗室九章》《秋兴九章》《颂之九章》）时，正值黄昏。我走进北三环附近的一家蓝色玻璃幕墙建筑的电影院。电影播放前的一则广告是关于白领创业的，我只是记住了那句话——遇见十年后的自己。在电影院的荧屏光影和三环路上的鼎沸车流之间，哪个更现实？而诗人能够做到的不只是提前遇到十年后的自己，还应该与多年前的自我和历史相遇。而这正是诗人的"精神记忆法"不容推诿的责任。

多年来，布罗茨基的《小于一》一直是我的案头书，而多年来，我同样在寻找一个精神对位的强力诗人。我们都在寻求一份这个时代知识分子的精神自传以及诗歌文体学的创造者。尽管一再付之阙如，尽管一再被各种千奇百怪的诗歌现象和奇闻所缠绊。说实在话，我也无力真正对陈先发这样的"自我完成"型诗人做出我的判断。当我最初拿到他硬皮本的《黑池坝笔记》的时候，我并未找到有效的进入文本迷津的入口，也正如陈先发自己所说"令人苦闷的是常常找不到那神奇的入口"。那种表面的无序膨胀与内在繁复的逻辑收敛，庞杂、晦暗、丰富和歧义以及多样侧面的精神自我正像那些凛然降落的雪。你只是在视觉和触觉

诗探索5 理论卷 2017年 第1辑

上与之短暂相遇，而它们更长久地消隐于你的世界，尽管它们仍然以另一种形态存在着，面对着你。也许，这就是诗人特殊的语言所锻造出来的精神现实，对隐在晦暝深层"现实"的好奇与发现成为诗歌的必然部分——"我们活在物溢出它自身的那部分中"。由此，我只能采取硬性的割裂的方式来谈谈对陈先发新近的组诗《九章》的零碎感受。在黑夜中，我似乎只看到一个黑色背影被风撩起的衣角，而那整体性的事实却最终不见。

在我看来，陈先发的诗歌约略可以称之为"笔记体"。那种在场与拟在场的并置、寓言与现实夹杂、虚实相生迷离倘恍滋味莫名的话语方式，成为现代汉语"诗性"的独特表征。诗人通过想象、变形、过滤、悖论甚至虚妄的方式抵达了"真实"的内里，还原了记忆的核心，重新发现历史遗迹和现实的魔幻一面。甚至，这种"笔记体"在陈先发的复合式互文性文本《黑池坝笔记》中被推到了极致。

那么，诗人为什么要写《九章》呢？

当读到陈先发的《秋兴九章》的时候我必然会比照杜甫的《秋兴八首》，甚至在黄灿然和沈浩波那里都曾经在诗歌的瑟瑟"秋天"中与老杜甫对话。在这种比照阅读中，我更为关注的是那个"一"。这个"一"正是陈先发的特殊性所在，无论诗人为此做出的是减法还是加法，是同向而行还是另辟蹊径，这恰恰是我们的阅读所要倚重的关键所在——"诗性自分裂中来。过得大于一或过得不足一个。"

无论是一首独立的诗，还是《九章》这样的组诗，诗歌的生成性与逻辑性、偶然性与命定性是同时进行的。由此，陈先发的组诗中那些相关或看似无关的部分之间的关系就变得愈益重要，与此同时，我更为注意那些看起来"旁逸斜出"的部分。这一不可被归类、不可被肢解、更不可被硬性解读的"旁逸斜出"的部分对于陈先发这样的诗风成熟且风格愈益个人化的诗人而言，其重要性不言而喻。因为对于很多诗风成熟的诗人而言很容易形成写作的惯性和思维的滑行，比如诗歌的核心意象以及惯用的话语类型。而就核心意象以及话语类型来说，很多诗人和批评家会指认这正是成熟诗人的标志；可是当我们转换为另一种观察角度，这又何尝不是故步自封的另一种违心托词。任何写作者尤其是诗人都不可能一辈子躺在一个意象上以及围绕着一首诗写作。正是陈先发诗歌中生成性的"旁逸斜出"的部分印证了一个成熟诗人的另一种能力——对诗歌不可知的生成性的探寻以及对自我诗歌构造的认知与校正能力，而这也是陈先发所强调的诗歌是表现"自由意志"的有力印证。

与此同时，这一"旁逸斜出"的部分或结构并不是单纯指向了技艺和美学的效忠，而是在更深的层面指涉智性以及"现实"。陈先发对"现实"曾予以个人化的四个区分，而显然其中更为难以处理的则是公共化的现实。而就生活层面的与公共化的现实部分相对应的诗歌处理而言（比如《室内九章·女工饰品》），陈先发非常好地平衡了道德伦理与诗歌美学话语之间的平衡，大体在虚实之间、写实与虚化之间转换。内部致密的精神结构与向外打开的及物性空间恰好形成了张力，而这种张力在陈先发的精神层面上凸显为虚无、冷寂、疼痛、悖论的类似于悲剧性的体验和冥想——"我嗅出万物内部是这／一模一样的悸动""我们应当对看不见的东西表达谢意"。这正与陈先发的诗学"现实观"相应。

　　组诗《九章》延续了他对世界（物象、表象、世相、真相）的格物致知的探询和怀疑能力，而此种能力则必然要求诗人的内心精神势能足以持续和强大。而在很多诗人那里，"历史""现实"往往被割裂开来，而只有真正的诗人才能领悟二者之间彼此打开的关系，这种历史的个人化和现实的历史化在陈先发近期的组诗《九章》中有突出性的印证，比如《地下五米》《从未有过的肢体》。这也是陈先发写出《黑池坝笔记》的深层动因。那轻霜、乌黑的淤泥以及灰蒙蒙的气息所弥漫开的正是诗人对世界的理解方式，这种理解方式已经在多年的写作实践中成了个体节奏的天然呼吸。陈先发的诗歌因为极其特殊的精神气质和文化诗性而很容易被指认为耽溺型的"蜗居的隐身者"的写作代表。但是，这显然是一个错误的判断。陈先发的诗歌并不缺乏日常的细节，不忌讳那些关于整体社会现实以及历史场域的"大词"（比如"现实""时代""共和国""中国""故国"），只是最为关键的是，陈先发并没有沦为1990年代以来日常化抒情和叙事性写作的诗人炮灰（当然，陈先发的部分诗作不乏"戏剧性"），也没有沦为无限耽溺于自我想象和雅罗米尔式极端化个体精神乌托邦的幻想者。他的诗都是从自身生长出来的，并且没有"大词癖"。没有大词癖并不意味着没有诗歌话语的精神洁癖。陈先发的诗歌多年来之所以风格学的面目愈益突出，就在于他维持了一个词语世界构筑的精神主体自我，与此同时他也在不同程度地加深着个人的精神癖性。而没有精神癖性的诗人在我看来是非常可疑的。这种值得怀疑和辩难的精神癖性在很多诗人那里体现为对立性，他们不是强调个体的极端意义就是极力强化诗歌社会学的担当正义。显然，这两种精神癖性所呈现的症候在本质上是同一的。一个优秀的甚至重要诗人的精神癖性除了带有鲜明的个体标签之外，更重要的是具有容留性，是在场

诗探索 5

理论卷 2017年 第 1 辑

与拟在场的平衡。由这种容留性出发来考察和阅读陈先发的诗歌，我们可以注意到一个事实，那就是各种"杂质"掺杂和渗漏在诗行中。这种阻塞的"不纯的诗"正是我所看重的，再看看当下汉语诗界那么多成熟、老成的诗人的写作太过平滑流畅了。这些光滑、得心应手而恰恰缺乏阻塞、颗粒和杂质的诗歌因为"油头粉面"而显得尤为面目可憎。值得强调的是，这种"油头粉面"的诗歌既可以是个体日常抒情意义上假大空的哲理和感悟，也可以是以义愤填膺的广场英雄和公知的身份出现的。

二

"陈先发的柳树"。

这是我阅读陈先发的组诗《九章》及笔记之后突然冒出来的一个句子。

多年来，陈先发一直营设着特殊的"精神风景"格物学知识。比如"柳树"（"垂柳"）无论是作为物象、物性、心象或是传统的"往事"载体、"寓言体"以及"言语的危邦"，在陈先发的诗歌和笔记中已然成为核心性的存在。围绕着"柳树"所伸展开来的时间以及空间（河岸、流水、飞鸟、映像）显然构成了一个稳定性与未定性同在的结构。在《秋兴九章》的开篇，诗人再一次引领读者与"柳树"相遇——"在游船甲板上看柳 / 被秋风勒索得赤条条的这运河柳"，"为什么 / 我们在河上看柳 / 我们往她身上填充着色彩、线条和不安 / 我们在她身上反复练习中年的垮掉"。在语言表达的限度和可能性上而言，为什么是这一棵"柳树"而不是其他树种？

这是精神仪式，也是现代性的丧乱。而这种秘密和不可解性，恰恰就是诗歌本体依据的一部分。

陈先发的汉语"诗性"和"精神风景"在一定程度上体现为古典性"遗物"（"一种被彻底否定的景物，一种被彻底放弃的生活"）与现代性"胆汁"（怪诞、无着、虚妄）之间的焦灼共生。

陈先发往往站在庭院、玻璃窗（注意，是现代性的"玻璃窗"而不是古典的木制门窗）前起身、站立、发声。那些自然之物和鸟啼虫鸣与诗人内心的声音时常出现龃龉、碰撞。但是，这些自然之物显然已经不是类似于王维等古代诗人的"雨中山果落，灯下草虫鸣"的封闭和内循环的时间性结构。这些自然之物更多处于"隐身"和"退守"的晦隐状态，或者说，这些物象和景观处于"虚辞""负词"的位置——因为现代性的"水电站"取消了古典的流水。古典性的草虫鸣叫与现代性的工具嘶吼时时混响。这不仅是内心主体情绪扩张的结果，而且还与"现代性"景观的全面僭越有关。但是这也并不意味着"已逝"的"古典性"和"闲适山水"就是完全值得追挽和具备十足道德优势的，"难咽的粽子"恰好是陈先发对此的态度。此时，我想到的是诗人这样一段话："远处的山水映在窗玻璃上：能映出的东西事实上已'所剩无几'。是啊，远处——那里，有山水的明证：我不可能在'那里'，我又不可能不在'那里'。当'那里'被我构造、臆想、攻击而呈现之时，取舍的谵妄，正将我从'这里'凶狠地抛了出去。"这是自我辨认，也是自我诘问。具体而言，陈先发的诗歌一直持有生存的黑暗禀赋。无论是在指向自然景观，还是面对城市化生活的时候，他总是在有意或不经意间将沉滞的黑暗、晦明的死亡气息放大出来："一阵风吹过殡仪馆的 / 下午 / 搂过的她的腰、肩膀、脚踝 / 她的颤抖 / 她的神经质 / 正在烧成一把灰"（《斗室九章·梨子的侧面》）。甚至陈先发敢于预知死亡，能够提前将死亡的细节和精神气息放置在本不应该出现的位置和空间。这也是为什么陈先发钟爱类似于"殡仪馆"场景的精神图示的深层心理动因，"死者交出了整个世界 / 我们只是他遗物的一部分"（《秋兴九章·7》）。

这恰如闪电的陡然一击，猝不及防，瞬间惊悸。是的，我在陈先发的诗歌中总会有不期而遇的惊悸感，而这正来自于"挂碍"和"恐怖"。陈先发却将这种惊悸感和想象转化为平静的方式，正如一段胫骨的白净干彻让我们领受到曾有的生命血肉和流年印记，"我们盼望着被烧成一段 / 干干净净的骨灰"。《斗室九章》的"斗室"空间决定着诗人的抒写视角，而陈先发在斗室空间的抒写角度不仅通过门窗和天窗来向自然、已逝的时间和现代性的空间发出自己的疑问，即不只是在镜子和窗玻璃面前印证另一个"我"的存在，比如"有一天我在窗口 / 看着池中被雨点打得翻涌的浮萍"（《室内九章·女工饰品》）、"站在镜前刷牙的两个人"（《室内九章·斗室之舞》）、"我专注于玻璃窗外的夜色""在母亲熟睡的窗外"（《室内九章·诸神的语调》），而且他出其不意地在斗室中向下挖掘，以此来尝试通向自我和外在的各种可能性。斗室更适合冥想，生死的猜谜和自我的精神确认成为不可或缺的主体趋向。在一些明亮的、浅薄的、世故的、积极的诗人那里，往往排斥黑色的、灰色的、消极的和不需要铭记的事物和情感，而陈先发却对此有着有力的反拨，"灰色的 / 消极的 / 不需要被铭记的 // 正如久坐于这里的我 / 被坐在别处的我 / 深深地怀疑过"（《斗室九章·死者的仪器》）。

"虚构往日""重构今日""解构明日"的不同时间区隔及其中的

诗探索 5 理论卷 2017年 第1辑

共时性的"我",就可以任性而为地对话与盘诘,个体精神的乌托邦幻境不是不在陈先发这里存在,关键是他已经不再堕入到物我象征的"蝴蝶"的沉疴和泥淖中去。精神延展和锻打的过程更具有了某种不可预知的复杂性。

三

我将陈先发的《九章》称为"新九章",其中包含我对汉语诗性和践行可能性的思考。

"新"曾一度成为进化论意义上的文学狂妄和政治体制集体文化的幻觉,"新"也一度成为各种运动和风格学意义上当代诗人们追捧的热词。这些都是极其不理智、不客观、不够诗学的。而我强调的"新九章"恰恰是由陈先发的组诗以及多年来他的诗歌写作实践和诗学理念所生发的命题——而不是泛泛意义上的"话题",甚至比"难题"的程度更重。一个已然的常识是,古典诗歌的"诗性正义"是不容争辩的,甚至早已成为真理性的知识。可是现代新诗却不是,因为权威的"立法者"的一再缺席,其命运和合理性一直备受攻讦、苛责与争议。那么,一百年来,汉语新诗的"诗性"与"合法性"何在?这必然是一个现在不能解决的"大问题"——不仅关涉大是大非,而且讨论的结果必然是无果,甚至歧义纷呈。但是可靠的做法是可以将这一话题具体化和个人化,也就是可以将此话题在讨论具体诗人和文本的时候应用进去。

具体到陈先发的诗以及新作《九章》,他所提供的汉语新诗的"诗性"和"新质"是什么呢?也就是这种"新质"到底是何种面目呢?多年来,谈论新诗的"诗性"的时候,先锋性、地方性、公共性、传统性、现代性和后现代性是被反复提及的关键词。但是,这些关键词被具化为个体写作和单个文本的时候又多少显得大而无当。由此,陈先发所提供的"新质"在我看来并不是其他论者所指出的什么桐城文化的传承,阅读感受上的神秘、晦涩以及儒释道的教义再造,而恰恰是来自于他复杂的生命体验和现代经验、对"已逝"部分的诗学迷恋、对个人化的历史想象力以及个体主体求真意志的精神构造。只有在此意义上确立了陈先发的诗人形象,才有可能真正理解他的诗歌文本以及文化文本。实际上,既然对于诗歌而言语言和生命体是同构的,那么以此谈论"生命诗学"也未必是徒然无益的虚词。这必然是语言和生命体验之间相互往返的交互过程,由此时间性的焦虑和生存体征也必时时发生在陈先发这里,比如"摇篮前晃动的花／下一秒用于葬礼"。

陈先发的汉语"诗性"还表现为"洁"与"不洁"的彼此打开和共时性并置。

诗人需要具有能"吞下所有垃圾、吸尽所有坏空气，而后能榨之、取之、立之的好胃口"。而在我们的诗歌史所叙述的那些诗人那里，素材和道德的"洁"被提高到无以复加的地步，而那些"不洁"的素材、主题和情绪自然被冠之以"非法"和"大逆不道"。而阅读史已经证明，往往是那些看起来"干净整洁"的诗恰恰充当了平庸的道德审判者，而在内在诗性和语言能力上来说却没有任何的发现性和创造性。在我看来，那些被指认为"不洁"的诗恰恰是真实的诗、可靠的诗、有效的诗，反之则是"有过度精神洁癖的人终将无法继承这个世界"。记得一个诗歌阅读者曾向我寻找答案——为什么陈先发写父亲的诗非得要写生殖器和白色的阴毛呢？（诗句出自陈先发的长诗《写碑之心》："又一年三月／春暖我周身受损的器官。／在高高堤坝上／我曾亲身毁掉的某种安宁之上／那短短的几分钟／当我们四目相对／当我清洗着你银白的阴毛，紧缩的阴囊。／你的身体因远遁而变轻。"）

我当时无语。

可怕的"干净"阅读症，仍然以强大的道德力量和虚假洁癖在审判诗人和诗歌。

而对于陈先发而言，诗歌的"洁"与"不洁"显然不是被器官化生理性的阅读者强化的部分（比如"一座古塔／在处女大雾茫茫的两胯间／露出了／棱和角"），而是在于这些诗所出现的文化动因机制以及诸多可能性的阅读效果。陈先发的诗歌中不断出现"淤泥"（类似的还有"地面的污秽"）的场景和隐喻，而这几乎是当代汉语诗歌里非常罕见的"意象"构造。而这一意象和场景并非什么"洁"与"不洁"，而是诗人说出了别的诗人没有说出的现实和精神景观。当然，这也包括当代诗歌史上的那些道德伦理意义上被指认为"不洁"的诗，因为这些诗中的"不洁"禁止被说出与被写出，那么恰恰是冲破道德禁忌写作的人建立起了汉语的"诗性"。只不过这种非常意义上的有别于传统诗学的"不洁"，在阅读感受上往往给人不舒服、不干净、不崇高、不道德的刻板印象罢了。

陈先发诗歌的自况、自陈、自省语调是非常显豁的，同时这种语调使得他的诗歌程度不同地带有以诗论诗"元诗"的性质。具言之就是那些关于写作本体的关键词时时会出现在诗行里，"我的笔尖牢牢抵住语言中的我""我们活在词语奔向对应物的途中""它击穿我的铁皮屋顶，

我的床榻我的 / 棺椁，回到语言中那密置的深潭里""香樟树下，我远古的舌头只用来告别"。显然，元诗的尝试对于诗歌写作者来说无疑具有重要性——这不只是一种诗学阐释，更是对自我写作能力和限囿的检省与辨别。

暮年的杜甫在夔州的瑟瑟秋风中遥望长安自叹命运多舛，他道出的是"寒衣处处催刀尺，白帝城高急暮砧"。而此去千年，诗人陈先发在秋天道出的则是"穿过焚尸炉的风 / 此刻正吹过我们？"

在汉语新诗的写作史上，能够留下独特的不可取代的具有汉语新质的"一"显然是每一个写作者的追求，尽管更多的结果则是被集体淹没于沙砾之中成为无名的一分子。显然，如果我们放弃了文学史的幻梦，那么诗歌减负之后直接面对个体生命的时候，陈先发的诗歌让我想到的是他的这样一句话："跟一般失败比较，试图回忆过去就像试图把握存在的意义。两者都使你感到像一个婴儿在抓篮球：手掌不断滑走。"

2015 年夏末 北京
[作者单位：中国作家协会创研部]

生活中那一道跳跃的风景

——评陈先发的《秋兴颂》

刘 波

陈先发的《颂七章》，颂的皆是生活。生活给他的馈赠，他加倍地还给了诗歌，这样的互动，或许正是他这些年从诗歌与生活的较量中找到的乐趣。他记录下的那些细节，都是日常汇成的诗性体验，只不过他在娓娓地讲述，有时甚至是悄无声息的，而我们只需要感悟和领受那出其不意的修辞转换，并以合理的想象来对接他的记忆和良知美学。

单是这首《秋兴颂》，我们很难再以传统的眼光来看待它。它不是那么明晰，虽然也有生活的细节和影子，但稍纵即逝，很快又恢复到大面积的留白里，只容我们去想象，去揣摩他在诗里到底暗藏了什么。看起来很简单，我们天天都会在街角见到的修鞋摊：接近傍晚了，老头还未收工，他可能在等待黄昏里的最后一单生意。这极为日常的一幕，恰恰可能为我们所忽略，所无视，这在有心的诗人那里，却成了真正的观看之道和诗之源泉。哪有什么专属于诗的题材，又有多少被我们滥用的情感？诗就在生活里，在那些被我们遗忘的片断和记忆中，在那擦肩而过的缘分与细节里。陈先发抓住了生活中的一瞬，将这种最日常的经验转化成了一种现实的隐喻，一种被神秘主义所包裹着的生动。

在诗人眼里，黄昏即景的一幕，足够熟悉，又足够陌生，总之，是一幅迷人的画面。如果我们真将其当作一道风景，那也是一道带有悲剧意味的风景。街角修鞋的老头，我们所惯常理解的底层，诗人将视角对准这样一个形象，是有意之举吗？也未见得。他可能就是诗歌镜头里最平常的"风景"之一种，虽然"旧鞋在他手中，正化作燃烧的向日葵"，对我们来说，这只是视觉印象，"旧鞋"当是老人的生存之本，所以才有精彩的"向日葵"之喻。在诗人眼里，那暮色里的最后一道余晖，必须要在它落下之前将其尽收眼底，这样方可成就"风景"之再现。事情果真如此吗？诗人接着来了一句理性的追问："谁认得这变化中良知的张皇？"这是富有现实感的一问，但又不乏强烈的历史意识。我甚至觉得，历史意识的渗透，才是这首诗的关键，也是此诗相比于其他诗作甚为高明的一点。"在暮光遮蔽之下／街巷正步入一个旁观者的口袋——"似又从理性审视回到了感性的观察，诗人作为主体，他已经实施了对这道风景的重塑，可他认定了自己旁观者的身份，而让风景参与了主体的精神建构。这种角色的置换，是要为悄然退场和主动出击的交互体验交上一份满意的答卷吗？真正的主角一直没有出现，前面所有的书写，或许都只是为了铺垫，这种孤独氛围的渲染，却引出了画面背后的声音。"他站立很久了。偶尔抬一抬头／听着从树冠深处传来三两声鸟鸣"，虽然我们等待已久，但主角并未如期而至。诗人收敛了他的情感，疑虑随之到来：难道一切都是为了烘托那场更为内在的风景展示？

鸟鸣出现了，但秋鹍终究还是没有出场。诗人并非要卖关子，事实就是如此，我们根本就找不到主角。那只好再次回到街角的风景——"在工具箱的倾覆中找到我们／溃烂的膝盖。这漫长而乌有的行走"，修鞋的工具箱成为这场风景戏的道具，可后面的一切又遭遇了变形。诗人对生活的改写，忠实于其本质，但从未像素描一样去复制，因为他所理解的真实，也许就是他心目中被现实异化了的良知。在诗人笔下，修鞋的老头是否是一个残疾人？我们不得而知，但他的形象，已深深地烙在了我们的阅读感受和日常记忆中，几乎成了这首诗的某种标签。

诗人能够理解现代世界的这一幕，且以自己的尺度抓住其内核，然而，生活并未按照日常的逻辑去继续，它改变了方向，我们有时真的难以捕捉那处于悖论中的生活意趣。它看似真实，确凿无疑，可更多时候它又是迷离的、模糊的，诗人就是要在这明晰与暧昧的杂糅里找到诗意的合法性。因此，他时而追求实在的细节，时而又回到虚拟的召唤中，"——谁？谁还记得？／他忽然想起一种鸟的名字：秋鹍。／／谁见过它真正的面目／谁见过能装下它的任何一种容器"？这一连串带着丰富想象力的困惑之问，看似在向所有人发难，实则更像是诗人的自我怀疑。可能他自己也无法回答，只能凭借这样一股情绪，将所有的疑虑都释放出来，以短暂地卸下生活的重担。

不断的追问之后，好像一切都复归于平静，可是，诗人的重担并没有如期卸掉，他仍然面临着更绚烂的风景，这风景一方面来自填补空白的想象，另一方面，也源于记忆中的现实本身。"像那些炙热的旧作。／一片接一片在晚风中卷曲的房顶。"这虽是对作品的形容，又何尝不是对风景的再造。"唯这三两声如此清越。在那不存在的 / 走廊里。在观看焚烧而无人讲话的密集的人群之上",在谛听鸟鸣中,他清醒地感知到了真相,然而除此之外,所有的视觉风景都可能只是臆想中那片暗淡的色彩。回到现实,诗人只相信清越的鸟叫,这可能是他写《秋鹨颂》的缘由所在:声音所控制的世界,同样可以幻化成一道更为迷人的风景。

我能想象得到,就是这样一个普通的暮色场景,多少人会将它写成泛泛罗列风景的平庸之作。一旦把握不住风景与诗之间的距离感,凭着激情一头扎进生活的怀抱,全面拥抱它,最终却走不出来了,只能陷入简单的复制与照搬,这其实是创造力丧失的表现。陈先发一如既往地运用了他融合古典与现代的手法,在对鸟鸣和街角场景的交替审视中,构筑起了他"颂歌"书写的另类空间,同时,也给了这种怪异的存在一抹人生的亮色。

[作者单位:三峡大学文学与传媒学院]

【附诗】

秋鹨颂

陈先发

暮色——在街角修鞋的老头那里。
旧鞋在他手中,正化作燃烧的向日葵

谁认得这变化中良知的张皇?在暮光遮蔽之下
街巷正步入一个旁观者的口袋——

他站立很久了。偶尔抬一抬头
听着从树冠深处传来三两声鸟鸣

在工具箱的倾覆中找到我们
溃烂的膝盖。这漫长而乌有的行走

——谁?谁还记得?

他忽然想起一种鸟的名字：秋鹨。

谁见过它真正的面目
谁见过能装下它的任何一种容器

像那些炙热的旧作。
一片接一片在晚风中卷曲的房顶。

唯这三两声如此清越。在那不存在的
走廊里。在观看焚烧而无人讲话的密集的人群之上

2010 年 8 月

"前世"之诗

罗　麒

　　"梁祝化蝶"是中国传统文化中经典而凄美的爱情故事，同时又因其浓郁的奇幻色彩，被传唱得最为广泛。然而，这种超高的传唱度在文学创作领域反倒成了无形的藩篱，过多的演绎、改编让故事本身的可诠释角度和空间都变得十分狭窄。陈先发的《前世》迎难而上，细致地描绘了"化蝶"的全过程：首句"要逃，就干脆逃到蝴蝶的体内去"，写出了梁、祝迫于父母阻碍等社会因素的无奈，并在开篇第一句就把读者引入到特定的审美空间内，而后"与整个人类为敌"，又把二人与肉身、精神乃至人类的身份决裂、一同跳出轮回的决绝表现得淋漓尽致，那种为了爱情不惜与世界为敌的果敢、倔强让人动容。接下来连续五个"脱掉"更堪称惊人之笔。以往绝大多数描述"化蝶"过程的作品，往往只关注到了"化蝶"过程的美感和其中人物间的绵绵爱意，即便是已经把这一过程具象化的相关影视作品，也没有完整地展示出"凄美"之外的情感和细节。诗人的成功恰在于此，五个"脱掉"中不仅有决绝和愤懑，更有不舍与疼痛，因为"化蝶"的过程不仅仅是抛开尘世纷扰，逃离礼教桎梏和俗世恩怨，放弃入世的理想和追求，更要"脱掉"一生的记忆和一世的相思，"化蝶"的前途未卜，为爱献身是否就能长相厮守，抛却肉身和记忆的一刻，梁、祝恐怕在祈祷的同时，也必定怀着惴惴不安。特别需要注意的是最后一个"脱掉"，"又脱掉了自己的骨头"这一句颇值得玩味，"骨头"隐喻的不仅是社会礼教培育出的谦和守礼与贤良淑德，更有作为读书人的所有理想、抱负和责任。在"化蝶"的故事里，读者总是习惯性地认为为了爱情牺牲这些根本无须取舍纠结，事实上这只是用现代人的价值观做出的身处事外的取舍，而作为当事人的梁、祝恐怕要在这一场取舍中倍感矛盾和痛苦。在第一节末尾，诗人用一句"这一夜明月低于屋檐 / 碧溪潮生两岸"，把惊心动魄的"化蝶"过程重新拉回了"凄美"的曲调中，画面感十足的"明月""碧溪"把梁、祝的情感推向高潮，只用一句便达成了音、画、情三者的浑然融合。

如果全诗到这里即告结束，已不失为一篇重新诠释"化蝶"神话的佳作，但诗人显然并不满足于此。最后一小节，诗人用"化蝶"后两只蝴蝶间的细微动作传达出了丰富的情感和思考，而这些情感与思考远远大于故事本身的容量：化蝶后的祝英台，独独没有忘记的动作和一句"梁兄，请了"，既是痛苦的化蝶过程后前世姻缘残留下的余香，让人读后联想起故事中的前世今生感叹不已；同时，勇敢冲破礼教大防追求爱情的梁、祝，在已经脱离人身后唯一记得的动作和话语，却偏偏是"礼"的残余，他们的爱情与牺牲仿佛终究未能换来永恒的自由，读后又有怅然若失之感，意蕴之深，运笔之妙，在同题材的文学作品中实不多见。

陈先发对于语言超强的控制力也在《前世》中显露无遗，无论故事的起、承、转、合，都能用恰到好处的语言将情感准确而到位地传达出来，尤其是现代口语与古典诗词之间韵律、意境的转换，更是令人佩服。

[作者单位：天津师范大学文学院]

【附诗】

前　世

陈先发

要逃，就干脆逃到蝴蝶的体内去
不必再咬着牙，打翻父母的阴谋和药汁
不必等到血都吐尽了。
要为敌，就干脆与整个人类为敌。
他哗地一下脱掉了蘸墨的青袍
脱掉了一层皮
脱掉了内心朝飞暮倦的长亭短亭。
脱掉了云和水
这情节确实令人震悚：他如此轻易地

又脱掉了自己的骨头！
我无限眷恋的最后一幕是：他们纵身一跃
在枝头等了亿年的蝴蝶浑身一颤
暗叫道：来了！
这一夜明月低于屋檐
碧溪潮生两岸

只有一句尚未忘记
她忍住百感交集的泪水
把左翅朝下压了压，往前一伸
说：梁兄，请了
请了——

没有必要再去读这个人的东西。

六

语言对于诗歌的意义，其吊诡之处在于：它貌似为写作者、阅读者双方所用，其实它首先取悦的是自身。换个形象点的说法吧，蝴蝶首先是个斑斓的自足体，其次，在我们这些观者眼中，蝴蝶是同时服务于梦境和现实的双面间谍。

七

诗学即是剥皮学。比如，卧室剥皮后是一条峡谷。我剥皮后是你。诗学真正令人惊异之处，不在于更复杂的"它何以是"，而只在于"它竟然是"。它抛弃了无所不能的自由，而仅让自己停留在局限的、强指的自由。不在于屎溺桌椅何以有道，而在于道竟止于屎溺桌椅。竟然是！"竟然是"的无穷乐趣。

八

我想，写诗或者写任何体裁的文章，语言学行为的最终结果只有一个，就是重新发现并爱上这个世界的神秘性。换个说法，我们唯一无法解构的也是这个世界的神秘性。比如，许多人告诉我：读不懂你的诗，其实"误读"赋予诗歌以更广阔的多义性。正是受众的误读重塑了作者。误读正是阅读的意义，也是神秘性的主要部分。

九

一个诗人对真理过度追从，部分源于他对语言的无能。在尽览语言的各种深层之妙后，诗会远离真理与谬误在分界线上的剧烈争吵。诗会远离所有清晰的界线，而只偏爱某种混沌的、令人迷醉却往往在社会规则上失准的气息。甚至谬误，时而在诗人笔下，亦让人饮之如甘泉。悖谬之途的景物同样令人沉迷，虽然它与真理一样无力绑架诗歌。谬误时而也与人的同情心聚变为某种道义之力。我宁可认为存在着一个道义与诗的结合体，而不存在一个真理与诗的结合体。

十

"谷物运往远方，养活一些人。谷物中的战栗，养活另一些人。"诗人正是被"谷物中的战栗"养活的那些人。

十一

我们常常谈论"现实"二字，我觉得对诗歌而言，存在四个层面的现实：一是感觉层面的现象界，即人的所见、所闻、所嗅、所触等五官知觉的综合体。二是被批判、再选择的现实，被诗人之手拎着从世相中截取的现实层面，即"各眼见各花"的现实。三是现实之中的"超现实"。中国本土文化，其实是一种包含着浓重超现实体的文化，其意味并不比拉美地区淡薄，这一点被忽略了，或者说被挖掘得不够深入。每个现存的物象中，都包含着魔幻的部分、"逝去的部分"。如梁、祝活在我们捕捉的蝶翅上，诸神之迹及种种变异的特象符号，仍存留于我们当下的生活中。四是语言本身的现实。从古汉语向白话文的、由少数文化精英主导的缺陷性过渡，在百年内又屡受政治话语范式的凌迫，迫使诗人必须面对如何恢复与拓展语言的表现力与形成不可复制的个体语言特性这个问题，这才是每个诗人面临的最大现实。如果不对"现实"二字进行剥皮式的介入，当代汉诗之新境难免沦入空泛。

十二

我们的生活与内心，必然地在各种镣铐与限制之中，对立由此产生，在我看来，"对立的意愿"与"意愿的对立"是所有艺术的根源。我同时认为，艺术的本质不在于解决这种对立，有时恰需深化这种对立，才能为我们提供更强的动力。文学不会死于它无力帮助人们摆脱精神困境，而恰会死于它不能发现、不能制造出新的、更深的困境。困境之存，诗性之魂魄也。伟大的写作者奔走于"困境接续"的途中，而不会长久陷于写作的技术性泥潭。此困境的巨大语言镜相，构成了文学史上的群峰连岳。

十三

　　传统几乎是一种与"我"共时性的东西。它仅是"我"的一种资源。这种——唯以对抗才能看得清的东西——裹挟其间的某种习惯势力是它的最大敌人。需要有人不断强化这种习惯势力从而将对它的挑战与矛盾不断地引向深处。如果传统将我们置于这样一种悲哀之中：即睁眼所见皆为"被命名过的世界"；触手所及的皆为某种惯性——（首先体现为语言惯性）；结论是——世界是一张早已形成的"词汇表"。那么，我们何不主动请求某种阻隔——即，假设我看到这只杯子时它刚刚形成。我穿过它时它尚未凝固。这只杯子因与"我"共时而"被打开"，它既不是李商隐的，也不是曾写出《凸镜中的自画像》的约翰·阿什伯利（John Ashbery）的。这样，"我们"才有着充足的未知量。

[作者单位：新华社安徽分社]

期待平淡之后的山高水深

——论张巧慧的诗歌创作

刘诗宇

诗探索 5 理论卷 2017年 第 1 辑

一

他轻易撕掉那张纸
撕开，团，扔到桌脚

她忍住那么多曲折
她变得白而柔软
仅仅止于一次失败的描述

她团着，墨迹未干
说起昨晚读到的故事：
乱针绣的女子守身如玉一辈子
而那男子娶了四房老婆

他的脸上看不出愧疚
她的表情也逆来顺受

在张巧慧数量颇丰的诗歌创作中，这一首《遭遇》最让我念念不忘。即便是阅读过像《长城诗章》《忆江南》《与大江书》等内容更加丰富、气韵更加深厚的作品之后，《遭遇》仍仿佛"万绿丛中一点红"，准确而又频繁地撩拨我的心弦。

张巧慧显然与当代文学史上最推崇的那类诗人不同，她既不像海子那样，用雄浑诡奇的想象建造最后的乡土世界，也不像西川那样将诗思建立在"稀有知识"的基础上，用诗的方式去探讨存在角度的复杂问题，当然也不像伊沙那样充满了对前人的颠覆欲望。作为一名女诗人，张巧慧既不是非常明显地如翟永明那样用自己的诗歌巩固了女性的世界与立场，也不像郑小琼那样用一种隐约的"黑暗气质"①刺穿时代的软肋，书写底层经验。如上几种类别，作为诗歌写作的基本类型，或者说作为文学史留下的痕迹，都在张巧慧的诗歌中有所显现，然而哪一种又都无法作为她的"专长"。

在古代文学史中，类似李白、杜甫、苏轼等人在篇幅上永远笑傲群雄，但是无论治世乱世，总会出现一些诗人，他们仿佛总是围绕书斋生活打转，笔下永远没有对于"极端"的呈现，虽然他们占据的篇幅非常少，但是文学史家从来不肯忘了他们。

并不是每个诗人，都曾参与到社会历史或者文学史的非凡转折中，而身处大历史中的诗篇，也并非都是为记录、探索、批判那些与时间、空间、存在、虚无相关的重要节点而存在。有人认为，好的诗人一定在某种程度上受到精神分裂的困扰，那么这是否意味着"正常人"的诗歌必然平庸？从这样的角度出发，我想张巧慧正可以作为一类诗人的代表，提醒着人们诗歌写作的其他可能。

从这一角度入手，似乎可以解释我为什么对《遭遇》情有独钟。在这首诗中，写作者废弃的稿纸与被男人抛弃的女人互相扮演，两个看似不相干的平行时空出现了充满意味的重叠。无论是写作者扔了一张稿纸，还是一夫一妻制之前男性"始乱终弃"的故事，都是你我经验中的寻常之事，并且看似距离颇远。然而在张巧慧的诗思之下，纸上的"白""曲折""柔软"与女子的"守身如玉""逆来顺受"呈现出惊人的一致性。该怎样诉说，才能让读者在更大程度上感受到一个女子的悲戚？"感同身受"是理解诗歌的前提，也就是说在进行理解时，读者会下意识地将被叙述的角色与自己画上一个等号。此时的问题在于，除极个别情况，读者永远不可能真正与角色站在同一个位置，二者的差别将造成无限的"延异"——读者对自己本身的"重视"会消解角色的"被忽视"与命运的悲惨。张巧慧站在读者前面，提前将"读者—角色"的模式转变成了"稿纸—女人"，而将读者转移到了与稿纸进行"感同身受"的位置上。由此，"稿纸"相比于"女人"更大程度的陌生化，能对"延异"产生抵消作用，而使情感的传达更加准确。并且诗中还带有一些让人费解的东西，例如"乱针绣的"四个字中，蕴含着两种解释的可能："乱

---

① 张清华：《语词的黑暗，抑或时代的铁——关于郑小琼的诗集〈纯粹植物〉》，载《当代作家评论》2013 年第 4 期。

·结识一位诗人·

针"可以作为状语，修饰"绣"这个动作，精炼地表现女人的命运潦草、匆忙；也可以将"乱针绣"整体理解为一个名词——这是一种汉族刺绣工艺。第一种解释可能更富诗意，但在张巧慧的另一首诗《赠别》中，"乱针绣"则确实是以名词的身份出现的，两种解释互不相容却也互相丰富着对方。

即便这首诗的关注点未必可以和社会层面的公共价值相联系，也未必在人性或者灵魂层面触及叹为观止的深度，但它同样是动人的。这是张巧慧诗作的长处，也是张巧慧身处其中的当代诗人群体中蕴含的关于诗歌写作的可能。优秀的诗歌不仅要为读者提供如临深渊、刀背藏身的"危险感"，供读者的心灵飞翔或深潜，也需要为读者提供有关日常生活的"确证"，在一定程度上让文学创作的技巧与那些最为人所共知的事物相连，用感性打开理性熟视无睹的地方，又不让其与现实生活产生太大的距离。

二

如上是对《遭遇》一诗的分析，同时也可以看成对张巧慧诗歌创作的一个"简陋"的总括。除基本的创作特点之外，诗人创作的基本关注点，在《遭遇》中也都或多或少得到体现。对张巧慧近几年创作的诗歌进行阅读，可以发现她的关注点主要可以分成三大类。一类如《遭遇》中的"他"和"她"，都是从读书、写作等日常生活中引发的对自身、对周围的联想；一类如诗中对女性悲惨命运的关注，渗透着作者在一定程度上的底层关怀或批判意识；一类如诗中提到的古代女子的命运，是作者将自己的心思沉淀在典籍或风物所蕴藏的历史中，将历时层面中已经消逝之物用感性铺展于共时层面，供人思索感受。

对于诗歌创作，"日常生活"是个充满"危险"的东西。之所以要处理日常生活，一方面是因为这一题材的内容俯拾即是，从创作取材的角度，它对读者或是作者都是公平的，日常生活可以在最大程度上"击中"读者，削弱虚构能力对于情感抒发的束缚。另一方面则因为共同的日常生活经验对于读者记忆与情感的唤醒，能够使文本在不同的环境中产生"多义性"，在更短的篇幅内形成更大的阐释空间。

然而日常生活的共通性，也极有可能将诗歌创作引入一条"无关痛痒"的死胡同中。结合近十年中国诗歌界的发展趋势，一种"中产阶级趣味"对诗歌创作虎视眈眈，随时等待着这个时代的诗人踏入"陷阱"。

何谓"中产阶级趣味"？张清华曾在2006年的文章中，在丹尼尔·贝尔的阐释基础上，结合中国社会与文学的发展状况，对"中产阶级趣味"做出界定："中产阶级趣味是我们时代的文化与艺术所表现出的一种新的审美观，它所代表的是一种删除了精英知识分子的启蒙批评立场的，同时也是隔绝了底层社会的利益代言角色的，与今天的商业文化达成了利益默契的，充满消费性与商业动机的，附庸风雅的或者假装反对高雅的艺术复制行为。"[①] 而"中产阶级趣味"的突出表现之一，就是"个人日常生活的审美化"。

这一问题的产生，原因复杂，但归根结底，与日常生活对诗人创作的选材及技巧的限制有关。如郑小琼等曾身处底层的写作者，他们被残酷的现实逼迫得"不平则鸣"，然而更多的诗歌写作者，是在一定程度上摆脱了生活压力之后，才得以将注意力转向了审美领域。此时发现生活的"丑"与"美"，便成了诗歌领域乃至整个文学领域里分庭抗礼的两大命题。在张巧慧的诗歌中，有类似于《我爱这庸常的诗意》，在一定程度上有将日常生活进行审美化的诗作，但是一如她在《一条江加深我对宽阔的理解》中写道：

即使我们一再谈到火焰，也不能改变
此刻的随波逐流。
在船上，你不能谈论闪电和暴雨，
出没于风口浪尖的船
……
不，你不能总是沉浸在自己的小悲伤中
纠结于细小的裂缝、碰撞和残缺

可见，张巧慧对避免深陷于"中产阶级趣味"有着非常自觉的意识。火焰、行船、闪电、暴雨等意象的使用，非常形象地揭露出了生活巨大的魔力与人生的某种艰难——就像船员在海上，明知未来有狂风暴雨的危险，也对危险缄口不提，以免招致毁灭。现实中人们也经常会对自己有不凡的期许，但是生活能够让你与目的背道而驰，并为自己的决定暗自庆幸，以为这是在与生活达成某种"契约"。沉浸在个人小团圆式的生活中是相对容易的，并且综合张巧慧的诗歌创作，不难发现她与这种生活的距离更近，但是她还是极力为自己寻找一种责任感，通过寻找某

---

① 张清华：《我们时代的中产阶级趣味》，载《南方文坛》2006年第2期。

种"承担",来实现自己面对语言以及身为诗人的使命。

涉及个人的日常生活时,张巧慧更多书写像《泥胎》《养蚕者》《雪后》这样的诗篇。虽然这些诗的天地仍然不够广阔,但是它们因传达了一种"刺痛"式的体验,而与深陷平庸的"日常生活审美化"保持距离。在《泥胎》中,诗人写道:"二十岁时,我自认怀揣美玉 / 三十岁时,我自认怀揣石头 / 四十岁时,我自认怀揣沙子"。三行诗跃过了二十年光阴,时间的流动顺理成章,却为人生感悟的变化增添了触目惊心的意味。境况的变迁让人从自信变成自我怀疑,最终失望。这就是我想说的"刺痛"之感,虽然诗篇涉及的内容仍然停留在一个比较小的天地中,描写的内容也平淡无奇,但是诗人能够找到平淡生活中的"刺"让自己也让读者保持清醒,用失去、疼痛、困惑等情绪与"安逸""无关痛痒"保持距离。在《雪后》一诗中,诸如"竹子、芭蕉、梅,分担着 / 各自的寒冷。双膝微疼,十指冰凉 / 我分不清自己藏在哪里更多一点"这样的诗句看上去更加平淡,但是通过"膝""指"这样的骨关节的不适,对于衰老的体验、对于肉身存在的惊觉与迷惑的传达也显得更不着痕迹。

一个诗人的诗歌会涉及底层关怀几乎是必然的,因为这符合这个时代的"政治正确"。所以,底层关怀的有无已经不再是衡量一个诗人的标准,关键要辨别这种底层关怀的真伪。

从张巧慧的诗歌创作中不难发现,即便是《与福利院的一次长谈》这样看上去是建立在真实观察上的组诗,也还是在这个时代最欣赏的那种关于底层的细节的残酷与真实上有所欠缺。这使得她涉及底层关怀的诗篇在这个时代难以脱颖而出,但我认为就如上文对张巧慧诗歌的阐释,虽然她的创作从任何一个方面看都不是最突出的,但我希望能从一个独立的个体的角度,而非某种公共价值上,去找到张巧慧诗歌中值得关注的地方。

应该说张巧慧涉及底层关怀的诗歌,不仅包含着一种社会批判意识,即将个体向外界敞开,将不同的个体相互联系,也将个体与具体的事件联系;同时承接着上一个主题,诗人不仅以感性的手段书写了自我周围的"刺痛"性经验,还将自我的人生感受迁移到其他个体之中,试图触碰到更具有共性的经验。

众人拥上去，他却往后躲了躲

一个打铁的人，木讷、迟钝，仿佛用尽了

体内的火焰。他打造铁器，却没有锤炼出

自己的锋芒（也许曾经有过）

他卖铁，却不与人群为伍

（密密的阳光下，看不到隐藏的兽）

独少一把斧头（腰间没有赘肉，屋后没有大树）

就是这样一个陈旧的人，一门陈旧的手艺

他必定厌倦了这样的捶打，但已经认命。

熄灭灶洞的火，才能像完成使命的工具把身体放平。

（我曾在街上遇到一个老妇，她反复捶打自己的

胸脯，号啕大哭，声嘶力竭

向着莫名之物缴械投降，她的悔……）

如上是《再一次说起铁匠铺》的中间段。从诗句中可以看出，诗人与这个铁匠并没有直接接触，诗句中书写的场景、神态、心情，包括铁匠的个人生活履历，都是诗人从外部观察得到的结果，括号之内的文字则是推理或者猜测过程中逻辑的显现或现象与观点的补足。括号内外的文字仿佛一唱一和，用有限的篇幅塑造出一个腼腆、本分又略显气短的铁匠形象。在一个相对有限的诗歌天地中，如何拓宽经验的表现领域？张巧慧的做法不失为一种可行的方式——既然缺乏最为直接的底层经验，那么，诗人便以人所共有的种种情感作为线索，靠自己的想象去摸索、揣测、复原出一个人物、场景或事件的完整面貌。也正是因此张巧慧涉及底层关怀的诗篇，描写的永远不是矛盾发生的那一刻，而是太阳落下、月亮升起，底层人在生存压力的缝隙之中得以喘息的片刻。

在这种情况下，虽然张巧慧书写底层的诗篇难以在时代中脱颖而出，但是它们的意义却得以浮现：这个社会中的其他阶层，需要通过书写底层的诗歌了解这个阶层的痛苦，并对这个社会以及自身进行反思，但是对于现实中的诗歌主人公们来说，他们需要的可能是相对"温柔"的描述，而并不想在文学作品中仍然循环在生活的阴暗面中不得超脱。虽然这种"温柔"想要真实，就必须短暂，但这起码为他们提供了一个安放疲惫心灵的空间。我想张巧慧所处的诗人群体，也是在用自己的创作提示着人们，底层诗歌并不一定意味着"消费苦难"，有时温情的态度更加重要。

在张巧慧笔下，书写底层生活与表达人生感悟，在很多时候是互为目的与方式的。在《父亲忙着拆除自己》《死亡是敞开的》《守墓人》等诗歌中，底层环境的架设，更有效地传达了作者对于衰老、疾病、死亡等经验的理解。如在《死亡是敞开的》中，有这样的段落："母亲过了六十就开始操心墓地 / 她活得潦草，却对死亡郑重其事"，"而饱受折磨的人，正不知不觉往门口移动 / 双双故世的姨父姨母，早年丧妻的大舅，/ 得了乙肝还在拼命的二舅，墓里墓外 / 唯死亡不拒绝任何事物"，"母亲过了六十就热衷于谈论墓地 / 她平衡着两个边缘，/ 她正在小心翼翼地一边接近一边美化着它"。母亲对于死亡的态度令人动容，而打动人的基础恐怕在于诗人写出了以母亲为代表，具有底层特征的一众亲人们，除了死亡之外一无所有，所以才会尝试接近这个唯一确定的未来。

四

> 需要这样的勇气，需要脱胎换骨的分裂
> 劈开一条河流的内部，劈开一滴水的内部
> 劈开沉船的内部，劈开整个江南的内部
> 满地都是劈开的东西，白花花明晃晃刺痛麻木的神经

我一度非常期待在张巧慧自己的诗歌中，找到能对她在创作上的方法论上形成支撑的诗句。终于我在《忆江南》组诗中的《水之殇》一篇中，看到了这个段落。

上文在论及《再一次说起铁匠铺》时，说到了张巧慧对于底层的想象方式，她在对真实情况掌握有限的情况下，通过近似推理式的想象，从虚构中把握现实。这看起来有点像是玄学范畴的问题，但就如帕乌斯托夫斯基在《面向秋野》中，曾经写到一名作家通过观察便准确地猜测出了许多路人的身份，很多时候"诗性"与"神性"恰好是相通的。

如果将日常生活、底层经验、社会与风物的历史三者对于张巧慧的陌生度进行排序，历史无疑处在她诗歌世界的最外围。"历史"的遥远也许对每一个诗人都是成立的，因为再多的生活阅历与书本知识都没法让时光倒流。然而诗人的责任之一，偏偏是面对过去，挖掘出历史学无法覆盖到的地方。

张巧慧有大量的诗歌都在试图从具有特色的风物中靠近历史，诸如《长城诗章》《与大江书》《忆江南》等组诗中，大到山川河流，小到一粥一饭、砖瓦土灶都是她描写的对象。应该说由于历史的不可还原性，

张巧慧在这一领域内的发挥水平显得比较不稳定，一些诗篇对于历史的触及只停留在表层，同时因为对于历史的陌生、知识掌握的不足，表达方面的技巧也在一定程度上受到了限制。然而其中优秀的诗篇，却又比张巧慧在其他两个主题下的创作更能体现她在运用感性上的能力，并且暗示着她在诗歌创作上隐藏的巨大可能。好在缺点是可以不断补足的，而这种优点则是难以培养的。

该如何书写，或者说虚构历史？我认为《水之殇》非常形象地呈现了张巧慧的方法论。诗人采取了一种"解剖"的方式，河流、水、沉船、江南，都被一剖两半，整齐的切面中蕴藏的层次就是地景与风物的历史。然后，诗人能够通过感性将每一个被时间风干的夹层还原成一个整体，把它们从纵向的历史排序中提取出来，用文字并列在同一个共时向度中。在这种情况下，历史存在的玄奥遥远，也似乎变得触手可及。

以《火之欲》的第一段为例：

> 木头的肉体被
> 三角形或者圆锥形的石头钻疼时
> 意识苏醒，诞生了火的女儿
> 黄泥糊出的简易胚胎中
> 一把火在腹部烧了几千年
> 太阳的热和种子的欲望和北斗七星的光和
> 野兽的眼睛和五谷的香，把我的
> 腹部烧空烧成漆黑一片
> 玉米秆子、豆荚子、劈开的木头
> 干的，潮的，粗的，细的，软的，硬的，
> 草木和人类的智慧在灶的内部
> 架构起欲望的空间，复杂的结构熊熊燃烧
> 少女的手在火中烧成满脸皱纹
> 珍贵的妆奁烧成灰烬

在这首诗中，诗人用感性的方式"解剖"了抽象的火，"解剖"了一切与火相关的事物。这恐怕是只有艺术才能采用的方式，从钻木取火到黄泥土灶、从太阳到星星、从野兽到五谷，诗人用三言两语就架构出了漫长而浑浊的时间和空间。同时，对于火这个意象的选取则划破了历史的漫长黑夜，在旷野荒原中为读者留下了一条鲜明的轨迹。就如在书写底层经验时，诗人选择用人所共有的情感来塑造熟悉而又陌生的底层人士，规避对于细节真实的纠结，在描绘历史空间时她也采取了相近的

办法。生火、觅食、欲望、智慧、失去，这些富有人类学意味的场景与因素可能与任何书本知识、生活阅历都无关，它们是来自远古的集体无意识，随着人类的 DNA 流传至今，是仍然"活着"的历史。并且正是诗人对于借喻的巧妙使用，使木头、土灶等意象中都具备灵性，带上了"我"的痕迹，共同将"历史"从暗无天日的潜流中托举而出。

"我是一颗被淘汰的种子 / 必须经受这样的煎熬：/ 从沉甸甸的母体上折断，来不及褪去成熟的喜悦就被 / 剥裂金黄的嫁衣 / 九成的谷子一起泡在水里闷入黑色的瓦罐 / 没有人可以逃避 / 野外的清风虫鸣和自由的生长 / 隔着无法逾越的距离在梦中渐渐死去"。《苦粥吟》一诗也采用了类似的策略，将"粥"的意象与自我重叠在了一起，诗人通过赋予身为粮食的细小颗粒以丰富的心理、感觉，使"粥"的意象穿越中国几千年文明史，触及漫长时间中江南人的生存、苦难、收获、消耗。在我看来，相比于《长城谣》《居庸关云台侧记》这种主题过于鲜明、侧重宏大意象的诗篇，《火之欲》《苦粥吟》以及《拓碑记》《伤断瓦》等几首诗，反而是张巧慧有关历史的写作中最为出色的作品。那些渺小但是恒远的事物，正处于"历史"的边缘地带，被种种历史叙事所忽略，因而属于难得的"原始材料"。就像福柯曾经在《疯癫与文明》中说的，相比于国家、民族的历史叙述，关于正义的历史、道德的历史却一片空白。也许张巧慧可以用感性的思维、语言的技巧，去通过这些并没有被纳入常规历史叙事的意象，书写出自己的历史谱系，进而独树一帜，从日常化的诗歌写作中突围。

"平淡而山高水深"，是黄庭坚对杜甫后期律诗的评价，也是他对自身的一个期许。在我看来，这句话也正可以成为张巧慧在诗歌创作上的目标。就如 2015 年华文青年诗人获奖理由中写的那样，"诗歌语言平易、舒缓，情感细微，内容宽泛而充实"是张巧慧诗歌的优点，这在沉淀自八九十年代，更欣赏想象力的分裂、问题意识的尖锐与灵魂求索的极致深刻的当下诗歌界中，可能并非最"显眼"的创作特质，但我深信我们正处在一个审美取向、经验获取方式都在发生深刻转变的时代，只要张巧慧能够坚持发挥自身的长处，而不盲目跟随所谓"潮流"，终有一天她的诗歌能够通向真正的"远方"，为喜爱诗歌的人提供不可替代的阅读体验。

[作者单位：北京师范大学文学院]

诗探索 5　理论卷　2017 年　第 1 辑

干瘪的乡村与现代性的悖论

——《家春秋》简读

冯　雷

在社会转型的宏阔背景下，近些年中国的城市和乡村显现出一些值得关注的变化，相应地，城市和乡村的文学表现也随之呈现出新面貌。过去，城市可能更多地象征着文明与进步，是现代性的重要体现，而现在，掩映、浮沉在城市当中"恶"的那一面则很受关注。乡村虽然一直意味着物质上的落后和精神上的蒙昧，但是这些缺点转而又常常被自然山水和淳朴的人性美赦免了。在现代性的望远镜里，乡村是孕育着希望的田野。但在近些年的诗歌里，作家、诗人们对乡村在物质和精神两个维度上的衰败却似乎再也无心修饰了。尽管也有不少诗人虚构了许多乌托邦式的故乡，但这些介于实有与虚无之间的岛屿、村子、县城似乎又更加醒目地放大了乡村的衰败与终结。

张巧慧的《家春秋》讲述的是"我"乘车途中的意外经历，通过一个结结巴巴的少年之口，描述了他的家——一个偏僻、贫穷的小村子的生活实景。读张巧慧的《家春秋》让我联想到现代文学的许多东西，比如《家春秋》这个题目，实在不能不让人想到巴金的名著，又比如那个忽然上车、结结巴巴向我描述的冒失少年，让我想到了《狂人日记》当中的疯子。"少年"的疯言疯语也许未必连贯、可信——他的家所在的"梅垟下村""与现实 / 保持着一定距离"。少年讲述的是一个干瘪的村子，日常生活乏味而黯淡，似乎仍旧陷在娶妻生子的古老循环当中，丝毫没有现代理想的光泽，就仿佛"没有窗户"的"更高的楼房一样"。而在倾听的过程中，村子与现实的距离被"在乡下，很多人家都这样"的联想消弭了，疯言可信与否也就无所谓了。诗人进而想到了自己的家、自己的父母、自己的村子。说实话，在作品的中段，我读得有些迷糊，我分不大清"我的母亲"和侍弄山地的父亲到底是少年的还是"我"的父

结

识

一

位

诗

人

·61·

母。但换个角度来看,这其实也并不重要,因为无论是谁的父母,他们精心耕耘了一生的村子现在都变得了无生趣。父母一代仍旧"顽固"地"爱"着土地,他们的微笑与快乐几乎全部来自于土地,他们的身体——父亲的"毛腿"和母亲的"皱纹"几乎和土地融为一体,但反过来也可以说,没落的农耕生活理想把父母一代困在了并不富裕的、"朴素有点可怕"的土地上。土豆、番薯、玉米这些本来是收获的象征,但是在《家春秋》这首诗里,却成为"空巢"的明证——陪伴着老人的只有这些熟悉的农作物,还有那条痴痴等待"我"归来的、忠实的狗。雷蒙·威廉斯在《乡村与城市》当中写道:"乡村中进行的对人和自然的剥削,在城市里被集中成了利润。但同时,其他一些剥削形式带来的收益——商人、律师、宫廷宠臣积累的财富——又渗入进了村子",但"新资本中的很大一部分流向哪里了呢?难道不是流回了乡村,进一步加强农业剥削的力度吗?"[①]正如张巧慧在诗里所反映的那样,现代化、城市化把少年都房到了工厂里,少年们都被纳入到现代性的进程当中,管吃管住,他们都不再回归土地,而乡村也就成了渐渐被遗忘和弃置的对象,成为事实上的被"剥削"的对象——珊溪上的大坝似乎就是这样的象征意象。大坝横跨在河流上,平静却又戛然而止地收束了悠远的乡村生活,"剩下的是落差与泄洪"。这和鲁迅笔下那个"苍黄的天底下,远近横着几个萧索的荒村"的《故乡》多么相似!少年下车后,展现在我眼前的风景是绚烂的油菜花,但是这植根于土地的植物是不是又提示"我"故土难离却又难寻故土,因而直把异乡当故乡?

由乘车始,换作渡船,复又乘车,一路上诗人的情绪也随着沿途的所见所闻而起伏,这使得作品有一些公路小说、成长小说的意味。少年、"我"以及读者,实际上是一同在经历、思考着一些现象与命题。我觉得这里应当注意的还有诗歌中的少年形象,他们要么像闯上车的结巴少年一样令人生疑,要么如工厂里的工人一样没有来得及在作品里发声,乡村少年应有的元气与朝气在作品里被过滤掉了,甚至连理想也"触手可及又偏偏空着"——去对比一下梁启超在《少年中国说》里的浪漫想象和期盼——而这是否可以理解为城市不可能拯救乡村,乡村也无法为城市输入更多呢?而这不正是现代性的悖论之一吗?

---

① 雷蒙·威廉斯:《乡村与城市》,韩子满等译,商务印书馆 2013 年版,第 67~68 页。

诗探索 5 理论卷 2017年 第 1 辑

[本文是 2016 年北京市社会科学基金项目：新世纪诗歌“日常生活书写”研究（16WXC016）、2016 年北方工业大学“优秀青年教师培养计划”的阶段成果。]

[作者单位：北方工业大学中文系]

【附诗】

家春秋

张巧慧

在去往邻县的车上，忽然上来一个少年
结结巴巴向我描述他的家
梅垟下村在渡口的那头，与现实
保持着一定距离
村子很小，他家没有装修
最高一层空着，等他攒够了钱娶媳妇
像笼子等着鸟
像理想，触手可及又偏偏空着
在乡下，很多人家都这样，
占更多的土地盖更高的楼房，哪怕没有窗户
我的母亲去年筑了围墙，把耕地浇成水泥
她对土地的爱直接而强硬
在车上，听一个少年结结巴巴描述他的家
家门口的几棵果树会开花，会结桃
父亲侍弄着十亩山地，收获土豆、番薯和玉米
这几年也种茶叶，但不叫刘基茶
朴素，没有文化。朴素有点可怕
还有一条狗，每到周末都等在门口
你回不回来，它都在那里
忠实的生活和狗
到死也等着我
在少年的描述中，我完成一次撑渡

大垟口有往来的渡船，渡着往来的人
速度略有点慢，有点慈悲。
村里有花香、果香，久违的泥土香
泥土沾在父亲的毛腿上
沾在母亲干瘪的皱纹里。她一笑，
泥土就簌簌落下来
少年们在华侨的厂里上班，管饭，管住
一星期回一次家。次数已越来越少
飞云湖跟着我们的车跑
平静，开阔
像一位母亲，听儿子略带兴奋和羞涩的描述
车过赵山渡，我看到了大坝
扼住了珊溪的喉咙
平静戛然而止，剩下的是落差与泄洪
少年下车的时候，说了再见
我没有问他姓什么，
一路上我遇到的成片的油菜花
都像是他；他所描述的家，
如我失去多年的故土。
这些年，我像爱故乡一样爱着异乡。

日常生活的智性思考

——读张巧慧《拓碑记》

柴高洁

其实不愿意在这里指出诗人张巧慧的女性身份，刻意的指认好像多少会带有歧见的成分从而引起人们的不满，但不得不说，张巧慧的诗作区别于女性诗人通常对内心感悟的抒发，而多在看似日常的叙事中蕴含"智性"因子。如果我们用已然习惯的思维方式，继续借西方的"女性主义"或"女权"等理论符码分解标签张巧慧，恐怕除了陷入性别争议的怪圈，并不会得出有见地的结论。张巧慧的诗作立足于现实周遭的此在，但并非简单地临摹"风景"，而是借平实的语言显影灵与物的碰撞，传达生活背后深层的东西。《拓碑记》就是如此。

初读诗句，叙事性的文字不慌不忙地漫步到读者脑海，"故事"娓娓道来，画面衔接着另一幅画面，把读者引入现实与历史、真实与虚构的交错辉映间，让人时而感同身受，时而唏嘘不已。在赞叹诗人体察生活的细致和拥有丰富联想力的同时，也让人惊愕于整首诗竟然少有的暗含叙事线索和叙事逻辑，从拓碑的动态记录到石碑的静态描写，继而凭借想象自然且自由地出入现实与历史，最后收束在拓碑的事态过程，文本结构完整且张力巨大，延展了诗作的书写时间和表现空间。

所以，"叙事性"可以标签为这首诗的特点之一。"叙事性"或许已经成为一个老生常谈的话题，因为新时期以来叙事已然成为诗人们介入现实的平台，叙事因素也成为许多诗作的关键架构。或者说"叙事"的及物写作在对抗新中国成立后诗歌的高蹈抒情以及朦胧诗青春型的不及物写作，"拒斥宽泛的抒情和宏观叙事，将视点投向以往被视为'素材'的日常琐屑的经验，在形而下的物象和表象中挖掘被遮蔽的诗意"[①]。显然，这种从

---

① 罗振亚：《朦胧诗后先锋诗歌研究》，中国社会科学出版社 2005 年版，第 176 页。

诗意乌托邦向当下性存在的转型，使得"从身边的事物中发现需要的诗句"（孙文波语）成为诗人们的普遍选择，也就是说不再以情感作为推动诗思发展的动因。

说到情感，那么这里又会涉及一个新诗的百年话题："抒情"与"叙事"。回望中国新诗发展史，从"抒情"到"叙事"再到"及物写作"等，大概是一条粗略的前行线索。"抒情"与"叙事"孰优孰劣，并不是评判诗歌文本好坏的标准，但不得不说，延续古典而来的抒情传统，仍然强大到影响"新诗"的发展，以至于早在1930年代，抒情于新诗已经形成共识，新诗理论的"抒情主义"跃上高台集结为"霸权"。所以，我们也就不会奇怪周作人的抒情观，"新诗的手法，我不很佩服白描，也不喜欢唠叨的叙事，不必说唠叨的说理，我只认抒情是诗的本分"[1]。新诗发展初期对于抒情的集体肯认，自然也就容易忽视"智慧"的点睛，以至于新月派理论家闻一多有这样的认识，"诗家底主人是情绪，智慧是一位不速之客，无须拒绝，也不必强留"[2]。

从这几点出发，我们再品读张巧慧的《拓碑记》，其特色则显而易见。首先，张巧慧在这里的"叙事"不是"第三代"诗人的反讽、解构与消解崇高，也与1990年代个人化写作以来叙事对"此岸"的倚重而忽视了对"彼岸"的关注不同，而是在倾向于个人化经验诗意传达的同时，又注重诗歌与现世民生的紧密联系，并能从世俗中超脱，质问历史，寻找理想。所以诗人能从石碑联想到现世人生，"刘氏宗祠碑记与钱氏宗祠碑记都已模糊/像冲床背后工人们的面容"；能从石碑联想到家国历史，"残碑，已无人能完整读出/像必要的隐痛与遗忘，/家国的历史总是留出一些空白"。把模糊的石碑与五金厂现代流水线上的工人进行并置，不得不让人赞叹诗人诗思的大胆与巧妙，两个不相干的物象经过诗人的衔接，碰撞出巨大的诗歌张力。石碑的模糊与被砌入角落的命运，不仅映照了后面诗句"家国历史的空白"，而且展示的是民族的遗忘。从历史回到现实，诗人看到五金厂的工人，不禁自问，流水线旁的工人不就如同残缺模糊的石碑一样，创造并承载历史但总是被人们忽视、忘却。

其次，诗歌精神在智性思考中回归。如果简单用几句话标签《拓碑记》的特征，"个人生存的日常性写作""社会问题的持续关注""诗歌精神的批判追求"可能较为恰当。这些特征也整体上契合新世纪新诗

---

① 周作人：《扬鞭集序》，《谈龙集》，开明书店1927年版，第68页。

② 闻一多：《泰戈尔批评》，《闻一多全集》（第二卷），湖北人民出版社1994年版，第126页。

发展的态势，诗歌要脱离圣词、大词的"禁锢"，要介入、处理生存真实和生活现实，就势必去关注、捕捉生命常态中"平凡"的林林总总，所以，诗意从天马行空下降到日常生活感受、从个人呓语转向底层叙事，但不变的或者回归和提升的是诗歌精神。也就是说诗写要使"文本和其置身的历史现实语境相互渗透"，"最好能在处理过程中使之映现出可能隐含的构成人类生活本质的东西，以及映现出我们在精神上对它们做出的人性的理解"[①]。所以，从五金厂的石碑诗人可以得到，"比铁更硬的光／比石头更慢的时间"，"祭祀过后／碑上每一个文字负担着颂扬、记载和秩序"，就像我们每一个活过的人，"爱过、痛过，而后沉默"，并且我们每一个活过的人，也像五金厂的钉子，"在刺目的光中被定型、冷却／扔到一盒钉子里面"。也就是说，诗人并没有满足普通的日常诗意的撷取，而是通过对生活现象或历史的选择、磨洗、解剖、提升等重新编码过程，提炼出被世俗遮蔽的诗意，其中诗人的思考指向了超越生活琐碎的本质存在。"我不怕那些不识字的人／我怕这石碑也回归成石头本身／在文字与纸墨互相辨认的过程中／有多少枚新的钉子被制造并投用于新的生活"，拓碑过程中共时的事态描绘，因为残碑、因为流水线、因为必要的隐痛与遗忘、因为模具中生产的一模一样的钉子而冲撞出巨大的诗歌张力的同时，也留给读者咀嚼、思索的空间。

所以，如前所述，"智慧"因为新诗之初"抒情"的强大势力而并不被认可关注，但"智性"因子并没有销声匿迹，而是顺着新诗的河流不断向前迈进。张巧慧在此也可以说得到了缪斯之神的眷顾，其《孔雀》《桃花潭畔的几种事物》等诗作都是如此，在日常生活中提炼诗意，在琐屑世俗背后思考人的存在状态，诗人在努力对自我精神进行多种探索，诗也就成为一种个人信仰。

[作者单位：中原工学院外国语学院]

①　罗振亚：《1990年代新潮诗研究》，河北大学出版社2014年版，第45页。

拓碑记

张巧慧

像一个用刑的人
我反复敲打着石碑
五金厂的一角，砌入墙体的清代石碑
比铁更硬的光
比石头更慢的时间
活过的人和我们一样爱过、痛过，而后沉默
祭祀过后
碑上每一个文字担负着颂扬、记载和秩序
这个早晨与平常并无不同
阳光明亮，金属碰撞
刘氏宗祠碑记与钱氏宗祠碑记都已模糊
像冲床背后工人们的面容
尖锐的切割声中，我拓碑的节奏略有点慢。
一下一下像是敲着谁的骨头
像是与谁过招
又一枚钉子在刺目的光中被定型、冷却
扔到一盒钉子里面
五金厂的老板既不姓刘也不姓钱
残碑，已无人能完整读出
像必要的隐痛与遗忘，
家国的历史总是留出一些空白。
"我是指路者还是挡路者？"
"海枯石烂，我们还有多久？"
我不怕那些不识字的人
我怕这石碑也回归成石头本身
在文字与纸墨互相辨认的过程中
有多少枚新的钉子被制造并投用于新的生活
我不是第一个来拓碑的人，也不会是最后一个
五金厂的早晨与往常并没有什么不同
工人们围观了一会儿，又各自散去
那块碑前很快又堆满各种产品

悖　论

张巧慧

　　喜欢使用悖论，是我的写作特点之一。悖论性语言，最早是哪位专家给我指出来的，已记不清了。那次研讨会，似乎好几位专家都提到了这个词语，使我本来并不刻意的倾向明晰化，令我自己也重新做了审视。诗歌中的悖论，是词语层面或技法层面的。但我以为这个世界本身就充满着矛盾，并且在矛盾中获取平衡。而人性本身也充满着悖论，凡人如我，也是一个矛盾的人。没有唯一性，没有绝对性，悖论的使用，反而显得准确。

　　对诗歌的理解，也同样充满着悖论与修正。我曾以为诗歌是独一无二的表达。《诗探索》曾经约稿要求写一首诗的诞生。我写了以新农村建设为背景的一个片段。我所在单位的对面原是一小片农田，我目睹推土机开进工地，农作物被推平，钉子敲下去，高楼筑起来。有一阵子，我几乎每天都用相机拍摄以记录城市化的过程。但照片并无美感，而散文写作又过于具体，我选择了诗歌，我以为诗歌是无法用其他语言来替换的。但现在我正在慢慢转变这种观念，尤其是2016年的诺贝尔文学奖给了一位歌者，诗歌的外延得到了更大的拓展。从本质上来说，所有的艺术门类都是相通的，或者说所有的美和力量都是相通的。比修辞和技法更重要的是情怀、思想、精神，更重要的是力量和创造。

　　克莱齐奥在演说中谈到过，在现今法语语系中，人们用"poésie"和"poètes"来指称诗歌和诗人，后者来自于希腊词，意思是创造。诗人们是一些创造者，使用言语创造出了美、思想、形象和力量。从古典主义、浪漫主义到现实主义、现代主义和后现代……这些年，我们不断拓展着诗歌的表达，突破着原有的局限与临界点，呼唤着鲜活的多元的令人惊讶和震颤的诗歌创作，审美准则也一再变化。波德莱尔把审丑美学带入诗歌之后，对于美的定义和对诗的定义都是一次解放。每一阶段的理论都具有相对性和局限性。悖论的存在则显得更加合理。

这几年自驾游跑了些地方，也往东南亚走了几处，行走得较之前多了，历经的炎凉也多了，似乎更为冷静，对万事万物的矛盾性存在亦不再讶然。曾经在柬埔寨看到抢面包吃的孩子，我和女儿带去了一行李箱的小面包一下子就分完了；读过聂权的《下午茶》，讲述了和二棍聊天，谈到在非洲目睹了一个被母亲卖掉的孩子被餐馆做成了一盘菜……这首诗我在某个讲座时，读给高中学生听，他们都不敢相信同一个世界上同一个时代还在发生这样的事情。一边是悠闲的茶叙，一边是残酷的生存，这个世界还有多少没有被听到的声音？

达耶尔曼在《作家与意识》中有一段话："一方面，似乎世界上没有什么比文学更重要的了，而另一方面，却根本不可能不看到我们周围的人正在跟饥饿做斗争，人们不得不认为，对他们来说，最重要的，是他们在月底能挣到什么？他遇到一个新的悖论：他只想为饥饿的人们而写作，却发现，只有那些足够吃的人才有余暇注意到他的存在。"

写作出发点与实际的归宿或许也是一种悖论。

世界范畴的文化，是我们所有人共同的责任，人性与文明，属于全人类，而不止于一种语言或一个民族。作为汉语写作者，如何保持母语的优秀传统，又如何体察世界文明，把传统性和现代性、本土性与国际性结合起来，也在考量着我们的视野和格局。前几天，我刚主持了一个关于美术设计方面的研讨会，其中有 2016 年杭州 G20 峰会会标的主设计师袁由敏教授，他曾以访学身份留法并考察了欧洲的现代设计，但他所做的设计保持着明显的中国元素，比如拱桥，比如篆刻。他说走了一圈，发现自己要找的还在故土。传统文化给人一种类似于故乡式的乡愁情愫。纵观中国新诗发展史，每一阶段的辉煌，都保持着对抗和自省，五四时期对古典文学的对抗；六七十年代的地下诗歌对政治抒情诗的对抗；八十年代对集体主义的对抗……批评、自省、吸收，诗人们在横的移植和纵的继承之间做着平衡。从二十世纪初西学东渐到八十年代诗歌大展，新诗获得空前发展，而九十年代重新对本土文化进行的深入反省与继承也一直影响到现在。传统与现代，或可看作时间形式上的悖论；本土与国际，或可看作文化界域上的悖论；对抗与自省，或可看作悖论的精神形式。这个世界，在悖论中自圆其说，在悖论中获取平衡和发展。

而我对于悖论的使用，是否可以看作对人生的一种理解，或者说对人世的一种宽容？是的，人到中年，我已经原谅了这个世界太多自相矛盾的地方，也原谅了自己。

[作者单位：浙江省慈溪市文联]

诗探索 5
理论卷 2017年 第1辑

感到生命冲击石头的力

——关于段光安的诗

张清华

诗探索 5　理论卷　2017年　第 1 辑

一

> 乌鸦鸣叫向夕阳冲去
> 面对收割后的土地
> 我思念亘古……

这样的诗句不免让我想起先人，想起杜甫的《登高》，"风急天高猿啸哀，渚清沙白鸟飞回"，想起"无边落木萧萧下"，"百年多病独登台"。这是秋日的寥落和肃杀，也是苍茫与悲怆的心像。两者面对的景致应该是相似的，但心境却有差异。明代的胡应麟称许老杜诗意，谓之"词调稳惬，使句意高远"，"深沉莫测而力量万钧"云云。想来段光安诗句中的忧伤与深沉，或许没有老杜的顿挫峭拔与万千气象，但无疑也有着以白话所传递的"古意"。只是他没有将这古意的抒写止于"苍茫"与"悲愁"的意绪，而是将之进一步客观化和对象化了——变成了他对死亡，对"收割后的土地"的一种思考和面对。

这与郑敏的《金黄的稻束》以及海子的《麦地》所表达的也几乎是一样的，它们所同时面对的，都是同在的收获与死亡。"母亲的乳房一样干瘪 / 一棵枯树在寒风中摇曳 / 根在幽静的和谐中生长 / 如父亲的胡须……"生命在延伸中以老迈与衰败的方式，展示着其不屈而不朽的价值与力量，在衰老和死亡中展示着同在的旷达与悲悯、欢愉与悲伤。而这，正是典型的现代性的处置与实现形式。

二

　　上述分别是《荒野黄昏》和《收割后的土地》中的诗句。显然，生命是段光安的主题，是他吟咏的对象、核心与动力的源泉。这应了黑格尔的说法，"美是人的主体力量的感性显现"，诗意最终当然是主体生命的映像，是源于主体经验的投射而生成。这自然也算不上什么了不得的事情，但凡一个好的诗人，大都是以生命经验作为其表达的根基、对象和旨归的，都是生命的吟咏者。但像光安这样自觉地、孜孜以求地执着于生命意识表达的，仍然是值得承认和赞许的，在诗歌已决心"去抒情化"的今天，保有对于抒情写作和生命主题的热衷，已不止是一种陈旧的偏好，而且是一种傲人的坚执和勇毅了——

　　　　对诗而言，生命意识至关重要，即使一句有最微小生命的诗，也胜过与我们生存无关的厚厚诗集。每个生命都是一个艺术家，呈现着生物体中的艺术方式。所以一朵野花，一片落叶，一声鸟鸣在某个瞬间会使人激动不已……

　　这样的观念，很可以阐释他的《我偶然发现一株苜蓿》一类的作品，在段光安的大部分诗作中，从鲜活而卑微的生命细节开始，到对于生命真谛的开悟与体味结束，几乎是一个常态的逻辑。"在瀚海石砾中 / 我偶然发现一株苜蓿 / 几朵瘦弱紫花 / 几片绿叶 / 探出头来看世界 / 纤细的根部石裂破碎 / 我未听到咔嚓咔嚓声响 / 却感到生命冲击石头的力"。这是微小和软弱的生命的草芽，但却坚韧地活着，在茫茫的沙海戈壁中。你不能不对这样的生命肃然起敬，不能不对他作为诗人的胸襟情怀而感到讶异和信服。

三

　　但是，如果仅仅将段光安看成一个旧式的浪漫派诗人，那就错了。他的诗中有浓郁的现代性因素，这也反过来使他的抒情性获得了新质，使他的浪漫气质得以有了"接地"的机会与理由。他会把荒诞的事物用很抒情的方式呈现出来，并且远远超越了"讽刺诗"的范畴，不能不说是一个了不起的能力。比如说，他会写到"螳螂"这样的昆虫，螳螂的俗名即屎壳郎，屎壳郎居然可以写到诗里，而且还具有了"西西弗斯神话"般的内涵——从某种意义上也可以说，他构造了一个"简版的"或"喜剧版"的西西弗斯。"蜣螂能飞／却很少飞／总是身贴大地／一步一步／推一个浑圆的球体／从坡顶溜下去／再重新往上推／往复不已／付诸全部的生命／只是推"。

加缪说，"荒诞和喜剧是大地的两个儿子"，段光安抓住了荒诞和喜剧的衣领，将它们轻而易举地拎起来，以一只蜣螂的分量，实现了有意味的表达。

类似的作品还有《阶级》，它仍是以轻逸的方式，抓住荒诞的身体，只是这一次他扼住了它的脖子，抓住了一个更为沉重和庄严的题目。但他把过往年代的那些残酷与暴力，以革命和政治的名义所施予的虐杀，用了四两拨千斤的方式将之呈现出来。

> 石鼓
> 铜鼓
> 木鼓
> 皮鼓
> 一阶阶向生命逼近
> 我听到骨断和皮裂的声音

这颇像多多的《当人民从干酪上站起》，在这首著名的诗篇中，我们可以懵懂地看到或回忆起那动荡而暴戾的年代，专政和斗争的荒诞逻辑。只是与多多的奇诡和庄严相比，他来得更为轻逸、跳跃和简洁。

四

提到了朦胧诗的影响，或者余绪。段光安出生于二十世纪五十年代，想必在八十年代之初，也曾经被裹卷进那时的诗歌潮流，或者至少会隔岸张望。但凡从这个时代走过来的写作者，多多少少都会留有一些印记，只是在光安的诗中，这种印记显得格外深了些。在这部诗集里，料想也收入了不少他早年的作品，因为可以明显地看出与朦胧诗的仿照、呼应、对话、甚至互文的关系。比如开头所引的几句"乌鸦这黑色的使者／以独有的方式诠释日落"，就很容易让人想起北岛的《结局或开始》中的尾句"乌鸦，这夜的碎片／纷纷扬扬"。还有他的《圆明园残石》，其中的句子也很容易让人想起北岛的《古寺》，想起江河或是杨炼某些诗

诗探索 5　理论卷　2017 年　第 1 辑

句的影子。"石头在黄昏沉默/乌鸦降落啄食石头的梦/石柱残断/又凿剔成石墩、石碾、石鼓……"这些意象很容易将读者带回二十世纪七八十年代之交的氛围和情境。

这或许会给人一种错觉，即段光安是一个"过时"或"落伍"的诗人，但我却不这么看，虽然处理的方式或应随时代变化而变化，但一个诗人却无论如何也不能失去关怀历史和文化的情怀。如果他只是关注个体的经验，作为诗人的世界就小了；如果只是关注现实，那么其思想的纵深感也会变得稀薄。而段光安却时时强化着自己对历史的观照，像《秦始皇》《圆明园残石》《残碑》《庄子》诸篇都是很好的例子。从这些诗中我们不难看出，其浸透的人文主义的思考与批判精神是十分强烈的："这匹夫一刀/把中国历史拦腰斩断/一把火/把书点燃/纸灰飞扬了几千年/如今兵马俑活起来/攻占博物大殿"。这是对秦始皇焚书坑儒的思考，在历史的悲剧与现实的后果之间，生发出了十分深远的解释关系和忧患意识。

还有一点也必须承认，段光安对于朦胧诗的偏爱，使其在艺术上也变得有些唯美的倾向，注重氛围和意象的营造，强调修辞与色调的考究。仍举《圆明园残石》中的句子：

> 我注视石头的目光
> 石头高举手臂托起空寂的恐怖
> 我不敢看无法愈合的伤口
> 和那血凝成的株株石树
> 我是石头点燃的火苗
> 而后化作一块呼吸的石头

如同集北岛、舒婷、顾城、杨炼等人的风格于一身，深邃，悠远，精当，老练，形象鲜明，语言干净，可以说整体上达到了一个臻于成熟的境地。

五

还有潜意识的深度。在这点上，段光安获得了非常宝贵的自觉，这使他能够在接受了朦胧诗的诗学营养之后，可以保有基本的现代性特征，并成为一个能够与当代诗歌不断变化与延展的场域相接洽与对话的诗人。

甚至关于潜意识，关于潜意识所支配的感官的各种反应，他还有非常细致的论述：

> 现代诗更重视潜意识以及直觉感受的美。信手而得的灵感往往更深刻。诗人取于物象的启示，用更加直接，更加单纯的语言，把潜意识的东西呈现出来，以其自身的组织传达某种思想，从整体的组织中铸造出一个新的内涵，就像抽象画一样，你看到的只是色彩，只是色彩之间的关系，自然的物象已经解体，分解成色彩的组织，分解成光的组织，正是在这种斑点之间的组织里说出了一些东西，抑或像立体画一样，只有看得入了境，一个完整的立体画面才会呈现眼前。

不能不说这是一段极有见地的诗学观点。众所皆知，自精神分析学和超现实主义诗歌遍布世界以来，书写无意识，或者由无意识参与诗歌写作，已然成为现代诗的应有之意，诗人在写作中常自觉和不自觉地融入大量个体无意识活动。这使得诗歌已不只是诉诸我们的头脑、观念和心灵的东西，还成为诉诸我们的直觉、感官、身体、皮肤和神经的东西，一句话，诗歌变得更加神出鬼没，更加灵敏和难以言喻。段光安能够自觉地认识到这一点，不能不说是十分可贵的。这一自觉使得他的作品中常常有活跃的直觉与潜意识，如前文中所引"石头高举手臂托起空寂的恐怖"，"我是石头点燃的火苗 / 而后化作一块呼吸的石头"，都可以看到其不可或缺的作用。

有的还更为直接，通篇都可以视为以直觉入诗，如《我在城市割草》，即是一个幻觉或白日梦式的文本："清晨我在楼前割草 / 掠过草香 / 仿佛又悄悄蹚过小溪 / 步入草场 / 镰刀霍霍 / 露珠滚落闪闪发光"——

> 城市一阵咳嗽
> 镰刀狠狠啄在我的手上

这是对都市普遍的生存异化的生动写照，也是对乡村与童年记忆的美妙而又伤怀的回想。这里的疼痛很显然是超现实的一种幻感，引人深思和遐想。

六

年余前读到光安的诗，一时语塞。虽然被嘱写几句话，但始终没

诗探索 5　理论卷　2017年　第 1 辑

有动笔。想来不只是因为一时间找不到合适的修辞，也是因为没有寻到一种可以与之对应的沉静的心胸。虽说批评或是评点是针对阅读的对象，但哪一种对别人的言说，不是对自己心境的折射？哪一种对别人的评论，不是自己人格的镜像呢？所以，等不只是一种不得已，或许还是一种必要。

因了这个理由，评的事便一拖再拖，拖到了现在。时序已是深秋，再拖便又到了岁尾，正迟疑间，我忽然觉得似有开悟，渐渐"读懂"了他，读出了他诗中的胸襟与志趣，意蕴与味道。因此也便写下了这些话，以作为一种交代与祝愿。常常，读一个诗人，其实也是与自身心智的一种交集与神会，"缘"不到，即便你读懂了，也不见得有感动和感念，而如果这"缘"到了，即便那诗也还有种种的问题和局限，也会让你全然接受，从心底有一种感动和认同，眼下我与光安就几近于这样的一种关系了。

他的优长，我能够真切地感受到；他的局限，可以让我照见自己。

世间为知友者，其如是乎？

2016 年 10 月 31 日 于北师大京师学堂
[作者单位：北京师范大学文学院]

姿态与尺度

"和墨一起坐在黑暗中"

——读胡弦的诗

顾星环

一 黑暗之奇

刘勰在《文心雕龙》里这样强调"虚静":"寂然凝虑,思接千载;巧焉动容,视通万里","是以陶钧文思,贵在虚静,疏瀹五藏,澡雪精神。"①胡弦是深谙虚静之道的诗人,长诗《寻墨记》中那句融入绝世之境的妙悟便是很好的证语:"和墨一起坐在黑暗中,/我察觉:墨已完全理解了黑暗"。在胡弦这里,虚静不仅是一种重要的创作心态,其中的"察觉"和"理解"还意味着:灵明知觉愈加锋利,洞见令人拍案惊奇。"夜间,许多事物消失了。窗玻璃/像一面镜子,使病房门看上去/像悬浮在室外,从那里/出去的人,一转眼/消失在难测的黑暗中。"(《陪父亲住院》)"树与生活怎样相遇?/只要嗅一嗅花香,和汽油味,就知道,/它们没有交流,也不会相互抚慰",然而,"在对方的空虚中,才能意识到/自我的存在"(《葱茏》)。"登高远眺,无数乱山在雾霭中奔走,它们/有离散之悲,有如火的额头。"(《饮酒章》)亚里士多德说:"惊奇是快感的源泉之一"②。那么,静观中的惊奇更有刺破大梦恍然一跃的痛快,它们往往直抵万物的根本。

与"沙漏"最密切的联想是时间。胡弦笔下的"时间"亦是力去陈言:"'你怕吗?''不!'当时间呼啸而过,/对命运的指认,才具备了令人信服的准确。""到最后,我们都是吃往事的人。"(《葱茏》)时间的大风吹过,留下的一定是遍地悲情吗?胡弦感到的是令人心安的

---

① 刘勰:《文心雕龙》,王志彬译,中华书局2015年版,第156页。

② [古希腊]亚里士多德:《诗学》,中国社会科学出版社2009年版,第71页。

尘埃落定，津津乐道于和已死去的时间相依为命。有时，他更加洒脱："年月空过，但仍可以做个农夫，/ 仍可栽枝栽树，种菜种豆，/ 无所事事地在田埂上散步，让旧事 / 变得更旧一些。"（《饮酒章》）甚至，不妨像他故乡的古老先知那样态度再潦草一点：在忙碌的一天里抽一袋旱烟，"抽完后，把烟锅在鞋底上磕两下，/ 别在腰间，就算把一段光阴收拾掉了"（《饮酒章》）。"少年"不知愁滋味，才会"为赋新诗强说愁"；立志终生做诗神奴仆的人，却必须执本心为藜杖，避开众生已然掷下的荆棘，虔诚探寻特属自己的诗路。

静观不仅是旁观，胡弦常于对物的观照中突然反观自身："马路边有人在堆雪人。/ 每当那工作完成的时候，我们 / 变成一群虚假的居民，并感受到 / 被放弃的可能性。"（《雪》）向影子"问询或吼叫，/ 它却认为：/ 有声音的事物都是荒谬的。"（《影子》）他一面为树写着长诗，一面说道："一棵树 / 不会玩味我们的命运，并自鸣得意于对它的感受。"（《葱茏》）这突如其来的折返，是在观物的镜像中蓦然发现自身，于是以陌生眼光重新打量貌似熟悉的人面和内心，其中的自省、自嘲和深重的危机感显露出难得的清醒与凛冽的苦涩。

二 运墨如风

近年来，抨击当下新诗汉语问题的学者渐多。沈奇在《"后消费时代"汉语新诗问题谈片——从几个关键词说开去》一文中表现出可贵的敏锐："新诗百年唯新是问，与时俱进，居无定所，其主体精神和内在气息，每每'彷徨'之中。如此一路走来，多诗心变换，少诗艺建构；多运动鼓促，少商量培养，及至当下，已成愈演愈烈之势。""一言以蔽之：无论做人、做学问，还是从事文学艺术，有个原粹灿烂的个在'自性'。""眼下的困境是：包括建筑在内的诸器物层面，我们已经基本失去了汉语中国的存在，且几乎成不可逆趋势……唯有语言层面，尚存汉字'编码程序'机制所在，或许多少能有所作为……而这样的作为，大概也只能先从汉语诗歌中慢慢找回，以求回溯汉语文化诗化的'本根'。"[①] 张定浩则更加直截了当："需要把诗人的教诲区别于哲人或先知的教诲，也就是说，将诗区别于思和启示，将诗学区别于诗化哲学和宗教体验。

---

① 沈奇：《"后消费时代"汉语新诗问题谈片——从几个关键词说开去》，载《文艺争鸣》2016 年第 7 期。

这种区别在最近几十年的汉语诗歌界被极大的漠视或者说无力重视……诗人最终得以对世界起作用的直接方式，是词汇和韵脚，而非理念。……然而，如果我们回顾最近几十年的汉语新诗以及关于新诗的讨论，我们会发现，层出不穷的，恰恰是各种各样的想法，而非词语。……而一切异域的本是依靠不同音调与节奏被人熟记乃至在记忆中被辨识的杰出诗人，在大量译诗中又都被轻率地改造成持汉语口语写作的散文作家，变成诸多想法和意象在纸上的絮絮叨叨的回声，并被照猫画虎成各种所谓的语言实验。"[1]二者并不反对在器物、哲思、宗教、理念等方面从西方汲取现代力量，但在诗歌的语言问题上，他们力导尊重母语的方向，疾呼发掘母语之美的主张。

《沙漏》无疑是真正的现代汉诗。蝴蝶"把折痕／一次次抛给空气"，"有时／叠起身体，不动，像置身于一阵风／刚刚离去的时间中"（《蝴蝶》）。"这乱流的水如同书写的水，如同／控制不住自己书写的水。"（《自黿头渚望太湖》）"繁华深处，北风撩开绣帏、酒旗……／用最后一点力气，将一个人／内心的孤独轻轻晃动。"（《开封赏画，忆柳三变》）这些诗句里的中国，不仅是一点意象、一堆典故、一种情调、一些文言词，也不采用汉语表层里那些同音双关、双声叠韵的技巧，而是普通的现代白话词汇在聚集或起承转合间碰撞出的中国人特有的审美与心境。运笔如"羚羊挂角，无迹可求"，却使人读罢尚留"于我心有戚戚焉"的余韵。

然而，胡弦还要踩在已拥有的语言才华上更上层楼。早在二十世纪四十年代，傅雷便抛出名言："才华最爱出卖人！""在下意识里，技能像旁的本能一样时时骚动着，要求一显身手的机会，不问主人胸中有没有东西需要它表现。结果变成了文字游戏。写作的目的和趣味，仿佛就在花花絮絮的方块字的堆砌上。任何细胞过度的膨胀，都会变成癌。……所以真正的艺术家，他的心灵探险史，往往就是和技巧的战斗史。"[2]这段七十余年前用来评论小说写作的话，评论当下新诗写作的另一种倾向也恰切得很。胡弦警惕于此，他曾在访谈中明言："在写作中，才华有时并不可靠。我们要找到那些与才华搭在一起的东西，甚至看上去笨拙的东西。"[3]他也深察语言的有限性："每当大海带着蔚蓝来拜访／我们的心灵，就会有／语言无法深究的光／在浪尖上迁徙。"（《海峡》）

---

① 张定浩：《海子：去建筑祖国的语言》，载《收获》2015 年第 6 期。

② 迅雨（傅雷）：《论张爱玲的小说》，载《万象》第 3 卷第 11 期，1944 年 5 月 1 日。

③ 胡弦、梁雪波：《诗人的写作与生活——胡弦访谈》，载《山花》2014 年第 4 期。

为此，他从不敢肆无忌惮地放纵才华，而是注重锻炼熔裁。"芜秽不生""纲领昭畅"[1]八个字对于长诗写作来说尤其困难，但胡弦的长诗靠其见识广博、情感细腻、思想深邃向前推进，偏偏不依赖重章叠句。如此，他的长诗才可能既才华丰沛，又骨肉饱满。胡弦有时甚至以一种近乎禁欲的态度使用语言，充分发挥汉语言约义丰的优长，譬如《在下雨》。胡弦在此诗中只是老僧入定般凝视着眼前的雨，木讷地说着"天下无事""没有让雨分心的东西""来不及做的事没人做""一首诗恰是那不存在的诗""像无数雨之前／无法追忆的那场雨""人间／无语可论，无偏可执，／只下雨。"所有的否定最终通向东方特有的无名，于无数留白处、于无言无声的字里行间照见空明的智慧。

三 默坐非迷

在如今如火如荼的文学生态尤其是诗歌生态里，主编胡弦要如何保持诗人胡弦的虚静、舒缓，乃至一种清澈的沉郁？要如何在无尽的"长恨此身非我有"中将有限的注意力集中于对汉语的研磨？有关这分裂的无奈，胡弦写下过这样的诗句："一次次／进入某个角色又从中离去／（不曾掩饰，也不曾真正敞开心扉）／我们，带着一颗戏剧化的心，／养成了收藏脸谱的怪癖。"（《雪》）"我们"两字像一支清晰的箭镞，锐利地突出在这几行诗里——这是所有人的难题，而不仅是胡弦独自的迷。

本雅明在《单行道》里写过一个旋转木马的故事。孩子骑在旋转木马上望着景物周而复始地出现，想象着遥远东方和数千年前的古代，仿佛自己是骑在鱼背上的阿里翁，或者劫走欧罗巴的公牛宙斯。但游戏结束后，"孩子从木马跳到地上，凝视着绳索在钉得结结实实的木桩上缠绕着"[2]。尼采则在《偶像的黄昏》里说："艺术，唯有艺术，我们有了艺术就可不因真理而死亡。"[3]旋转木马是一个有关虚无的故事吗？如果是，那么其中唯一存留下来的意义便是孩子曾有的美好想象所带给他的快乐，这记忆将奉献于他的一生。追逐真理到终点时也必须直面虚妄或荒诞吗？如果是，艺术将拯救人类于死亡的泥淖。无论相较于世俗

---

① 刘勰：《文心雕龙·熔裁》，王志彬译，中华书局2015年版，第188页。

② [德]瓦尔特·本雅明：《单行道》，王涌译，华东师范大学出版社2016年版，第62~63页。

③ [德]尼采：《偶像的黄昏》，第24页。转引自[法]阿尔贝·加缪：《西西弗神话》，沈志明译，上海译文出版社2016年版，第99~100页。

姿态与尺度

的成功还是形而上的真理，只有美的经历和经验才能最终抚慰人类。看似最虚无的美，成了最实在的力量；最无用的东西，变得最有用。这也是现代和后现代主义学者们如此看重诗歌和想象的原因："诗歌之所以必须发挥一种重要的社会功用，不是因为它可以使观念或别的什么'通俗化'，而只是因为它激发想象。"[①]"想象力能够包容全部后现代知识领域"[②]。无论是出于自觉的省察，还是无意的暗合，胡弦显然对美的魔力了然于胸。在表面的角色分裂之下，他早已暗暗做出明确的选择：悖论不可左右逢源，天平应倾向诗人那边。只有在纷纭慌乱的世间给予自己这样的答复，一个诗人才可能于无边的喧嚣丛林中为自己坚守一块美的领地，并尽一切能力辛勤耕耘。

但尽管选择已做出，胡弦还是不时陷入彻骨的悲观。他在随笔《词与物》中写道："你仍是个残缺的人，如同身体一半在起火一半在结冰，如同无法将自己的两只手叠放在一起。想起佛教中的枯荣相，而你没有佛法。"[③]在诗集《沙漏》中，他则感叹："有个故事圈住你，你就 / 很难脱身。/ 但要把你讲没了，也容易。"（《讲古的人》）"没有开始，你一选择，就有两个完全不同的方向；/ 也没有结局，能够移动的不过是幻影。"（《葱茏》）也许从理论上来说，对于诗人乃至世人，美是终极；但对于"你"，这挣扎于理想与现实、外在与内心的抒情主体而言，美是如此若即若离，难以获得。然而，正是这难与痛，以及终究不离不弃的迎难追逐，成就了胡弦一首首佳作。

[作者单位：扬子江诗刊社]

① [美]马泰·卡林内斯库：《现代性的五副面孔：现代主义、先锋派、颓废、媚俗艺术、后现代主义》，江苏凤凰译林出版社 2015 年版，第 113 页。

② [法]让-弗朗索瓦·利奥塔：《后现代状况——关于知识的报告》，岛子译，湖南美术出版社 1996 年版，第 154 页。

③ 胡弦：《永远无法返乡的人》，江苏凤凰文艺出版社 2016 年版，第 107 页。

诗到语言为始

——轩辕轼轲诗歌论

程继龙

关于轩辕轼轲的诗，聚讼已多，挺的人视他为诗魔、怪杰，倒的人欲将他踩入历史的垃圾堆而后快，还有人宣称目前尚没有批评家有能力对轩辕轼轲的诗发言。其实用不着大惊小怪，在"王纲解纽"的今天，在轰然纷杂的互联网语境下，一切事物都陷入了混沌和混乱中。这个时代，我们对事物认识的根基全都失去了承载它的地壳，陷落到黑暗的熔岩中，我们正在经历一个价值淆乱的时代。不管怎样，争议意味着关注，混乱的旋流中仍有一双双凝视的眼睛，尽管可能来自像诗人圈内自嘲的"无限的少数人"。因此有必要浏览一下"轩辕轼轲新浪博客"，翻看他新出的诗集《在人间观雨》《广陵散》，并借以寻绎出一些"说法"，希图找到进入他诗歌王国的蹊径，这样做本身即意味着甘愿承担冒天下之大不韪的风险，然而混乱已多，再添一混乱又何妨！

一 语言的水泊梁山

语言刺目地凸显了出来，这是读轩辕轼轲的诗最直接的感受，这一点很多论者已经有集中的肯定，沈浩波说："轩辕轼轲在本质上其实是个语言诗人"[①]，"语言诗"意指在现代诗的构成元素之中，例如意象、结构、修辞、生命体验等，语言本身结束沉默状态，突然上升为诗歌的构成要素之一，甚至有时候成为唯一的要素，结束沉默意味着语言不再是用完即可丢弃的敲门砖，不再是无须注目的透明之物。在这类诗人的创作中，核心意识转向对语音、语词、语义、语用等语言要素的长时间

[①] 沈浩波：《小鬼说岁月啊沧桑》，微信公众号"诗歌是一束光"，2015年6月15日。

聚焦，诗人有一种语言的激情，沉浸在语言的浑流中，以其生命体验、艺术才华作业于语言，相对克服了长期以来对语言所承载的内容的激情。这样写出来的诗，在阅读层面也相应要求和启发读者有相对等的热情，读者也应将注意力聚焦于语言。在这方面轩辕轼轲本人有精彩的自述："在汉字的千军万马中，我宁愿做个战士，和小、走、跑、匍匐、卑微、服从、硬着头皮等字眼朝夕相处，在一个锅里摸勺子，在一个帐篷里通腿儿，在一个战壕里接受大、威风、倨傲、颐指气使的训斥或者对方、对面、对手的炮火，共同的命运使我们经常抱团取暖，形成三人团、五人团，组成词语词组或长短句，有时还任性地滚下字典的山头……"[①]在大面积的抒写中，轩辕轼轲创造出了令人惊骇的语言奇观。接下来我们尝试描述和区分这一语言写作实验所获致的风貌。首先是语言覆盖面的恢廓。轩辕轼轲不像有些宋词家那样只能女声女气地歌唱"红酥手黄滕酒"，也不似一些老牌的知识分子诗人只倾心与形而上相关的事物，更出乎当下流行的小青年对小格调小情绪的沉溺，他有强硬的诗的手脚，有一副"粗糙的灵魂"（鲁迅语），他立足于我们当下亿万人正说着的汉语口语，恢恢乎游刃于当代汉语的每一个细小分支，在那里扎根、汲取营养，又上溯汉魏唐宋诗词笔记，激活尚未死去的种因，采撷沉落的晶石。正如他多次向诗友表白的，他是如此依恋现代的话语，又从小读着封神、聊斋一路走来。略读他的诗集，我们即可感到这一个诗性主体与汉语的各个地层、各个时代的血肉关联，大致分类的话，可以勘查出如此多的话语门类：唐诗宋词的、明清小说话本的、红色经典的、天文的、生物的、网络流行语的、报章媒体的、"下半身"或"口语诗人"圈内独有的、一时兴起自造的，等等，他把这么多的词汇、句法、段子一锅煮，他有庞大的语言胃口，他是真正的语言的杂食动物。很明显在他看来，一个诗人，一个在场且要汇入历史的当代诗人，必须与汉语的所有既成资源贴身肉搏，为此不惜失去"雅正"的君子风度，更顾不上考虑"含蓄"的美学口味。我们处在一个裂变的时代，既然"西游演了是封神""核糖核酸可能存在于新发现的地球孪生兄弟中"，那么为什么在语言面前还要羞羞答答？！

另一个是随心所欲地组装话语的语调。"语调"是话语在被陈述时所具有的调性、形态和情味。在轩辕轼轲乃至与他相似的一批诗人那里，哪怕连读每人的三首诗，也会感到语言风格的不断变幻，这一时代

---

① 轩辕轼轲：《在汉字的千军万马中》，载《新文学评论》2015年第2期。

诗探索 5　理论卷　2017年　第 1 辑

人们是如此地厌恶板起面孔用一个音高讲某一种话，轩辕轼轲们代表了人们内心的这一欲求。每一语言现象、每一语词和句子，一旦进入轩辕轼轲的口中、笔下，必会立马带上随机生成的口感、气息、滋味，有时像辣椒一样刺激，像雪碧兑上双氧水，它必须使你立马打个激灵。对于现成散落在汉语语库中的语言片段（词句或经典段落），尤其是被熟知或圣化的语词，他则生吞活剥地进行改造，或保留其外壳，或利用其偏义，重新生成而起到令人莞尔的效果，我们也可以将这些技艺命名为"反讽""解构"和"悖论"等。这样的应用，结束了主体与语言简单的直接对应关系，在主体和语言之间放进了一架棱镜，使语言产品最终成为一种折射的镜像。在这种折射中，人与语言的关系被曲折化也被灵活化了，因为在这个时代工具般忠诚的语言已成为前一时代的东西，哲学层面的语言学转向和现实层面的种种变异把我们带到万物需要被重新考定的幻影时代。"上辈子／我风餐露宿，爬雪山过草地／怀里一直揣着窝窝头一样的使命感／我不惜抛头颅抛盐卤抛皮皮鲁／抛掉一切冬天里的童话／我不如讲个笑话嘿嘿嘿哈哈哈"（《上辈子》），"白居易比安居工程划算，但不易／只好像个吉普赛人那样迁徙／跳起土风舞，披着大围巾／从子宫跑到产房，从故乡跑到异乡／独在异乡为嫖客，为过客／为必胜客／为徐霞客，为客座教授"（《白居易》），写作主体自由升降在语调的曲线里，在很多时候也为他所拥抱的语言本身所俘获所操纵，产生出假面舞会般的狂欢效果，有时慷慨，有时沉静，有时奔跃，有时退守，与语言共徘徊，在语言的维度上实现了柏拉图所说的"灵感的迷狂"。

视语言为命，在写诗的整个复杂过程中，将语言空前地凸现出来，为此制造出令人目眩神迷的语言奇观，现在一般人走进电影院看好莱坞大片制造的各种视觉奇观，一个喜欢文字的人也可以打开轩辕轼轲的《在人间观雨》《广陵散》来领略现代汉语的一个个奇观。轩辕轼轲自述："写诗的过程像是斗室里的疯狂独舞，当头脑里的幻象纷至沓来，天花板上就会有各种历史人物与场景如燕山雪片般落下"[1]，这不单是想象力丰富与否的问题。轩辕轼轲与汉语的关系，与有些口语诗人将语言视作工具不同，也不同于海德格尔所认定的特拉克尔、荷尔德林等德语诗人与德语的关系，这一关系被认定为语言通过"诗"与"思"向"道""存

———————————

[1] 　轩辕轼轲、姚霏：《踢爆诗歌柽梧的临门一脚》，载《春城晚报》2012年11月4日。

在"的涌现①，这一观念主导了很多现代主义诗人的带有神圣意味的写作。当然也不同于现在流行的"能指漂浮"的写作，他比它要深刻得多，他与这三种都有差别。

二 诗篇的生产机制

轩辕轼轲的诗，使人不断想到梁山一百单八好汉出了宛子城渡过蓼儿洼呼儿嗨哟风风火火闯九州的场面，他在汉字中狼奔豕突横扫千军万马，左右勾连旁逸斜出，然而据此认定轩辕轼轲的写作为"后现代的"尚为时过早，尽管不可否认当代中国口语诗人这一代人都浸润在泛后现代主义氛围中。在此之上，我们还应再做点工作，想想诗人如何从语言的松散王国迈入诗的畛域，生产出一首首诗的产品来。轩辕轼轲就是将语言的水搅浑，然而他也有自己摸鱼的绝活，这是秘不示人的独家工艺，来自一个诗人的天赋、日积月累的后天努力和天启式的顿悟。很显然，轩辕轼轲掌握了诗歌书写的秘技，多少年来对诗的长期思考、阅读的积淀以及人生阅历的增富，锻造出一套打上了"轩辕轼轲"标记的炮制诗篇的法子。《杂货店》：

> 杂货店里，卖的全是杂货
> 没有一件血统纯正
> 农民走进来，采购杂交稻种
> 工人下了班，蹲在门口来碗杂面
> 诗人们到这里采风，采访店主
> 回去就能写出犀利的杂文
> 军阀打此处经过，也要招些新兵
> 很快就凑成了一支杂牌军
> 走穴的到这里唱出了杂音
> 走钢丝的到这里练成了杂技
> 走马上任的到这里产生了杂念
> 昔日清廉为官的理想被杂志冲淡
> 竟然开起了洋荤，生了一群杂种

在大多情况下，轩辕轼轲的写作从某一个习见的词或短句开始，这

---

① 参见海德格尔《诗歌中的语言：对特拉克尔诗歌的一个探讨》，《在通向语言的途中》，孙周兴译，商务印书馆 2005 年版。

首就是如此，"杂货店"是街边常见、口头常说的一个词，诗人不经意间在它上面停留了片刻，却离奇地开启了诗性思维的过程。"杂货店"是一个按钮，一个小口，由此进入一个奇异的空间，炫技般地展现语言在思维、记忆的波峰上弹出的亮光，一闪一闪，乃至于无穷。"没有一件血统纯正"是接上去说，由此串联起"杂交稻种""杂面""杂文""杂牌军""杂音""杂技""杂念""杂志""杂种"一系列相关词汇。在现代汉语构词法中，保留"杂"这一修饰性的语素，不断变换偏正结构中的"面""文""种"等中心语素。诗人的主要兴趣和精力，投入在"语言的跑偏"上，一种嬉戏的快感驱动着他在语词中不断地向"旁门左道"滑行，不断产生加速度，越玩越欢快，愉悦和错愕频出。语言仿佛感染了病毒，正统话语和原有话语的 DNA 被扩张式地篡改和复制，正如张闳所说："轩辕轼轲是一个'话语病毒'制造者。"[①] 更重要的是，这样一种推进方式，经常被发散为一种谋篇布局的模式，一种诗思展开的机制，他借以排列语词，借以将一个个奇思妙想的片段置放进去，借以实现一种貌似混乱的独有秩序。

　　这个作为题目的语言片段，有时还具有某些特别的"语言势能"，其内在的能量诱逼写作主体和阅读主体开始自动造句、自动谋篇。用北京方言说，轩辕轼轲有时有点"贫"，他一旦用诗的方式侃起来，势必忽悠得你两耳生风。还应看到的是，轩辕轼轲的"技法"当然不止于此，他推进诗篇的方式，不止于在合成词内部玩花样，他将语词关联为"轩辕轼轲式诗歌"话语的技术还有对位、相似、相反、音形义的离合，等等。《当我来自科尔基斯》（节选）：

> 从左手跑到右手，从手心跑到手背
> 都是肉，就像贫僧投宿到青楼
> 吃素的住进了肉联厂家属院
> 一抬头一个屠夫，一掉头一个屠夫
> 一回头一个屠格涅夫，猎人笔记
> 其实你缺乏猎人的武器
> 你只玩过弹弓，木头枪，电子游戏
> 你没有替父从军，从木兰辞杀向贺兰山
> 你没有揭竿而起，从大别山来到自留地
> 你没有核按钮，一摁一朵蘑菇云

---

　　① 张闳：《误解的病毒与讽喻的诗》，网易读书频道，2012 年 7 月 3 日，http: // book.163.com /12 / 0703 / 16 / 85GL2T0O00924JQP . html

你没有打狗棒，一戳一部鹿鼎记
野心膨胀时，你用手去攥宇宙
攥地球，攥出了岩浆和石油

　　前五行有一种明显的对位感。"从左手跑到右手"，左右手相对，整个又逗引起"从手心跑到手背"，意义和句法在渐变中严格相对，随后的"像"引起的"贫僧投宿到青楼"和"吃素的住进了肉联厂家属院"相对，"一抬头一个屠夫，一掉头一个屠夫"、"一回头一个屠格涅夫"，均是行内和行间的对位。返回去看，和尚住进青楼与吃素的住进肉联厂在意义层面相互关联，而"屠夫"和"屠格涅夫"仅仅是语音、字形上有所关联，意义风马牛不相及。第五行由屠格涅夫关联到"猎人笔记"，下一行写道"其实你缺乏猎人的武器"，再关联到"弹弓""木头枪"，皆与"武器"有语义重叠，接下来突转到"替父从军""花木兰""揭竿而起"等。借助汉语语汇间若有若无的联系，自由驰骋在一个个语音场、语义场，在边界地带撒野狂奔。这使我们联想到前两年网友开发出来的写诗软件和超现实主义"绝妙的僵尸"式的写作方式，语言音形义方面的关联固然好找，可以借助云技术等机械复制，然而在音形义的绝妙间隙展开欢乐的嬉戏，刻意制造似是而非、若即若离的动人效果，出人意料地制造拐点、芒刺，恐怕只有对汉语了如指掌且有卓越感受力的人才可以为之。

　　轩辕轼轲真是把八九十年代以来方兴未艾的口语诗的某些倾向发挥到登峰造极的地步。上面我们已初步描绘出轩辕轼轲写诗的"技术"流程，但是还不能到此为止。王士强有精彩的见解，"轩辕轼轲的诗具有一种'语言的欢乐'"，"在他的诗中，很少使用深度模式的隐喻、意象……能指与所指之间不是'纵向'而是'横向'产生关联"[1]，这是结构主义式的洞见，按照索绪尔的说法，语言在时间中构成语音链时，使用语言的人总是从纵向的语汇星云中选出语词，这是语言的聚合功能，然后横向地组合成语句、语篇，这是组合功能。结构主义文艺理论家进而认为写作时偏重纵向功能的是"隐喻"的，偏重横向功能的是"转喻"的，前者是现代主义诗学的重要特征，后者是后现代主义诗学的重要特征。由此说轩辕轼轲的写作多横向的写作，大体是不错的，他总是风驰电掣地从一个个词句向左向右滑向地平线以外，大有贯通一切前文本、

─────────────

　　① 　王士强：《语言的绵延、狂欢与反抗——论轩辕轼轲的诗》，诗生活网站"诗观点文库"，http://www.poemlife.com/libshow-2690.htm

诗探索 5　理论卷　2017年　第1辑

前语境的气势，但是很显然也不尽如此，组词成句时并没有完全放弃在语义场中选词，从语义方面看，他诗歌的很多局部也经常指向某个高处，某个诞生更高、更深意义的场所，也就是说他在"横向滑动"的同时也有"纵向意指"的一面，很明显他是现代、后现代交错时期的人物。

三 语言的享乐

轩辕轼轲的诗确实有一种"语言的欢乐"，在很多情况下，他为语言的欢乐而写作，他的灵感来自某些词句的撞击，随机而来的场景、情态、意味，不断填补着一个个语言片段接连推进时带来的旋生旋灭的空场，欣快感由此风生。完全可以说这是一切诗人对诗欲罢不能的一个内在原因，李白在他最杰出的古风中的那种奔流到海的激情，杜甫在他老去渐欲声律细的期期艾艾中，无疑都体会到类似于罗兰·巴特所描述的"语言的享乐"。对语言的爱，近乎身体式的爱（源自肉身）使其如此，日夜沉迷，潜意识中一刻不停地遣词造句，终于超越了表情达意的惯常需要，上升到对语言本身的爱，在语词的一个个拐点和枝节处撞击、驻留、推敲。为此，不仅在当代汉语的世界里生出一种语言的本体意识，而且自我发明出一套秘密的工艺，竭力为语言奉献。轩辕轼轲确实像他少时迷恋的连环画中的孙悟空一样，用诗歌在汉语的世界里大闹天宫，像他迷恋的梁山好汉风风火火，在古今一体、中西杂陈的符号体系里风云际会，它意在提供一种触电或者性高潮一样的语言快感，与一切语言符号短兵相接、贴身暧昧，他的确接通了卡尔维诺所期许的那种"轻逸"的美学体验，但是一个问题耸立在了我们面前：诗意的效果到此为止了吗？轩辕轼轲的诗的全部任务在于追逐"语言的欢乐"吗？除此以外再没有其他东西了吗？

我们很快就想到了韩东在第三代诗兴起时的热潮里提出的那个近乎成谶的口号："诗到语言为止"，云集在这一口号下的语言观念在当代诗歌领域里强行结束了之前时代共名之下的工具语言观，提醒诗人语言的重要，号召诗人们借助个在的生命体验、生活经验实践当时尚显朦胧的本体论语言观。如今看来，韩东他们收到了预期的效果，轩辕轼轲及其同人从一开始就分享了父辈诗人的成果，变了花样地承续了本体论的语言观。第三代以后的各种诗歌圈子流派均不同程度地延续了第三代开创的本体论的语言观，这样说应该不是无稽之谈。放宽视野来看，轩辕轼轲们以自己的方式迎接了从欧美来的后现代主义文学观和"语言学转向"之后的语言观，中国诗人分头并进的努力使中国当代诗歌沐浴在语言学转向之后的广泛氛围中，于坚、伊沙、沈浩波等人均在一些场合谈及自己和后现代主义文化的某些关联。可以肯定地说，轩辕轼轲们的写作不是"诗到语言为止"，而是"诗到语言为始"，第三代诗人韩东、批评家沈奇近年修正补充了对这一问题的新理解，轩辕轼轲立足于本体论语言观这个基础上，向更深远处掘进，即语言只是一种开始。中国当代诗歌和中国历史一样遭遇着跨越式发展带来的多重问题的交叠与错位，那么上面提到的问题就可以换一种角度来看，詹姆逊在《语言的牢笼》一书中反思，以形式主义和结构主义为代表的语言学转向之后，也即以一套共时性的语言结构为思维模式将历史文化全部解释一遍之后，是不是意味着我们进入了这只无边的"语言的牢笼"出不来了呢？完全听命于语言的宰制而没有出路了呢？

这是本体论语言观大行其道后遗留的一个严重问题。那么再来回视轩辕轼轲的诗，像轩辕轼轲这样，为语言的快感所驱使，潜意识为语言势能所支配，日夜不停鬼使神差地在汉语中撒泼斗狠，他是不是和他的同行者们一道，陷入"语言的牢笼"难以自拔了呢？这真是一个棘手的问题，已经有不少学者对他提出中肯的建议——克服能指的自动滑动，避免语词的空转。① 这种建议的实质隐含了这样的焦虑：一种完全关乎个人快感的诗歌写作，以及一个完全封闭于语言体系内部的写作，形如空中楼阁，既轻飘飘又难以持久，因为诗歌最终离不开与历史、现实等这些并非完全能被语言同化的东西发生关系。本体论的语言观以稳定的语言思维模式重构世界的图像，现在我们在更新的历史和现实面前意识到，这种笼罩不能是无边的，一切都应该有个界限。这一问题极难回答，文学、诗学、哲学对它的解答目前仍在实践中，例如巴赫金、福柯以来的很多人，而"话语"就是其中一个较令人信服的途径，巴赫金认为必须将对僵硬的语言结构的关注转移到对在历史实践中生成的话语的关注，索绪尔的弟子本维尼斯特认为不能再无视语言符号的指称这一本性，指称是符号能指、所指二维结构外的不可或缺的第三维结构。詹姆逊认为，"（语言）符号系统本身之外本有一种最基本的存在，这种存在不管它是否被认识，起着符号系统最后参照物的作用"②，应该恢复

① 王士强：《语言的绵延、狂欢与反抗——论轩辕轼轲的诗》，诗生活网站"诗观点文库"，http://www.poemlife.com/libshow-2690.htm

② 詹姆逊：《语言的牢笼：结构主义及俄国形式主义述评》，钱佼汝译，百花洲文艺出版社1995年版，第90页。

诗探索 5　理论卷　2017年　第 1 辑

语言符号指称事物的功能，词与物的联结体不应继续被切断，不应只死死盯住"词"而放弃"物"，"物"的世界依旧在那里而且保持着和语言的摩擦关系。在诗言诗，我们依然试图从诗歌范畴里找到一些带有臆测性质的解答。

四 重新思考诗

就像本文的开篇所感叹的，"王纲解纽"时代一切都陷入了不确定状态，我们正处在"失去象征的世界"（耿占春语），诗歌首当其冲。然而祸福相依，这也注定了新诗势必向未来时空展开的宿命，这意味着我们所有真正关心新诗命运的人必须将新诗当成未完成之物在未来一段文化实践中去塑造，本着"无目的的合目的性"（康德语），为此我们先不给当代汉语新诗下一个定义，而是从功能的角度来重新设想它。我以为在这个思考层面上，我们仍然有和轩辕轼轲诗歌对话的余地。

首先，"语言的狂欢"意味着对既定秩序的想象性颠覆。语言系统对存在物具有分类、排列，构成一个庞大的等级秩序的功能，这是人们普遍接受了的一个语言哲学的观点。数不清的可见不可见的具有等级优劣的符号分支盘根错节地交织成语言的宏大体系，其中隐含了一个时代的价值判断，背后还融合着历史遗留下来的价值残余，例如"阳"高于"阴"，"男"优于"女"，"官方"比"山寨"更可靠等等，这些偏性的对立判断构成语言的森然体系。现在轩辕轼轲不顾这一切，甚至是有意冒犯常识和权威，像一把锋利的剃刀滑行在语言的各个层面，畅行无阻地切断又混搭着一切语言片段，现代接通古代，低俗降格经典，欣悦瓦解悲情。《广陵散》（节选）：

> 我登基的时候 你正在讨饭
> 我在金銮殿尿湿了裤子 从龙床
> 一个趔趄坐在地上 你却走进城门
> 把断镜从怀里掏出来算了一卦
> 我彷徨的时候 你正在呐喊
> 我把自己关在小阁楼里 两耳不再
> 倾听窗外之事 你却坐在太阳底下绝食

变换人称、设想情境，这样的超时空混搭轻易地颠覆了人们借助语言符号所实现的等级制度，金銮殿的威严生活与街头的波西米亚风融为一体，魏晋时代的孤愤与鲁迅的彷徨相互映照。巴赫金说拉伯雷的《巨人传》充满了民间狂欢节的气氛，人们在暂时的狂欢中实现了酒神精神的解放，自由自在地消解着平日可敬不可亲的权威，一切无差别，一切都轰然消散在泥尘中。轩辕轼轲带来的正是这样的效果，他扩大语言接触面、调配语调以及在语言内部施法的手艺，造就一种中国式的嘉年华，水泊梁山式的语词起义行为。这是一种形象化了的美学上意义上的描绘，当然按照严苛的现实理性衡量，这一欢乐的达成与象征主义一样归根结底不外乎是一种"想象性的自我满足"，狂欢之后人们还得回到冰冷的现实之中，然而纵使是"想象性的颠覆"[1]，也有着不可忽视的解放作用，既然在一定条件内个人不可克服现实的僵硬，最起码可以在个人精神层面实现一种超越性的解放，这是文学、诗的功能之一。

其次，诗歌在轩辕轼轲这里没有放弃对现实的认知功能。到了当代，诗歌基本上不再承担知识的任务，像孔子说的"多识草木鸟兽之名"，像但丁那样提供人们一个认识精神世界的严密图景，但是诗歌在当代仍然没有完全蜕去认知功能，即使完全地艺术化，那么仍能透过艺术的棱镜折射现实的影子。当代诗歌与科学、哲学不同，然而它汲取了它们的长处，像艾略特所说的那样，生成一种融合了智性因素的感性来投入世界，用一种变化了的情感来把握现实。轩辕轼轲也是这样，从"词—物"联结系统中延伸出来的无边的物的一维——现实世界——在他的诗中依然有着忠实的表现，有时是用细节直呈其事，有时是光影的多角折射。"我坐在地球这个冷板凳上／看这场超宽银幕的世界"（《太精彩了》）就代表了一种热中有冷的认知态度；"我是从土星开始起飞的／我只能从土星上起飞虽然它有点土／但我是在这里无师自通／我一直想落户火星／可路途迢迢让我绝望／我试了几次还是跳上了地球"（《服务区》），这类狂放的想象代表了对外层世界的认知。《收藏家》：

> 我干的最得意的
> 一件事是
> 藏起了一个大海
> 直到海洋局的人
> 在门外疯狂地敲门
> 我还吹着口哨
> 吹着海风

---

[1] 伊格尔顿：《二十世纪西方文学理论》，伍晓明译，北京大学出版社 2007 年版，第 25 页。

诗探索 5 理论卷 2017 年 第 1 辑

在壁橱旁
用剪刀剪掉
多余的浪花

　　这首精绝的小诗刻画了一个负隅抵抗现实不公的"饥饿艺术家"，他提醒人们有一个更好的世界值得去守护，它对照出现实世界的恶。《小丑贾三》则是当代底层人物的"滑稽列传"，贾三其人先在剧团当小丑，后来蹬三轮谋生，"他的心肠更软，肝却越来越硬"，最后戏友送他进了天堂，揭示出在当今媒体叙述中看不到的现实的另一面，对世界"荒诞"的认知凸显了出来。"我喜欢读……卡夫卡、贝克特、普拉斯、米沃什等，他们的作品是人类在想象力的天空建立的一个空间站，在不同的侧面我感受过那种洞开的光芒"[①]，"荒诞"是对世界本相的一种洞察，一种体认。

　　最后，轩辕轼轲这类诗充满了伦理感。完全可以说，狂欢更多的是因为"义愤"，"愤怒出诗人"，一种对几乎植入人性内部且普遍流行的恶的刻骨的恨，这种情感包含了哀伤和无奈。这也解释了为什么轩辕轼轲对俄罗斯白银时代诗人、对魏晋风度的天然亲和力，比如他的《广陵散》《夜半忽起》《晨起忽忆邻筐》，仅从语调上看就近似于《世说新语》，正如鲁迅所洞见的，嵇康等人"吃药饮酒学驴叫"的放诞行为背后乃是对伦理公义的执着，因为物极必反，也因为不愿同流合污。口语诗的集大成者伊沙于人们常见的痞子、小市民身份之外，隐藏着一重知识分子身份，近于萨义德《知识分子论》中所称道的在自己专业之上对于人类道德和命运的凝视和坚守，上溯来看，北岛如此，严力如此，沈浩波、轩辕轼轲也如此，从伦理角度来看，他们无愧于历史和时代，这一点必须指出以正视听。不过他们不得不隐藏起来，而现在人们习惯于太多地放大他们的放诞与不入流，无视他们灵魂的哀伤。《春节怀大舅》（节选）：

大舅，你走了两年后
我又开始写作了，为你穿透地面的目光
为他们奉送给我的屈辱
为自己不屈的心，我要写
我要把右手率先写成白骨握住你的骨头

· 姿态与尺度 ·

------

① 　轩辕轼轲：《写作本身就是一场想象力搬家的游戏》，载《南方日报》2012 年 7 月 1 日。

请给我力量，我还有左手
　　还有舌头，喉管，即使割掉了这些
　　我还能在大地上写红字的头

　　此诗前面几节以典型的反讽笔调写翻手为云覆手为雨历史年代自己和大舅一路走过的历程，怀念已经死去的大舅，后面几行可以说是个人写作的宣言，令人震撼，一种曼德尔施塔姆般的伦理激情透过语言弥散开来，"我要写"，即使手成白骨，即使像烈士那样被取消舌头和喉管。这是一首渐为人提及的作品，类似之作在他的诗集中还有很多。轩辕轼轲们在历史中的穿越带有深刻的透视精神，对现实的关照带有严苛的批判现实主义精神，他不单是嘻嘻哈哈。

　　尊重词与物的致密联结，重新意识到秩序、认知和伦理本身是物的延伸也是语言的构成部分，如果认同"语言是存在的家"，词与物浑融一体存在于人的世界里，那么就应当认可以上功能。如果我们对轩辕轼轲及其同人的写作仍有不满，那么不应该只是指责他们离常识太远、放纵语言空转，而是嫌他们在语言上走得还不够远，要远到能为当代汉语重绘一条地平线。立足于本体论的语言观，同时继续撒泼使坏，向下挖掘，重新更有力地关联起一个世界：由物构成的现实。这个"物的现实"与语言体用不二又可感可触，为诗的体验、诗的认知、诗的伦理提供动力和契机。这样，新诗在向语言继续进军的同时也艰难地重塑着自己。

[作者单位：岭南师范学院中文系，南方诗歌研究中心]

雾霾与道风

——论岛子

荣光启

　　谈论岛子的诗歌写作有两个维度，一个是当代汉语诗歌的维度，一个是当代中国的基督徒文学之维度。这两个维度会衍生出三个问题：对于当代汉语诗歌，岛子的写作其建设性是什么？对于基督教文学，岛子的写作又提供了怎样的意义？当然，最值得关心的问题可能是两个维度的结合点：作为一个基督徒，岛子的诗歌写作对当代汉语诗歌有意义吗？

　　正如在美术界，人们对他的"圣水墨"系列作品也会有这样的问题：这种绘画方式在经验的传达和美学的建构上有公共性吗？给绘画这一艺术门类带来了什么样的问题和启示？

　　也就是通常人们最关心的一个问题：基督徒关于上帝和救恩的艺术性的言说，对非基督徒而言，其意义在哪里？

一　岛子与当代汉语诗歌

　　在当代汉语诗歌的维度里，我们很尴尬地发现，通常被广泛阅读的诗歌史当中，并没有对于岛子的诗歌成就的关注。作为当代一位颇有成就的实验诗的作者，其作品也未收入当时的《探索诗集》。事实上，无论是朦胧诗诗人江河、杨炼等人的文化史诗追求，还是"第三代诗人"中的"非非主义"者对诗歌语言的实验，在岛子的诗歌里，都有着这方面时代潮流的反映和潮流中那高超的个人化景观，但奇怪的是，岛子的成就并没有进入那些著名的诗歌史。在这个意义上，谈论岛子的诗歌，对当代汉语诗歌的杰出作品系列，首先是一种发现。

　　尽管人们非常熟悉岛子翻译的像美国自白派诗选和后现代主义方

面的文化理论并且在诗歌写作上深受其影响，但作为诗人的岛子，其写作成就却有待更深的澄清。关于岛子在"实验诗"时期的成就，艾蕾尔曾经有详细的描述，比如在语言上，艾蕾尔认为，"岛子后期诗歌语言已经达到了更高，甚而更绝对的自由，譬如2013年《向我的母语致敬》，'铁树的骨灰'已不再指涉实在之物，词语便远离了事物作为表象的羁绊；'饥饿的律法废止'将感知赋予抽象的'律法'，使其极具陌生化效果；《诗艺》'一首诗：医治另一首诗，一切诗医治一首诗'，此刻词语自身退场，纯粹想象力瞬间从包裹真理之光的地壳下涌现出来，穿透时空限制，回归至本质性语言，乃后文所谓语言的'本源性归向'。"而像《春天的三重奏及其图说》这样极端的实验作品，"虽然看似延续了早期诗歌里的'玄'倾向，实则乃指向本源性语言归属意涵，它不再是表层观念性的诗歌结构，而是一种元语言。……在寻求诗的新语言的道路上，《春天的三重奏及其图说》开创了元语言的可能性"。从早期的实验诗，到近年来像岛子的《白洋淀晨歌》《雪夜三叹》等作品，艾蕾尔认为，"岛子作为诗人，早已远远超越了后现代主义，时间满了，他转向了'神学诗学'的光明维度：一种本源性语言的回归。"当然，这只是岛子诗歌在语言上的成就。除此之外，至少还有以下三方面值得深究：

第一，岛子诗歌在想象力方面，极其奇诡，虽然有朦胧诗时代那个文化史诗的背景，但他的诗歌多了几分简练和现实批判力度，没有沉溺于那个充满神秘而空洞的冥想空间。

第二，在诗歌意象的营造上，岛子一方面有效享用古典诗歌传统，另一方面也出其不意地征用一些极具象征意味的现代器物，诗作中既有现代巫术性的图景，也出现了手枪、头颅的解剖图和令人费解的乐谱，在词语和图像的拼贴中传达某些文化隐喻和现实批判。

第三，对于一位中国诗人而言，在现代和后现代的文化背景中，岛子的诗歌风格并非西化的（比如说翻译体、类似外国小说的分行等），而是非常中国化的，除了语言、意象和意境方面的辨识外，你还能看到（其实是听到）他的诗歌的歌谣化。也就是说，这些令人费解的现代诗，同时也是可以吟咏的，其"诗"，常常以"歌"命名。

在朦胧诗以来的背景中，可以说，岛子的诗歌写作用一种奇特的想象力、奇诡的语言和相对隐含的信仰经验，给当代汉语诗歌带来了一种新的形态，在精神上它有明确的指向，而在技艺上又显示了诗歌的难度（信仰经验的表达、文化传统的延续和对当代中国社会的批判）。这是诗歌意义上的，而在精神的向度上，作为一位先锋诗人，岛子诗歌来自于那个文化史诗的传统，但又从那个传统中艰难突围，为"诗人自杀"的文学迷途、为那些悲剧的文学先锋似乎又指示了一条出路。这样一个独特和重要的岛子，对当代汉语诗歌写作和诗人的精神形态两方面都有着一种具有建设意义（很多写作上的"先锋性"其实只是在破坏）的先锋性。他的形象在当代中国诗歌史中，不应该是缺失的。

二　岛子与当代中国的基督文学

对于当代中国的基督徒文学，岛子的诗歌写作又意味着什么呢？当代中国基督徒的文学如同基督徒人口一样，其成长势头相当繁盛。而在诗歌领域，基督徒的写作则越来越引人注目。不过，在中国的文化语境内，出于对宗教的偏见，对这一类的文学写作，很多人的眼光一开始就是比较苛刻的。这一类的作品，人们往往会当作一种"次要"的文学类型对待，如艾略特（Thomas Stearns Eliot，1888—1965）所说："从乔叟时代以来，基督教诗歌（religious poetry）……在英国几乎完全局限在次要诗歌的范围里。"原因在于许多宗教诗人"不是用宗教精神来处理全部诗歌的题材"，而是仅仅把宗教当作全部或最重要的文学题材。因此造成对"人类特性的一些主要激情……的无知"。对于基督徒的诗歌写作，人们很自然地认为：他们的写作在思想意识上是独断的，因为他们崇尚宗教，所以他们有着对"人类特性的一些主要激情……的无知"，他们的作品在情感和经验上是缺乏复杂性的；而在写作的方式上，他们的想象力和叙述能力往往流于简单。总之，问题在于：基督徒文学作为文学，除了教会领域，在文学领域的公共性——文学的标准方面，又有怎样的意义？

基督徒的写作，若只是将《圣经》当中的话语换一种自我的形式重新叙述一遍，不能让人对《圣经》话语有任何新的感觉、想象和经验，我们何必读他们的作品？有这个时间多阅读《圣经》岂不是更好？基督徒的文学首先应当是文学，而不是宣教文学，如果先是宣教文学，效果恐怕适得其反。这其实是基督徒文学界应当有的一种共识。二十世纪伟大的文学家 T.S. 艾略特是基督徒，但他的诗歌、戏剧和文学理论却不能以宣教文学冠之，而是人人称道的现代文学经典（如《荒原》《四个四重奏》等），其作品（包括文学理论）的光芒在世界现代文学的序列中至今没有褪色。艾略特非常反对文学对宗教的"宣传"，而是要求"文学是一种不自觉地、无意识地表现基督教思想感情的文学，而不是一种故意地和挑战性地为基督教辩护的文学"，他强调"一部作品是文学不是文学，只能用文学的标准来决定，但是文学的'伟大性'却不能仅仅用文学的标准来决定。"而文学的标准则是作品在感觉、想象和经验的层面上，让读者对作者的言说对象有具体的感知和深深的感动。

在艾略特看来，题材、主题不能决定诗歌，即使这题材、主题是哲学或宗教或信仰。但丁、莎士比亚这一类诗人，他们之所以伟大并不在于他们信仰什么、言说了什么"时代"的思想精神，对于他们而言那些"流行于他们各自时代的思想，也就是强加在他们身上的材料，他们不得不用以作为表达他们感情的媒介，这种思想的相对价值是无关紧要的。""我不相信严格意义的信仰会进入一位伟大诗人作为纯粹的诗人的创作活动中。……诗人制作诗歌……蜜蜂制作蜂蜜……你很难说这些制作者当中任何人相信或不相信：他只管制作。"他认为真正的诗人"所从事的工作只不过是把人类的行动转化成为诗歌。"这种诗人的优秀之处正在于他对时代精神、现实经验在语言、形式上的"转化"与高质量的文本"制作"。正是这种专心的"制作"，才使他们能够成为那个时代"诗人中的诗人"。莎士比亚之所以优秀，是因为："和他同时代作家当中的任何一位相比……在把素材转化为诗歌的过程中表现出更高超的本领"。

也是在这个"转化"的意义上，岛子诗歌作为诗歌，其重要性，首先就不是那些在赞美上帝之创造、感恩基督之救赎和圣灵之安慰以及诸多信仰经验方面的内容，这些内容属于神学范畴。我们需要看到的是，在诗的意义上，岛子将他置身其中的"时代精神"和他个人的"现实经验"转化为何物。

值得注意的是，作为基督徒的岛子，此时写的诗作，在宗教情感上应当是极为深切的，但在表达上却相当克制。"喂活了满目三角形的圆"当然指的是上帝最特别的创造——人，这个人本应当是"圆"（"圆"象征着上帝的创造物最初的完全和无罪），但现在他的眼里却都是"三角形"，这里可能隐喻的是犯罪的人再也不能反映上帝的"形象和样式"。所以，接下来有"向罪而死"和"死后归来"。这里说的是耶稣基督的救赎。

而在想象方面，岛子将要传达的情感和经验寄托在开阔而有意味的风景之中，使诗歌的境界阔大而意蕴深远。"挽歌"是针对那个犯罪的人、那个旧我的。而"秋色"的片段，反映的却是救赎与赞美的宏大图景：满世界橙黄的美景，其实只是"囚衣"，在没有盼望的人世，再美

诗探索 5　理论卷　2017年　第 1 辑

的景色其真相只是如此（因为没有真正的心灵自由），但现在，它们高歌"以马内利"，这是得救后对上帝的赞美。

岛子的诗在宗教信仰的层面之外，你能看到在情感的克制、内敛和想象力上奇诡但不铺张的技艺。思想、精神层面的东西，在岛子的诗歌里转化为诗歌的想象、画面感和一种境界阔大又叫人灵魂震颤的整体风格。这种文本的效果在诗的层面一般读者也是能感受得到的，这里边当然包括非基督徒。

这种技艺上的简约风格明显不是语言和想象力的缺乏，而是写作经验和信仰经验上的双重累积所形成的凝练。这种诗歌非常像"盐"这种物质，它是一种由无数种物质在漫长时间里"结晶"带来的最终形态。这种结晶使世界变得有味，这也是耶稣叫他的门徒要做"世上的盐"的原因。有意思的是，岛子的诗中也常常出现"盐"。他的诗是神圣情感和丰富的信仰经验在想象和语言中的"结晶"：

澄明之境

九

当——
星光和鸡鸣四逃
盐是你的传人

十四

一个时代
一个弹壳
一蓬衣冠冢
一掬黑发
一个姑娘
嫁给了永有
和我：晚年的
泪水

钟楼与光年
在圣灵身边
兀自耸立

2015 年

在第一首里，"盐"直接指代了真正的信仰，这个意象所要说的是：面对大地上的强权，信仰的力量如同"盐"，你不可能战胜它。教堂不在了，但"盐"的教堂（真的信仰）却在升起。第二首里边，"盐"直接指代了真正的信徒。有些人在苦难面前背叛了"你"，但"盐……的传人"不会。"一个姑娘/嫁给了永有"里边的"永有"，这里的"永有"是人格化的，突出了其真实性。也就是说，上帝的永远、永恒，是可以触摸，是可以与之共处的。"钟楼与光年/在圣灵身边/兀自耸立"，"钟楼"是建筑是风景，"光年"是距离概念，这里却形象化为"兀自耸立"的物体，所表明的是，万物都在上帝（圣灵）的看顾当中。

三 基督徒文艺在美学和经验上的公共性

安慰之歌

安慰巨石，安慰
把巨石滚上山的弟兄，安慰
他和巨石齐心化育春风
安慰春风，安慰
母亲，安慰她贞洁的宫血
耗尽一生的水晶，为了
安慰，安慰她，赋我以歌与哭的
权能，我用它安慰贫穷
贫穷洗劫了岸上的疾病
安慰疾病，安慰
断剑，当它折入泥沙
燃烧的稻草人和羽毛

抚醒了天使的琴声，安慰

天使，请你去安慰

碧血擦亮的铜镜，安慰铜镜

安慰清泉，安慰姐妹，安慰她们当中

最美的一个，递上经书和油灯

安慰黑夜，安慰油灯

把那不可见的全然显明，安慰

银河，安慰渡船，安慰朝霞和毕业生，

安慰竹林，安慰园丁

安慰死亡合唱团和

牧羊人的晨星

安慰干草，安慰晨星，安慰它们照见

马槽里的眼睛

2000 年

在这首《安慰之歌》里，你能看到两个岛子，一个是写实验诗的岛子，一个写信仰经验的岛子。前面那个岛子在诗歌中留下了"宫血""羽毛""铜镜""经书"和"油灯"这些过去时代的意象，后面那个岛子给我们的是人得到真正安慰之后的那种宁静、平安。最有意思的是结尾，"……安慰干草，安慰晨星，安慰它们照见 / 马槽里的眼睛"，在"晨星"之前，其实作者表达的意思是：一切的一切（这些意象明显经过认真选择，皆为包含深义之物），都需要安慰，都需要上帝的安慰，安慰这些吧……因为唯有上帝能给我们带来真正的安慰。而到了最后的"安慰晨星"和"安慰它们照见 / 马槽里的眼睛"在语义结构上就不一样了，前者是动宾结构，是安慰晨星之义，这里的"晨星"是目的宾语，但后者不是，其义为：因为晨星"照见 / 马槽里的眼睛"而得安慰，这结尾的意思非常重要：因为那马槽里的婴孩降临，所有的受造物才可以从空虚之境得到救赎，才能真正得到安慰，前面所说的一切，才能得以实现。

一般读者能够感受到诗作结尾在语义转换上的美妙，而熟悉《圣经》教义之人则更惊叹于作者将救赎深义隐藏于这种结构转换之中。也就是说，岛子作为基督徒，其对救恩的表达，很多时候，并不是直接的，而是蕴藏在其技艺之中。在接受的层面，其诗歌对于很多读者，有能够分享的公共性。

喜　悦

喜悦漫过我的双肩，
我的双肩就动了一下。
喜悦漫过我的颈项，
我的腰，它们像两姐妹
将相向的目标变为舞步。
喜悦漫过我的手臂，
它们动得如此轻盈。
喜悦漫过我的腿，
我的膝，我这里有伤啊，
但是现在被医治。
喜悦漫过我的脚尖，脚背，
脚后跟，它们克制着，
不蹦，也不跳，
只是微微亲近了一下左边，
又亲近了一下右边。
这时，喜悦又回过头来，
从头到脚，
喜悦像霓虹灯，
把我变成蓝色，
紫色，朱红色。

　　鲁西西说的是"一个姑娘／嫁给了永有"的那种喜悦，是人看到永恒的真实、生命之意义获得了确认的那种光明感，这是非基督徒难以明白的，但是，诗歌的说话方式是感觉化的，因为这是文学，文学的目标正是在传达感觉、经验与想象，也让读者在感觉、经验与想象层面获得对作者的言说对象的具体感知。鲁西西这首诗的写作是成功的，她传达了她的私人经验，但这种经验，一般的读者也分享了，尽管分享（"喜悦"之感）的层次不同。

　　基督徒文学与非基督徒文学的一个重合的地方：人类的共同处境的象征和对神圣之物的盼望。非基督徒不一定认为人类困境是由罪性带来的，但我们都在这个困境当中，不同的是基督徒有"罪性／人是有罪之人"这个答案和耶稣基督这条出路。非基督徒虽然盼望神圣之物，但常常觉

诗探索 5　理论卷　2017年　第 1 辑

得不可见而认定不可能；而基督徒在恩典当中，因为可见而认定神圣之物的确实。在艺术形式上的美感和经验上的痛感方面，基督徒的文艺和非基督徒的文艺当然有重合之处，而基督徒的艺术，需要寻找这个重合点，以引起接受者的共鸣。

四 岛子转型后的写作与当代汉语诗坛

我们在这里提及基督徒文艺在美学建构和经验言说上的公共性之问题，其实对于任何领域的写作者都是有效的，尤其是针对文学上的某些浪漫主义者。有些浪漫主义者通常认为自己是天才，不在乎文学传统，不在乎文学的形式问题，我的任何一个作品都是伟大的创造，任何一次创造都带来了新的形式。这种观念下的文学写作，很多时候，其结果只有一个：既没有浪漫，也没有文学，给人世只留下作品中一个无限夸大的自我，一个感伤的或者颓废的或者自大狂的某某形象……

岛子在2000年前后的写作转型，除了提供诗歌美学的公共性之外，他作为曾经的先锋诗人，这种转变本身也是有意义的。岛子是从什么样的写作氛围中开始转型的？当我读到《岛子诗选》，从第一首诗开始，我仿佛再回到那个文化寻根、建构神话史诗、沉溺于语言迷宫和形式实验的时代：

> 成为疯子，是第一课
> 在蛇的敌意中步步为莲
> 是最后一课
> 他们的病案袋里
> 装着绳子，灵魂和知更鸟
> 瞳孔裂变着冒出气泡
> 太阳也凸出了齿轮
> 每一次转动，就有
> 一摊鲜红的梦
> 在枉然的麦芒上空流淌
> 灌注一个闹鬼的江洋

这是诗集第一首《疯人院》，那是一个集体发疯的年代，当然，这种"发疯"一方面指在体制的牢笼内焦灼的众生，另一方面也指文化上的热潮、思想上的风云激荡、人民对一个长期以来认同的想象共同体的怀疑、国家政治体制变革上的犹疑不决等状况。这种"发疯"当然是有

姿态与尺度

积极意义的，至少它带来了当代中国文学在诗歌和小说还有戏剧各个方面的广泛实验，带来了许多复杂、奇诡极有意义的文本。在今天这个商业性的时代，文学再回到那个纯粹为了实验语言、建构与个人的世界观同构的文本的那个氛围，几乎不可能。

在那个文化寻根的热潮中，古老东方的许多神秘事物，都被征用在诗歌中，诗人仿佛是迷乱时代的祭司，临时担负着与神相交的角色，祭祀的场景在诗歌中很常见，对宇宙、天穹、生命、死亡、鬼神、经书、符咒的想象，极为发达。甚至，有些诗人热衷于仓颉的事业，写诗已经不能够满足创造的热情，去积极造汉字。在与岛子短暂的交谈中，他谈到自己追随过那个文化史诗性的写作潮流，但他坦言："很快就发现，这不是出路……"写作的出路在哪里？先锋派小说家最伟大的地方，是不为那个商业化的市场写作，而是建构一个与自己的世界观同构的语言与形式的文本世界，我的世界观是这样，所以，我这样写。但今天，有些作家似乎并不这样，而是：好像世界需要这个，我写这个。写作的出路与生命的出路息息相关。在岛子的文本中，我觉得有一些提示，对于实验诗时期的个人喜好和时代氛围，他似乎有一个判断：

雾　霾

某物：在血清里
摸黑，逆行
秃鹫在上升的狼烟中辨认归途
某物：咀嚼油炸的词语
和熄灯号，和井水
一齐下沉。许多气息逃向根茎
许多根茎逃向水泉，
许多没有死透的蝶翅逃向烟树，
许多枚举，如重名的黑名单，
许多烟树都是矿工的骨粉，
许多石油都是跨国的
秃鹫争食断肠
断肠人在天涯，从潜望镜
透视：家山三远，植被披麻
"天朝仁学广览"，朱批氤氲
细分到看不透的灰度、光韵、
气数，枪杆子吸烟，

诗探索 5　理论卷　2017年　第1辑

钱袋子装烟，
直把海市熏成蜃楼，
阿房一炬，诸如此类
诸如：看不透的还会梦见
如果梦见诗人火中取栗，
总会有鬼哭，
总会从那里氤氲这里：
乌云的驳船拖拽万吨肺叶
行驶在电视塔发射的滚滚鼻音
焚尸炉内部，硫黄火舌在争吵
总归没有烧透，总归
不必为作恶的心怀不平
哦，天上稀薄的吗哪
和地上的某物混成了夜歌
导盲犬咻咻游过界河
驻足此岸的你，看见：那自义的
孽火，已然带来自戕的废墟
而降落彼岸的你，听见
那浮出海图的铜锣
被冰河期的风锤撞响
白矮星的黑帆正缓缓登陆

2013 年冬，香江

    毫无疑问，这首诗仍然有岛子实验诗的一些遗留，在意象和想象上，你仍然能够看到神秘的、玄学的、史诗性的东西。在现实层面，它指向的是一种特别的天气"雾霾"、是该死的 PM2.5，但在诗人的个人历史中，这首诗似乎又有自我反思的意味：那在血清里抹黑逆行的"某物"究竟是什么？在诗作的最后，此物对应的是"天上稀薄的吗哪"，是神的圣言、上帝的拯救。铜锣湾的"铜锣"鸣响、白矮星的景象宣告的是一种末日，这个末日是现实的批判还是对个人得救的"人的尽头，神的开端"的宽慰？！

    紧接着一首就是下面这首《道风》，在现实层面，"道风"与"道风山"这个著名的基督教宣教与研究机构有关。"道"是"耶稣基督"（"太初有道"）；"风"，希伯来文 ruach，在《圣经》指的是"圣灵"；这首诗所说的当是真理之风、上帝之灵，它和上一首诗形成了鲜明的对应。那个笼罩我们、在我们的血清里侵害我们的"雾霾"，在哪里得到吹拂——在“道风”里：

道 风

峰巅之上，高高的
白十字架，铆定
大海直立的漩涡：莲花
就这样骇然开了，莲花
高高举起夜颂和鱼沫
白鸟，黑飞
万木聚集，鸟鸣就聚集
云水，聚集经卷的残片
牧者挑灯校勘云水
云水追随流星寻转
全盘白血珠，未凝。
哦，无常
向谁？再死去，
不再寻转
羊蹄踩平橄榄园
苦路，依然崎岖
白鸟，黑飞
只有飞光，能滚开石头
下山上山，羊肠盘进一条界河
走吧，我的血栓，是你的
汉语的结舌，
羊眼耿耿的白草阅览
也是你的。起风了
白鸟，黑飞
风，嚼龙肉。风，
煎人寿。风，交换着道路
——痛腿子，十重诫命
风，随主意而吹

2013 年 12 月，香江
2014 年 3 月，北京

使我们的血液里满是血栓的东西是什么？它怎么又是“汉语的结舌”？“道风”，“嚼龙肉……煎人寿……交换着道路”，什么样的道路在相互交换？参照《雾霾》与《道风》，似乎前者不仅指现实中的内地环境，更是指作者长期浸润的文化环境，那个文化中由于根本的信仰缺失所导致的各种知识氛围才是有害的迷雾，而使我们的血、使我们的口得到拯救的，唯有"随主意而吹"的"风"。"交换着道路……"既是现实期待，又是自我评价，"道路"已经更换，那是一种在苦难与诫命中的自由。对岛子来说，他是否在暗示：告别那种对文化、神秘、史诗建构、玄学、语言本身……这类事物的崇拜（某种意义上，这些遮蔽上帝之物，才是真正的"雾霾"），去认真对待创造他们的神，去辨识，去敬拜，而先锋诗人的写作出路，正是在这里？过去的"汉语"系统里是那些东西（各样的偶像与来自人意的"经卷"），而现在，是天上的"吗哪"，是"神的圣言"。

[作者单位：武汉大学文学院]

高迈而辽阔的诗性情怀

——诗人刘燕创作简论

邢海珍

诗探索 5

理论卷 2017年 第 1 辑

近年显露头角的女诗人刘燕，曾被诸多诗人和评论家誉为"新闻文学两栖人"。她是一位富有很强冲击力的诗人，她的创作注重大境界、大视野、大题材和大襟抱，走出了女性温婉抒情的基本常态，营造了张扬伟大时代精神的诗意天地。作为一个女诗人，刘燕的文字虽然不无精致与柔软，但她善于把自己的内心世界化为一种直接进入公众世界大天地的情感和动力。

她的诗作有着强烈的政治敏感和忧患情怀，虽然未必把她的诗称作"政治抒情诗"一类，而诗人自我的个性特色在创造过程中有效地调整了政治内涵中某些与诗性相悖的因素。我以为，就是这一点，刘燕的优长之处是显而易见的。近年来，诗对于政治性的接纳是缺少自如心态的，近则失之媚俗，远则失之清高。而刘燕对政治内容的处理多得益于率性，见情见性，出之自然，从容不迫。宏大的社会性是刘燕这类诗歌的总体特征，开阔峥嵘，放达妙曼，称得上心到笔随，自如而深切。诗人把现实的政治因素融入个性化的抒情之中，强化了诗意感觉，但她又绝不削弱政治内涵的力道。在《你让我词语空白》一诗中，借九寨沟之美景，对祖国大好河山发出倾心的赞叹，以纵横磅礴之势，使颂歌式的政治情怀与无限风光的美好景致化而为诗，大器通达，唯美单纯。《"干部"来访》借猴子的行为来嘲讽某些官员的妄自尊大的"虚荣心"，艺术化的书写可谓见情见性：

> 仰仗人类的祖先 居功自傲
> 抢镜头 不停地打扮梳妆
> 有人说你们虚荣心太强
> 我想提醒你们

别太用心思
怎么装扮都是猴样

有些人因为官大 居功自傲
你们就不在乎他们这套
猴子面前人人平等
随便拍打当官的肩膀
不服？
没收相机，抢走背包

　　诗人把猴子的生存状态与那些妄自尊大的狂妄之徒进行类比，以栩栩如生之情态活画出那些"居功自傲"者的漫画像，真可谓嬉笑怒骂皆成文章。在现实生活中，许多人以"官"自居，以"干部"自居，正如有些"猴子"那样，"不停地打扮梳妆""虚荣心太强"，一首率性点击的短制，写得生动有趣，自如而深切。

　　刘燕的诗有着明显的直抒胸臆的特点，快人快语，读来有一种痛快淋漓的感觉。她的许多诗都是以直截了当的方式表达内在情怀，不兜圈子，不绕弯子，那些时代性和社会性的意蕴在明晰、洒脱的陈述中得以充分的显示。显而易见的传统因素成了诗意构成的坚实基础，打开自我内心封闭的大门，建立一个更开阔、博大的诗意交流的世界。以《诗人之辈》为题，刘燕把作为诗人的忧患之心进行了从容而深切的阐释：

不是等闲之辈
才有上下求索的身影
祖国的前途和诗魂息息相关
我们和母亲 诗歌和人民唇亡齿寒

我担心国家号邮轮的负荷超过吃水线
我想扛起一份责任放在自己的肩
劈波斩浪风雨同担
推动集结号 在惊世骇俗中绽放光焰

　　诗人之思所抵达的世界是开阔的，其精神向度直指一种公众的使命和担当。这样的诗不是那种纠结式的低首思忖，而是放达式的抬头远望，气度超然但又不是高高在上。祖国的前途、人民的命运，一一道来，目光所及，是"国家号邮轮"在风雨中前行，一种政治情怀在诗中得以适度地表达。

文学评论家李建军在《文学与政治的宽门》一文中指出了"政治冷淡症"这一文化和文学的消极倾向，他说："如果说，关心政治是一种现代性的公民素质，那么，充满政治激情就是一种文明的标志；如果说，逃避政治意味着放弃权利和尊严，那么'政治冷淡症'就是一种令人担忧的精神异化，是所有想在文化和文学上有所作为的人必须治疗的人格病变。"①当然，并不是说诗歌就必须把政治内容的表现强调到取代一切、覆盖一切的程度，并不是说还要回到"为政治服务"时代的表达那种状态，而是需要诗人进入人生化、社会性的常态中来，坚持自己应有的某种"权利和尊严"，而不是冷淡，不是逃避。刘燕的诗歌，如龙蛇飞舞，大气度地游走于时代和社会、历史和未来、理想和现实的海天之上，风云际会，驾驭自如。她的诗不是刻意表述政治宣言，不是宣讲某种既定的政治信条和现成的理念，那些大场景的描述，那些真情感的抒写，确实营造了一种立体、宏阔的诗性境界。《穿越时空的盛典》是关于青海湖诗歌节盛况写真的诗作，诗句如浪涌，心性开张、激情飞跃、气脉刚毅。诗人的笔下是这样的景象：

> 我们揣着诗人的梦想，向着诗意的青海湖起飞，
> 我们带着诗人的道义，在神圣的诗歌墙上画押；
> 我们因诗歌的纽带，牵连了东南西北的诗歌父兄，
> 我们以人类的重托，高擎着承先启后的美好信念。
> 我们在这里倾听穿越时空嘹亮的诗歌，
> 我们在这里举行古今中外诗人的盛典。
> ……
> 在这样一个蓝色的夜晚，
> 我就是一只遗忘了思想和自我的海螺，
> 此时，我不是为吹奏而存在，
> 我已是另一个我，我的灵魂和思想，
> 已成为这片高原的主人。
> 嘉那玛尼石，请听我对你的吟唱，
> 虽然我不是一个合格的歌者，
> 但我的双眼已经泪水盈眶！

这些大场景、大怀抱的诗意书写，不是单纯的"政治"表达，而是生活现实亲历者的感怀，其中的政治性内涵是与诗人的人生际遇、情感

---

① 李建军：《文学因何而伟大》，华夏出版社 2010 年版，第 83 页。

诗探索 5　理论卷　2017年　第 1 辑

起伏紧紧牵系在一起的。"诗人的梦想""诗人的道义"承载的是诗人内心的精神重量。刘燕的内心世界折叠起来藏在"自我"的角落，而是尽情地舒展开来，去收纳阳光、风雨的万千气象。"我已是另一个我，我的灵魂和思想，/已成为这片高原的主人"，极具开放性的抒情方式构成了诗歌心性的外向型特点，如果溯源追远，或与赋体的表达有许多内在的关联。这些诗意所投射的精神及人格因素充满了某种狂放和野性色彩，却属于健康的呼喊，而不是病态的乖张。

正如评论家庄伟杰在《带有生命温度的心灵翔舞》一文中所说："刘燕对待诗歌是十分虔诚的，她身上有着他们这代人的某些特点，带有理想化的色彩，较少虚无主义。难得的是，她始终忠实自己的内心感受，坚持自己的写作立场。其精心构筑的诗意世界，是建立在生活阅历和人生体验基座上的审美想象，让她的诗歌展开了美丽而坚定的飞翔。其诗更多地表现于自身情感的具象化处理，显得轻灵委婉、本色本真，别有一番动人的内在感染力。或许这才是她诗歌的主导风格。"刘燕是一位虔诚的诗人，这一点对于理解她的诗是至关重要的，她的歌唱是倾情的，无论长吟或短调，或热烈或执着，都与灵魂真实的涌动有关。诗人的理想化色彩不是指向虚无，而是昂扬地面对现实，抒发来自感悟和艺术化的真情与大爱。本色本真而又诗意浓醇，刘燕在自己的诗中还原了一个更为真实的自我。在《专利》一诗中，诗人这样写道："有时痛苦像野草般丛生，/哀伤与喟叹都无法改变。/换一种心情重新观望，/粗粝的痛苦会化为诗情。//有时太阳躲在云后/阴霾数日不散/配一段音乐重新视听/仿佛走进水墨画意境悠远。/有时心情如泰山压顶，/我拿出刘氏辩证：/降临的，躲不过，/走远的，别伤怀。"在痛苦和阴霾面前，诗人一改女性的曲婉和内敛，表现出一种外向的凛然气度，"粗粝的痛苦会化为诗情"，以阳刚支撑心性，达观地面对世界，在一定程度上淡化了诗意表现言说的女性特征。在诗集《雪落有声》的后记中，刘燕动情而自信地阐释了自己的写作态度："中国汉字美丽的方块儿饱蘸我的诗意，它们在轻重缓急中敏感着，温热着，深邃着，坦荡而光明；通过《雪落有声》您可以看到时代挺进的身影，听到中国摧枯拉朽的黄钟大吕；感受振聋发聩的世纪壮举；同时也能看到我们民族的丑陋伤疤、无奈的叹息。《雪落有声》的语言文字很有道义感，它们会让读者朋友从中发现今夕何夕，世事变化；它们真诚地敞开胸襟，呈现我诗歌创作的价值取向。"刘燕是一位能够对公众随时敞开心灵的诗人，她把人生路上的体验感受交给诗，用明晰通透的语言传达内心的真情，表现了深厚的传统文化的底蕴。经历了漫长岁月的沧桑巨变，在新旧交替时代的历史节点，刘燕的诗呈现出鲜明的开放性，在内容上具有了来自诗人个性的自由、舒展的表征，在艺术表现上又潜藏着极大的更新求变的能量。一个女性诗人的胸怀能如此气象万千、博容风云，确实难能可贵。

明代学者陶望龄在《徐文长三集序》一文中如此说："文也者，至变也者。古之为文者，各极其才而尽其变，故人有一家之业，代有一代之制，其注隆可手摸，而青黄可目辨。古不授今，今不蹈古，要以屡迁而日新，常用而不可敝。"① 诗文之"变"，就是一种永不止息的创新精神，这于个人的创造，于时代的发展都是不可缺少的。刘燕深深领会了这一规律对于文学发展的重要作用，她明白"古不授今，今不蹈古"的道理，在深入理解传统精髓的基础上，"极其才而尽其变"，强化了诗歌艺术表现的活性因素，加大了语言和情境的内在张力。《有风有雨的日子》开头有这样两节：

> 时光疯跑 野马脱缰
> 累得日子喘着粗气
> 凄美的存在被狂风掀翻
> 灵魂犹在 我善依然
>
> 年龄消费很缓慢
> 在我白发中 悠悠摇摆
> 留在眼角的细枝末节
> 权且算装饰容颜的花边

刘燕的诗中几乎没有装神弄鬼的云雾，可以读出心声，读出情感，读出意境。没有说不出、道不明的吆五喝六的怪气怪象，诗意出自于心，我手写我口，与唐诗宋词有着文化传承的血脉。但更重要的是诗人加大想象的力度，达成更强烈的修辞效果，把意象和象征放在语言的常态叙述之中，使诗歌的艺术话语和生活的常态用语交融在一起。"时光疯跑"，日子"喘着粗气"，生动而典雅，而"凄美的存在被狂风掀翻"则加大了思辨性的可能，表达了处变不惊的境界，不难读出"灵魂犹在 我善依然"的心性重量。年龄和白发，"眼角的细枝末节"，以及"装饰容颜的花边"，我们看见的是修辞之美，看到了修辞所提升的语言品位和

---

① 转引自李壮鹰主编《中华古文论选注》（上），百花文艺出版社 1991 年版，第 142 页。

艺术表现的高度。

诗人刘燕是职业记者，有多年的新闻工作经历，采写了大量的新闻作品，并有多篇优秀报告文学作品以及报告文学专集出版问世，曾任两省党报的高级记者、首席记者，在工作中取得了突出的业绩。由于新闻工作具有强烈的时代性和社会性，刘燕在诗歌创作上充分发挥了从社会生活实践中汲取营养的优势，关注时代的发展，关注民生的得失，在一定程度上使她的诗歌现实主义特色鲜明，显示了开阔的视野和襟怀。在《梦雨情丝》和《落雪有声》两部诗集中，有许多纪实性的作品，把时代精神和社会责任表现得淋漓尽致。她的有些作品甚至是即兴写作，及时抓住当时当地瞬间发生的事物及情景，即时性和现场感提高了诗歌作品切入生活、拥抱现实的积极用世的精神品格。像有关西藏、青海的一些诗作，像《大连组诗》《山水联姻乾坤康泰》《南丝绸之路的风云》等诗作，虽然具有鲜明的旅游诗写景抒情的特点，但刘燕的这类诗歌强化了内在的开放性特点，尽可能地加大想象力度，形成了既开放自由又深入细腻的艺术表现格局。诗人这样写凉山风景：

> 如雪的芦苇
> 从异地他乡嫁来
> 洁白的热情点染神奇的湖面
>
> 大爱无言　纯洁无瑕
> 神圣举过头顶
> 像汉使苏武百年前流放于北海
>
> 茹毛饮血　符节被无情岁月掳成光杆
> 北风无情　逼着芦花飘散
> 苇干坚贞　符节矢志不改
>
> 花可凋零　青春不再
> 手中高举的尊严
> 任风剥雨蚀　傲然于山水间

诗人笔下的芦苇当然是风景中的事物，是观赏美感印象的组成部分，但诗意却不是仅仅停留于风景的表面，不是一走而过，而是以物拟人，把芦苇这一事物与历史的远景契合，诗人把这一"从异地他乡嫁来"的植物，与历史人物苏武叠印在一起，以芦苇喻指"符节矢志不改"的英雄，在自然风景中凸显了"手中高举的尊严／任风剥雨蚀 傲然于山水间"的苏武形象。诗人的历史感赋予了一种思考的深度，把思辨与情感融于一体，形成了开阔、邃远的诗意空间。在《走婚人已走远》一诗中，诗人这样写道：

> 你的咣当酒 还摆在老祖母的灶台
> 茶水没凉 糖盒儿依然
> 昨夜 你四肢并用攀上我的花楼 余温还在
>
> 可今夜 你却以祖先栖息树上的姿态
> 攀缘隔壁姐妹的花房
> 见异思迁 比秋风扫落叶还快
>
> 你心里只想着走 而婚的骨架随意拆散
> 那密集的种子 还抱着花露跳跃流连
> 播种的人 已准备把更多粮种撒进另一片田
>
> 走婚 因为行走的路途没有天高地远
> 翻云覆雨的正果 修成瞬间
> 悲剧何须彩排 花开美妙 花落凄然

这当然与旅游有关，诗人走到了一个"走婚"风俗的地方，面对这种人文风景，借助空灵的诗意情境而感怀，但刘燕的思考却是沉重的。在人间世界，还有多少事能比婚姻更为庄重呢？无论是行为还是仪式，令人不能疏忽，而"走婚"竟然把婚姻与"走"联结在一起，把人生的一个严肃命题处理得草率，让人一看是那么无足轻重。在诗人刘燕眼里和心中，就是悲剧，"见异思迁 比秋风扫落叶还快"，"你心里只想着走 而婚的骨架随意拆散"，诗人的内心正汹涌着人性的痛感。诗人的思考是沉重的，这瞬间修成的"翻云覆雨的正果"需要多少泪水来冲洗？它与男女爱情相隔多远呢？面对现实，思考深切，写得大气、凄美。

诗人写作是个人行为，诗人要用自己的眼睛和心灵去感知世界人生，去思考去领悟生命内涵，但是诗人作为个体的人也同时是世界、民族、国家的一部分，个人的行为乃至生命不可能离开他所立足的整体因素而成为绝对的独立因子。人生的生命空间是个体和群体共同支撑的，相互依存，缺了谁都不可以。所以，诗意对于人性的照拂就不可能只是个体心灵的一隅，而其必然联结着时代和社会的大神经，进而形成气象万千的景观。刘燕就是这样一位诗人，她把自我的内在心性投放到时代和社会的交响乐中，让情感的抒写更具公众和群体的热度。她的诗不乏思考，但不是那种自说自话的方式，而是在沟通和交流中释放自我情感，在一定程度上克服了过分向内转带来的弊端。诗人愿意从自我出发，朝着世界、民族和国家的方向敞开诗的大门，把历史和未来纳入有现实意味的抒情。

哈尔滨中央大街是诗人家乡城市的著名街区，刘燕以《梦萦中央大街》为题，抒发了历史和现实的感怀，情境高远，清新深致：

　　　　一根根白玉柱 楼顶的洋葱头 墙壁的男女雕像
　　　　装饰着中央大街——西洋建筑的画廊
　　　　马迭尔宾馆 华梅西餐厅
　　　　再也不只是大鼻子白皮肤金发碧眼包场
　　　　中央大街发出的声音有英语俄语法语日语
　　　　主旋律是扬眉吐气的汉语
　　　　我们的国土 谁还敢瓜分
　　　　东方的巨人 傲然屹立

　　　　侵略者的铁蹄虽已远去
　　　　战火和硝烟还弥漫心里
　　　　珍惜今天的幸福
　　　　守护这回肠荡气的诗句

　　　　地面的方砖书写远去的世纪
　　　　记忆的硬盘 保存清晰的主题
　　　　松花江 我未断的乳汁
　　　　亲情 是天高地厚的珍惜

从这些诗句中，我们看到了刘燕诗歌抒情的基本特点，激情如火，快人快语，是一种急欲交流的方式。她写风景，寄情于物象，但她的诗歌不是流连于自然、人事的表层，而是深入事物的内部，把忧患、反思等心性因素植入抒情之中，形成了立体、多元的表达态势，加大了诗的张力。刘燕抓住"中央大街"当年曾是外国列强的天下这一历史特点，以多种语言在这里出现，表达了对于历史屈辱的不平，"这回肠荡气的诗句""是天高地厚的珍惜"，率真的书生意气，让我们看到了诗人敢爱敢恨的赤子情怀。这样痛快淋漓的抒情，在《塞班岛自杀崖前的断想》一诗中体现得更为充分：

呜呼哀哉，日本数万计的男女老少被迫一排排
从数百公尺高的壁崖自杀丧生，
尸骸一片，悲惨一片，
引我思索联翩：
侵略战争除了自戕就是对他国的涂炭，
何以血腥溅到受害国和无辜者身上？

我和亲人簇拥着中国春节的欢快，
在温柔的海风面前，
用一句温柔的话寄语喜欢侵犯别国主权者，
不顾伤天害理，忘记切肤之痛的恶棍：
己所不欲，勿施于人，
今天的中国立地顶天，
谁要强奸正义，斗胆挑起事端，
下场会比自杀崖的昨天更悲惨！

此诗的情感力度十足，尖锐凌厉，指斥侵略者由害人导致最后害己，搬起石头砸了自己的脚。诗人表现出强烈的愤激之情，完全是挑战者的口气，或者诗人此时此刻已忘记了是在写诗，她成了往来于历史内外的当事者的角色。但应当引为注意的是，在诗意的创作过程中，诗人不可因为激情的驱使而造成艺术表现的损失，诗人的准则是以诗的方式来说话，坚守这个底线是至关重要的。刘燕的一些诗因追求抒情的直接通透，还存在着直白的毛病，理性过强，会伤害诗意。技巧和法度对于诗来说不是可有可无的，诗人要以此来坚守自己的城池。清代诗论家沈德潜说："诗贵性情，亦须论法。乱杂而无章，非诗也。"[1] 要在虚化上下一番功夫，把丰富的社会人生内容纳入精到的艺术表现之中，应是每一个诗人所必须时刻追求的。

刘燕是一位优秀的诗人，有她的诗集《红蜻蜓》《梦化蝶》《梦雨情丝》《落雪有声》等为证，我们可以从中读出诗人多年苦心经营、为探索一条属于自己的道路所付出的心血和代价。尤其近几年来，刘燕更是诗思旺盛、诗如泉涌，创作的势头越来越好，不断有作品发表，不断有获奖的消息。在这个自媒体蓬勃发展的时代，刘燕的诗歌会生出更有力的翅膀，在社会和人生的大天地舒展高迈而辽阔的诗性情怀，祝愿诗人写出更优秀的力作。　　　　　　[作者单位：黑龙江绥化学院中文系]

---

① 见郭绍虞主编《中国历代文论选》第三册，上海古籍出版社1980年版，第415页。

诗探索 5

理论卷 2017年 第1辑

"孤之旅"与"蝶之殇"

——围绕美华诗人王性初先生汉语诗歌的对话

荒　林　陈瑞琳

对话人

荒　林：当代女性主义学者，澳门科技大学国际学院副教授

陈瑞琳：美国华文作家，海外文学批评家

荒　林：刚刚过去的四月是美国全民读诗月，希望来谈谈海外的汉语诗歌，尤其是北美的诗人。我最近读到美国《中外论坛》总编王性初先生的汉语诗歌，感觉他是美华诗歌界一个特殊存在，在某种意义上，他的那种完全个性的创作方式在海外诗坛非常有代表性。

如果从全球汉语的写作视野来看，汉语诗歌的写作在国内还是相当热闹的，而在移民的空间则相对有些沉寂。国内讨论诗人的写作，喜欢划定一些圈子，如校园诗人、中年写作、口语写作、下半身写作，等等。这些现象至少意味着诗人需要相当的语言环境，也需要相当的人群互动。早期出国的诗人，很多都转向别的创作，或者写得很少。这就说到离开母语环境是最痛苦的事，因为诗歌需要母语的营养，尽管网络时代汉语已不受制地理空间区隔，诗人们在网上也更容易形成群体，但移民空间的汉语诗歌群体写作应该说并不活跃，这当归于诗歌仍然最需要社会/群体的激情，诗人其实是其中的激情表达。

唐代诗人白居易说过，"文章合为时而著，歌诗合为事而作"。国内相当热闹的诗歌景象，多是对时事的表现，而移民空间相对沉寂的诗歌事实，便是远离中国热点中心的缘故。不过，一个地球人时代已然来临，人们越来越难以维持稳定的群体关系，相反，到处流动、不断移动、随时旅行，可能越来越成为生活常态。在这个意义上，地球人时代的诗歌写作，可能很难划定圈子，也许就是更加个人化的写作。不过，这对

·姿态与尺度·

· 117 ·

汉语诗歌写作来说，会是一场悄悄的革命，让诗歌回到存在之思。就是在这个意义上，诗人王性初走到了我们面前。在你看来，海外的汉语诗坛如今是怎样的局面？

陈瑞琳：你的话让我想到了中国的当代诗歌在二十世纪八十年代几乎成为一种全民运动。不过，今天的中国诗坛，商业的浪潮席卷神州，我感觉写诗就几乎成为一种殉道的象征。在海外，尤其是在北美，正如你所看到的，诗歌创作并没有形成持久热闹的群体，优秀的诗人一直廖若晨星，但这属于个体的星辰却非常灿烂，比如洛夫的长诗、张错的抒情诗、非马的短诗等。在这些稀疏的星辰当中，王性初的诗一直是一个特别的存在。所谓特别，就是他的诗不仅是个人激情的表达，同时也在相当程度上代表了海外漂泊者的灵魂旋律。所以，由他的作品来展开对话必然会发现丰富的宝藏。

荒　林：我在年轻时就听说过王性初先生的爱情传奇，说一位美国的亚裔姑娘读到他的诗集爱上了他，得知他担心自己身患绝症不恋爱不结婚，痴心的美国姑娘竟然飞往中国。其时中国开放不久，性初先生不懂英语，姑娘不懂中文，两个年轻人翻字典交流，诗歌为媒，爱情让性初飞往美国，爱情也使性初获得健康和幸福，也从此变成华人作家。

岁月流逝，如今传奇的主人公已额上飞霜，但我读他的近作，发现时间不仅没有消磨爱情，爱情在他的诗歌中，已升华为一种精神生活，一种足以激励我们提升自我的力量。

你看这首《宇宙里有两个声音》："我是一颗星吗 / 悄悄地你问 // 在蓝湛湛的天庭 / 有千万个知心 / 整夜里相互照应 // 呵我是一颗星吗 / 噢我是一颗温暖的星 // 不甘于默默沉沦 / 常提着晶莹的灯 / 整夜里酝着梦的光明 // 呵我是一颗星吗 / 噢我是一颗纯真的星 // 把心架在夜里燃烧 / 从黄昏亮到黎明 / 履行着爱的使命 // 呵我是一颗星吗 / 噢我是一颗多情的星 // 悄悄地我问 / 你也是颗星吗"。语言透明如蓝湛湛天庭上的星，情感饱满如燃烧的星，诗歌风格年轻高贵。我的一位作曲家朋友为这首诗谱曲，歌唱家演唱时不禁感动落泪了。这首诗的动人之处，是把爱情作为一种自励、一种不甘于沉沦的力量，这种爱的精神境界的追求，可以说是诗人王性初几十年写诗如一日的动力所在。他是一个纯粹的诗人，在他的诗歌中，我们看不到繁华物质的堆积，也不会发现纠结复杂的怨恨，他的诗以爱的对话、思的独白，发展单纯的意象，呈现纯粹的诗情画意。

陈瑞琳：我特别喜欢你说他"是一个纯粹的诗人"，这是一个很高的评价。所谓"纯粹"，就是他写诗的境界，完全超越了任何功利心，也最终超越了红尘。

作为一个海外的游子，王性初的人生不仅充满传奇，更是时代和时空的大跨越。你上面提到了他的爱情故事，但在这复杂的情感中又饱含了多少家国的失去与人生的不舍。可以说，写诗成为他海外灵魂的慰藉和补偿。虽然说精神的漂泊是自愿的，甚至是渴望的，但它的另一面却也是孤寂的、痛苦的！

回顾一下王性初的创作道路：他 1989 年就出版诗集《独木舟》，随后移民定居美国旧金山。除了在美国、澳洲、中国大陆和香港、台湾地区的报纸、杂志发表大量诗歌、散文、小说及随笔外，还在美国、香港地区及中国大陆报纸上开辟多个专栏，其诗歌作品被膺选、镌刻在旧金山华埠图书馆。1998 年他在台湾出版诗集《月亮的青春期》，2002年出版散文集《蝶殇》、诗集《王性初短诗选》（中英对照），2005年出版诗集《孤之旅》，2006 年出版诗集《心的版图》，2011 年出版诗集《行星的自白》，2012 年出版诗集《知秋一叶》，2013 年出版《诗影相随》，2015 年出版诗集《一滴》。只要看看他这些作品的名字，就会深刻地感受到他的诗是充满了"孤之旅"与"蝶之殇"，同时又充满了对生命的深情眷爱。

荒　林：在我看来，王性初的跨国婚姻，他的旅行、摄影方式，他对于西方文化的接纳融会，令他在不知不觉中已经变成了一位地道的地球人。几十年来，他独立而不群的诗歌写作，也在不知不觉中使他变成了一位地球人时代汉语诗歌写作的先行者。他的诗篇《云天之牢》写于 2006 年 8 月 3 日旧金山飞往香港途中，记录的正是他对地球人生活的感受，也可以说是一幅地球人存在之思的画像："有人逼迫无人逼迫 / 囚禁在云天的牢房 / 潇洒地走来走去走去走来 / 采撷阳光采撷乌云 // 起起落落是颠簸的真理 / 又甜又苦是屏幕的游戏 / 戴着面具哑口无言 / 打着手语擦肩而过 // 时空无聊地横七竖八 / 窗门紧闭只为制造黑暗 / 自由近在嘴边 / 危险远在身旁 // 谢谢你给我的爱 / 可及在千里之外 / 且将茫然的目光铸一把利剑 / 刺穿眼前无形的陷阱"。诗人所思考的人类的处境，可以说是飞翔 / 自由之间的悖论，"囚禁在云天的牢房"，是诗歌对于人类思维和行动实践恒有局限的感叹。

陈瑞琳：如果说小说家要读懂生活，诗人最需要的是理解生命。在我看来，对于生命感悟的深浅就决定了诗人的高低。对生命的体悟有多深，对人生的情感就有多深。这两个方面是互相统一的，犹如你知道明天死，就会倍加珍惜今天的生。在这个意义上，王性初的诗在深度上是独树一帜的。

王性初对生命的体悟，来自于他对死亡感的体验。国内已有学者注意到他诗中的这种独特意向，认为"王性初的诗歌中存在大量死亡意象、幻梦意象、漂泊意象，由此构成了诗人孤独的生命体验，而这又是与诗人对故乡的守望情结分不开的，它们既在各自的层面上展开，又是紧密关联的，动态地喻示着诗人完整的生命历程"（闫丽霞：《生命的旅程——评王性初诗歌中的三个意象》）。例如：《关于一个玻璃杯的悼词》《春天的死亡》《棒球之死》《一个行将死亡的下午》《世纪末的死亡感觉》《都市停尸场》等。表面上看，这是因为作者真的曾经与死亡的疾病擦肩而过，甚至一直相随，但真正的内涵却是他在精神上已经经历了无数次的生死交替，对于他来说，每天活着都是向死而生，或者说都是新的一天！如此说来，多情多思于生死之间，多情对应生，多思对应死，这就是王性初诗歌的基本意象。

荒　林：在赴美之前，王性初也曾写过为时为事而作的长诗，一首《望夫塔》，一首写"反右""文革"抄家，底稿被抄走，这两首失落于"文革"的作品，使我们难以追溯诗人当年的激情。不过，他的短诗集《一滴》跨度三十多年，记录了诗人出国前和出国后的生活，可以说是滴水反射整个太阳，从《一滴》这个名字，也看到了他的自我定位，当是他反思了时代之后的自明和自觉。地球人时代，我们每个个体都是人类大海的一滴。每个个体所面对的爱和孤独、幸与不幸及反思，都是生命存在的意义维度。王性初的《履历表》用简洁的诗行写出一部自传小说的容量，深刻呈现出地球人个体的存在维度：

> 我是三个方块字的组合
> 我是正极一头的磁场
> 我是跨过光阴的脚步
> 我是出生地国籍以及生日的烛光
>
> 早逝的历史是我的母亲
> 严峻的孤王是我的父亲
> 一根长在异国的香蕉是我的伴侣
> 流行的丁克是小小的家园
>
> 我是二百五的玻璃镜片
> 我是一米七十的行尸走肉
> 我是忽高忽低的水银柱
> 我是一百四十的不胖不瘦
>
> 我是上一辈兼顾下一代

我是符号我是选票我是签名
我是健康的病患
我是无罪的罪人

我是身份证的一长串数字
我是护照上失忆的号码
我是业余中文打字员
我是背井离乡的孤儿

我是一份履历表
我是纸上流浪的蚂蚁

　　阅读王性初 2009 年 7 月 18 日凌晨写就的这首诗，我的脑海中一会儿出现一尊名为《履历表》的雕塑，它的背景是美国移民局，一会儿又浮现一只纸上流浪的蚂蚁，它爬行在各国出入境大厅的写字台。我相信像你我这样游走世界的人，读到《履历表》很容易产生共鸣，有一种自我被强烈陌生化的感觉。一个地球人拥有出生国、身份证、护照，拥有丰富的人生阅历，却像一个时光压缩机，拥有无处不在的宾馆甚至楼房，却是背井离乡的孤儿，是流浪的蚂蚁。所谓"早逝的历史是我的母亲／严峻的孤王是我的父亲"，写出个体作为生命和文化的双重载体，于地球上流动行走的成长意义。诗歌照亮了个体的立体存在维度，语言见证了地球人的生存经验和处境。诗人对于地球人生存的敏感体验，使这首诗歌获得雕塑般的分量。

　　陈瑞琳：喜欢你上面选的这首诗，那"三个方块字"，不仅仅是"我的履历表"，也是"我们"的履历表。

　　我再推荐他的另一首诗《句号是一把尖刀》：

烛影总在鬼鬼地摇晃
琴声与萨斯风绞缠着骨骼
等待一个句号的审判
幸运呼唤着忧伤

句号发出一串惨烈的笑容
山楂汁与柠檬汁谈兴正浓
西瓜和哈密参与旁听
清咖啡伴随着小勺起舞

倏忽中又一阵寒怆

句号的刀刃眼前矗立
没有准备没有对抗
无法抵挡只能束手待毙

句号的生命已经夭折
接下来便是画蛇添足
收起行囊再一次远行吧
尽头正在开始之处

这里的"句号"，是审判，是结束，更是生死的交替。这首诗充满了"忧伤""惨烈"，是"寒怆"，是无奈，也是新的开始！应该说，这是王性初独有的精神体验。

荒　林：书写地球人个体存在方方面面的体验，是王性初几十年诗歌写作的主旋律，也是他的诗选集《一滴》最重要内容。如体验爱情孤独的《五百天：一道春的方程》，写跨国婚姻手续的五百天，"只能用一个特殊的公式解这道春的方程"，别是一番滋味的地球人，爱情所受考验的确不同一般，认知个体处境才能领略情深处。又如写旅行孤独的《春天和夏天的国境线》，"告别了 / 无数告别 / 迎来了 / 无数迎来"，不再是传统旅行，有出发和终点，地球人旅行，是无数告别和无数迎来，旅行既是实际方式，也变成生命象征，象征和实体合二为一。再如写地球人不受身份政治困扰却感受到"无影人"自由的孤独，《一颗行星的自白》和《无影人》，"没有影子的人还是人吗 / 阳光下一道无解之谜"，"一片红白蓝的呼声 / 迷离了情绪覆盖了泪滴"。更深刻的孤独则是个体对形而上存在的体验，《我的阳光是我的影子》写道："头顶上一个伟大的亮点 / 曾酿造光明 / 也酿造黑暗"，诗人用透明的语言，说出透明的存在，这样的存在常常使人麻木，诗歌提供一种清醒，不仅是为了道出存在的真相，更是为了语言的去蔽。

陈瑞琳：太精彩了，你提到了"无影人"自由的孤独！今年（2016年）五月，我在哈佛大学燕京图书馆演讲时，特别讲到了"自由"与"孤独"的关系：所谓"自由"，首先就是无所依靠，甚至先变为一无所有！这样的一种必然关系一定是伴随着刻骨的孤独。我在王性初的诗中，清楚地感受到了来自他内心的无边"孤独"，如《咖啡的寂寞》：

怎么啦
昨日还好好地沐浴着细雨
今天却让日子独自逍遥

诗探索 5　理论卷　2017年　第 1 辑

床位空空座位空空品位空空
坦然地消遁注定了晴天变色
连心也雷鸣电闪

失去糖味的早餐如蜡
失去早餐的反叛如血
失去反叛的孤寂如叶

目送一团铁红绝尘而去
咖啡寂寞人也寂寞
赭色的迷雾蔚为壮观

　　这种"寂寞"是无处不在的，也是无法言说的，甚至是壮烈的！
　　荒　林：除了深刻的个体孤独体验，王性初的表达没有陷入生存焦
虑，这与他对爱的精神自励有关，也与他积极思考地球人的文化归属有
关。他常常把个人之爱与博爱结合在一起，体现出一种地球人的成长意
识。在我看来，这是诗歌非常宝贵的精神指向。早在1988年，他就在《岁
月的影》中写道："有一天在绛紫色的夜晚／参加了神奇的婚礼／我那
岁月的影／是新娘沉默的秘密／是新郎杯中的酒滴"。2000年，他的《曼
哈顿不夜天》批判现代都市生活，"白天的都市总是梗阻／夜晚的中心
总是栓塞"，诗的结尾却用爱来温暖安慰："用什么熨平参差的地平
线／以曼哈顿滴着玫瑰的泪光"。他相信地球人需要爱的凝集力。他意
识到跨越国别的文化凝集力。他的名作《唐人街》，一方面感叹移民历
史"有无数泯灭／有无数省略"，另一方面赞叹人类文化在爱中传承，
"都在皱纹的啼笑中／笑成一滴唐人的历史"。当诗人用爱把语言照亮，
诗歌就获得了真诚朴素的力量。让我们一起欣赏《唐人街》：

黑眼睛望穿黑眼睛
于尊严的季节里归来
黄皮肤贴着黄皮肤
愈合一代代无法愈合的伤痕

点横竖撇捺
迷人的方块正与蓝天对话
熟悉的笔画
填补了旷久的心空

有无数亲切
有无数沉浮

都在 CHINA 的 china① 里盛着
都在缤纷的橱窗里活着

然后
用一双双相思的筷子
挟起了乡音的彩虹
一道道一弯弯又甜又苦

有无数泯灭
有无数省略
都在皱纹的啼笑中
笑成一滴唐人的历史

唐人的历史铺成这条街
这条街是一条龙
异邦土地上的一条
东——方——龙

　　——写于中国城餐馆

　　我请作曲家为《唐人街》谱曲了。我相信这首诗这支歌，会赢得地球村汉语移民的喜爱。作为一名地球人，文化的归属，有助于获得历史感和现实感。海德格尔在研究荷尔德林诗歌时，曾提出一个重要命题：在这贫困的时代，诗人何为？他看到了地球人精神家园建设的重要，他听到了荷尔德林的《故乡》之伤：我拥有爱情，也拥有痛苦。海德格尔认为，荷尔德林发现了人类诗意地栖居于世界上，当诗人在黑暗中走遍大地，他们的歌吟，照亮了精神家园。汉语诗歌的歌唱，正在照亮汉语的精神家园。

　　陈瑞琳：这里你提到了一个重要的命题，就是"文化的归属"。正是这种归属，让我们这些海外的游子能够战胜"异乡"为"异客"的孤独和寂寞，从而也成为海外汉语作家的精神之源。

　　在北美的诗坛，洛夫先生的长诗，是由漂泊抒写着渴望归去。张错先生的诗，则是浪子回家的千千阕歌。性初先生的诗，最终追求的也是这样的"文化归途"。如今，我们的地球人已经越来越忙，几乎没有时间读小说了，所以我突然有一种强烈的预感，那就是汉语诗歌会再度崛起。随之，诗学也将再度繁荣。因为我们真的需要用诗的方式反思生命，反思人与自然的关系，最终找到人类灵魂的信仰。

　　祝福汉语诗歌！

---

① 在英语中，"中国"CHINA 与"瓷器"china 是同一个词。

黑夜素歌里的三重世界

——翟永明组诗《十四首素歌——致母亲》的一种解读

王　旺

我只想说：男人在思考问题，女人同样在思考。
　　——翟永明《完成之后又怎样？》

在翟永明的诗歌光谱中，1990 年代的诗歌是更为绚丽多彩的。组诗《十四首素歌——致母亲》便是其诗歌写作中难以绕开的有力吟述，无法磨灭。在这首组诗里，诗人摒弃了缤纷的色彩语言，还原为朴素的返璞归真的黑白色调。透过这种黑白色调，我们不仅能看到诗人远离世俗，进行心灵拯救的努力，更能看到一幕幕褪去表象还原真实的最为本质的女性生存状态。这首素歌起伏跌宕但又章法有序，它为读者展现了三重世界：母亲的世界、女儿的世界和黑夜的世界。在这三重世界里，她将笔触开拓到遥远的黄河滩，延展到蚂蚁的火柴盒，渗入到黑夜里骨头与骨头的交谈。

母亲的世界

她洁白的双颊 / 纤细的长眼形 / 从泛黄的相簿里浮起 / 还有，时代的热血 / 鹰一样锐利的表情 / 就这样 / 她戎装成婚 / 身边，站着瘦削的父亲

独白意味着拒绝，对话则意味着接受。这组诗明显地体现了翟永明不同于 1980 年代的诗歌风格，她从对母亲的质疑、控诉与责难逐渐转向了对母亲以及对女性族群的静听、观察和对话。她放下生命个体的自我毁灭式的呐喊，转向对女性族群的历史重建，并在重建的过程中，用历史的眼光构建了更为丰富和真实的母亲世界。

母亲的世界被兵戎相见的动荡战争与如火如荼的社会建设所充斥，那些热血、理想与信仰贯穿了她的一生。

儿童时期，她作为儿童团长参加战斗，每天都在生与死的瞬间，那些"生生死死 / 不过如闺房中的游戏"。

少女时期，母亲出落得动人，"她是黄河边上最可爱的事物"，但她却无暇顾及，因为"风暴和战争来到她的身边 / 钢枪牵起了她的手 / 尸骸遍野塞满了她的眼睛"，她跟男人一样，穿越生死，"战斗、献身、矢志不移 / 像火一样点燃"。

中年时期，母亲"戎装在身 / 红旗和歌潮如海地 / 为她添妆"，对她而言，"她的理想似乎比生命本身更重要 / 创建是快乐的"。

老年时期，"母亲弯腰坐在她的缝纫机旁 / 用肘支撑着衰老 / 敲打她越来越简单的生活"。

在战争与建设的特殊历史时期，母亲与时代共进退。她用其一生书写了时代的灿烂与苦痛，火热与荒诞，未必可爱，却绝对可敬。然而，抛却时代所赋予的喧嚣与光荣，还原女性在当时本真的生活处境和生存状态，我们才能更真切地体察到蕴含女性生命里的鲜有人知的尴尬和可悲。

她们生活在一个去女性化的特殊历史年代，这种去女性化在某种程度上是时代需要与历史必然。然而正是这种看似合理和必需的时代要求，却使女性处于一种尴尬境地。作为女人，她们消隐了本身固有的美，"还没有学会一种适合她终身的爱 / 但已经知道做女人的弊病 / 和恋爱中那些可耻的事情"。她们逐渐丧失了自身的女性特征，解构了作为独立个体的存在意义，以期与时代配合，成为社会所需的雄性化的女性。作为被雄性化的女性，她们与男性一起浴血奋战，甚至让真正的男性相形见绌。但是，无论她们如何规避自己的女性特征，她们也依然无法真正被男人世界所接受，"没有一个男人回头望……在交媾时威风八面 / 直到在寒冷中下葬"。她们处于这种似是而非的性别错乱之中，却迟钝而不自知。

然而，更为可悲的是，她们被历史无情地愚弄。作为群体的女性在历史进程中处于被塑造被改写的命运，她们在历史中不是作为与男人对等的英雄形象存在，而是隐没于历史真相背后，以一种无名无闻的姿态被历史遗忘。

因此，纵观母亲的世界，诗人要做的不仅仅是书写母亲的青春与经历，更要书写女性族群的历史，还原女性族群在历史上的本来面貌。在女性族群的历史重建中，那些历史中的在场的女性并不是静态地存在着，而是彰显着无限的生命情态。也许女性族群的历史终究会坍塌，但毕竟她们在创造着自己的一段历史。

女儿的世界

> 我的四十岁比母亲来得早 / 骨髓里的忧伤是她造成的 / 她不知道 / 但她的思想 / 暗暗散发进我的体内 / 就像 / 一盘桃子的芳香暗暗 / 散发进我的鼻孔 / 她造成 / 我倦怠生命中最深远的痕迹 / 比任何黑白字母的渗透更有力

女儿对母亲的回望与追溯，也使得女儿将视角转向自己的成长经历，并使之与母亲的成长经历形成一种对比和参照。

童年时期，女儿"用整个的身体倾听 / 内心的天线在无限伸展 / 我嗅到风、蜜糖、天气 / 和一个静态世界里的话语"。在早慧而又肃杀的童年里，她执着地观察和探索着微观世界。

少女时期，"我的十八岁无关紧要 / 我的十八岁开不出花来"，"我的身体里一束束的神经 / 能感觉到植物一批批落下……我身体内的各种花朵在黑夜里左冲右突"。此时的女儿内心萌发着觉醒与反叛，但在异样的觉醒中却品尝着无形的压抑和不被理解的痛苦。

青年时期，女儿经历了爱情却更加寂寞，"诱惑我的感情已不重要 / 一个被称为柏拉图式的爱情 / 毁了我的青春"。

中年时期，女儿的衰老来得比母亲更早，"骨髓里的忧伤是她造成的 / 她不知道 / 但她的思想 / 暗暗散发进我的体内"。四十岁的女儿内心更加明澈，不仅能感受到骨子里的忧伤，更知道如何坚毅地对待女性的人生困境。

通过两代女人成长经历的对比，可以看出女儿与母亲的世界迥然不同。她的童年时期没有快乐，少女时期没有启蒙，青年时期没有爱情，中年时期没有信仰。她所关注的不是宏大的时代背景，不是战争，不是建设，而是对死亡的担忧和重新体验，对"虚无世界的忧心忡忡 / 对已经到来 / 将要离去的归宿的疑问"，对自身存在价值的追问。

这一代女人依然不被关注，但是她们已经开始自我关注自我演说，她们"鬼似的起舞 / 骨骼发出吓人的声响"，她们"当众摇摆的形体"让长者目瞪口呆，甚至憎恶。她们不仅钟情于幻想和思索，她们更喜欢摇摆身体，燃烧身体，让肉体的美如此颤抖，更让世人颤抖。

诗探索 5　理论卷　2017年　第 1 辑

她们如同弱小的根芽，小心翼翼而又蠢蠢欲动地探头于这个光怪陆离的世界。她们敏感而易折，却也充满着坚忍与力量。她们承受着自我世界的茫然无措和孤苦无依，她们也承受着他人世界的排挤、责难和压抑。她们曾试着回到母亲们的时代寻找支撑和信仰，但母亲们狂欢的世界如同一个化装舞会，美丽且虚伪，热闹却荒诞。尽管时代不同，却依然有"一种不变的变化／缓慢地／靠近时间本质"的宿命式悲剧使得母女世界分离之后又重合。

　　诗人从偏执走向冷静，从注重个体的生命经验和意识走向对历史意识的追问，从个体的生存境遇和悲情转向对女性族群生存状况的洞见，从自言自语的剥离与母亲的千丝万缕的关系转向克制陈述，重新建构女性群体的历史，并从中找到自己的归宿和依靠，为自己正名，为女性族群正名。

黑夜的世界

　　　　于是谈到诗时，不再动摇／——就如推动冰块／在酒杯四壁，赤脚跳跃／就如铙钹撞击它自己的两面／伤害 玻璃般的痛苦——／词、花容和走投无路的爱

　　黑夜是女性所独有的神秘深渊，在黑夜的覆盖下，女性生命里不可替代的私人经验和痛苦，不断泯灭和不断认可的内心矛盾和冲突成为她们最重要的精神源泉。在黑夜的世界里，通过对黑夜的极端性的强调，来完成对女性自身性别特征的尊重，对女性最本质的生存状态的揭示，对女性生命经验的确认，对女性自身价值的彻悟。黑夜不仅赋予了女性独特的深渊体验，更给予了女性特有的精神意识：女性存在的根本意义在于主动地创造，而不是被动地接受和等待拯救。诗人通过女性之间的对话与自我体悟，为我们展现了女性生命最本质的一面：伟大和残缺的存在。

　　黑夜里，两个女人的对话从冲突和怨叹开始。母女之间的冲突从女儿诞生那一刻就开始了，"战争搞乱了母亲们的生育"，而作为胎儿，却无从选择自己出生的时间、地点乃至顺序，甚至生死。她们被母亲一厢情愿地带到这个世界上，却又无法得到正常的关注，"没有人来听我们的演说／也没有人关心我们相互的存在"。在特殊的时代里，母亲们不仅消解了自身的女性特质，也消隐了自身作为母亲的这一社会功能。

雄性化的母亲对女儿产生了一种无形的压力和忧虑，"她那巨大的冠冕/残忍地盖住我/她那巨大的呼吸和叹气/吹动着我的命运/我的身体/她在一个女孩眼里的形体/和火柴盒在她眼里的形体/是这个世界的变异"。母性的温存被母亲消解，她作为男性的代言人忽视和压抑了女儿的内心，这种"居高临下"的姿态使得女儿更加忧虑和敏感。

这两代女人的世界观是截然不同的，母亲对死亡习以为常，并将其认定为牺牲，而女儿却对习以为常的死亡感到恐慌和担心。女儿试图用母亲所压制的身体来舞蹈并释放自己，于是她当众摇摆身体，这对于母亲们而言无疑是赤裸裸的宣战，让母亲感到憎恶和羞耻。然而，无论女儿如何反叛，她始终知道骨髓里的忧伤是母亲造成的，这"比任何黑白字母的渗透更有力"。女儿的忧伤不仅是母亲作为男性的同谋者而言，也是母亲的自我压抑所带给女儿的影响。

随着内心的沉静和年龄的增长，母女之间作为女人的天性更容易使女儿心平气和地观察母亲。母亲们处于充满激情与信仰的狂欢时代，并忘我地投入到革命和建设中去。她们本该是被赞美被敬仰被书写的一个群体，却被社会愚弄，不但身处历史之外，还身处男性之下。对此，她们迟钝无知，甚至集体无意识地充当着构建男性历史的主动角色。站在理性的高度，诗人用历史的眼光反观女性群体的存在状态和历史沿革，她逐渐以一种成熟女人的姿态体谅和包容了母亲。她反复比较着母亲与自己的青春和衰老，"从她的姿态到我的姿态/有一点从未改变：那凄凉的最终的纯粹的姿势"。她们在各自经历了青春和彼此间的冲突后，在一定的年龄阶段，两代女人达成和解，因为同为不幸的女人，同为历史的弃儿，她们内心宿命般地相通着。

在经历了对母亲的怨叹、观察和包容后，诗人看到了与母亲之间，与一代代的母亲之间那种血肉相连的继承性。"我继承着：黄河岸边的血肉/十里枯滩的骨头/水边的尘沙/云上的日子/来自男方的模子和来自女方的脾性"，诗人继承了母亲的骨血和历史延续，甚至衰老和悲剧。然而，诗人更多的是继承了女性族群代代相续的力量和精神。这种代代相传的女性族群的精神，使得诗人有力量去建构一个属于女性的历史。诗人通过对女性群体的历史书写和建构，结束了个体生命经验的单薄感，完成了生命个体的自我救赎和自我超越，找到了曾经被排斥于历史之外的归属感，满足了对家园皈依的诉求，解构了历史的无意识。然而最令人感动的是找到归属之后，女性面对历史、面对压抑、面对伤害、面对未来的那份勇敢和坚定。

正如铁凝所言：心中拥有着一个世界，你才能面对整个世界。

[作者单位：温州大学人文学院]

视觉思维与独造新颖的意象

——细读高建刚的诗《那是藤椅中的我》

金翠华

春雨清洗了树叶上的粉尘，雨珠在树叶上、草茎上晶晶闪闪，那是天空赐给大地的最圣洁最美丽的钻石。雾霾消失了，我打开阳台的玻璃窗，深深地吸着清新的空气。细雨润湿的春风轻柔地滑过我的面颊，像母亲的手亲昵的无比温柔的抚爱。细雨没有声响，春风悄然滑过不留一点声音，满树满地的钻石静静地闪亮着、晶莹着，听不见些许响声……大自然展示出它自己的宁静，这宁静是那样的完美那样的安然那样的睿智，它在向我的心灵默示着什么呢？

关上窗户，我突然发现玻璃无法把我和窗外的自然隔绝，它像一幅美丽的图画展现在天空之中，也展现在我心灵的天空里；关键是——也令我难以置信的是：我的心灵也化进了天空那幅美丽的画面，我想收回来，可怎么也收不回来。目光所见到的已经超过了窗外的自然美，彼时彼地过往的未来的无数梦幻般的场景象电影一样倏忽而过。

这是怎样的一种源于自我又超越自我的经历啊！正是这种经历，让我读懂了诗人高建刚的短诗《那是藤椅中的我》，且能乘着诗的翅膀盘旋在深邃的意象间，享受着生命境界的广大。

这首诗只有二十一句。没有抒情。它述说的是冬天，诗句也像冬天一样：树叶落尽，只见光洁的枝干；花草凋散，看到的是嶙峋的山石，简洁质朴、风清骨峻。它诉说冬天诗人在温暖的室内所见到玻璃窗内外的物象，不加渲染没有铺排，好像是视域所见，信手写来。随意得像毕加索抽象立体画里纵横缠绕、丝缕万千的线条和莫名其妙的色彩。这正是这首小诗的独特之处，看似平易其实精纯。有如毕加索的抽象立体画，那些看似随意的线条、色彩、构图皆纯熟于心，建立在坚实的绘画功底上：

那是藤椅中的我

> 冬天树枝的狂草写满窗户
> 一块调色盘上的蓝色
> 在红瓦顶之间，那是海
> 油轮很长时间才能通过
> 有人长久伫立，那是路灯
> 保持花园小径的沉默
> 一块石头落下，那是麻雀
> 接着落下一群叫声
> 它们是树木唯一的叶儿
> 有一只停留在窗上，那是塑钢窗锁扣
> 紧紧别住冬天
> 有件白衬衫，那是暖气片
> 正虚构另外的春天
> 有张脸，那是石英钟
> 记录着虚假时间
> 有片云，那是咖啡杯口的蒸气
> 让我想起热带雨林的木香
> 有杯葡萄酒，那是暗红色地板
> 在展示屏和桌面之间演化着黎明
> 有件雕塑，那是藤椅中的我
> 正在试着把自己摇醒

这首诗从第一句起，就显示出视觉思维的特点之一——独造新颖的意象。

美国的艺术心理学家鲁道夫·阿恩海姆在他的《视觉思维——审美直觉心理学》一书中，详细论述了视觉思维和意象创造的关系。他认为，视觉不仅是一种高度清晰的媒介，而且还会提供关于外部世界中的各种物体和事件的无穷无尽的丰富信息；视觉是有选择性的，它喜欢选取时时变化的东西；视觉思维直视物体内部，创造出一种包含着持久性和变化性之间永恒对立的世界；视觉思维现在中包含着过去，它不仅仅限于眼睛对外部世界的复制，感知的经验会被过去的经验混合，成为明晓本质的条件，过去获得的视觉知识可以作用于目前的视觉中，做出正确的视觉判断，营造出独特的意象。视觉思维的意象营造是自动完成的，它的完成是迅疾又完整的。明确了这一点，我们就可以来解读高建刚的诗

《那是藤椅中的我》。

　　首句"冬天树枝的狂草写满窗户"，第二句"一块调色盘上的蓝色"，然后是"有人长久伫立""一块石头落下""有一只停留在窗上""有件白衬衫""有张脸""有片云""有杯葡萄酒""有件雕塑"——十句全是写实，除第一句有诗的意象，其余九句看不出诗的特点，只是直白地叙述视觉所见的东西而已。叙述中没有修饰，没有形容，干干巴巴，平平淡淡，毫无诗意。但是，从第二句开始，在每一句后面依次加上"那是海""那是路灯""那是麻雀""那是塑钢窗锁扣""那是暖气片""那是石英钟""那是咖啡杯口的蒸气""那是暗红色地板""那是藤椅中的我"，诗的意象便跃然而出，令人拍案叫绝！进而你会醒悟，原来前面叙述的那些物象，尽管用的全是肯定的语式，却没有一种是现实存在的实体。那么它们是什么呢？是梦幻的错觉？是为写诗而想象编造出来的？显然不是。诗人没有入睡，也没有处于欲睡未睡之间，他是清醒的。在每一句诗里都用"那是海""那是路灯"等九个"那是……"现实存在的具体物象来纠正前面九个非现实存在的物象，这足以看出诗人的清醒，不是在梦幻的错觉里把同一件东西看成两种不同的物象；前面九个非现实存在的物象也不是诗人的想象和联想。在这首小诗里，诗人没有掩饰自己的想象和联想；把麻雀落下的一群叫声比喻成树木唯一的叶儿，就是很好的审美想象；看到咖啡杯口的蒸气，诗人联想到热带雨林的木香。那么，它们到底是什么？——视觉思维的神奇创造是最合理的答案。也就是说视觉思维在目光接触到这些现象时，立即在原有的经验储存中自动地进行判断和选择，从中取其精华或本质，抓住结构特征进行简洁的描述，把有机特征提升到超越时间的永恒中，新颖的意象在抽象中生发出来，有如神来之笔，比实体物象提供的意象更加完美，更加深邃。

　　现在，我们可以乘着诗意的翅膀在这些独特的意象间寻幽探胜了——

　　孔子说"诗可以兴"。这首诗的第一句真正达到了孔子所说的"兴"——使我心潮澎湃，审美的参入顿时兴起。"冬天树枝的狂草写满窗户"，是这首诗的"引起"。以具有时序特征的"冬日"作"引起"，界定后面的诗句的物象都发生在冬日，在寒冷的冬日、在万木萧条的冬日、在沉沉如睡的冬日……漫长的冬日里有一个人"正在试着把自己摇醒"，结尾和首句照应，使"本题"的内容有了光芒内敛、情在词外的含蓄美。

　　"冬天树枝的狂草写满窗户"——十一个字的诗句，经过视觉思维迅速选择、融炼，便有了"树枝的狂草"的审美意象。"树枝"是形象直接叙述，"狂草"是形象的间接表达；前者是实，后者为虚。"写满窗户"又是实。在实——虚——实之间，给读者留下审美的驰骋空间。走进这句诗里，我们感受到北风刺骨的寒冷，而树叶落尽的树枝却像勇士一样在风中摇摆：或向东或向西或向南或向北，它甚至上下跳跃左右旋动，都毫无惧色。树枝紧紧连着树干，树干的根深深扎在大地。树木知道风随着自己的意思吹，树木的根会随着树枝的摇摆在泥土里扎得更深更坚。我们这才知道，树枝在风中是欢然摇动，枝影才是美丽无比的狂草写满了窗户。"狂草"，多么劲健美丽的书法，它让我们看到"一笔而成，气脉贯通"的王献之；看到"通贯大宇宙的一条线，万物在它里面感到自由自在，就不会产生出丑来"的罗丹。"狂草"流出诗人内心的艺术美，也流出万象超逸的自然美。

树枝一丝不挂，却在风中写出了狂草；而人呢？冬天包裹得厚厚实实，却缩头畏惧。想到这里，我们不由心生愧疚，万物之灵啊，你的勇气到哪儿去了？

"状难写之景"被宋代诗人梅圣俞视为诗创作的最高境界。"狂草"一词用得独特、新奇，把寒风吹落在窗上变幻流动的枝影，写得形肖神似，给读者提供了美感经验的启示，达到言简意深、情韵浓至的境界。

十八世纪德国著名文艺理论家莱辛在他的名著《拉奥孔》里提出"化美为媚，媚就是动态的美"的观点。冬去春来，月出日落，世间万事万物都在变化运动，没有一样是静止的。高建刚在这首诗的本题中，以平实的笔触状物写景，把九组动态意象由远而近、自上而下地组合起来。某些生存状态的连续演示，默默地把生命内在的需求和渴望吐露出来。助人以新鲜开朗的胸襟去接受这个时代的人生全景，用心灵顿悟过程中美的价值，了解宇宙生机中的深奥至理。

我们走进"一块调色盘上的蓝色"，这蓝色不是凝固的普蓝，它是随着阳光的变化呈现着靛蓝、宝蓝、碧蓝、湖蓝……人们无法说清的无时无刻不在变换着的美丽的奇异的蓝，它是海的本色。调色盘上的蓝色是流动的蓝色，这流动的蓝色流到我的心里，我听到海潮的澎湃，听到那来自永恒的呼唤。我依稀看到三十年前的那些年轻人，他们步行到海边，欢快地奔向金色的沙滩，迎着夏日的阳光像鱼一样游进大海。沙滩绵延到岸边，岸边耸立着散发海的香气的礁石，礁石上挂满肥硕的牡蛎，礁石的缝隙挤满了还没来得及躲藏的小螃蟹。那时，沙滩是海的墙垣，海水周而复始地亲吻着沙滩，从来没有越过界限。人和海的关系是那样

诗探索 5　理论卷　2017年　第 1 辑

亲近：路边走累了，可以坐在礁石上歇歇，也可以在沙滩上躺一会儿。进入二十一世纪，填海缩短了海岸线，一些人把填海的面积建成可以出售的高楼大厦。沿海立起堤坝阻挡海水。如今，不只是减少了人直接与海水的亲近，甚至你想用目光和大海交谈都很难了，要越过参差不齐的红瓦顶，看到的也只是一小块，视觉思维坦言："一块调色盘上的蓝色"。诗人的心和大海融为一体，他平静地指出："那是海"。他熟悉海，哪怕露出的再少，他也认识它。"油轮很长时间才能通过"，平白的叙述写出海的遥远，包含了多么深沉又无可奈何的对大海的深情。

花园小径是静态的。视觉思维告诉我们"有人长久伫立"，诗人说"那是路灯"。"长久"是时间的延续，在视觉思维里，这里有过温馨的等待，曾经发生过的一样都不会消失，它持久地留在天地之间。变化着的是今天，在持久与变化之间，它营造出一个永恒的意象："有人长久地伫立"。它把动态的美注进了这个奇特的意象，展示出现实心灵化的万千思索。信息打破了人们生活的格局，传统意义上恬静的花园小径已经留不住人们匆匆的脚步，大自然生动的魅力似乎无法走进人的心灵，人们疲惫地躲进网络世界去品尝无数稍纵即逝的美感。漫漫深夜，路灯那双明亮的"眼睛"都看到了什么？沉默的花园小径珍藏着感情世界的几多缩影？

诗意的翅膀把我带到塑钢窗外，视觉思维对我们说"一块石头落下"，诗人说"那是麻雀"，"接着落下一群叫声／它们是树木唯一的叶儿"。分明是一群麻雀，视觉思维把它净化为"一块石头"，高度抽象地突显出冬日的寒冷和空旷，空旷中的叫声更加清晰。诗句跳脱灵动，使人在空旷的流动里掘发人生的真意义和社会的真道德。树叶早已落尽，鸟儿成了树木唯一的叶儿。这组意象里有视觉意象又有听觉意象，组成水乳交融的意象美。短短几句展示了外在的自然，也展现了诗人内心的情韵。情致化了的麻雀在寒风中戏耍，在人类无法理解的宇宙大爱的背后，在塑钢窗外寒冷的空旷中，麻雀的叫声含有无限的生机。

视觉思维告诉我们"有一只停留在窗上"，诗人说"那是塑钢窗锁扣／紧紧别住冬天"，冬天别在窗外，它进不到室内，这是人们眼睛能够看到的现实。生活里，这是多数人所追求的舒适环境。视觉思维选择了时时变化的物象，看到的是一只鸟儿停在窗上，使冰冷的塑钢窗有了温度，使静态的塑钢窗具有了生机和活力。诗人内在诗意的追求融化进外在生机盎然的意象。正是这美的意象激活了我们的审美思索：那只停在塑钢窗上的鸟儿，是生命活泼的信心，它会飞翔，它会欢叫，它是寒冷空旷的世界里化妆的祝福。

我们的心飞进塑钢窗内，视觉思维告诉我们"有件白衬衫"，诗人说"那是暖气片／正虚构另外的春天"。现代化的设施，能满足人们生活的需要。暖气片散发的热量，消解了冬日的寒气。但它不是春天，它没有春天的生机，它只是"虚构另外的春天"，它满足不了人们精神春天的需求。我欣赏"有件白衬衫"空灵的意象，白衬衫和暖气片颜色相似，但材质迥异，白衬衫不受实体的限制，它已经浸入人的生命；因为它只是一件心无挂碍的白衬衫，人的性灵濡染了它，它就有了充实的、自由的美感。白衬衫自成境界，它和人生同其深邃：度过严寒，历经春天的朝气蓬勃，已经进入苍翠欲滴的夏日，这是何等的丰富和充实，生命的热量流遍全身。"白衬衫"的意象是有温度的，让人在有限中见到无限，又从无限中回归有限，绸缪往复，向往着天际温暖的熹光。

环视墙壁，视觉思维告诉我们"有张脸"，诗人说"那是石英钟／记录着虚假时间"。时间是永恒的，它不会因你的抛掷多出分秒，也不会因你的缺席而中断。时间是生命的标志。人世间，有多少生命被不可抗拒的因素所消没；有多少青春年华在灯红酒绿中销蚀殆尽，"石英钟"，机械的石英钟，它能识别生命的轨迹吗？只是"记录着虚假时间"而已。我接受视觉思维的意象："有张脸"，它有五官，它清晰地知道你的一切行为，哪怕是一个荒蛮的举止、一句不洁净的话，都逃不出这张脸。时间，也是永远，它就是这样伟大，它无始无终，直线向前，无所不在，无所不知。这张脸，它注视着世间所有的人。它不只是记录，它还在提醒，提醒人们活出和谐活出爱，用美的人格接受今天的艰难，迎接明天的荣耀。一张多么神奇的脸，大自然是不是它的眼神？

观看室内，视觉思维告诉我们"有片云"，诗人说"那是咖啡杯口的蒸汽／让我想起热带雨林的木香"。这是诗人此时此刻的感觉：啜饮着咖啡，看着杯口袅袅的热气，想着茂密的热带雨林的木香。视觉思维不限于此时所见所闻，它从过去的感知经验储存中，做出正确判断，营造出合乎诗人个性和人格追求的优美的意象："有片云"。云不在茶杯口，不在温暖的房间，云在一望无际的天空，超然空明，游行自在。这个高格晶莹的意象，萌芽着古今中外多少人"志当存高远""天高任鸟飞"的梦想和精神向往。

目光落在桌面，视觉思维告诉我们"有杯葡萄酒"，诗人说"那是暗红色地板／在展示屏和桌面之间演化着黎明"。没有看到酒杯，我们看到诗人所说的暗红色地板、展示屏和桌面，看到光——万物赖以生存、

诗探索 5

理论卷

2017年

第 1 辑

能照透黑暗的光，因了它的光耀，地板的暗红在展示屏和桌面间呈现出不同的画面，似朝霞、似彩虹、似雨霁的天色……诗人把它比作"黎明"，不是真实的黎明，是演化着的黎明，它会让渴盼黎明的目光一次次跌进失望的幽谷。主人公接受视觉思维的判断："有杯葡萄酒"，它红得浓郁、庄严，光照下像血一样神圣。葡萄酒在诸多的文学经典作品里出现过，激热那些典型人物的情感，他们生命的更新为文学史留下闪光的记忆。

"有件雕塑"，视觉思维告诉我们。"那是藤椅中的我／正在试着把自己摇醒"。诗人否定了视觉思维的判断，他正在做一件人类很难自我完成的事："试着把自己摇醒"。哪一个熟睡的人能把自己摇醒？——这是诗人的愿望，是信心的表述，是对人生价值的终极追求。在这个荒谬悖逆的时代，横流的物欲把人们席卷进梦魇般的索求，这种索求丢失了人的自我。摇醒，是为了把握今生，面对永恒。

"正试着把自己摇醒"，是这首诗的最亮点，它升华了诗的意境，体现了诗人对生命永恒的思考和出生入死的观照。它和首句所呈现的狂风不定的空旷冬日相照应，内涵丰富，具有启迪人心、唤醒沉睡之魂的艺术感染力。

既然诗人清醒地试着"把自己摇醒"，为什么视觉思维却说他是"雕塑"？雕塑是静止的，静止到任凭外界发生什么，它都不会反应的。视觉思维揭示的正是诗人当时心灵内部的境界：与世务隔绝，心无挂碍，使自己不沾不滞，既静且空，有如司空图《诗品》里所描绘的艺术心灵"空潭泻春，古镜照神"，艺术的神韵由此而生，诗人那些朴实自然、明白如话的诗句便有了丰富充实的新奇之美。

整首诗叙述的是物，这最后一句写的是人，"那是藤椅中的我"，物我成为一体，宛若一幅抽象立体画。"正试着把自己摇醒"，"自己"的指向已不只是"我"，而是所有正在不甘沉迷、竭力醒悟的灵魂，顿使这幅诗趣蔚然的抽象立体画着上了绚丽的色彩。

[作者单位：青岛大学中文系]

新诗的考古

——评 1980 年代以来刘福春新诗史料整理与研究

陈 卫

在 1980 年代的诗歌研究者中，身在中国社科院从事史料工作的刘福春相对安静。虽然他与同人杨匡汉合编的《中国现代诗论》《西方现代诗论》为新时期以来诗学研究者必备的参考书，而他更像一个日日练功却不参加正式演出的票友，不管诗坛论争如何轰轰烈烈，他都保持着一贯的姿态：诗论家们建构宏大体系或指点诗歌江山的时候，他在全国各地翻阅故纸堆，抄录书目，生发疑问……这样三十余年过去。现在，无论博览群书的资深诗歌研究者，还是初生牛犊，都少不了要借助他建立的资料库翻阅查询。在年月日和书名号组接的这些材料中，我们还会感到，刘福春就像一个博物馆的修复师。虽然他修复的不是古董，而是将读者领到历史当中，重新审视诗歌的历史面目，让我们看到某些被文学史忽视的历史线索，分享新发现的文本与文本之外的收获与快乐。貌似不带个人情感的史料研究，却是刘福春于 1980 年代以来一直开拓扩大的现代诗歌研究领域，借用法国思想家米歇尔·福柯谈及的"知识考古学"观念，刘福春的工作可命名为：新诗的考古。

在这个电脑时代，手写稿日渐稀少，刘福春出版过仅二百册发行量的《新诗名家手稿》，被称为"诗界的稀世珍藏"，这是一种小范围的史料研究。对学术界来说，刘福春的《新诗纪事》《中国当代新诗编年史 1966—1976》《寻诗散录》更显示出他的史料搜寻与整理功夫，或者可认为这是"重写文学史"口号提出后最富有探索性质的一次文学史写作实验。他参与主编和编撰的《中国新诗书刊总目》《二十世纪中国文艺图文志·新诗卷》《中国现代文学总书目·诗集》《中国现代文学期刊目录汇编》《冯至全集》《谢冕编年文集》等，从 2006 年为首都师范大学中国诗歌研究中心编辑的《中国诗歌研究动态》而撰写的年度

《新诗著作叙录》等，都给中国新诗史料界提供了最为全面最为专业的资料①，他也成为公认的新诗史料专家。

一

中国现代文学史料的规模性整理，二十世纪三十年代赵家璧主编的《中国新文学大系》是一块基石，阿英、唐弢、王瑶等学者继而在史料整理、考据等方面展开了有效的工作。1980年代中期，现代文学研究学科步入学术轨道，史料搜集、整理等引起更多学者的重视，马良春倡议建立现代文学史料学，朱金顺出版专著《新文学资料引论》，总结现代文学史料工作方法和理论，樊骏发表《这是一项宏大的系统工程：关于中国现代文学史料工作的总体考察》等文，强调现代文学史料的重要性，将它上升为一项宏大的系统工程。这些学者的学术理念，对学科形成有着直接的作用，之后，又有"重写文学史"的吁求。刘福春不是用语言，而是用行动来呼应的一位学者，他的集中成果出现在若干年之后。

《新诗纪事》是刘福春于2004年编撰出版，受到文学界普遍关注的一部重要的史料著作。在既有诗歌资源分块分段研究现状中，刘福春寻求地域与时间上的突破：所记之事有关"新诗创作、出版、活动"等史事，"既要忠实于历史又要有新的发现，尽可能地展现当时的历史的风貌和上一世纪新诗创作的成就，勾画出新诗演变的曲折轨迹，还原其原本的丰富与复杂"②。《纪事》以1917年的新诗为发生背景，从1918年1月13日《新青年》发表的九首白话诗歌创作开始，一直记述到2000年。作者并不区分汉语诗的地域，将大陆与港澳台三地一同呈现在这部按时间顺序编成的集子中。

此著作按照线性的时间顺序，连续记录了长达八十三年的诗歌发展脉络，从中可以看到重要诗人的成长史、诗歌刊物的兴衰史，还有对文学发展产生影响的事件写入。重要诗人的成长史包括诗人的处女作、代

·诗论家研究·

---

① 刘福春主要编选和编撰的著作有：《中国现代诗论》（与杨匡汉选编，花城出版社1985—1986年出版）；《西方现代诗论》（与杨匡汉选编，花城出版社1988年出版）；《中国现代新诗集编目》（中国新诗研究中心1989年印）；《中国现代文学总书目·诗歌卷》（知识产权出版社2010年出版）；《艾青诗集叙录》（1996年澳门《文化杂志》第29期）；《新诗名家手稿》（线装书局1997年出版）；《冯至全集》诗歌卷（河北教育出版社1999年出版）；《文革十年诗集叙录》（《小说家》1999年第1—3期，《记忆》2000年第1辑）；《红卫兵诗选》（与岩佐昌暲选编，[日]中国书店2001年出版）；《牛汉诗文集》（人民文学出版社2010年出版）；《曹辛之集》（上海人民出版社2011年出版）；《谢冕编年文集》（北京大学出版社2012年出版）；《中国新诗编年史》（人民文学出版社2013年出版）等。

② 刘福春：《新诗纪事·说明》，《新诗纪事》，学苑出版社2004年版，第1页。

表作的发表情况，他们的个人经历，包括"文革"中不为人知的批斗，"文革"后写作重新开始。从诗歌刊物的兴衰史中可以看到，现代诗歌刊物多为诗歌团体创办，有的存在时间并不很长，有的长达数十年。如1957年以后，大陆有诗歌专刊《星星》《诗刊》，综合性刊物《解放军文艺》《人民文学》《收获》《处女地》《红岩》《文艺月报》，报刊有《人民日报》《文艺报》，台湾的有《联合报·联合副刊》等。对文学发展产生影响的如纪要、毛泽东指示和民众事件、诗人被批判等都作为背景写进了著作，方便读者认识历史，也可增强对诗歌的理解。毫无疑问，纪事可以当作中国诗歌发展史来读，由于政治对诗歌的影响，著作中值得关注的有以下几个特殊时期，如新中国成立的1949年，1957、1958年，"文革"爆发的1966年，"文革"结束的1976年。史料看上去零散且毫无关联，但笔者认为，刘福春更像一个历史戏的编剧，巧妙地把著作中的一些史料串联起来，使学术变得意味深长。

以1957年为例，在这一年的纪事中，首先提到了北大学生张元勋、沈泽宜的《是时候了》。尽管这不是一首发表在报刊上的诗歌，刘福春把它列出来一定有特殊的行为意义：它与"反右"运动有关，它是"反右"运动开始的征兆。其后不到一个月的时间内，北京大学的《浪淘沙》第2期刊出赵曙光的《过时候》等诗和严家炎的《评"是时候了"》，到底是褒是贬，是响应还是批判，在纪事中并没有明说，材料在提供事实当中充满着悬念，可以看到高校学生响应社会的举动以及"大鸣放"带来的时代风云变化。有关学生运动的历史，迄今为止，基本都不写入文学史，尤其官方出版的文学史，属于禁忌。刘福春破例了。

这一年，写入史册的是两份诗歌刊物的创刊。1月1日《星星》创刊，1月25日《诗刊》创刊。经刘福春择选，在1957年的诗人阵营中出现频率较高的有流沙河、公刘、昌耀、艾青、李季、穆旦等，他们都有较多诗作发表或诗集出版。但是到了下半年，这些诗人中的多数都发生了命运的转折。批判的剑光从7月4日的《文汇报》刊出社论《从"草木篇"的错误报道吸取教训》折射出来。在引用的史料中，可以看到《草木篇》成为众矢之的，如《文艺月报》有唐弢的《"草木篇"新估》，《文艺报》又有徐逢五的《从杀父之仇看"草木篇"》，《人民日报》登出新华社报道《流沙河怎样把持"星星"培植毒草——在四川文联的围攻下开始交代他的罪恶活动》，《文艺学习》登出沈澄的《"草木篇"事件是一堂生动的政治课》，继之《人民日报》刊登新华社报道《改组编辑部扭转政治方向"星星"除去毒草开香花》，《诗刊》刊登沙鸥的

诗探索 5 理论卷 2017年 第1辑

《"草木篇"批判》，到九月份，《星星》刊登出编辑部文章《右派分子把持"星星"诗刊的罪恶活动》等。不言而喻，这些材料足以看到流沙河自《草木篇》发表以后命运发生的突转，从对文本错误的批判开始，很快就升级到对写作者本人的批判，进而批判他对刊物、对读者的毒害，"右派""罪恶"等政治用语将写作者升级为国家、民族、人民的罪人。在这一年，随着对流沙河的批判扩大化，在九月份《文艺报》《文艺月报》《诗刊》等刊登的批判性文章中，会发现唐祈、吕剑、艾青、公刘、穆旦等诗人都不幸被列入"右派"队伍中，特别是艾青，继流沙河之后，成为全国读者的批判对象——"右派"。

1958年，除继续"反右"外，诗坛转向了诗歌为谁写、如何写的讨论。三月，毛泽东提出收集民歌的问题后，云南省委宣传部在十天内就立刻反应，《人民日报》刊发社论，写工农兵，写中国作风、中国气派的诗歌，向毛泽东学习，向大跃进歌谣学习，等等口号提出，五月《大跃进诗选》出版，六月《星星》就刊出《社会主义东风》民歌一百首，《红旗》创刊号刊出周扬文章《新民歌开拓了诗歌的新道路》，接着《红旗》《收获》《诗刊》等刊物都成了民歌的海洋。这些材料的列出，足以让读者看到诗歌作为一种自由的文艺样式，如何在意识形态下为权力利用、掌管，从而成为主流意识控制之下的特殊创作。

1977年，时代发生大转折。从材料中可以看到，当时只有革命领袖的诗篇是上了政治保险的诗，1976年的《小靳庄诗抄》等"文革"诗篇遭到批判。被打成"右派"的艾青、公刘回归诗坛，后起的新一代的诗人北岛、芒克在此时自印诗集。诗坛人物命运大起大落，大人物、小人物，小人物、大人物交错在刘福春的材料编排中。

就像一部长篇电视连续剧，在编年史中，断断续续列出许多著名诗人每年写作、发表的诗篇，看到他们命运的起伏，不同时期的戏剧般经历，甚至死亡。

透过著作中的翔实材料，还可以看见，新时期的政治气氛在诗坛逐渐减弱，即便朦胧诗讨论，火药味也没有五十年代那么浓。当西方现代主义文学引入后，诗歌活动猛然增加，诗集大量出版，年轻的诗人不断涌现，有不少诗歌刊物，官方或民间的如《诗潮》（1985）《诗神》（1985）《银河系诗刊》《长江诗报》《非非》《他们》创刊，不少文学刊物刊出诗歌专号，还有诗人俱乐部举办艺术节等，诗论文章增多，他们出版诗集，发表诗作，创办民间同人诗刊，召开诗歌学术会议，讨论的议题等都有记录。可以说，尽管《新诗纪事》只是看重历史发生的事，事件

诗论家研究

的意义却蕴藏在罗列当中。这些材料把时代的气息带了进来，读者更容易感受到时代跳动的脉搏。

此著还显示了刘福春编撰的首创之功，即通过大陆与港澳台三地的资料陈列，直接去感受同一时间不同地域的时代氛围。比如，1955 年 9 月，在臧克家发表《一手有力的讽刺诗——写李万铭反革命政治流氓事件》之后，台湾《公论报·蓝星》发表罗门的《青春你远去了吗》、白萩《错误》、向明《黄昏》等诗。再如 1957 年，当大陆《作品》刊出《为社会主义歌唱》《写在农村黑板报上的小诗》《青年垦荒队》时，台湾的现代诗刊登的是《神之证道》和《中国诗的传统》等诗文。一种是为工农兵而描写工农兵，一种是为神、为传统，两地的南辕北辙，放在同一时间中所表现不同空间的相对应的事件，极富戏剧性效果。

二

为尊者讳，是史著写作的一个潜原则。冯至是中国现代著名的翻译家、诗人，在新时期的读者群中，他有着近乎完美的形象，也有多卷本的《冯至文集》出版。通过《新诗纪事》我们会发现，出现在新时期公众视野中的冯至或许并不那么真实。作为《冯至文集》的编选者，刘福春尽可能尊重历史所呈现的真面目，选择了冯至曾经写过的一些批判艾青的文章收入，如《驳艾青的〈了解作家，尊重作家〉》《论艾青的诗》等。可以说，在为尊者讳还是尊重历史的选择上，刘福春坚持了恢复历史的本来面目。

尽管有的史学家否认历史的客观性，认为一切被追述的历史都是虚构的，在刘福春的编著中，他想要呈现的是真实——真实的事件，有时间、地点、刊物。"还原原本的丰富与复杂"是刘福春编写《新诗纪事》，也是编撰《中国当代新诗编年史 1966—1976》① 的初衷。后书 2005 年出版，是关于 1966—1976 年即"文革"十年的编年史。作者按照时间顺序，把当时一些重要的诗篇、历史事件抄录下来。书后附有索引。

在纪事的基础上再编后书，显然是有感于前书未能更细致、全面地

---

① 之后出了《中国新诗编年史》（分上、下两卷，人民文学出版社 2013 年版），时间线索在"文革"的两端延长。为了论述的简约，此书不再赘述。二书的写作格式如本书的"凡例"所说：所述为 1918 年 1 月至 2000 年 12 月有关新诗创作、出版、活动等史事，地域包括台湾、香港和澳门在内的中国全境。所述史事主要有新诗作品及论文的发表、新诗出版物的出版和诗坛的活动、事件、论争及重要诗人的行踪等项，内容包括出版物的内容提要、当时的批评和作者或参与者的叙述及当时的报道。

诗探索 5　理论卷　2017 年　第 1 辑

展现某个时期的历史现场，就如"文革"中的新诗写作及发表情况，有更多具体生动的细节，令编撰者如鲠在喉。对比二书相对容易看到，在后书中，基本是按年、月、日，尽可能准确地将日期、发表诗歌的题目、作者的写作身份详列出来。比如，同是1966年1月1日，后书中列举了八本刊物的部分诗歌，而前一部书因为考虑到时间长度和书籍的厚度，仅仅只列出了一部作品。在后一部书中，加入了部分诗人的简介，这些诗人并非文学史家都注意到了，却应是刘福春不止一次在刊物上遇到。诗人们虽然被现在的读者遗忘，但在从事资料整理工作的刘福春看来，他不是想要给诗人们排座次，而是认为这些诗人本身就是诗歌历史的存在。或许某一天他们被研究者突然看到，按图索骥，都能在书上找到。刘福春在此书中还表现出相当注意诗人们的写作身份，这应是为研究者和阅读者对诗歌理解和历史理解做出的考虑，也显示了他编选态度的客观。

在史料搜集过程中，刘福春吸收了新时期以来的新研究成果。他不只搜罗公开刊物发表的诗，被学界认为"潜在写作"的非公开发表的诗作，一同进入他的视线。在这部书中，除了谈"文革"期间郭路生、穆旦的诗歌，黄翔的诗歌创作情况也有表现。为了让读者对时代背景有深入的了解，编年史增加了诸如《林彪同志委托江青同志召开的部队文艺工作座谈会纪要》等重要内容的节选、《文学评论》刊发的《安徽寿县九里公社社员阅读和评论文学作品情况的调查》等调查报告以及有关《长江文艺》刊发文艺界同志学习焦裕禄的新闻等。

从刘福春的编选可以看到，编年史不仅仅是作品的发表史，它更是历史的综合、综合的历史。刘福春与大多史家的不同之处在于，他虽然整理故纸堆，但编撰材料并非只用历史发生时的旧材料，他也注意现场材料，有时会根据后来获得的材料对历史事件进行补充说明，使读者有身在历史现场之感。如1968年李广田去世，刘福春加入了一段刊登在《新文学史料》上的由李广田之女李岫所写的文章《悼念我的父亲李广田》，描写李广田去世的情景，还原历史的原貌，并补充李广田的生平经历。比如小靳庄诗歌活动在当年轰轰烈烈，1974年7月3日《人民日报》发表时有高度评价："他们在批林批孔运动中写了许多革命诗歌，热情歌颂伟大领袖毛主席，歌颂中国共产党，歌颂毛主席的革命路线，歌颂无产阶级文化大革命和社会主义新生事物，并对林彪、孔老二进行了深刻、有力的批判。"这些政治性话语把民间创作上升到了政治高度，透过这些言辞，可以看到文艺为政治服务、文艺是政治工具的一面。刘福春同时还是一个解构政治的历史研究者，他另引用了小靳庄原大队部党支书记王作山的一段文字来辅助了解小靳庄农民是如何热衷写诗，老百姓如何相信"四人帮"为党中央，为"四人帮"到处"叫唤"等，让读者了解到"文革"诗歌热中百姓思想中所存在的普遍状态，进一步对"诗歌热"、对百姓的集体意识进行反思。

编年史既是诗歌发表史，也是历史记事簿。刘福春考虑到读者的需要，采用类似链接的方式，将一些材料适时恰当地提供给读者。比如1968年12月，谈到郭路生创作《这是四点零八分的北京》，刘福春引用有关友人记录郭路生写此诗的一些回忆性文字，作为背景，紧接着介绍《人民日报》转发的毛泽东号召知识青年上山下乡的指示。至于毛泽东在"文革"中的影响，刘福春引用郭小川的日记，描写人们在毛泽东生日那天如何狂热地到王府井新华书店门口去购买毛主席像章和著作，举行仪式，向毛泽东请罪等。另载录了此日在上海的《文汇报》《工人造反报》刊发的农民与工人写毛泽东颂歌。在这一年，还有《红太阳颂歌》的出版，刘福春摘抄了当时"编这本书的目的是怀着对伟大领袖毛主席的无限热爱，为工农兵文艺立传"等，选编标准是"首先着眼于诗歌的思想内容，其次看艺术的高低"。在这些材料的组接中，能够透视到"文革"中毛泽东在人民群众当中的形象，对老百姓生活和知青命运的影响，并且也看到"文革"当中文艺的特色和艺术标准由于个人崇拜意识而发生扭转。

由以上材料的编排中大体可以看到刘福春在处理历史材料上的创新。除罗列刊物目录，为再现现场感，引用日记。日记多来自近年整理出版的诗人、作家们的日记，如郭小川、陈白尘、张光年等人的日记，通过日记提供的现场描绘，在表现重大事件时更显出真实感。他还采用了类似剪贴《臧克家文集》中部分内容的方式，这类联想式拼贴和补充式说明。如果一定要用一个术语来形容这种做法，更像人们谈到的后现代风格：零碎的、拼贴式的。

镜像式反映历史，不仅强化了历史的真实性，也增加了历史的可读性。在刘福春引用过文章或列出过简历的诗人闻捷、郭小川、艾青、公刘、食指、北岛、顾工、穆旦等人中，人们不仅仅知道他们在哪年、哪种环境下，不公开地写作或公开发表了哪篇文章，发表之后命运的转向，如何生存，如何去世，哪些人成为时代宠儿、飞黄腾达等。这些与命运相关的诗歌写作，写作者的经历往往在不经意间启开了读者以史明鉴的举动。

三

很多学者都为重写文学史而焦虑，在焦虑之后写出的文学史，始终难以逃离既定构架，时代思潮，文类发展史，重要作家重要作品分析。结构上没有突破，观念上不过把政治观念淡化，突出文学的审美功能，看上去还是不尽如人意。不以论为主，而以时间为线索，铺开资料，刘福春的史料研究，可以视作重写文学史的另类实践。这种写作模式突破了历史教科书简单的铺陈，而是考虑到了读者的存在以及阅读者的兴趣。对研究者来说，有据可查的文字，会带来更深层次的挖掘。

《寻诗散录》是刘福春 2008 年出版的一部随笔形式的著作，由系列短文组成。虽为随笔，但有文学史观念在支撑着著作。它显示出刘福春从点滴处发现问题，从宏观处展开文学脉络，史实证据貌似随便拈来，从材料的针对性来看，应是刘福春多年来博览群书结出的硕果。文章篇篇看似短小，在不经意处提到的作者经历、版本比较、不同评论、广告宣传和作者通信，给研究者留下了值得继续展开的线索，是建构现代诗歌史有价值的材料。

此书对文学史上出现过的"第一"有过关注：第一部新诗集、早期最有争议的一本诗集、第一本新诗年选、第一部革命诗集、徐志摩的第一本诗集、第一本象征诗集、纪弦的第一本诗集等。在写作中，刘福春以介绍性文字为主，少个人议论。比如《第一本新诗年选》中谈到第一本新诗年选是北社编的《新诗年选（一九一九）》，先介绍诗选的出版信息和收录的诗歌及附记，接着利用从宗白华诗集《流云》上的广告来让读者了解诗选的特点，还谈到当年朱自清、阿英等人的评价。刘福春也提出个人观点，认为"到 1949 年，中国新诗坛上这样的新诗年选也似乎只此一种"。因为在他的视野内，目前没有看到过第二部更早的新诗年选，对未知的材料，他不妄下断言。作为研究者，因为直接接触原始资料，诗选的点评也引起他的注意，他适当地摘抄一些片段，足以引起研究者的重视。如对于评点人"愚庵"，刘福春还做出一番考证，从朱自清的推断到应修人的书信辅证，他认为是康白情的笔名。

刘福春享受着阅读、写作的自由与发现，他并不模仿套用现有的文学史写作模式。如对《尝试集》的描述，他基本不采用现成的文学史评价，也不用众多"第一"来高度赞扬。他只是简单介绍白话诗的第一次发表的大致情况，再讲到胡适尝试白话诗的经历以及《尝试集》发表之后的各种反响和版本情况。可以看出，刘福春研究的特色是：引用胡适自己的文字和他人的评论文字，用原始的资料说话，自己不妄加评论，尽量再现历史原貌。这是他与现代文学史家最大的不同之处，无作为的作为。然而，他在寻找线索、搜集资料的过程中，并非只是做一些细微的资料拼贴工作，他还带着补缺意识去弥补文学史叙述中留下的空白。比如，玲君出现在文学史中，只是现代派诗人中的一名，生平和诗歌大体的创作情况都付之阙如，甚至他的性别因名字的原因都常常被读者误会。刘福春在《玲君与〈绿〉》中记录了他在八十年代末通过朋友找到玲君的夫人，进一步了解玲君后来的状况以及他的唯一一本诗集的情况。

刘福春既重视文学史上重要诗人的诗集，也对诗歌史上被忽略的诗人诗集和误为诗集的集子以及人名错讹给予纠正。著作中还涉及文学史上不常提到的一些诗集，有《夏夜短曲》《碎羽集》《北望集》《三八颂》等。其中，他特别提到被误认为诗集的《孤独儿之死》实为戏剧。在同题文章中，刘福春另指其他一些作品被文学史家的误读，包括一些误以为诗集收入《中国新诗集编目》《中国新诗集总目》，把徐光摩当成徐志摩的讹误等。

刘福春在研究中一般不用批评的方式，他更借助传统的考据、钩沉方式进行。比如有关吴兴华的研究颇为棘手。北京大学毕业的诗人吴兴华远离大陆后，更名换姓，与大陆文坛关系链断裂。刘福春依据多方考索来的资料，却清晰地梳理了吴兴华去国前后的一些经历和他诗集的出版情况，与林以亮的关系，等等。相较而言，北京大学的青年学者吴晓东也曾研究过吴兴华，出于资料缺乏的原因，他侧重分析吴兴华的诗歌特征①。据刘福春自己解释，他采用考证、辑录于一体的传统治学方法，写作内容有"内容提要、版本变化、当时的批评、作者的生平"。

四

版本研究是古代文学研究的一种常规模式，在现当代文学领域内，有的研究者也借用这种方式，从版本对比中发现作家在时代、政治思潮影响下的内心矛盾和文学观念的演变。刘福春的《〈女神〉的出版与修改》是一份研究郭沫若诗歌和精神世界的有力参考材料。

在这篇文章中，刘福春先描述郭沫若写作《女神》的篇目、情形与出版的收录情况，施蛰存、闻一多的高度评价等，接着谈到郭沫若的诗

---

① 吴晓东：《二十世纪的诗心》，北京大学出版社 2010 年版。

诗探索 5 理论卷 2017年 第1辑

风转向，从郭沫若的《凤凰·序》中找到他自己的解释，并列出自己看到的郭沫若的《女神》版本，1928年、1935年和1953年的四个不同版本。他以《匪徒颂》一诗为例，谈到对"匪徒"的具体修改，指出《诗刊》创刊号上张光年所列举郭沫若诗句中歌颂的马克思、恩格斯、列宁并非为1921年初版，却是1953年版本。刘福春并未多加评论，但他的指出让研究者明白：版本修改问题如果不清楚，会影响研究者做出的评论正确与否。此外，刘福春又拿出1920年1月23日发表在上海《时事新报》与1928年编入《沫若诗集》的版本比较，能让读者看出郭沫若在这一时期，思想发生了从自由主义到无产阶级的明确转向。

版本比较的难题是要用心搜集每一个不再版的旧书，进行比对，从中发现作者心境的变化。有时，为了把一位历史上存在过的诗人显影，刘福春费尽心思，通过友人打听，去信联络，有的联系上了，如灰马，并得到他详细分析自己诗歌来源和创作经历的信，这是可靠可信的第一手材料；有的并不如愿。如李莎出于个人原因，收信后片言不回，只留下遥远的诗歌致歉，为此丧失了从作者处获得第一手资料的机会，不免留下遗憾。资料搜集之难，可见一二。

张泽贤在《中国现代文学诗歌版本见闻录（1920—1949）》[①]的自序中指出过中国新诗研究有史无书，有目无书，缺少形象化，因此他用大量的新诗图片和版本说明构建中国新诗历史，此书2008年9月出版。同年同月，在刘福春出版的《寻诗散录》的第2辑中，也是通过诗集图片与版本信息的资料汇编，其中《艾青诗集叙录》早于1996年发表在澳门《文化杂志》第29期上；《"文革"十年诗集叙录》发表在《小说家》1999年第1~3期和《记忆》2000年第1辑上。诗集叙录是以图片与出版信息的形式介绍诗人或一个时代的创作，刘福春很好地利用了现代出版技术，把艾青和臧克家的诗集版本一一做了介绍，包含篇目变化、版式、页码、出版社、发表的刊物，并摘录重要的评论、自序、后记、编者的话和广告，尽量还原历史原貌，未见到的版本亦有特别说明。艾青的诗集有十四部，臧克家的一些书的封面以彩色复印的方式出现在书中，很有现场感。《"文革"十年诗集叙录》对当代诗歌研究者来说，是一个丰富的宝库。虽只刊登了十部具有代表性的诗集，有战士诗歌读本《毛主席万岁——战士诗歌一百首》，有以武钢工人与公社合编实为白桦创作的《迎着铁矛散发的传单》，钢二司武汉水利电力学院等

① 张泽贤：《中国现代文学诗歌版本见闻录（1920—1949）》，上海远东出版社2008年版。

编的《江城壮歌》、吉林师大八一八红卫兵内部编印的《战地黄花——八一八诗选》，还有内蒙古革委会五七干校编的《战地黄花》，有与中国政治事件有关的诗报告《西沙之战》，首都大专院校红代会编的《写在火红的战旗上——红卫兵诗选》、延安知青诗歌集《我们是延安人》，有农民歌谣《山歌高唱学大寨——各民族农业学大寨歌谣选》。可以从中看到，刘福春有意识地选择了工、农、兵、红卫兵、知青等不同身份创作的多类文体诗集，使"文革"诗歌在新时期成为研究"盲点"后最终恢复原本面目，让研究者排除情感和政治因素的干扰重新面对。刘福春的叙录不一定全面，但无疑使一部分学者意识到资料保护的重要性和如何去保护历史资料。在叙录中，涉及一些内部出版物、以集体名义出版和未署名的书籍，刘福春做出一一说明。这一叙录，在笔者看来，隐藏着许多值得研究的课题。比如解放军文艺社编，1967年8月出版的《毛主席万岁——战士诗歌一百首》，是一部未发行的战士读物，诗歌多选自《解放军文艺》，对当今的读者来说非常陌生，这种资料的呈现，可以唤回读者对过去历史的一段真切记忆，分析"文革"思潮、文字工作者与意识形态的关系，"文革"颂歌写作特点等都有所帮助。二十世纪诗刊、二十世纪诗专号的掠影、三次新诗展览等，都提供了不可多得的诗歌史料。比如二十世纪诗刊，综合了从1922年以来中国最早的新诗诗刊《诗》到2000年的《诗选刊》和《诗歌月刊》，并包含台湾从1952年起纪弦办的第一份《诗志》以及《现代诗》，还有其他诗刊如《创世纪》《葡萄园》《秋水》《笠》及澳、港等地诗刊的出版情况。这一切整理工作，对完善今后诗歌研究的系统性，将有着重要的帮助。

《二十世纪中国文艺图文志·新诗卷》是徐廼翔主编的一套丛书，刘福春担任新诗卷的编撰工作。这部书从1999年开始编选，将诗歌文字配上诗人手稿、照片、诗集和诗刊的封面、插图等，同时还配上"说文"部分。说文部分一般由三部分信息组成：第一部分是诗人在文学史上的影响，第二部分是评论者不同角度的评价，第三部分是诗人的基本信息，如出生年月、籍贯、教育和工作简单经历、诗集出版状况等。从诗人的选目来论，虽然刘福春选入的诗人和诗篇都不多，但多数都是现有诗歌史关注的一些篇目，他注意到各种诗歌风格的组合和各种流派代表诗人的呈现，从"五四"时期的白话诗写作者胡适、周作人到郭沫若，二十年代的蒋光慈、冯至、穆木天到三十年代的戴望舒、何其芳、卞之琳、路易士、陈辉，四十年代的阿垅、穆旦、袁水拍、陈敬容等"七月诗人"和"九叶诗人"，五六十年代的闻捷、郭小川、蔡其矫、罗门、蓉子到七八十年代的北岛、昌耀、海子等。以及九十年代的于坚、翟永

诗探索 5

理论卷 2017年 第 1 辑

明等。评论的引用是否恰当，评论是否合理，刘福春都不作基本的判断，可见其目的是通过图片和说文部分来"展示新诗编年史"，此著作可以看成普及性质的诗歌史。

五

　　1984 年前后，刘福春承担了国家社科重点项目《中国现代文学史资料汇编》中的《中国现代文学总书目·诗歌卷》的编撰工作，从此开始，史料搜集、整理与研究，陪他度过了最好的年华。

　　将已出版的著作或刊物目录整合起来，简单地审视，仿佛这工作只要通过鼠标粘贴键便可万事大吉，实际上，书目可能需要到民国书库那脆弱的故纸堆中去寻找，每一部、每一期、每一篇，每一人的作品有必要存档，然后分类、分期、分名、分序列整理出来，就像愚公移山，移山后还要把山组合、重造。况且，不是每个图书馆都存有完整的刊物和报纸专栏、书目或诗集，为此，刘福春不得不发挥自己最大的能力，尽可能到全国各地的图书馆去寻去找，把每一片与诗有关的纸都保存起来，于是有了现在成为中国新诗界工具书的《中国现代文学总书目·诗歌卷》《中国新诗书刊总目》等。

　　相对以上提及的《新诗纪事》《中国当代新诗编年史 1966—1976》《寻诗散录》等，编订总书目的趣味性大大减少了，工作基本为目录汇编。但目录汇编并非只是简单的抄写工作，工作的难度在于，编撰者要始终做着沙里淘金的工作，保持对诗集、诗刊、诗人、诗作和诗论著作的敏感度，随时都要记下正在出版的和从故纸堆淘来的书目。

　　武汉大学教授陆耀东先生在学术界以资料搜集多而著称，他曾对笔者谈过搜集诗集之难。即使在图书馆找到了，也可能是外地图书馆，赶过去，在没有复印机的年代，需要一字一句抄下来。陆先生在写作他的《中国新诗史》，即第一个新诗十年中，他列举了一百一十三部诗集，第二个十年中，整理了四百二十三部。在刘福春编纂的总书目中，数量达到了一千四百零七部，而且他的要求是，每部都见到实体书，要把目录、版次记录下来。或许每找到一部书，都有一个难忘的故事。对于多数人来说，图书馆旧尘中的书是被历史、被人遗忘的垃圾，在刘福春眼里，都是被遗忘的古董，是历史的真实记录[①]。

　　《中国新诗书刊总目》是刘福春承担的一个持续了二十多年的大项

────────────

　　① 记得笔者有一次考证草川未雨，以及草川未雨在《中国诗坛之昨日今日和明日》中提到的谢采江，在总书目里按照笔顺就顺利找到了他们的诗集。

诗论家研究

目，搜集 1917 年到 2006 年之间出版的新诗集和诗论集。工作步骤看似简单，但是时间跨度漫长，从民国初期到共和国成立后的五十七年间。民国时期，时局不稳，不少作者在颠簸的逃生途中，不少诗集散佚。也有诗集属作者自费印刷，传播有限，公众图书馆并未收藏；有的沦为孤本，不易查询。1949 年后，大陆、港台等地诗集出版明显增多，虽为公开发行，容易买，公众图书馆也有不少新的藏书，可是有的诗集版本多，仍给整理工作带来难度，有着丰富的复杂。对身在大陆的搜集者来说，港澳台通邮开放之前的书籍找寻，也为高难度工作。

这部工具性质的书，将诗集和诗论集分成两部分进行整理，据凡例所言，包括"大陆、台湾、香港、澳门为主的汉语新诗出版物：诗剧、诗及诗论与其他文体的合集等"①。由于当代诗坛和诗学界的发展迅速，总目不可能做到完全的挂一漏万，但是可以说，2006 年以前的诗集和诗著，大多都能在此书中找到。比如纪弦，开始诗歌写作时为路易士，他以路易士的名义在上海等地自印或出版过诗集九部，到台湾后，又以纪弦之名出版或与人合著过二十一部，时间涉及 1934 年到 1996 年，地点从大陆到台湾。这样一种整理，路易士或纪弦，曾分别出现在中国现代诗歌史和台湾诗歌史上的形象就得以统一，对中国新诗作者的整合有很大的帮助作用。名诗人著作的全面整理随着时间的推移，材料的发现和作品的再版，有可能会看到此著因时间限制而显得不太完整，但需要肯定的是，此著有不少诗人名不见经传，从未被史家写入文学史，也少为研究者重视，在刘福春的著作中，有的仅列出出生时间和出生地，一部诗集名和出版信息，有的只有作者名和诗集信息，说不定哪一天，又有史家提供了新的材料，使文学史为此重新修订。与诗歌史写作者不一样的是，诗史总是审慎地挑选能够进入的诗人，而刘福春的要求是只要有诗集或诗论出版，这就是收录进总目的入场券。

《中国现代文学期刊目录汇编》是中国社会科学院文学研究所总纂的大型研究史料书籍，涵盖二百七十六种刊物的目录，每份刊物都有一定的时间长度，大多刊物每年有几期，每期有数十首诗歌，因此工作量足够庞大，能够给现代文学研究者，特别是查找资料无路的研究者们提供按图索骥的指南。编纂者的编纂目的并非只是把书目印出即可，比如在第六卷和第七卷中，为研究者查找方便考虑，做出了作者姓名笔画检索表，并列出索引，标明每位作家发表刊物名称、期号和页码。在第七

① 刘福春：《中国新诗书刊总目》，作家出版社 2006 年版，第 1 页。

卷后还有一份期刊馆藏索引、期刊基本情况一览表。这种方便的设计避免了查找者在浩渺书海中再一次经历编撰者当年的辛苦。

<h1 style="text-align:center">六</h1>

史料的价值不完全是恢复过去的记忆，而是能够给人们还原文学发生的真实场景。在学术规范日益严谨的当下，拥有丰富而确凿的史料是研究者进行研究的起步。作者、写作和发表、出版的年月、版本等一些基本事实假若不清楚，研究容易出现硬伤，影响到研究成果的可信度。还原历史语境是现当代文学研究中的重要方式。新资料的不断发掘、整理，文学观念的变化，重写文学史的呼声也就愈发强烈。在资料有限的情况下，"以论带史"成为八九十年代部分文学史著作扬长避短的一个特色。可是，一旦新史料出现，论述当中的某些结论或观念会无情被证伪，"论从史出"的方式为越来越多的文学研究者重视。从八十年代到现在，在当代所进行的诗歌研究工作中，由整理辨析诗人笔名、整理诗作、诗集、诗刊到诗歌的出版、发行过程、接受历史都普遍受到关注。一个没有史料的学科，是不完整的学科。刘福春一直勤勤恳恳地投入到中国新诗的资料整理工作之意义因此更为显著。

直到1978年，《新文学史料》这类以刊登史料的刊物得以编辑出版，全国各地图书馆的民国资料库开始有计划地建设起来，现当代文学研究界越发注意到史料的重要性。互联网时代，民国刊物和出版物以电子版的形式使一些资料在虚拟的空间得到妥善保存，而我们知道，在未有科技帮助的时代，史料整理相当辛苦。在数码照相机、复印机、扫描仪未发明出来之前，借出来的史料只能靠笔抄，若得知异地图书馆有所要的资料，还得坐火车、汽车赶过去。遇到有的图书馆管理不太规范，查找者得花费多倍功夫。再由于，中国的图书馆体制森严，有的并不对外开放，需要从有关部门开出证明或者介绍信等才能入库。现在图书馆的条件和收集方式都有了很大的变化，如保存原始资料可以通过复印机、扫描仪，有PDF文件，还有电子图书馆，有民国期刊电子库，有中国知网，还有各种搜索软件、孔夫子旧书网等，解决了异地借阅和信息查索诸多的困难。但是，史料整理工作仍旧是一项艰难的工作。首先需要从尘封的书库中找出看上去有些粉碎的报纸刊物，辨认油墨不清和纸面破碎之处的字，再把它复制出来。从事这项工作，与旧书打交道的人就像博物馆里修复文物的人一样，必须细心而不嫌麻烦。博物馆修复的文物是物品，可以肉眼所见，而这些旧刊物如果无人修复，它再放下去，就成了一堆毫无意义的废纸。在史料工作者的手里，他们在修复文学的链接，在修复过往文学的历史价值，修复当代读者对过去的真实认识。

出于友情，刘福春为牛汉、曹辛之、谢冕等诗人、诗歌理论家编辑了三套文集，各有特色。《牛汉诗文集》诗歌两集，散文三集，收入了牛汉1940年以来的作品，除了发表的诗文，还有一部分未刊作品也有收录。以写作日期为序排列，方便研究者的整理。《曹辛之集》的编选有所不同，因为曹辛之是装帧设计家，在三册集中，除第一卷为诗文，第二、三卷都是装帧设计与书法篆刻。《谢冕编年文集》达十二卷，从谢冕少年时期的作文及评语开始编选，按时间的顺序，在书中展现了谢冕的一生经历，他从未公开过的日记、诗歌也成为这套全集的亮色。

就新诗而言，要穷尽"五四"以来的新诗选集、新诗刊物、新诗集、新诗评论、新诗研究著作有如垒一座大厦，有很大的难度。战火硝烟、自费出版、知识分子因自保而自毁材料的因素，常有发生。但是一个没有史料整理的学科，是不完整的学科。刘福春充分意识到这些。我不相信他只是把玩那些残损的纸片，而是试图从残损中补缺。

著史，几乎是每一个想把学问做大的学者的宏伟蓝图。有的学者为此皓首穷经，积累数十年材料，呕心沥血写成史书一册。也有的学者，扬长避短，选择在史料的阐发上下功夫，做成史论。多年来，我们认为这就是学术研究。如果只是编撰书目，那是不能见出专业水准的资料员工作。

我们看到严肃的学者，多是倾多年时间把史料搜集、整理、核对才开始文学史或是一个片段的写作。现代诗歌研究界，陆耀东、孙玉石等都是坚持史料全面性与真实性的学者。

随着史论的队伍扩大，论述的范围扩大，读者会发现，不少史论就是从这本书的观点到那本书的观点的拼贴，无论采用西方何种新颖的方法论，研究范围和研究方式走向了萎缩状态。学问越来越难做——新世纪初，大多数的学者意识到这个问题，文学史的视野也从作品、思潮、论争、流派史扩展到刊物、出版、传播环节。这样，就需要有更多的第一手材料来支撑。诗歌史由什么组成？我们如果翻开文学史，大多数的文学史，诗歌排在小说、散文文体之后，大约在全书中占五分之一的内容。诗歌写作模式相对简单。时代背景、诗歌流派、刊物、诗人及代表作、风格特征，这就是组成诗歌史的要素。个人的诗歌史著相对丰富一些，但不过是把诗人、作品、流派再多增加几个。到底，作为一种文学的历史，它的历史感何在？著者一般不太考虑这个问题，往往站在自己的时代和立场，对着历史褒扬或指责一番。

其实，史料本身的存在胜过著者言说。翻阅我们现在流行的一些文学史或诗歌史，材料方面存在致命的问题：材料来源单一，有时同一材料就像接力棒一样，在论著中反复被采用、夸大、改写，有时被描述的历史偏离了原来的轨道。比如，笔者曾对某部诗歌史的一个结论进行追踪调查，诗歌史上说：食指是一个影响了一个时代的诗人。追踪的结果，发现原始材料来自食指的朋友，本是说食指当时诗歌受到知青们喜欢。被学者采用之后，将影响扩大为所有的知青，而且夸张为影响到全国各地。笔者曾带着这种疑问调查了全国几所重要大学的博导和著名诗人，曾经的知青，他们不无遗憾地告知，"文革"时期并未读过食指的诗①。材料的可靠性与否需要使用者辨析、判断，再决定是否采用。在刘福春的编年史中，可以看到他对食指的重视。食指作为一个在"文革"中并未发表作品，但有创作的诗人，新时期后引起研究者的关注，刘福春超越意识形态规范而尊重事实。他也引用了食指友人的文章，但没有多加评论，把判断权交给了读者。这就是客观的做法。

我们近几十年来常说文学史重写。从哪里开始？应该从资料的掌握开始。

在刘福春的编年史中，我们看到他虽然不是在著史，但是有意在弥补诗歌史的缺漏。他更愿意从多个角度辐射诗歌，在日记、刊物、回忆性文章、当时的社论、编者按、口号标语中看到过去的时代发生的事情，体会那个时期的人关注的是什么，诗在那个时期又以什么面目显影，通过再现历史的材料而获得贴切的历史现场感。

刘福春曾在《百年中国新诗史略·艰难的建设——史料卷》导言中提出过史料学中存在的诸多问题：新诗出版目录的编撰有很多空缺；一些重要的诗人和作品资料还需建设；社团流派资料不充分；重现代轻当代，轻活史料；书信、日记也整理得不够；有的史料整理不从原始资料开始，造成很多错误；由于人事原因，全集也并不全。为此，他期待建立长期稳定的专业队伍，因为"从事新诗史料的多为高校和研究机构的教学及研究人员，但多不专门研究新诗，也没有将新诗史料的收集、整理作为长期的'专业'来做，所做或是临时任务，或是其研究的副产品"。

---

① 陈卫：《文学史中的"黑洞"——以食指诗歌研究为例》，载《长沙理工大学学报》（社科版）2012年第1期。

他还希望国家和出版社能多为史料整理出版提供支持，给史料工作者一定的学术地位，把史料工作看成研究的一部分。

可见，在刘福春的意识里，史料工作有独立的"研究范围""治学方法"和"学术价值"，它不仅仅是发掘、求真，还是"一切研究工作的开始"。

[本文为国家社会科学基金一般项目（13BZW119）的阶段性成果]
[作者单位：福建师范大学文学院]

三十年，一位诗评家对"诗魔"的跟踪研究

孙 侃

洛夫（1928—　），台湾著名诗人，世界华语诗坛泰斗式人物，被誉为"中国最杰出和最具震撼力的诗人"，而洛夫本人自称"诗魔"，既是指创作手法新颖独特，近乎魔幻，也指对诗歌创作的极度热爱。至今，洛夫已出版了四十多本诗集、五本诗论集，另有散文、译著多本。2001年还以七十三岁高龄推出三千行长诗《漂木》，震惊华语诗坛，近年来又在超现实主义与禅的有机融合上进行了新的尝试。在杭州，有一位研究者，把洛夫当成诗学研究的对象，三十年来孜孜不倦，结出了丰硕的研究成果。2015年11月，他应邀赶赴泰国，与洛夫展开了一场高品位的创作研究对话。他就是现年七十五岁的老诗人、评论家龙彼德。

推崇洛夫，是因为他诗中的独特价值

毫不夸张地说，在国内，龙彼德堪称洛夫研究第一人。这不仅指他二十多年来一直深掘洛夫创作的价值、意义和作用，研究其诗作特点，还指他在洛夫研究领域成果迭出，无人能匹。至今，龙彼德已发表了《大风起于深泽——论洛夫的诗歌艺术》《论洛夫诗的张力系统》《一项空前的实验：〈石室之死亡〉》《飙升在新高度上的辉煌——喜读洛夫的长诗〈漂木〉》《洛夫与中国现代诗》《洛夫的意义》等论文，还出版了《洛夫评传》《一代诗魔洛夫》《洛夫传奇：诗魔的诗与生活》三部洛夫研究专著。

龙彼德是个在浙江乃至全国颇有声望的诗人和评论家。1964年毕业于南开大学中文系的他曾在北大荒生活了十年，后又拥有十七年文学编辑生涯，曾任《东海》文学月刊主编、浙江省文联文艺研究室主任等职，现为中国当代艺术协会终身名誉主席、中国文化艺术协会终身名誉会长。2010年担任第五届鲁迅文学奖评委。自1958年发表作品以来，迄今已

·诗论家研究·

·157·

出版的著作近五十种，诗集《铜奔马》《魔船》《与鹰对视》《坐六·长诗系列》和理论专著《中国式现代诗》《痖弦评传》《梦莉散文艺术》《曾心微型小说艺术》等获得较大影响。那么近年来，他为何弃下手头诸多创作和研究任务，倾注心力从事一位台湾诗人的创作研究呢？

据龙彼德介绍，一是因为在当今诗坛，洛夫的诗"在自我否定与肯定的追求中，闪现出惊人的韧性，而对语言的锤炼、意象的塑造，以及从现实中发掘超现实的诗情，乃得以奠定其独特的风格，其世界之广阔，思想之深致，表现手法之繁复多变，可能无出其右者"；二是洛夫的诗在台湾诗坛，乃至整个世界华文诗坛具有代表性，其研究价值极高；三是洛夫既有诗歌创作，又有理论成果，他的"大中国诗观"与"天涯美学"已获得海峡两岸诗人与学者的普遍认同，研究洛夫可以观照中国现代诗对中国文化发展的影响。

1982 年，在一位文友的手抄本上，龙彼德第一次读到了台湾诗人的现代诗。当时大陆刚从思想禁锢年代挣脱出来，这些审美和表现手法十分新颖、现代的诗歌作品，震慑住了龙彼德。原来诗可以这样写！1988 年初秋，杭州西湖出了奇事，荷花延迟凋谢，而未到花期的桂花却提前开放。正在这奇异的时日，龙彼德有幸与前来杭州游览、交流的台湾诗人洛夫、张默、辛郁、管管、张堃等在美丽的西子湖畔见面。同年冬天，他又从文友处借来了洛夫诗集《因为风的缘故》和《〈石室之死亡〉及相关评论》研读，感悟良多。

"我发现大陆对他的评介并未抓住其根本特征，存在不少误解与片面性；台湾对洛夫先生的研究是有成就的，但也不是尽善尽美，尚有一些方面与环节有待深化或突破。"龙彼德告诉笔者，正是因为对洛夫诗作强烈的探究欲所驱使，他主动致信洛夫谈了自己的见解和想法，后者很快回信，两人建立了密切的通信联系。洛夫的诗集也越过海峡，一本接一本地飞到他的案头。1990 年盛夏，龙彼德花了十八天时间，挥笔写下《大风起于深泽——论洛夫的诗歌艺术》一文，发表后在海峡两岸引起强烈反响。

倾其心力撰写《洛夫评传》

《大风起于深泽——论洛夫的诗歌艺术》一文写完后，龙彼德意犹未尽。他想，我何不以此文为基础，充而实之，扩而大之，写一部《洛夫评传》呢？对于一名为中国新诗的成熟与发展做出非凡贡献的诗人，

诗探索 5　理论卷　2017 年　第 1 辑

区区一文显然是不够的。凑巧的是，几乎在同时，洛夫也有了这一设想，他致信龙彼德说，前几年有人要为自己写评传，他未应允，"这两天偶然想到，如由你来写，肯定精彩。""就以你目前这篇文章为蓝图，然后扩大来写。"真是灵犀相通，一拍即合。

龙彼德全身心地投入这项工作。"工作一经开始，才感到手头上的材料其实极不充分，只得一次次向洛夫先生求助。而洛夫先生翻箱倒柜，将他所有的出版物、多年来的作品剪报、评介文章、新闻报道、得奖证书及一切有关资料都找了出来，并通过各种方式尽快送到杭州。"龙彼德说，这期间，洛夫还为他专门录制了长达数万字的录音资料，还四处找老友求证史实以免错讹，"当这份极其珍贵的录音资料辗转到达我手之时，我深感分量沉重，心潮澎湃。"

龙彼德深知，一个诗人是一种精神现象，伟大的诗人是伟大的精神现象。洛夫是因战乱去台与大陆母体分离的，他的禁锢，他的孤绝，他早期向西方现代主义借用策略，中期对价值重估与反思，晚期抒发乡愁，侧重全民族心灵的反映……在台湾诗坛都很有代表性，脱离台湾诗坛这个大背景和中国现代诗的发展脉络，是无法客观、全面、系统地研究洛夫的。为此，龙彼德先后研读了现代西方文化、宗教、哲学、艺术、诗歌等五十余种经典著作，在经历了长达两年的系统准备后，方才开始为期八个月的全书撰写。

1992年早春，洛夫偕夫人陈琼芳女士来到杭州，龙彼德第一次获得了企盼已久的访谈。西湖边的春光令人难忘，愉快交谈的场面被摄入相机，其中一张洛夫在六公园的留影神采别具，龙彼德后来在台出版《一代诗魔洛夫》时，还把它做了封面。这一次洛夫夫妇来杭小住，中途龙彼德还陪他们去了苏州游览和交流。这两天三夜中，洛夫先生敞开心扉，畅谈了当年从大陆去台湾的经过、意象艺术与语言策略、创作经历分期、宗教观、传承与创新理念……它们后来都成为《洛夫评传》的研究重点和全书线索。

"在撰写过程中，我坚持四个为主：在处理'评'与'传'的关系时，以'评'为主；在处理自己的观点与旁人的研究成果的关系时，以自己的观点为主；在处理第一手材料与第二、第三手等间接材料的关系时，以第一手材料为主；在处理冷静评述与热情倾诉的关系时，以冷静评述为主。"龙彼德说，为了通过评传建立理论高度，他努力把传主放在古今中外这个交叉的"金十字"上去比较、考察，并以"中国式的现代诗"这一命题为纲，串联起全书内容。1995年5月，这部长达二十八万字的研究专著由南京大学出版社出版。除了获得诗坛的众多赞誉，还被多家报刊选载和介绍。2005年10月，该书又荣获了国际炎黄文化研究会第三届龙文化金奖。

跟踪式的洛夫研究持续至今

洛夫曾多次谈到他的"二度流放"：战乱时期离开故乡湖南，去了异乡台湾，而在接近晚年时，又从台湾移居加拿大。尽管历经数十年的经营，逐渐建立起属于自己的文学城堡，但政治、社会与自然环境的反复变化，总是让他经受着新的生活刺痛，深陷于新的苦闷与挑战，这让他始终不能释然。洛夫早年那首六百四十行的《石室之死亡》，就描述了这种"孤"与"绝"的死亡意象，与此诗相比，三千行长诗《漂木》以其庞大的结构、恢宏的气势、新颖的形式，更集中、深刻、完美地表达了洛夫对现实的思考、对家园的思念、对爱和死亡的本质探究。龙彼德认为，研究洛夫，首先必须研究《灵河》《石室之死亡》《魔歌》和《漂木》等代表作。

1996年4月洛夫偕夫人移民加拿大后，其诗歌创作又进入了一个新的阶段。诗风数次蜕变，探索始终未停。龙彼德依然密切关注他的创作动态，不漏过任何一点有用的信息。与此同时，随着研究的步步深入，1998年，龙彼德二十三万字的专著《一代诗魔洛夫》又由台湾台北小报文化有限公司出版，此书以"传"为主，"传""评"结合，在写法上着眼于三条，即"补蜕变之散"，归纳洛夫诗歌创作各个时期的趋势、走向、关系和特点，展现其诗风蜕变；"集生平之趣"，描述其人生中的趣闻美谈乃至传奇，显示其性格特征和精神风貌；"写晚年之新"，主要记录和评价《洛夫评传》出版以后的洛夫创作情况。这部跟踪式研究的专著一经出版，引起诗坛关注是必然的。首发之时，还在台湾举行了盛大的新闻发布会。

2011年10月，龙彼德的《洛夫传奇：诗魔的诗与生活》又由台北兰台出版社出版，这部专著后又于2012年11月由深圳海天出版社再版。这部专著同样是跟踪式研究的产物，其中有不少洛夫近况描述及龙彼德对洛夫作品的最新诠释。而这期间，龙彼德多次在台湾和加拿大温哥华，与洛夫见面交流，并在洛夫家中小住。

把洛夫当作中国现代诗发展的一个典型个例，予以深入研究，显然也与洛夫的人生经历和诗路嬗变的特殊性有关。"洛夫的'二度流放'

诗探索 5　理论卷　2017年　第 1 辑

都是主动的，从故乡到异乡，从祖国到异国，中国大陆、台湾地区与加拿大，连成一个庞大的三角形。近十五年来，他每年都在这三地来回，较之近三十年前开始的台湾与大陆的来回，范围更扩大、节奏更频繁、活动更多彩、印象更深刻。"龙彼德认为，洛夫集六十三年（从 1952 年发表第一首诗《火焰之歌》至今）的心血、智慧与劳作，在这个三角形上构建了现代汉语诗歌的金字塔，一座可以屹立于世界诗坛的金字塔。这一说法毫不为过。

曼谷：诗人与诗评家的对话

2015 年 11 月 8 日，酝酿已久的"诗坛泰斗洛夫与诗评家龙彼德对话"在泰国首都曼谷隆重举行。会前，主办方泰国留中总会文艺写作学会在其主办的泰华《新中原报》，以三天三个整版对洛夫、龙彼德作了介绍，重点刊载了洛夫的诗与书法作品，龙彼德的散文《诗魔洛夫佳话》、评论《洛夫与中国现代诗（第四章）》等，表明了东南亚华文诗坛对这次对话的高度关注。中国驻泰国大使馆官员出席"对话"并致辞，称赞这次"对话"是泰华文坛前所未有的盛事。

龙彼德以"为什么要研究洛夫"为题，回顾了自己与洛夫的缘分。龙彼德说，虽然自己作为诗学批评家的身份多年跟踪研究洛夫，但自己更主要的身份是诗人，由此才有可能与洛夫先生同气相求、心灵相通。自己不仅看重他一生写诗，更看重他不断探索的变貌，正如《洛夫诗歌全集》自序中所言："在近二十年中，我的精神内涵和艺术风格又有了脱胎换骨的蜕变，由激进张扬而渐趋缓和平实，恬淡内敛，甚至达到空灵的境界。"一位年近九旬的诗人尚且如此，中国现代诗的活力可见一斑。

在这场"对话"中，龙彼德再次分析归纳了洛夫对中国现代诗建设的可贵经验，主要为五条：一是"静态的悲剧"，以有限的事物来暗示无限宇宙中生存的意义，使我们从深切的孤绝中感悟到生命的严肃性；二是"神与物游"，使诗歌的审美主体（神、作者）与审美客体（物、描述的对象）之间结成了完美的互动关系；三是"意象化"，洛夫的意象思维具有自觉性、突发性、矛盾性与神秘性的特点；四是"虚与实的处理"，有效提升了诗中"无"与"有"的关系，不乏禅意；五是"对形式的探索"，"隐题诗"这一诗歌体即是洛夫的独创。从以上分析归纳可以看出，洛夫穷其一生，都在追求中国诗学与西方诗学的彼此参照与相互融合。他的生命情态、精神历程，他的美学主张、诗艺探索，特别是开发意象语言的新景观、对现代诗形质兼备的创构，为中国新诗的成熟与发展做出了非凡的贡献。

而洛夫在发言中，则反复强调自己作品中的"民族性"。他认为，任何一部伟大的作品，不可或缺的本质因素是民族文化。"'二战'期间，德国作家托马斯·曼流亡美国，但他总是强调：'我托马斯·曼在哪里，德国便在哪里。'临老去国，远走天涯，却隔不断养我育我，塑造我的人格，淬炼我的精神和智慧，培养我的人文素质与尊严的中国历史与文化！因此我今天要说：我洛夫在哪里，中国文化就在哪里。"全场报以雷鸣般的掌声。

洛夫的诗歌创作活动还没有终止，龙彼德的跟踪研究更不会停歇。事实上，多年来，随着洛夫研究的持续和深入，一向充满激情的龙彼德愈发情绪高涨。洛夫研究的成功，还激发了他对华文诗歌研究的兴趣和信心，诗学研究的注意力从洛夫一人逐渐延伸至痖弦、罗门、蓉子、张默、犁青、傅天虹等台港澳地区及世界华人中的众多诗人、散文家等，并提出了"中国式的现代诗"这一命题，构建属于自己的研究体系。"独出机杼，以我为主""实事求是，客观公正""构建颇大，着力亦深""堪称台湾文学研究的新收获""为研究作品和作家开创了一种全新的治学方法"……各种赞誉纷至沓来，龙彼德却安之若素，在中国现代诗学研究这方领地上继续虔诚地耕耘。

[作者单位：浙江省新闻出版广电局]

《晶石般的火焰》：管窥叶维廉的诗论

郑政恒

一 美学的建构

回望 2016 年的现代汉语诗歌评论书籍，毫无疑问，当代华语诗人兼评论家叶维廉的两大册《晶石般的火焰：两岸三地现代诗论》（台北：国立台湾大学出版中心，2016），是重量级的力作，立下两岸四地和海外汉语诗评界的一座丰碑。

出版《晶石般的火焰》的历史意义，不单带来叶维廉诗歌评论的一次全面回顾，更在于叶维廉多年来对现代诗歌美学的思索与建构。而现代诗歌美学的时代意义，一方面在于克服文化断层带来的华夏文化疏离，以至海内外华人心理空洞化，另一方面在于与世界的文化思潮和理论视野，形成接轨融合，批判地延展"五四"的现代化之路。叶维廉以二三十年代处于高峰的西方现代主义为理论背景，吸收三四十年代中国现代主义的经验，构成了五六十年代港台现代主义的美学架构。

追本溯源，随着辛亥革命爆发，华夏传统的超稳定结构面临翻天覆地的冲击，共和政体随之产生，而接着"五四"时代知识分子高举的民主和科学精神，以至白话文和现代汉语诗歌的推展，将现代化推展至深层的人文思想领域。

1949 年中华人民共和国成立，现代化的任务以社会、经济、政治为核心，美学范式发生全面转移，而以香港和台湾为基地的华人思想界和文学界，同时面对两个巨大的问题：华夏文化花果飘零，何去何从的"纵的继承"问题；全盘西化，接通西方世界的"横的移植"问题。

如果说哲学思想界方面的领袖，是活跃于香港和台湾的新儒家，如台湾大学哲学系教授方东美，熊十力的三大弟子牟宗三、唐君毅、徐复观等等，而文学界方面的重要人物，不得不提到学贯中西的叶维廉。

叶维廉 1937 年出生于广东中山，1948 年移居香港，从传统乡间进

诗探索 5

理论卷 2017 年 第 1 辑

入现代城市的心理损伤，是叶维廉早年诗作中展现的一个常见课题。叶维廉1955年赴台湾大学外文系，在台湾参与推进现代主义的诗歌和美学，1963年出国，赴美国爱荷华大学攻读硕士，后赴普林斯顿大学攻读博士，继而任教于加州大学，比较文学、现代诗学、道家美学、中西翻译是他研究的兴趣。

二 血缘的接驳

阅读《晶石般的火焰》，不妨倒过来从有相当分量的附录压阵文章开展。台湾大学中国文学系和台湾文学研究所教授柯庆明的《"电光一击"五十年：叶维廉诗》，利用新批评的"苦读细品"（close reading）方式，从叶维廉的六十年代名诗如《赋格》《夏之显现》《仰望之歌》《愁渡》等开始阅读，进入诗人的诗心与情境。

另一篇《我与三四十年代的血缘关系》（原为叶维廉早期诗作结集《花开的声留》的代序）中，叶维廉述说当时在香港，就抄录了冯至、卞之琳、何其芳、王辛笛、穆旦、吴兴华、杜运燮、袁可嘉、艾青、臧克家、梁遇春、曹葆华、戴望舒、废名、陈敬容、殷夫、蒲风、罗大刚、袁水拍等人的诗作，叶维廉以抄录的方式，学习到凝定、锤炼、意象的运用，以至气氛的掌握、冥思物象、刻刻的凝注、场景变换、剔除叙述性、戏剧的推进等现代技法，接驳了三四十年代中国现代汉诗的血缘。可是，叶维廉在文末对传承继续传统的可能性，留下了质疑，但他在心理和实践上已达到了任务："变乱的时代终于把我从三四十年代的脐带切断，我游离于大传统以外的空间，深沉的忧时忧国的愁结、郁结，使我在古代与现代的边缘上徘徊、冥想和追索传统的持续，遂写下了沉重浓郁的《赋格》与《愁渡》。"

三 从先导到指导：《论现阶段中国现代诗》和《诗的再认》

从外缘的附录文章，回到内缘的书中正文。叶维廉在五六十年代之间所写的两篇重要文章《论现阶段中国现代诗》（1959，原刊香港现代文学美术协会出版的《新思潮》）和《诗的再认》（1962，原刊台湾《创世纪》），毫无疑问确立了港台现代主义诗歌的美学范式，以至给予诗歌阅读者许多欣赏进路，例如以实验（如以图写诗）和感觉（如性苦闷的爆发）为两大特点，以至现代诗以"情意我"世界和"自我存在"的意识为中心，又以"孤独"或"遁世"为普遍主调，表达上带有破坏性和实验性等等，都是港台现代主义诗歌的文学特色。

《论现阶段中国现代诗》是西方现代主义引入港台的先导文章，艾略特（T.S. Eliot）的浓重影响也昭然若揭，但当时叶维廉已站在理论的高度，揭示现代主义诗歌美学的囿限与危机，甚至有意从中国文化本位，重提中国文字的暗示力量，以及传统美感意识的位置。

《诗的再认》是《论现阶段中国现代诗》发表三年后面世的文章，而文章也从先导（论析现阶段的前沿面貌）转向了指导（因为误认，所以需要重新再认诗为何物），从理论层面看，叶维廉在文中再思诗的本义、诗的艺术、诗的轨迹三点，以下试分述之。

第一是诗的本义。从朱自清的《诗言志辨》一文，可知"诗言志"的意义经历了几许变化，包罗言陈政教、吟咏性情、赋陈穷通、表见德性等等，不一而足，而叶维廉为"诗言志"注入了现代的新理解，对此大概多少是为现代主义诗歌的"难懂晦涩"护航，也就是破除诗歌者对诗作直接单一意义的期许。于是，叶维廉为"诗言志"提出新理解，即"吾人对世界事物所引起的心感反应之全体"或"当代一种超脱时空的意识感受状态"，简称"心象"。叶维廉当时未必研究过朱自清的《诗言志辨》，但他的目的显然是要打开现代汉语诗歌的阅读空间，就是为多重歧异打开坦途，同时也将诗人内在的感受反应，提升至主体层面。

第二是由诗的内容本性，转移到诗的艺术表达。叶维廉将诗伸延至与相关艺术的比较研究，当中包括了音乐和绘画，他没有依随闻一多著名的三美说（即绘画美和音乐美两点），以至新月派的浪漫主义美学建构，叶维廉有意刷新意义，形成现代主义美学建构。叶维廉理解绘画和音乐，为心象的状态和心象的动向，而诗的总体包含了上述两组艺术特性，换言之，诗的音乐性是心象的动向，有增减、突转、流动、出现、消灭、拉紧等等，诗的绘画性是心象的状态，有气氛、暗示、感觉意象。更重要的是"诗之躯体：无形至有形"一节，归纳出矛盾语法、远征、旅行者或"世界之民"的情境和孤独歌者的自我表现四项基本形态，其实比《论现阶段中国现代诗》第二段点出的现代主义四大简单括要，更进深了一个层次。

第三，《诗的再认》对"诗言志"的理解不再因循传统，但叶维廉也不再上溯至李金发、戴望舒和卞之琳，甚至没有列举白萩、痖弦、洛夫的"现阶段中国现代诗"为例子，唯一大篇幅引述的是1960年诺贝尔文学奖得主、法国诗人圣约翰·濮斯（Saint-John Perse）的

诗探索5 理论卷 2017年 第1辑

作品，而文中也提及多个西方现代主义诗人及其作品，如庞德的《诗章》（*Cantos*）、艾略特的《普鲁福克的情歌》（*The Love Song of J. Alfred Prufrock*）、《荒原》（*The Waste Land*）和《四重奏》（*Four Quartets*），等等。如果将《诗的再认》放入叶维廉的诗歌美学发展轨迹，似乎是处于最激越的运思时期，唯文中也谈及"诗言志"与李白诗歌教人惊异之处，但综合来看《诗的再认》一文，当时叶维廉略为靠近"横的移植"的突进思路，到1964年，叶维廉人在异邦，"或许是距离的关系"（《秩序的生长》第二部分的子题），他的《Trace季刊专号"中国现代诗·现代艺术"前言》，又回归到继承与移植中间的位置，向西方介绍中国的文艺美学。

四 历史的关联、文化的错位

《论现阶段中国现代诗》和《诗的再认》正是港台处于二十世纪六十年代现代主义兴盛时期的诗学理念产物，而《Trace季刊专号"中国现代诗·现代艺术"前言》和《中国现代诗的语言问题——《中国现代诗选》英译本绪言》就是在同一个年代，向英语世界的读者引介中国现代诗的新气象，都由中国古典诗歌出发，阐发中国现代诗的表现手法和语言特色。

踏入七十年代，台湾的社会气氛开放了一些，《我与三四十年代的血缘关系》一文，正是港台现代主义退潮和进行本土转化之时，一次深刻的回顾，且为现代主义的血缘脉络，往上追溯。

而到了八九十年代，相关思考已经十分成熟，《语言的策略与历史的关联——五四到五十年代》，是一次宏观概论的前奏，简要地将"五四"以来的文学化约为观物的偏向、语言本身的问题、读者问题三个层次，换言之就是为何写（why）、如何写（how）、为谁写（who）的问题。

顾名思义，在《晶石般的火焰》当中，《从经验到语言·从语言到诗——〈诗创造〉、〈中国新诗〉中的理论据点》《四十年代思索的深沉与表现的深沉的几个例子——郑敏、杜运燮、穆旦》《两间余一卒，荷戟独彷徨——论鲁迅兼谈《野草》的语言艺术》《卞之琳诗中距离的组织》《婉转深曲——与辛笛谈诗和语言的艺术》就是鲁迅、卞之琳和九叶同人的诗作专论，在此就不作细论了。

八十年代末至九十年代中期写成和发表的《从跨文化网络看现代主义》和《被迫受文化的错位——中国现代文化、文学、诗生变的思索》，才是真正的宏观概论（尤其是后者）。

《从跨文化网络看现代主义》中的两种文化，是中国文化与西方文化，文章旨在解释四十年代中国大陆诗人和六十年代台湾诗人，如何跨越文化，将西方的现代主义文化，带入大陆和台湾的发生，而同样不论中国与西方，都面对放逐状态引起的文化虚位，而求取解放。

《被迫受文化的错位——中国现代文化、文学、诗生变的思索》就将上述的文化虚位、错位、异化、失落、放逐加以阐发，并将讨论落实于中国现代诗的美学议程，独特的是，叶维廉不单重提将四十年代中国大陆诗人和六十年代台湾诗人在精神上的历史关联，更下接世纪末和后现代台湾诗人的创作，对照他们对工业世界到科技世界、由个人到无我的思想转进、文化离散中对文化中国的求索等课题的关怀与回响，将二十世纪汉诗的源流，加以仔细梳理，视野相当宏阔。

五　香港与台湾的现代主义

叶维廉的独特人生体验，是他曾在香港与台湾生活，近距离看到现代主义在两地的兴起。

《现代主义与香港现代诗的兴发——一段被遗忘了的中国现代文学史》原来发表在《第六届香港文学节研讨会论稿汇编》，这篇长文也是笔者编选《五○年代香港诗选》时的重要参考文献。

叶维廉在长文《现代主义与香港现代诗的兴发》中指出，这是缘于香港作家的"身份认同问题"尖锐化、试图创建价值统一的世界、在香港特有的自由思想环境，以及西方潮流涌入的情况下，令现代主义在香港可以兴起，对香港现代主义兴起背景的分析，叶维廉是目前最有见地的一位。

在《晶石般的火焰》中，关于香港诗歌的文章，除了《现代主义与香港现代诗的兴发》，还有《经验的染织——序马博良诗集〈美洲三十弦〉》《自觉之旅：由裸灵到死——初论昆南》（原刊于陈炳良主编的《香港文学探赏》）《语言与风格的自觉——兼论梁秉钧》，分别讨论了三代香港现代诗人，由南来的现代主义诗人马博良，到香港本土现代主义诗人的昆南，再到将香港本土与现代主义融会贯通的诗人梁秉钧。

在《语言与风格的自觉》中，叶维廉论说梁秉钧"莲叶"组诗的诗艺特色（事实上"莲叶"组诗也常被视为以诗论诗的省思表达），以至梁秉钧诗歌与道家山水美学相通之处，另一方面，叶维廉也注

诗探索 5

理论卷　2017年　第 1 辑

意到梁秉钧诗歌语言的视觉特色，与庞德（Ezra Pound）、威廉斯（William Carlos Williams）、孔明斯（E.E. Cummings）、奥尔森（Charles Olson）、克尔里（Robert Creeley）、法兰克奥哈拉（Frank O' Hara）等美国诗人作品呼应。

如果说《现代主义与香港现代诗的兴发》是理解香港现代主义发展的必备入门文献，《台湾五十年代末到七十年代初两种文化错位的现代诗》就是理解台湾现代主义的重要文章，《洛夫论》《在记忆离散的文化空间里歌唱——论痖弦记忆塑像的艺术》《超乎现实历史同时入乎现实历史——商禽的颠覆策略》《叶珊的〈传说〉》《五官来一次紧急的集合——张默的游览诗》《诗话辛郁兼谈他的"豹"》就是分论，而叶维廉作为《创世纪》主将的"理论导师"位置，一看上列的文章内容，自可辨明。

《台湾五十年代末到七十年代初两种文化错位的现代诗》的两种文化错位，指涉两种诗人，一批是 1949 年后迁台的诗人（如商禽、痖弦、张默、洛夫、管管、辛郁），另一批是经历日本殖民时代和蒋中正主政时期的"跨语言的一代"（如林亨泰），他们面对的文化错位，将他们推向西方现代主义的表达形式。

六 结 语

若要在本文全面评介两册共一千页的《晶石般的火焰》的内容，似乎并不可能，无论如何，面对文化虚位、错位、异化、失落、放逐，叶维廉的思想意图是历历可辨的。

他虽然比纪弦和马朗（马博良）年轻，没有在五十年代直接将以上海为基地的现代主义火种带到香港，但由于他先迁往英国殖民地香港，凭着大量的阅读甚至抄录，接通了民国年间的现代汉语诗歌传统（卞之琳、冯至、曹葆华、穆旦、吴兴华，等等），继而在台湾就读，师承夏济安与新批评的传统，也研习艾略特的批评方法，因而可以继往承传，建设自足而丰富的诗学和美学。

毫无疑问，叶维廉是香港与台湾重要的现代主义文论家（可以对照的另一重要人物是李英豪，详参陈国球《情迷家国》一书的《宣言的诗学——香港二十世纪五六十年代现代主义文学的运动面向》《现代主义与新批评在香港——李英豪诗论初探》《"去政治"批评与"国族"想象——李英豪的文学批评与香港现代主义运动的文化政治》三文）。在诗歌研究方面，叶维廉为华语诗界带来现代主义文学的阅读策略，在特殊的文化错位的时代，他不懈地尝试克服文化断层，带来中西两大文化的视野融合，相互贯通，为现代的华人诗界读者，带来新精神与新美感的途径，开创新境，居功厥伟。

[作者单位：香港岭南大学人文学科研究中心、声韵诗刊]

"云端诗学"的整合之作

——评吕周聚《网络诗歌散点透视》

卢 桢

    自二十世纪九十年代以来，随着互联网技术的日趋成熟，键盘写作与网络发表逐渐在诗人中普及，进而成为诗歌生成与传播的常态。从写作生态来讲，相对更为开放的文化大环境为诗人提供了自由的空间，便于他们驰骋文思；就传播方式而言，网络化写作被诸多文学操作者所接纳，诗论坛、诗博客乃至新兴的微信诗，都将诗文本传播纳入到信息化的广阔平台，通过虚拟社群的方式，文本的发布不再困难，而诗人之间的交流也变得更为频繁。再有，诗歌国际化交流的加速使得汉语诗歌表现出更多"走在世界"而不是"走向世界"的特质，虚拟的空间与"云端"的写作在改变传统纸媒传播方式的同时，也对诗歌的抒情方式、情感向度、美学品质产生了显著影响，人们对"网络诗歌"的理解也由外而内地，从"新兴介质"转移到其文本深处，挖掘它丰富多元的独立美学质素。特别是进入新世纪，诸多理论家试图将网络诗歌放在一个宏阔的文化背景中，从语言学与社会学、传播学、伦理学甚至文化心理学的综合跨学科视野，为这一诗学模态开凿出多种研说路径。不过，网络诗歌研究的问题也随之显现而出，当它不断被引向跨文化、交叉学科的大视野时，我们或许会忽略其自身的"内质"元素，比如它如何生成、创作主体的心理、它的语言特征、诗学史价值，等等。从这个意义上说，由吕周聚教授主持撰写的《网络诗歌散点透视》[①]（以下简称《网》）便有了对这一问题的整合之功。无论是对网络诗歌的发展状况梳理，还是对具体问题的散点分析、进而聚焦定性，都给人以"集大成"的全面印象。论者力求避免概念先行，而是贴近网络诗学现场，强调对文本的广泛涉猎，让文本自身"说话"，专著对网络诗歌研究乃至网络诗学的宏观建构，无疑具有重要的理论价值和开创意义。

---

    ① 吕周聚等著：《网络诗歌散点透视》，中国社会科学出版社 2015 年 12 月出版。本文所引均出自本书，不再特意标明。

目前国内关于网络诗歌的研究多属论文，专著并不多见，而《网》一书透视九十年代以来网络诗歌内部与外部诸多元素交错反应而形成的"多米诺骨牌"效应，通过还原"文本"历史与"上下文"历史的双向运动，拟现网络诗潮的真实面影，力求在网络诗歌几乎所有能够涵容的学术增长点上齐头掘进，这一论述规模在同类研究中堪称独步。按照普遍的认知习惯，学术著作体例本身就蕴含了论者对问题的逻辑判断，《网》一书先是探讨网络诗歌的发展衍变、观念变革、存在形态、传播方式，从宏观维度建构起 1990 年代以来网络诗歌与外部话语现场之间的关系诗学；随之从主题模式、语言形式、表现形式、文本形式、审美形态五大角度入手，在微观的文本内质层面上实现了对网络诗美学问题的思考与建构，形成上下呼应、点面结合的论说效果。这一体例践行着诗学研究"抽象中有具体，具体中有抽象"的理想路线，也超越了那种"从概念到概念，从抽象到抽象"的死板范式，其"文本（网络诗歌）——上下文（文本生成的文化环境）——读者（传播者）"三位一体的系统框架，从网络的自由精神与匿名性特征出发，揭示三者之间自由平滑的内部转换关系，切中了网络诗歌的历史内核，也建构起多点互动、多维支撑的立体化研究模式。论者耐心勘测着一个个诗学切入点，深入繁花似锦的层层文本，筚路蓝缕，披沙沥金，最终为网络诗歌找寻到区别于其他诗歌形态的专有属性。

既然网络诗歌是一种全新的诗歌形式，那么它是如何创作出来的，它与传统纸质诗歌的差异，就是其标明自我属性的身份特征。论者认识到，网络诗歌的出现以及美学构建始终没有离开传统的"纸媒"诗歌，理论界也多将"网络化"目之为网络诗歌获得区别性意义的首要特性。不过，单纯将网络作为一种诗歌的发生与传播工具来看待，或存有某种偏狭。对此，论者指出："由于中国大部分诗人只是将电脑网络作为一种传播工具加以运用，难以创作出真正的网络诗歌作品；大部分评论家也只是将网络诗歌作为一种新的文化、诗歌现象来进行研究，很难深入到网络诗歌的内部对其进行研究，这是阻碍中国网络诗歌创作和网络诗歌研究发展的一大瓶颈。"这段提纲挈领式的论断清晰地昭示我们，从现象学、传播学角度对网络诗歌进行研究固然可行，但这类方式未必能够切入其内质，特别是网络诗歌的语体美学以及审美样态，仍然是学界研究较为薄弱的问题。网络诗歌从其定义上说，应该突破对其"传播学"属性的特别关注，而把研究的重心聚焦到技术文化与诗歌美学的联姻上。

由此，《网》特意观照到网络诗歌的技术美学，认为网络不仅是一种区别于纸媒的文字载体，而且是一场诗歌符号文化的革命，而"超文本性"，则是技术美学的本质属性。在纸媒时代，诗人进行创作时无论是采取字意识、词意识还是句意识，其缘起点均未超出"字符"思维的范畴，其中起决定作用的是静态、平面、一维的文字符号，且读者从文字符号抵达诗歌意境的过程是间接的，依靠接受者的"脑洞"自我想象、自我完善，这对阅读者的文学审美能力要求较高。而网络诗歌的技术特性，决定了它的符号不再单纯局限在字符上，同时涵容了语音、图像等可闻可观的具象符号。这类符号可以直接帮助阅读者建立关于诗歌的具象，拉近了诗歌与读者之间的距离，也为读者提供了"通感"阅读之可能。此外，网络留言板和微博、微信使用的普遍化，使得读者获得了相较于前更多的参与机会，如果说网络小说的读者参与还多限于对内容的评论的话，那么网络诗歌的读者可以借助诗歌短小精悍、便于改写的特点对其进行二次创作，从而变更身份，于"读者"与"作者"间自由滑动。与传统诗歌相比，网络诗歌之先锋性，正体现在读者对其自身的美学建构施加的影响上，这种影响作用在文本上，使之状态永远处于"未完成"的开放中，文本的环路始终不会闭合。

当诗歌的审美特性（含蓄、朦胧、歧义）与网络的技术化审美特征（未完成性）融为一体的时候，网络诗歌的审美特征便也脱颖而出。对于此类"超文本"诗歌的代表性作品，论者进行了专门细读，如代橘的《危险》融合文字与动画于一炉，须文蔚的《凌迟——退还的情书》在动画中加上 JAVA 程式强化动画的效果，毛翰的《天籁如斯》运用多媒体技术整合文字、音乐、图片，将曾经只可意会不可言传的通感体验技术化再现。这类文本形成一种倚重技术编程语言的新兴文体，正所谓论者在概念上划分的、狭义的网络诗歌。可以说，网络诗歌概念的广义与狭义之分，其实就在于理论界是把网络诗歌仅仅作为一个写作传媒来考量，还是从技术文化与诗歌文体的新耦合关系角度重新视之。实际上，论者所举到的一些诸如摄影诗、录像诗等新兴案例，在彼岸的台湾诗学中经林燿德、罗青、陈克华、夏宇、简政珍、鸿鸿、许悔之等后现代诗人多年沉潜打磨，自我特质业已形成。须文蔚曾在《联合报副刊》文学咖啡屋网站上发表过《一首诗坠河而死》等八首"多向诗""互动诗"，都利用了网络的多媒体特性，结合文学、图像、动画整合出一篇篇超现实的作品。由现代都市科技催生的罗青的"录影诗""视觉诗"，陈克华的科幻诗，黄智溶的电脑诗，杜十三的"有声诗"及"三明治体"等，形成了电脑诗、网络诗、广告诗等多门类的鲜活形式，后现代诗潮也由此初成气候。这体现出年轻一代诗人利用网络及其他跨媒介形式，对人类城市生活中的思考方式、行为模式及其多元性、多变性、复杂性的反思。

台湾诗人的语体实验，大都源自充满可能性与刺激性的都市文化新质，涵括了都市主体介入与创造的行为实践，由此证明了人与网络文化形态的互为正文。其实验的精义在于"透过语言本身的反思和悖论藉以松动既存的文化体制，暴露出另一种与生活现实若即若离的文学现实"①。本著选择彼岸诗学作为此岸的有效参照对象，试图通过比较视野的建立，从"他者"身上反观自我，梳理出合理的诗学逻辑。为此，著作的第八章设有专节透视"多媒体超文本诗歌"的文本形式，借助比较研究的展开，指出台湾地区的多媒体诗歌多侧重于视频和音频造成的艺术效果，使读者共同参与的过程中能在模拟的情境中感同身受，而大陆的多媒体诗歌实验更多地在文字表述上下功夫，一首诗歌占据主要地位的还是诗歌原典意义上的思想观念和评判标准，读者与文本的互动尚未充分展开。从技术角度言之，大陆诗歌较之台湾诗歌很少打破文字、音乐、视觉等多重元素之间的平衡，技巧方面的形式探索较为滞后，像林燿德那样以"无范本，破章法，解文类，立新意"作为终身美学追求的诗人尚不多见。这种比较分析较为恰切地切中了两岸超文本诗学的现实，所有关涉"技术"的问题，其背后或可都是某种思想精神的隐喻。以后现代文化推崇的"拼贴"技术为例，它代表的正是艺术家对现有精神文化之碎片化、无统一意义的理解，是一种思考模式。今天，我们理应意识到信息工业与计算机出现的时代意义，尝试用立体化的思考方式将新兴传播方式纳入诗学构思体系，这也是本著所企慕达成的一种研究理念。

虽然学术专著应该遵循客观独立的论说立场，不过论家主体性精神的适度介入，也能为严谨规范的主体架构带来一丝清新的个体之风，使人在体悟思想的力度之同时，亦可感受到情感的温度，即写作者的人文气息。在论说的掘进中，本著的几位作者均坚持统一立场，即网络诗歌很有可能成为未来中国诗歌的一种常态模式，并形成专属自身的独立美学，它带给诗坛诸多显而易见的积极影响。比如，二十一世纪以来，"诗生活""灵石岛""诗江湖""扬子鳄""流放地"等优秀的诗歌网站和诗学论坛纷纷崛起，为新诗增加了强劲的推力。一些刊物利用这一平台实现了网络化，拓展了其生存和传播的空间；部分诗人借助博客、微

① 林燿德：《文学新人类与新人类文学》，《重组的星空》，（台北）业强出版社1991年版，第184页。

博发表作品，增强了发表和阅读的自由度；诸多诗歌爱好者凭借参与论坛发言，实现了与诗友和同人的交流，使他们真切体验到"进入"当代诗歌的现场感，并使其长久以来对中国诗歌的"想象"落在实处。论者大胆预测，诗歌写作的电脑化和传播交流的网络化会将中国诗歌的发展引致新的"狂欢"之中。不过，网络让诗人的写作驶向快车道，这未必是好事，它的负向效应显而易见。对此，论者也做出了冷静而透彻的分析，并沿着三个向度展开。

一是"唯技术论"问题。如前文所谈，网络诗歌的多媒体特性，保证了它在艺术形式上的创新力，但问题也随之而来。一些写作者长期沉迷于无节制的技巧炫耀，使得文本处于意义的弥散状态，空有语言快感和形式新意，却又因强调"体验的当下性"而忽视了生存的历史根基。大多数诗歌在"时间就是现在"的世俗宗教信条面前，都很难形成指向未来的尺度，诗歌走进生产线，迈向一个个"秀场"。论者指出：多媒体诗歌的图像和音频在为诗歌提供感官审美效果的同时，作为一柄双刃剑也对诗歌的审美功能造成一定的伤害。正如欧阳友权所说："网络作品对文字书写的淡化和图像感觉的强化，抽空了艺术审美体验的心智基础。"[1]多元的载体形式在为读者呈现出更为逼真的"立体"文本之同时，也在很大程度上使读者远离了以往纸媒时代"一千个读者就会有一千个哈姆雷特"的想象空间，文本成为只适合一次性阅读的行为艺术，仅能为受众带来瞬间的话语快感，难以沉淀出持久的意义。因此，载体形式革命与诗歌审美想象之间的矛盾，将是多媒体诗歌无法回避的宿命问题。

二是"虚假及物"问题。在娱乐文化的浪潮中，部分诗人秉持一种通俗实用的、迎合感性现代性的审美倾向，将大众文化对"物"的关注作为审美基点，强调个体的感官经验和欲望的合理性，从非理性的层面进入生活现场，这正应和了流行文化即时性、消费化、符号化的特点，又与诗歌"及物"的写作向度两相应和。不过，仿佛"及物"为写作者降低了门槛，一些诗人为了"及物"而"及物"，拒绝任何深度模式的影响，甚至将絮絮叨叨的生活语言直接充当诗文，暴露出审美经验的局限与匮乏，其文本停留在对物质外在或者生活局部的描述层面，实为一种无效写作。网络诗歌众声喧哗的表象背后，依然可以看到"剪贴文化""快餐文化"造就的大量廉价复制的文本：或是毫无情感介入地堆砌词句，冠以语言实验的名号；或是对生活琐事喋喋不休，难见思想的火花。操作上的简单化和现场的浮躁化，增加了读者遭遇"垃圾"文本

---

[1] 欧阳友权等：《网络文学论纲》，人民文学出版社2003年版，第78页。

的机会，也容易埋没那些真正闪光的佳作。

三是"伦理下移"问题。论者认为，网络诗歌并没有遵循传统诗歌面对情色题材时那种"化俗为雅、化丑为美"的审美意识，而注重原生态展示欲望的本真面貌，并集中凸显在"下半身"写作中。从形式上分析，"下半身"写作群体钟情于对快感经验和日常生活的捕捉与渲染，带有浓厚的反理性色彩。不过，部分诗人过于宣扬"身体"的在场状态，毫无忌惮地推崇肉体快感，也容易使千篇一律的快感表达成为机械复制时代的艺术作品。这些文本更像是城市消费文化中一个个被复制的客体，在经验的复制与粘贴中逐渐远离诗歌应有的尊严。肉体的激情固然可以唤醒身体的冷漠，为精神存在留存明证，但瞬间的、爆发式的技术呈现，大都难以保持足够的诗意强度，人类精神的主体性也容易在性交的暴政中消弭，过剩的荷尔蒙会使"整个身体都成了力比多关注的对象，成了可以享受的东西，成了快乐的工具"[①]。论者指出："伦理下移"带来的结果是，肉身化抒写暗合了消费文化中身体欲望化的需求，降低了诗歌应有的思想境界和艺术水准。更何况，从"下半身"与"上半身"的思维介入诗歌，本身就带有二元对立的极端性思维，这正是其难以纾解的"逻辑悖论"。

综上所述，作为一部系统、全面介入网络诗歌研究的著作，《网络诗歌散点透视》的突出价值在于，它力求为当前的网络诗歌建构起客观公正的述史模式，散点透视辐射范围较广，基本涵盖了网络诗歌内部与外部的诸多问题，同时散点之中依然存有观念的交集，并在网络诗歌的技术伦理与精神伦理、大众文化特征等几个焦点上实现了细致扫描、智性探寻，得出了令人信服的结论。当然，在"娱乐至死"的时代氛围中，网络诗歌与娱乐文化、流行文化之间的关系是否存在变动与漂移，诗人如何在注重内在精神提升的诗歌内现场与充满诱惑之力的物质外现场之间寻求平衡，此类论述规模较为有限，尚有继续拓展之空间。此外，围绕中国网络诗歌与国际视野中网络诗学的内在联系与诗学分歧，还可持续观照。作为新生事物，网络诗歌还处于远未完成的状态，它所拥有的优势和面临的挑战都很明显，其可能性正处于一个喷薄释放的过程中。如吕周聚教授在本著后记所言："当下的网络诗歌尽管存在诸多的问题，但它是未来中国诗歌的希望。"围绕它的文本细读与理论建设，当会成为未来中国新诗批评的主要形态。　　　　[作者单位：南开大学文学院]

诗探索5

理论卷

2017年

第1辑

---

① ［美］马尔库塞：《爱欲与文明》，黄勇等译，上海译文出版社1987年版，第147页。

当代诗学观念的深度解析与立体呈现

——评张大为著《当代诗学的观念空间》

王士强

张大为无疑是一位有着浓厚理论兴趣的学者，对他了解较深的同门张立群曾在文章中如此写道："在许多人眼里，他是一位不折不扣的哲学家。经过三年的硕士，据说大为师兄已经将西方的哲学和文艺理论看得融会贯通。"[①] 这一特点在张大为的著作中体现得也比较明显，出生于 1975 年的他到"不惑之年"的 2015 年出版了四本专著，分别是《元诗学》《理论的文化意志——当下中国文艺学的"元理论"反思》《东方传统：文化思维与文明政治》以及《当代诗学的观念空间》[②]。显然，前三本都是偏重于"纯理论"甚至"元理论"的探讨，而《当代诗学的观念空间》则有着较为明显的历史指向，其研究对象更具客观性和现实感，所以，这本书在发挥了其长于思辨、对于西方文论与传统思想较为熟稔的特点之外，在相当程度上达成了"史"与"论"、"客观"与"主观"之间的平衡。张大为曾经在后记中说这本书是"多方'迁就'与'妥协'的产物"[③]，这里面或许包含了不得不暂时割舍理论方面的兴趣而转向"当下"、面对"现实"，由"元诗学"之类的"务虚"而转向一定程度上的"务实"这一过程中他的某种主体认知。从现有的这四本书来看，这本书确实比较特别，应该单独属于一类，不过，而今看来，这种"迁就"与"妥协"似乎也没什么不好，对于其个人来说，这大概也是一种对研究视野、研究方法的拓展、丰富，打开了另一重的可能性空间，而对于当代诗学观念的研究来说，张大为确实提供了一种别具一格、

· 新诗理论著作述评 ·

---

① 张立群：《谈谈与 90 年代诗歌史相关的几位先生》，载《诗歌月刊》下半月 2006 年 7 月号。

② 分别是：大众文艺出版社 2007 年版、天津社会科学院出版社 2009 年版、上海三联书店 2015 年版、社会科学文献出版社 2015 年版。

③ 张大为：《后记》，《当代诗学的观念空间》，社会科学文献出版社 2015 年版，第 250 页。本文中所引该书均不再单独注出，仅随行标注页码。

有个人印记的研究路径与学术风格，这实在是一种"双赢"而不是相反。

该书中的"当代"与一般所言有所不同，如作者在导论中所说，这里的"当代""只是一个描述词，它所标示的是1978年以后的历史时段。"（第7页）就这一阶段中国新诗创作和新诗理论、新诗观念的发展状况而言，都可谓是高歌猛进、沧桑变幻而同时又浮光掠影、混乱不堪的。作家余华在《兄弟》的"后记"中曾指出："一个西方人活四百年才能经历这样两个天壤之别的时代，一个中国人只需四十年就经历了。"在经济、社会的层面的确如此，而在文化的层面也庶几近之，新时期诗歌成了各种流派、取向、观念的演练场，乱哄哄你方唱罢我登场，但往往是王旗变幻，很快就偃旗息鼓，"各领风骚没几天"。这种状况的发生一方面与中国社会快速的发展、变化、转型有关，"一切坚固的东西都烟消云散了"，另一方面则是由于诸种诗歌形态的发生大多不是内生的，缺乏稳定的、强有力的内在支持，往往口号性、宣言性大于其实质，所以后劲不足，生命力不强，很快便兀自风流云散了。总体来看，这一时期许多的诗歌形态还是带有运动甚至革命（这一二十世纪中国绕不过去的关键词）的性质。革命的意识形态讲究目的性、功利性，注重短平快，自然不可能太重视逻辑之严密、观点之周全、形式之美感，所以这一时期的诗学便呈现出短期性、策略性、碎片化的特点。它一方面确乎"自由"与"繁荣"，呈现出了活力与可能性，同时也不充分、不"成熟"，不断发生却又很快消亡，大多难成"正果"，在喧闹、繁盛一时的背后真正有价值与意义的可能又并不太多。这一时期诗学的研究与理论建设也不能不与之有关，同样呈现出感性化、碎片化、不系统、不深入的特点，从研究的角度无疑尚有许多不足和有待展开的空间。张大为该著是对于该领域进行系统性学术观照的尝试之一，就研究对象时间的切近与所需处理材料的繁杂程度而言，其难度是较大的，显示了"第一个吃螃蟹"的勇气。

关于这本书所希望达到的目的，张大为曾如此阐述："（1）对于新诗本身的历史整体性与连续性的坚持；（2）对于当下情境的复杂理解；（3）对于传统的眷顾与接续；（4）对于新诗的历史性本质或新诗本质的历史性的逼近。"（第7~8页）这样的表述本身也体现了张大为对于当代诗学观念的"复杂理解"，它一方面是"历史"的，应该尊重历史，体现历史的具体性与复杂性，同时，又需要拨开迷雾，勘破表象，实现对于"历史"的审视与深度把握、认知，以对新诗之"本质"有所揭示。如此，该书便不能不包含了新诗之"历史"（存在、实有）与"本

诗探索 5 理论卷 2017年 第1辑

质"（观念、意识形态）之间的双向游走、互动。从这本书的框架设计上看这种特征也比较明显，体现了"历史性"与"观念性"的统一，全书共分为四编，分别是："历史"与"美学"的纠葛、"现代性"与"后现代性"的错综、"传统"与"当下"的融合、"本体"与"他性"的映照。这四对范畴显得比较整饬，无疑是"观念"的结果，但是这种观念又不完全是概念的，不是从概念出发，更不是为概念而概念，而是灵活的、有弹性、有包容性的，各编之下的章与节基本是以不同的诗论家为讨论对象的，包含了对"历史"的高度尊重。所以，这本书不是初看起来从理论到理论、从观念到观念的，它实际上高度贯彻着"历史"原则，一切都是从"历史"出发的，观念是由对历史的梳理与观照中得来，而不是相反。

就内容来看，该著可谓立体、丰富而周全。书的第一编《"历史"与"美学"的纠葛》主要讨论伴随作为"新时期"起点的朦胧诗而兴起和强化的诗学观念，作者称之为"崛起派"的批评，其主要人物是谢冕、孙绍振、徐敬亚、吴思敬。作者指出，这些批评家虽然从反向对历史进行批评，但他们仍然有着对于历史的连续性与整体性的理解，对历史怀有敬畏，而同时他们又努力维护着诗歌之为诗歌的独立性品质，努力摒除此前诗歌与历史、现实之间简单的反映论关系，故而此间"历史"与"美学"之间呈现出复杂的纠葛关系，这种纠葛既有互相牵制、抵消的一面，同时也是一种互相打开。第二编《"现代性"与"后现代性"的错综》讨论的是一些较为"先锋"的诗歌观念形态，主要的是对 1980 年代风起云涌的美学革命的考察与观照。这一时期现代性以及继起的后现代性诗歌观念如走马灯般操演呈示，极大改变了中国新诗的质地，显著推进了新诗的现代化程度（同时也存在着显然的缺失与迷误），从很大程度上可以说他们是最具"时代"特征的。该编中专节讨论的有韩东、周伦佑、李亚伟、唐晓渡、欧阳江河、王家新、臧棣、陈超、西川、李震、于坚等，多具诗人身份。第三编《"传统"与"当下"的融合》主要讨论新诗与"传统"的问题。这一问题主要在二十世纪九十年代浮现，实际上是新诗在"西方"与"中国"、"传统"与"现代"的开放格局中自我反思、重新辨识与找寻自身身份的一种体现。内容上主要以叶维廉、郑敏的诗学观念为对象，讨论了"传统"与"现代"和"后现代"之间的沟通与融汇，探讨深层次上"中西会通"的可能。该编对新诗的"传统"问题进行了深度的解析与考辨，提示出"传统本身的巨大可能性与丰富内涵"。第四编《"本体"与"他性"的映照》更为开阔，包容性更强，讨论当代诗学的更多现实形态、历史构成，其所讨论的个案对象有杨匡汉、蓝棣之、骆寒超、吴开晋、李元洛、陈良运、陆耀东、孙玉石、洪子诚、古远清、程光炜、王光明、沈奇、耿占春、陈仲义、李怡等。该编主要是对学院体系中从事新诗史、新诗评论、新诗理论研究的学者们各具特色的工作的述论，精当而准确。

张大为该著体现了其一贯的理论思维能力，对于庞杂纷乱的历史现场所进行的条分缕析、披沙拣金的辨析极见学术功力，在全书的整体构架中更是显出了很强的观念整合力和理论发现能力。在近数十年诗歌理论发展呈现零散化、碎片化的状况下，这一点是尤其必要和难能可贵的，非如此，对于当代诗学观念的考察很容易支离破碎、一团乱麻，该著总体而言做到了简明扼要、提纲挈领、纲举目张，这是它的一个显明的优点。该著另外一个给人留下深刻印象的特点是好处说好，差处说差，"不虚美，不隐恶"，显示了独立、客观、不偏不倚、秉笔直言的学术立场和态度，在中国的现实语境中做到这一点尤其不容易。比如他分析谢冕的诗学人格便应该说是客观、准确而深入的："谢冕对于五四传统这种几乎无所保留的推崇，肯定不是没有理想化的成分，然而这种充满诗意与激情的理想主义取向，伴同其个体心性与成长阅历，已经铸入其诗学人格。这种诗化人格的特征，就在于对于其批评对象的真诚的、近距离的靠拢与无所保留的投入，以其生命体验来对于其批评对象做出诠释。人们可以不同意其结论，却不能不佩服其卓荦的风骨。事实上，这样的人格与这样的批评同其所指向的历史已经化合为一体，它们执着地守护着那段因为生命的浸润而变得仿佛是透明了的历史的真相。"（第 16 页）再如，他分析徐敬亚的诗学观念，认为其对于历史事实的诗性把握方式有其合法性与必然性，但是也存在一定的问题："徐敬亚在超出历史、反思历史时，仍然过于夸大了某种特定'历史'的权能。历史已经进入水天茫茫开阔的入海口，思维却还在那条已经不复存在的虚幻的狭窄河道的约束中艰难地行进。"（第 34 页）这种论述应该说是具有学理性和穿透性的。再如，关于于坚"拒绝隐喻"的分析，在肯定其合理性与部分洞见之后，该著也指出"于坚在这里有一个基本的判断上的错误，那就是他认为'转喻'是西方的诗歌传统，而'隐喻'却是东方的传统。实际的情形，与于坚的说法正好相反"（第 118 页），并对此展开阐释后分析了于坚此种观点产生的原因及其存在的盲区，同样是步步推进、言之有理，应该说至少是提供了看取相关问题的另一种角度和方式。又如，在分析了学者古远清的学术特点和优长之后，也直言不讳指出了存

诗探索 5

理论卷 2017年 第 1 辑

在的"不足和缺陷"："比如，在'博大'的同时，在'精深'方面有欠缺，开拓有余，专精方面有所不足：无论是理论著作还是史著，摆明事实方面很充分，是非判断也很清晰，但更深层的问题发掘则有些不足；另外有些著作和文章总体观念和观念内核上比较陈旧，缺乏足够的新意。"（第222页）这样的学术态度与言说立场无疑是值得提倡的。

总的来看，张大为所著《当代诗学的观念空间》是对于当代诗学观念的一次认真的学术考察，既有深度又有广度，具有相当的学术水准。当然，它不可能做到尽善尽美，比如有的时候在我看来在某个"点"上单向突进，深度固然有之，却不一定能够代表讨论对象的全貌或主要风貌；又如，有的时候作者在理论与观念的沃野纵横驰骋、左右逢源，却似乎与作为客体的讨论对象有所偏离；再如，书中有的问题的讨论很充分、很深入，有的问题却似乎浅尝辄止、一带而过了，等等。这样的一些可能存在的问题当然并不可怕，任何的学术研究都只是"历史的中间物"，它召唤和期待着（包括作者本人在内的）后续的修正与超越。

[作者单位：天津社会科学院文学研究所]

· 新诗理论著作述评 ·

从玄学派诗人到现代主义

——艾略特与约翰生《考利评传》

蔡田明

艾略特（T.S. Eliot，1888—1965），一位公认的二十世纪最伟大的诗人，而约翰生（Samuel Johnson，1709—1784）未能享有十八世纪最伟大诗人的荣称，却是英国十八世纪最有影响的诗人、作家、批评家、词典编撰家①。两人隔世一百零四年。一般而言，约翰生的"极端保守"或"落后"思想，虽有十九世纪批评家马修·阿诺德（Matthew Arnold，1822—1888）来鼓励提倡并接续这一百年的空隔期，毕竟抵不过激进的二十世纪革命思想大洪潮。因此，难免后来人提约翰生，就几乎成为"落后"不入思潮的代名词。前卫、先锋、独创的艾略特似乎根本就不能与那个所谓早被时代抛弃的约翰生相提并论。

事实并非简单如此。艾略特对古典、经典的文化传承，从他的《荒原》诸多诗歌创作实践已体现无疑，无须赘言，而他对约翰生的特别喜爱敬畏却是值得思考叙说的。他个人情有独钟约翰生，从读《艾略特传》（*Peter Ackroyd*，1984）可了解到。如他晚年为 BBC 广播电台开出个人喜欢的诗歌有约翰生的《悼念罗伯特·利弗特医生》。还有就是在最后的日子，他给其年轻太太读的床头书里有鲍斯威尔的《约翰生传》。若这仅是私下的喜爱，那么他直接演讲写作发表《批评家和诗人约翰生》（*Johnson as Critic and Poet*，1944）②就是具体而微的思想表白。

不应忽视，早在 1921 年，艾略特为格里尔逊（Grierson）编选《17 世纪玄学派抒情诗和诗歌》（*Metaphysical Lyrics and Poems of the Seventeenth Century: Donne to Butler*）写评论文章《玄学派诗人》（*The*

---

① 美国批评家布鲁姆在其《西方正典》没有专论艾略特篇章而给约翰生"经典批评家"一章，显然他对"公认"诗人有其不同看法。参看布鲁姆《西方正典》，译林出版社 2011 年版。有关约翰生评价参看笔者《国外约翰生学概况》，见蔡田明译《传记奇葩：萨维奇评传和考利评传》，国际文化出版公司 2013 年版，第 141~175 页。

② 惜《艾略特文集》（五卷本，上海译文出版社 2012 年）未收入此重要论文。

诗探索 5

理论卷 2017 年 第 1 辑

Metaphysical Poets)①，就曾对约翰生所论评"玄学派诗人"提出意见。看似他直接与约翰生冲撞"交火"。这把"火"烧约翰生而非他自己。似乎他占据了理论制高点。这是一般教科书文史学者的基本看法②。

本文虽无涉及艾略特与约翰生方方面面，尽管这几乎是学习了解研究艾略特不可缺少的功课，因为对任何大作家都理应知其兴趣之喜好、修养之来历和思想之渊源，却有意识地去探讨分析玄学派诗人源起、约翰生评价及艾略特关于玄学派诗人评论观念，以便更好地理解艾略特与约翰生两人异中有同的文学智慧识见。

一

何谓玄学派诗人？一般的看法都认为这只是个术语，用来泛指十七世纪初始出现的一类有相同特色的诗人，如多恩（Donne）、赫伯特（Herbert）、马维尔（Marvell）、沃恩（Vaughan）和特拉赫恩（Traherne）。这个名单还可列出许多，如约翰生提到萨克林（Suckling）、沃勒（Waller）、德纳姆（Denham）、克利夫兰（Cleiveland）、考利（Cowley），甚至包括弥尔顿（Milton）。他们诗风迥异，各显特色。这样罗列显然难以得到令人满意的定论。

约翰生在《考利评传》描述了他们诗歌里出现"粗野、背离和谐和故意混合不同意象"的一些特点。如考利把燃烧爱情的情人与埃及比较③，习惯称他们的诗歌为"强力诗行"（poetry of strong lines）④。梁实秋总结玄学（想）诗有四大特点，其一就是强调它们"急促突兀的形式"，"一反从前谐和柔美的情调"。如多恩《晋圣》（*The Canonization*）开首一行："为了上帝的缘故，别说话，让我爱"，直接表白，袒露真情。其它特色是，诗的题材广泛，气氛忧郁；以说理方式抒发潜在的个人独特的感情；善用譬喻，令人有诡异新奇之感⑤。如他们"泪水与球体""泪水与洪水"的类比。

尽管难以确定什么是"玄学诗"和哪些诗人写的诗是"玄学诗"，

① 发表在 1921 年 10 月 20 日《泰晤士报·文学副刊》。

② 这些看法可从下面一些书籍引文见出。本文力图分析其原委，留给读者做出见仁见智的判断。

③ 参看笔者译《考利评传》及"序"，国际文化出版公司 2013 年版。

④ 最早应似出自夸尔斯（F. Quarles），引语见 Ousby, Ian. (ed.), The Cambridge Guide to literature in English，London：Cambridge University Press，1993，p.623.

⑤ 见梁实秋《英国文学史》，新星出版社 2011 年版，第 405~409 页。

可多恩（1572—1631）及其诗歌首当其冲，成为约翰生所说他们推崇的"样板"或后来人说他是玄学诗的"鼻祖""创始人"，则为大家确认。

这一大批诗人先后出现或彼此互为模仿，表明既未构成什么团体或运动，也未有开宗学派的明确主张，仅是在诗歌风格上倾向于分享"才智"和独创的特性，如喜爱诗歌"想象图画、简练措辞"或"神秘性的表达方式"等精心结构的艺术表现手法。

玄学诗出现在伊丽莎白时代后期和十七世纪初，尤其在"革命与复辟"的英国内战期间，自有其政治宗教与诗歌风气的原因。

好景总有头。英国伊丽莎白时代的歌舞升平，到詹姆斯一世和查理一世时期已不再风光。政治、宗教、经济各方面到此阶段，尽管矛盾趋于尖锐，可英国社会表面上还是豪华盛世，莺歌燕舞。如在 1620 年圣显节宫廷宴会上，上演本·琼生（Ben Jonson）的假面剧《来自月球新大陆的消息》。它以月球人俯视大地的奇幻形式，"手足舞蹈表现国王治下的升平景象"，完全遮掩了另一面人心动荡、惶惶不安的真实"消息"。清教徒为躲避詹姆斯的宗教政策开始移民美洲。

接下来，不到三十年，"假面剧"被残酷现实揭穿。在国会（议会）与君主争夺权力的激烈斗争中，查理一世（1625—1649）被送上断头台。这个震荡不安，通过建立"共和国"（1649）又"复辟"（1660）直到"光荣革命"（1688）才算基本稳定下来。

国会与君王、国教与其他教之间的严峻斗争形势，使持不同信仰政见的教徒抉择极为困难。约翰生笔下的考利（1618—1667）一生，就其政治上说，他是个权力斗争的牺牲品。考利既受为国王服务的"折磨"，又受议会"共和国"的迫害。两边都为难。多恩本人境况也如此。他原本是罗马天主教徒，考虑在英国教为主导思想的国家里，持异教并无个人发展前途，只好先是"隐蔽"身份，后来不得不公开宣布"叛教"，皈依英国教。这样一批学问高深的人，面对政治宗教做出选择，自有其内心难以言说的离经叛道的苦衷。

宣泄需要途径。"寓意画册"（Emblem Books）是教徒表达思想的形式之一。在宗教改革下，源于意大利进而流行西欧的追求"新奇特异"的巴罗克艺术，此时也开始传播到英格兰。一种由一句格言、一幅象征图画和一段讲解而三合一的"寓意画册"应运而生，广为普及。因为它适应不同教会，如"隐蔽的天主教、坚定的国教和探索的清教徒"的传教需要。

这种打破或超越教派隔阂的"跨教派精神"的寓意画诗，能给多恩这些出于无奈而背弃天主教的人或两党派系不同信仰之争的教徒，以思想自由的空间，可以继续用"宗教推动他（们）从理性和精神方面参与人间事务"[①]。

新奇艺术必对原有诗歌形式造成冲击。从意大利诗人彼特拉克十四行诗发展而来的英国十四行诗，到莎士比亚进入造诣高峰。其后渐趋衰退。它体现的"多情小调""甜如糖蜜"诗风，既与严峻世道隔膜，又显华丽浮浅庸俗。因此，为探索人与上帝、善与恶和世俗爱与神爱关系，宣泄内心矛盾苦闷，寻求心灵慰藉平衡，需要呼唤一种新的表达方式。

于是，十七世纪初有了自成风气的"宗教诗歌"，玄学诗自然成为其中耀眼的奇葩。比较而言，"寓意画册"对读者智力有要求。多恩和受他影响的玄学派诗人作品，也以表现巧智、想象图画和简练措辞擅长，创造各类奇异而强行联系的比喻，迫使读者进行智力思考。如约翰生在文本中说，这类作家以"回忆和质问"的诗作激发读者的思想。

与宗教玄学诗深奥有关的是，这些写诗人本身都是知识渊博的大家，有宗教信仰背景，如多恩是圣保罗大教堂的教长，赫伯特是多恩的好友和同行牧师，考利属保国王派的信徒。

文学是"渴望与众不同"的追求。（尼采语）具体到个人，多恩才华出众而经历不凡。他年轻时任女王的一位大臣的秘书。因与大臣的内侄女安·莫尔小姐十四岁谈恋爱，十七岁私下结婚，发现后被免职短期坐监。

这段"浪漫史"，这个"丑闻"和他内心挣扎的"叛教"及失业后的潦倒"穷困"，这些体现思想行为的诸多矛盾，一旦下笔写爱情诗，写死亡与复活宗教诗，必会以内心思辨或含混意象自然流露于笔端。加上多恩本人博览群书，见多识广，想象奇特，善用譬喻（如用"跳蚤""圆规"比喻爱情），写起来必会与甜蜜软绵的爱情或田园生活诗歌风格大异其趣，独显他平时一贯讨厌那些彼特拉克体十四行诗派的情绪。

诗歌如此原创的"陌生性"，当引起同道或主要是后来与他经验相似的教徒诗人争相模仿[②]。考利效仿他，如约翰生所说，"优秀超出他的前辈"。于是一类由多恩开始凸显学识睿智并有些费解难读的所谓玄学派诗人就陆续出现了。

[①]　桑德斯：《牛津简明英国文学史》，高万隆等译，人民文学出版社 2006 年版，第 215 页。

[②]　多恩诗歌大体可分早年爱情诗和晚年宗教诗，这些诗作很少在他生前出版，其影响后来发生。见 Ousby, Ian. (ed.), *The Cambridge Guide to literature in English*, London: Cambridge University Press, 1993, p.267.

"玄学"一词在《牛津简明词典》里有"抽象推理，纯理论，含蓄微妙，无实体"等含义，用于特指"思想含蓄微妙和意象复杂"的十七世纪英国诗人及诗歌。应当说，它与哲学思辨的形而上学还是有关的[①]。

　　在桑德斯所著的《牛津简明英国文学史》看来，"多恩的生活和创作都构成了巴罗克艺术的一个部分"[②]。这个解读把多恩的玄学诗创作直接与寓意画类的巴罗克艺术联系在一起，正如 1920 以后英国出现的现代主义诗歌小说，导源于"莫纳和后印象主义画展"（1901 伦敦展）一样，表明视觉绘画艺术常领先文字诗歌创新革命，巧合中寓"画中有诗"的深意。

　　文章憎命达。对多恩新颖类比的玄学风格诗不仅有人欣赏，更有人批评。写出当时最流行的《宗教和道德寓意画》（1635）诗集的夸尔斯（F. Quarles），在 1629 年就批评抱怨多恩所谓"强力诗行的独裁，不过是歪才，在它的掩饰下，许多人贸然写出狂言"[③]。而夸尔斯并无自知之明。他自己写的那些"令人失望的蹩脚配诗"[④]，这类肤浅庸俗诗作，虽光鲜一时，不难想象，正是多恩生前立志要与之作公开或暗自比较竞争的对象。

　　随着长期的社会内乱之后，人心思治思秩序。不奇怪，弥尔顿写《失乐园》（1667）史诗的主题是"服从暗含于全能上帝创世秩序中的神谕"[⑤]。继弥尔顿后又有德莱顿、蒲伯大诗人，他们倡导"遵循规范，正确选用诗体、意象和词汇"的诗歌创作。延续下来进而发展为十八世纪的新古典主义主潮。之前那些玄思隐晦的思想表达方式，无疑将被形象完整明晰和诉求直接宣泄所取代。多恩及考利玄学诗模仿者的失落，若不自弥尔顿始，到十七世纪末期已趋向明显，江河日下。

　　德莱顿（Dryden）虽未比夸尔斯早批评多恩，确是最早用"玄学"或"玄想"（metaphysics）这个术语作评价的。1693 年，德莱顿在一篇论讽刺诗之起源与进展的文章中提到，"他（指多恩）喜涉玄想，不仅在讽刺诗里为然，就是在只应抒写人性的爱情诗里亦复如此；他用一些繁琐的哲学空想使得女性读者为之困惑，其实他是应该打动她们的心，

---

　　① 梁实秋说它"与哲学上的所谓'形而上学'是毫无关系的。"可他引用德莱顿文里就有"哲学幻想"一词。见梁实秋《英国文学史》，新星出版社 2011 年版，第 405 页。

　　② 桑德斯：《牛津简明英国文学史》，高万隆等译，人民文学出版社 2006 年版，第 214 页。

　　③ 桑德斯：《牛津简明英国文学史》，高万隆等译，人民文学出版社 2006 年版，第 215 页。

　　④ 桑德斯：《牛津简明英国文学史》，高万隆等译，人民文学出版社 2006 年版，第 214 页。

　　⑤ 桑德斯：《牛津简明英国文学史》，高万隆等译，人民文学出版社 2006 年版，第 243 页。

以恋爱的柔情来娱乐她们。"① 德莱顿不赞同多恩过分的技巧化，特别是他那夸大的奇思妙想或才智的类比，还有就是他接近一种夸张化的抽象概念②。把"玄学"词与"超自然，难理解"本义直接联系，带有"贬义"③。尽管后来人学习模仿多恩作品，如考利、马维尔有用"悖论和挫折意象"写出如多恩一样的诗歌，可弥尔顿、德莱顿和蒲伯这些大诗人的成长贡献，几乎全都是在努力建构诗歌"韵律规范"。他们的诗歌越是自然伟大，越是广为传诵，多恩玄学派诗人那些复杂奇特诗作就越会沉没寂静下去。即使在十八世纪初有人重提他们也无法逆转大潮，仿佛诗歌如同其他事业一样只有进步而无倒退。

显然，所谓玄学派诗人，是一批有别于古典主义而又处在新古典主义过渡期的一批博学通才作家，他们以玄妙含蓄的形式来表达某种大胆离经叛道的思想。他们是特定时代的弄潮儿。他们虽在很长时期被视为异类而死去，可是否还有机会复活呢？他们的"复活"需要伯乐。

二

约翰生无疑是认识玄学派诗人的最早伯乐。接受并执着于新古典主义诗歌韵律严格训练的约翰生，在晚年接受伦敦书商任务，为英国诗人写评传。自德莱顿批评多恩玄学派诗人之后（1693），到约翰生实际写出《考利评传》（1778），时间已过去了八十五年。多恩和考利分别已去世一百四十七年和一百一十一年。

时间淘汰人。然而，约翰生是位"可能常常主观武断，但他总能发现，总能提出独特的问题和独到的妙语"④的批评大家。面对考利，这位要从他开始写评传的第一个诗人，这篇他自认为非常得意之作，后人应值得思考，约翰生出于什么原因要重视重提这类诗人，或这类诗人有什么价值让约翰生去提醒后人关注。这考验批评家的才识、学识。

从约翰生乐意写考利传，可知他有兴趣去了解和认识这批有学问的诗人，不在乎他们沉沦默存的实际状态。这样不凸显的诗学现状，通常是批评家们可以回避讨论或不屑一顾的正当理由。一般甚至广泛的假设

---

① 译文见梁实秋《英国文学史》，新星出版社 2011 年版，第 405 页。

② Ousby, Ian. (ed.), The Cambridge Guide to literature in English, London: Cambridge University Press, 1993, p.623.

③ 见梁实秋《英国文学史》，新星出版社 2011 年版，第 406 页。

④ 桑德斯：《牛津简明英国文学史》，高万隆等译，人民文学出版社 2006 年版，第 338 页。

是，约翰生既不欣赏也不很了解他们，甚至"讨厌他们"①。

实际上，巴特（Bate）教授在其《约翰生传》考证，约翰生在编撰的《英文词典》引用过这些诗人的诗句高达一千多例，其中多恩就有四百多句。有许多引言例句都是他从记忆里直接默写下来的②。若说记住"讨厌"诗人的诗句要有多么恨之入骨的"苦大仇深"，笔者完全无语解释。

正因为这些熟悉了解包括欣赏慰藉喜爱，又因为这些诗人的沉沦现象太自然，是当时也是后来很长一段时间的实际状态，他们不仅促使约翰生去思考他们的奇特现象，"在一个时期得到过太多的赞美，而在另一个时期又受到太多的忽视"，而且直接导致他去探索其特性。

约翰生下笔时，显然有保存玄学诗模式免于被遗忘的强烈意识。他被这类诗的形式所吸引，看到他们为"例证、比较和暗示"，把自然和艺术元素都搜索殆尽的努力，认识到"他们的学问得以展示，他们的微妙令人惊奇"的效果。

在约翰生看来，无论这些诗人多么不自然，依据他们的计划写作，"读书和思考"是必不可缺少的。这个看重他们有学问有思想有才智的看法，巴特教授认为，对他们本身就是个很高的赞颂词。因为在约翰生的时代，约翰生常发现受到驯服后的新古典主义，他们没有思想。如在苏格兰高地旅途中，鲍斯威尔提到蒲伯诗歌有浓缩的力量，约翰生不以为然，直说考利一行胜过蒲伯一页③。

从约翰生的写作本意看，不仅因为他个人的兴趣，同这批学问诗人一样博览群书喜爱思考，还因为在他的记忆里，这类诗人从未接受过任何切实的评论检验，而他们又是在文学史上无法回避或否认的特色作家。因此，约翰生试图要做的是，复原一个几乎全然被遗忘的诗人群体，找出能了解和认识他们的方式，进而达到对他们写作得失的平衡评价。这是我们在读他的《考利评传》要理解的一个重要写作背景。

与其说他为批评玄学派而写作，不如说他为玄学派辩护而下笔。后来人根据他的一些看法，就贸然肯定他在否认玄学诗派④，或因为看到

① 桑德斯有约翰生"很讨厌的玄学派诗人"的表述。见桑德斯《牛津简明英国文学史》，高万隆等译，人民文学出版社 2006 年版，第 338 页。

② Bate, Samuel Johnson, Richmond: The Hogarth Press, 1984, p.540.

③ 见笔者译《惊世之旅：苏格兰高地旅行记》，国际文化出版公司 2011 年版，第 273 页。

④ "约翰逊（生）是在极力贬低这群作家，说他们根本不是诗人，只写了一些韵文罢了。"见李正栓《邓恩诗歌研究》，商务印书馆 2011 年版，第 112 页。

诗探索 5　理论卷　2017年　第 1 辑

后来玄学派在复兴，就归罪于约翰生的批评看法起打压作用[①]，看不到他对玄学派诗人有真知灼见的认同和赞赏[②]。

就《考利评传》而言，可分三部分。第一部分，提供考利生活简历的介绍，填补斯普拉特博士（Dr. Sprat）所写传记缺少的人物个性细节。从这位少年才子到医学博士到隐居乡下的经历，可见他政治仕途坎坷，前景黯淡。

考利模仿多恩既出于爱好，更倾向于宣泄内心的不平。他执着或热爱文学，追求文学，因此之故，"植物学在他的心灵变成了诗歌"。约翰生这份简历，足以让人了解他诗歌写作所以用"玄"心的缘故，恰与不少玄学派诗人同心同德。

第二部分，整体考察玄学派诗人及其诗歌特性。由考利联想到他之前有同样风格的一些诗人，约翰生明确提出，"大约在十七世纪初始，出现了一类作家，可以用术语称之为玄学诗人"，进而概括这些"玄学派诗人"的特性和缺陷。显然较之德莱顿的批评广泛而深入。"玄学"不再是多恩个人风格而是一类诗人或诗歌现象。这是后来人何以谈玄学派诗人必提约翰生的原因，也自然成为他作为批评家敏锐才识之"专利"术语。

约翰生总结玄学派诗人有这样一些特点。

一，他们是学者诗人。"玄学派诗人是一些有学问的人，要表现他们的学问是这些人的全部努力。"约翰生素有关于"文与人"是矛盾一体的看法[③]。无才不成诗人，有才未必是诗人。用于评价他们，就是他们有才智，可不一定能写好诗。因为他们太追求思想里独一无二的东西，就会在措辞韵律方面失去平衡。这个不平衡，他引用德莱顿的说法，就是德莱顿承认自己"才智"不如他们，而"诗歌"超过他们。

约翰生确实重"才"学。他说，"没有人天生就能成为玄学派诗人"。"如果他们在一般主题上常表现出不必要和无诗意的微妙，他们学究的思索应适当给予认可，他们的复杂和敏锐应公正地给予赞美。考利所写的'希望'表现出一种无与伦比的发明创造的丰富。"这可以看作约翰生所以感兴趣并欣赏他们诗歌的基本原因。

外国诗论研究

---

① "'玄学'一词成为贬义词。"参看常耀信主编《英国文学通史》，南开大学出版社2010年版，第426页。

② "约翰逊的评论有两点可以借鉴：把不同意象揉为一体是奇想怪喻的一大特征；奇想怪喻非常人能为，这是学问的证明。"见李正栓《邓恩诗歌研究》，商务印书馆2011年版，第119页。

③ 见笔者译《人的局限性：约翰生作品集》，国际文化出版公司2009年版，第30页。

二，这些学者诗人的诗歌充满"才智"。他给玄学派诗人的主要特征"才智"（wit）下了个定义：它是"一种不一致的和谐，一个相异的意象的组合，或一个在明显不同的事物中隐藏着相似点的发现。"这里约翰生所用"才智"一词，显然有多恩谈他自己创作看法在内[①]，如同约翰生本人那句经典妙语"莎士比亚戏剧是生活的镜子"明显巧用了莎剧里"镜子"的台词。

对玄学派诗人"不一致的和谐"的"才智"，约翰生还具体用"奇思妙想"（conceits）一词来表达，对他们采用或表现的各种奇异类比和大胆比喻有褒贬不一的赏析。在文本中，他把考利与多恩的诗歌联系比较，有时给予赞叹，有时给予"难以触及"心灵愉悦快感的批评。喜怒哀怨看似有些无常，却彰显批评家的直率坦承个性。

在约翰生看来，"才智""奇思妙想"本身没有什么褒贬好坏，但应用于诗歌创作时要整体协调，和谐一致，韵律规范。他在"韵律"方面比较苛刻，直说这些人"不是在写诗而仅是在写诗文"，因为他们的诗文仅经得起"数指头的句读而经不起耳朵的聆听"。他们的抽象深奥或夸张虚构，"需要重读它们"才能理解。

看到这里，时人常直接误读误判约翰生否认他们是诗人。若不是诗人，文本何必引他们的诗句——分析点评并时有击节赞赏呢？约翰生内心似有把诗分"可看"（识）与"可听（读）"两种，更有自己喜好倾向，不全排斥能看懂的诗歌。这正是批评家的睿智卓识。

除"韵律"外，约翰生秉持"自然"和"伟大"这两个古典诗学观来评价他们的不足。如说"他们的思想通常'新颖'，可很少'自然'"。他们的过错是牺牲自然而力求新颖。如考利的"一个不死不活的情人"，既无"外形"也无"通行许可证"让人顺其意去理解，如此思想和表现有时必"粗俗可笑"。

约翰生认为，"'伟大的思想'总是普遍的，它们所构成的看法不受个别例外的限制，所表现的描述不会递减到微小。"正因此，"对那些着眼关注新奇的作家来说，他们中很少人有'伟大'的希望。因为伟大的事物决不能脱离以往的观察。"他评判玄学诗人可谓言必有中，"他们总是尝试解析，把每个形象打破成碎片。他们用微妙的'奇思妙想'和'谨慎的细节'描写，就好比那些用棱镜分析阳光的人，虽展示夏季

---

① 多恩："我并不像有些人那样因把巧智用在这类诗作上而自责，只要诗作没有亵渎神灵或引人堕落。"见桑德斯《牛津简明英国文学史》，高万隆等译，人民文学出版社 2006 年版，第 211 页。该书译者提到"巧智"（wit）也可译作"才智""机智""睿智"。

诗探索 5　理论卷　2017 年　第 1 辑

午后的无限光辉，却不能更多地表现自然的景观和生活的场面。"这里出现的"解析""破碎"这些语词，似乎不幸言中后来现代主义诗歌出现"支离破碎"的特征。

三，玄学派诗人自有其独特价值。基于一种平衡的看法，约翰生强调他们有思想有创新，他们的敏锐常让人惊奇赞叹。如考利把燃烧激情的情人与埃及比较；多恩在颂诗表现药物学知识；克利兰夫把"煤坑"与"太阳"联系。对多恩的比喻爱情的"圆规"意象，约翰生用"荒谬"与"独创"两个并列词给予称赞和质疑。他们的缺陷是"从学问的深奥处提取他们的奇思妙喻"，不太顾及"韵律和表现情绪上的效果"，让"普通读者"难以阅读理解。

这缺陷，也道出这些学问诗人沉寂的原因，和他们当时以致后来很长时间被忽略的理由。如约翰生明确指出，考利《大卫传》主要在"主题的选择"和"作品的效果"方面被人忽视。也许后人可以谴责约翰生太重视文学的"愉悦"功能，而不赞同他说玄学派诗人"能看不能听"这个诗分两种的总体评价。无疑，"才智"是他们的优点同时又是他们的缺点。

在文本的第三部分，约翰生结合考利的诗歌例句，又具体阐述他的批评标准和欣赏趣味，肯定了考利是他的时代里一个"无敌手的优秀诗人"，借用弥尔顿的话，"英国三位最伟大的诗人是斯宾塞、莎士比亚和考利"。偏爱如此，溢于言表。

通观全文，虽褒贬赞誉、喜怒哀怨兼具，评价不失其中肯平衡。

约翰生《考利评传》，显然是在寻找一个重要的框架去判断玄学诗，并非单纯涉及这个主体的批评价值。他做得很成功也非常有成效，导致艾略特和其他捍卫玄学派风格者，在一个半世纪后，依然取他的重要术语作为他们开始争辩的起点[①]。

例如，约翰生说这些诗人体现"最异类的思想被粗暴地连接在一起"，而艾略特却并不否认这个定义，而是直接去确认，这些不是玄学诗的缺陷，而是诗歌应有的最基本的成分。又如约翰生的分析集中在他们最有特性的方面，即"才智"的品质，给予"自然和新颖"两个方面考量，发现他们的过错是不顾自然而强求新颖。这样去解读，可见约翰生的看法，不在他说错或解释错玄学诗现象，也不在他有没有不切合玄学诗的特点而做出泛泛的评价，而只是在他认为他们这样做这样表现是

---

① 参看 Bate，Samuel Johnson，Richmond：The Hogarth Press，1984，p.540.

否合乎诗歌情理感知的标准。

当然，约翰生用以判断的标准是古典而非现代的。应该客观地说，符合当时的主潮，因为"十八世纪前期的诗人和批评家努力建立英语诗歌规范，提倡使用精炼准确的语言，认真选择的比喻，和常常由主导动词决定全句重心的整齐有序的偶句诗体。"①

尽管他的《考利评传》虽翻出陈年老账做出耳目一新的总结，却因时代思潮而引不起更大的关注。硬说约翰生对他们不感兴趣或批评贬抑过重，似乎都能在这些玄学诗人自身的消沉中找到实在借口。事实上，无论如何，因约翰生这部评传存在，玄学派诗人已经无法被忽视或忽略，他们仿佛随时等待有朝一日水落石出的浮现机会。伯乐有了，玄学之马还需要骑手和驰骋的广阔天地。

三

年华似水。自约翰生之后，到这些玄学派诗人真正"复活"，以格里尔逊（Grierson）先后编选《多恩诗集》（*The Poems of John Donne*，1921）和《十七世纪玄学派抒情诗和诗歌》（1921）引起强烈反响为代表，时间又过了一百四十三年。在这算起来前后长达二百多年的历史中，人们特意要找出谁真正用心评论过这些被遗忘的诗人时，约翰生必为首选代表。

理由很简单，因为不仅他对玄学派诗人的分析评论是独一无二的，而且这样的反思评论文章本身也是数一数二的。如诗人艾略特在他的重要文章《玄学派诗人》中指出，自约翰生之前及以后还未有人就这些诗人系统地探索过。说约翰生的评价多么重要已不过分。因为后来所有评论几乎都绕不开约翰生的一些看法。

"玄学派诗人"一词实际上成了约翰生的"发明"，一个艾略特所说长期以来是个被"滥用的术语"或是个"离奇愉悦的趣味标签"。

玄学派诗人能起死回生，应归因于时代大潮，又更直接与艾略特这个"骑手"的大力提倡和他自身的"荒原"诗歌创作实践有关。这里不谈现代主义如何崛起，只谈艾略特那篇《玄学派诗人》与约翰生文本的联系。

细读起来，艾略特借谈玄学派诗，实为现代主义明目张胆，意图明

---

① 桑德斯：《牛津简明英国文学史》，高万隆等译，人民文学出版社 2006 年版，第 295 页。

显。要让玄学派诗人重现，或给他的现代主义诗歌找到传统根据，艾略特绕不过约翰生。他要借助约翰生的力量，而约翰生评传确实有其借助之力。当然，最直接的方式，就是把带有中性或很容易误读为贬义的"玄学派诗人"说成无缺陷的"褒义"术语，直接把约翰生不赞同的现象说成在观念上是合理的，所谓"解放思想""拨乱反正"。

为此，艾略特写《玄学派诗人》干脆直接为玄学派诗人"正名"，不顾其表达形式上本身有整体的不均匀的平衡缺失。他先找到约翰生言行"自相矛盾"之处。如约翰生批评他们"最异类的思想被粗暴地连接在一起"。这个谴责的依据是，他们"连接的失败"，因为"观念（思想）通常被束缚而且不能形成整体"。艾略特却认为，"一定程度上的异类材料，因为诗人的思想的构思而迫使它们进入一个整体。这是诗歌的普遍现象"。无须选择其他来说明，在约翰生本人的一些最好诗句里就能看到（引《人类希望的幻灭》诗句）。

这里已十分清楚地表明，艾略特与约翰生的分歧在观念（诗学标准趣味）上而不在现象（表达形式）上。艾略特坚持异类思想可以粗暴连接类比，这是诗歌的普遍现象。因为约翰生自身创作也不例外。这应是个挺有说服力的反驳[①]。

艾略特接着举亨利·金（King）的《葬礼》和赫伯特的四行诗"颂诗"的例句，把它们看作"观念和明喻结合为一体"的完美成功范例。艾略特企图用其"特例"来对约翰生的"一般评价"提出质疑，正面肯定玄学诗人创作在"思想和感觉"上的"忠诚"一致。当然，他也趁机避开回应约翰生文本中挑出的那些"连接的失败"的案例，好比只许说好的无须谈坏的，偏颇偏见自在其言中。

为其合理性，艾略特发明"感知分离"概念来做其理论的支撑。他认为，玄学派诗人一直能做到"感知合一"，他们"思想如同闻到一朵玫瑰花芳香那样直接被感受"，只是到十七世纪受两个最强大诗人弥尔顿和德莱顿的影响，"'感知分离'（dissociation of sensibility）被设定"。自那之后我们就再也没有恢复过来。只有雪莱（Shelley）在他未完成的《生命的胜利》的一些诗句里表现出努力接近"感知合一"的迹象。

如此特别、如此反复强调玄学派诗人创作的"感知合一"（unification of sensibility）"整体""一致"，艾略特心里有数，肯定忘不了约翰生

———————
① 对艾略特这篇文章的一些分析概括，见李正栓的《邓恩诗歌研究》，商务印书馆 2011 年版，第 101 页。

那些击中其要害的"破碎""解析"的说法，辩护之意十分明显。具有反讽意味的是，约翰生那些"解析""打破成碎片"的说法仿佛就是为现代主义呈现共有的"分裂特征""视觉碎片""支离破碎"怪异现象找到恰当的同义词。读起来就是对二十世纪的现代主义文学（1920年代—1940年代）的一种讽刺性导读，如果我们承认现代主义有其自身不连贯或整体断裂的局限性。

"破旧立新"。艾略特要创新，自然对英语传统诗歌的发展不满。他在比较肯定法国十七世纪拉辛（Racine）和十九世纪波德莱尔（Baudelaire）两位大作家之后，在确认他们在某些方面更接近"多恩学派"之时，他的"不满"就更加清楚无疑。

至于艾略特说，语言越精致，感觉就会越粗糙，是否是诗歌发展的一大趋势，尤其现代主义或后现代主义诗歌，确实值得思考，可若把前人的努力提倡精致结果，说成导致后来人必然粗糙的理由，这是很费解的[①]。要以"物极必反""否极泰来"之类玄学理论才能自圆其说。

即便如此，把两个本不是同一重量级别的作家并举，以"感知分离"这样模糊的概念抬举多恩而压抑弥尔顿，肯定不合文学史关于"弥尔顿在经典中的地位是永久的"[②]的一般看法和赞誉评价。

我们前面提到，由于伟大诗人弥尔顿和德莱顿的出现，压抑了玄学派诗人的流行，这是个一般事实，而这里艾略特要否认或排斥他们的伟大，来支持他的玄学派诗人更伟大的概念。这还是在经典中择优来适应自己的做法，所谓"破旧立旧"。这也是现代主义代表大家没有完全放弃经典传统的明智做法，不同于后现代主义一些诗人全然蔑视经典传统。究其原因，他们本身是读书人，有学问的诗人。

艾略特与约翰生的真正分歧，不在于他们是否要继承学习古典，而在于坚持规范还是鼓励激进的诗学观念。如谈到学者诗人问题时，艾略特与约翰生肯定玄学派诗人的"读书思考""才智"，给人们"反思比较的能力"的看法没有不同。所不同的是，怎么运用"才智"。艾略特强调，"诗人应该对哲学或任何其他学问感兴趣，可不是永久都有必要。我们只能说，诗人在我们的文明社会，如目前社会存在那样，显然必定有其遇到的困难。我们文明社会要理解各种多样性和复杂性。这些多样和复杂在玩精致的感知后必须产生各种复杂的结果。诗人必须变得越来

---

① 有人解读为艾略特揭示了"弥尔顿与德莱顿等诗人过分强调精致，优雅措辞导致诗歌情感与感知趋于粗糙的缺憾。"见李正栓《邓恩诗歌研究》，商务印书馆2011年版，第101页。

② 参看布鲁姆《西方正典》，江康宁译，译林出版社2011年版，第134页。

诗探索5 理论卷 2017年 第1辑

越能理解包容，更隐喻，更间接，以便迫使语言进入他的意义，若有必要让其混乱。因此我们得到一些看起来很像'奇思妙想'的东西，事实上，我们得到一种方式，好奇近似'玄学派诗人'，同样在运用晦涩的词语和简短的句式上也很近似他们。"

简言之，如果说，约翰生要诗歌合乎他那个时代的"规范"或符合"自然""伟大"的古典原则传统，而艾略特则允许其"混乱"。"无怪乎艾略特等二十世纪现代主义诗人将约翰·多恩奉为他们的鼻祖，因为多恩的诗歌为他们表达'混沌'的思想提供了有效的框架。"①

我以为，在文章最后的小结里，艾略特回到如何看待约翰生评价包括他所说的诗歌"韵律"方面，表示了他对传统经典的慎重或尊重。他说，"没有吸收约翰生趣味的标准，我们必不能反对约翰生的批评（他是个与他争执时有威胁力的人）。在读他这篇关于考利的著名文章时，我们必须记住，他用'才智'已清楚地表达出一些比我们今天通常意味的更严肃的东西。在约翰生关于他们的韵律的批评中，我们必须记住，他所受到的是狭隘原则的训练，同时也是很标准的训练；我们必须记住，约翰生主要拷问的主冒犯者是考利和克利夫兰。"艾略特期待，"人们要求一本内容充实的书，打破约翰生的分类定义（因为迄今尚未有），从所有他们不同的种类和程度上去展示这些诗人，这将是本极富成果的著作。"

从整体看，艾略特的文章是用他自己提出的一个重要概念"感知分离"来解释诗学发展，宣传他的新文学观。他认为，在多恩那里，一切都合一，他们的语言与他们的经验和感觉都很契合没有突兀，只是到后来感知才"分离"了。英国两位大诗人弥尔顿和德莱顿要为"分离"负主要责任，而约翰生只不过是受他们或古典诗歌韵律的标准训练后，才对玄学派诗人提出这样那样不同的看法。

艾略特行文里表示对约翰生的尊重或敬畏是显而易见的。他似乎一直在提醒自己也提醒读者，约翰生主要说考利而他更多说多恩；约翰生没有概括更多的这类诗人，而他也想到"玄学派诗人"是否成为流派或确定"哪个诗人写玄学诗都不容易"的问题。

艾略特虽能在一般原则上（约翰生的趣味标准）否定约翰生，可在"才智"上依然要承认约翰生看法的敏锐深刻，无法断然摆脱，挥之难去。"玄学派诗人"若纯是"贬义"，早就有约翰生以"褒义"来为之

① 见候维瑞主编《英国文学通史》，上海外语教育出版社 1999 年版，第 92 页。

外国诗论研究

辩解了。

自艾略特这篇论《玄学派诗人》文章发表和其本人在诗歌界成就举目的崇高地位，艾略特如同骑手，驾驭玄学派诗人之马驰骋疆场，为复活人们对十七世纪玄学派诗人的兴趣起到推波助澜的作用，把多恩提升到伟大诗人的崇高地位，也提升了现代主义诗歌的水平。后人力图打破约翰生的分类，更多集中窥视多恩而常忽视这类诗人中"最好的一个"考利。这虽与多恩诗歌成就更高更有代表性有关，也与艾略特推崇影响不无关系[①]。当然，还与不重视或反对约翰生的看法有关。

同是评论玄学派诗人，把艾略特文章（艾文）看作约翰生评传（约评）的姐妹篇，有助于理解约翰生《考利评传》的重要地位或局限性。两人思想可以互补。

从艾文可看出约评的保守中庸，而从约评可知艾文的激进偏颇。约评不希望玄学派诗人消失死亡，却无法让其复活。究其原因是缺少环境氛围和创作实力的助力或新文学观的推动。艾文复活这批诗人得益于一个时代气氛和一批作品。有趣的是，开启现代主义三巨头的普鲁斯特（Proust）《追忆似水年华》（1912）、艾略特《荒原》（1922）、乔伊斯（Joyce）《尤利西斯》（1922），都似乎先以多恩、考利那样博览群书的"学问诗人"身份进入创作，努力实践自己适应时代的文学理念及创作。艾文写作与《荒原》创作时间同年[②]，更能说明艾略特如何需要古典经典样板为他的写作实践提供现成理论依据。

面对那些有深厚古典修养的现代主义文学，约翰生若能起死回生，他会说些什么呢？他肯定不会全盘否定他们，可也不会过分赞美他们。他依然会用"才智"来赞扬这些人的聪明智慧，说他们满足人们"智力的愉悦"，也会责备他们"坚深晦涩"的难懂，谈论他们缺少给人"心灵的愉悦"[③]。如果他还是坚持文学是直觉的心灵快感的诗学观，他不认为他们作品的"思想如同闻到一朵玫瑰花芳香那样直接被感受"。他依旧会把玄学派诗"不和谐的一致"套语应用于"解析""破碎"整体的现代主义上。

约翰生敏锐过人之处是，他的《考利评传》实际上为解读现代主义诗人、诗歌提供了一些有用的认识理解评价方式，成为我们认识古代玄

---

① 如李正栓在介绍玄学派诗人中没有考利的简介和诗作分析。参看李正栓《邓恩诗歌研究》，商务印书馆 2011 年版，第 45~70 页。

② 《荒原》写于 1921 年，出版于 1922 年。

③ 参看笔者《约翰生的诗学观》，载《诗探索》理论卷 2013 年第 1 辑。

诗探索 5　理论卷　2017 年　第 1 辑

学派诗人的"死去活来"和了解现代主义文学的"兴起衰退"的直接或间接的媒介。

文学何去何从，约评仍然有值得今人思考的作用。杨周翰为《中国大百科全书》写的"英国玄学派诗人"条目，注意到用中性词客观地概括约翰生的看法，没有之前之后人们对玄学派诗人的肯定就必然要包括对约翰生否定的偏激看法。他认为，十八世纪古典主义诗人重视规范，十九世纪浪漫派诗人强调自然，都不会重视玄学派诗。由于十七世纪玄学派诗歌的情绪很"符合第一次世界大战后普遍存在的怀疑气氛，符合对维多利亚和爱德华两朝的温情和庸俗道德观念的不满情绪，也符合作家追求新的生活体验和表现方式的要求，因而风行"①。对这样的"狂热"或"风行"，梁实秋认为，"若从历史的透视加以观察，则这一批诗人自有其文学史上的地位，过分的贬抑与推崇似均属于偏颇"②。这是我们重读约翰生《考利评传》包括艾略特的评论文章应有的基本态度。

文学需要时间与距离。面对经典，我们现代人可以不带偏见，心平气和，把文学当文学来读。当同时比较读约评和艾文时，感觉必是约翰生力求平衡而耐读，艾略特辩护偏颇而易见。这类激进与中庸思想，前者多有反响，后者常常反动。可在新潮过后，一旦风平浪静下来，它们又会如老子所说"反者道之动"那样，显示不同于以前曾经发生过的影响力或反作用，其结果从激进到平常或从中庸到深刻，所谓"世事无常"。这应是文学批评史上非常有趣而值得探讨的问题。

文学批评需要个性。美国文艺理论批评家布鲁姆（Bloom）说起我们先关注一个批评家时，强调"既非理论也非方法，更不是阅读"，而应是他多彩的"个性表达"。"约翰生博士比其他批评家更强的地方不仅在于其知力、学养和智慧，而且在于他的文学个性耀眼夺目。"③这种"耀眼夺目"正是我们在这篇《考利评传》能随时看到和感触到的。不仅"玄学派诗人"这个术语，而且"才智""奇思妙想"等论述，都实际成为约翰生的诗学理论贡献或"发明专利"。这些正是艾略特所说不容忽视、不容否定的"更严肃的东西"。这也正是我们翻译学习、了解认识约翰生经典文本的目的所在。

时空无限，人去诗评在。当艾略特作品成为经典之后，智慧文学的

---

① 《中国大百科全书·外国文学》，中国大百科全书出版社 1982 年版，第 1218 页。
② 梁实秋：《英国文学史》，新星出版社 2011 年版，第 405 页。
③ 布鲁姆：《西方正典》，江康宁译，译林出版社 2011 年版，第 154 页。

经典之源还是我们不应掉以轻心去藐视、无视的。经典就是经典，值得我们永远敬爱、敬畏、敬仰①。

[作者单位：澳大利亚约翰生研究学会]

---

① 提到经典，艾略特对约翰生作品和鲍斯威尔传记《约翰生传》的认识评价似有个"早晚心力之相形"的变化。艾略特早年批评约翰生关于玄学派诗人的看法（三十三岁，1921年），与他专门关于约翰生作为批评家与诗人的评论（五十六岁，1944年），还有与他晚年读鲍斯威尔传记《约翰生传》的热情（七十七岁，1965年），其间间隔大约二十年，如此"温故知新""重与细论文"的时间轨迹与思想发展，值得探索。笔者有这样的阅读感觉，艾略特先前有对人们仅关注《约翰生传》的"谈话""轶事"而不是其"作品"不满。他到晚年却爱捧读《约翰生传》。这些变化，恰如一般约翰生研究者、爱好者一样，始而分别从"艺人"或"学人"两途接近而终合二为一去认识理解约翰生。人有局限性，随其阅历和经验在变，论文论艺论事当"知人论世"，至于不"为尊者讳"，也是论文史者义务。

Poetry Exploration

(1st Issue, Theory Volume, 2017)

CONTENTS

(Contents Translated by Lian Min)

《诗探索》编辑委员会在工作中始终坚持：

　　发现和推出诗歌写作和理论研究的新人。

　　培养创作和研究兼备的复合型诗歌人才。

　　坚持高品位和探索性。

　　不断扩展《诗探索》的有效读者群。

　　办好理论研究和创作研究的诗歌研讨会和有特色的诗歌奖项。

　　为中国新诗的发展做出贡献。

诗探索 ⑤

POETRY EXPLORATION

作品卷

主编 / 林莽

2017年 第1辑

作家出版社

主　管：中国当代文学研究会

主　办：首都师范大学中国诗歌研究中心

　　　　北京大学中国诗歌研究院

《诗探索》编辑委员会

主　任：谢　冕　杨匡汉　吴思敬

委　员：王光明　刘士杰　刘福春　吴思敬　张桃洲　苏历铭

　　　　杨匡汉　陈旭光　邹　进　林　莽　谢　冕

《诗探索》出品人：北京人天书店有限公司

社　长：邹　进

《诗探索·理论卷》主编：吴思敬

通信地址：北京市西三环北路 83 号首都师范大学

　　　　　中国诗歌研究中心《诗探索·理论卷》编辑部

邮政编码：100089

电子信箱：poetry_cn@163.com

特约编辑：王士强

《诗探索·作品卷》主编：林　莽

通信地址：北京市丰台区晓月中路 15 号

　　　　　《诗探索·作品卷》编辑部

邮政编码：100165

电子信箱：stshygj@126.com

目　录

诗坛峰会

探索与发现

汉诗新作

译作与研究

推荐与展示

诗人刘年

作者简介

　　刘年，原名刘代福，1974年出生于湘西永顺，《诗刊》编辑，著有诗集《远》《为何生命苍凉如水》等。2013年获人民文学诗歌奖、华文青年诗人奖等奖项。2014年获红高粱诗歌奖。2014年发掘并成功推出女诗人余秀华。喜欢落日、荒原和雪。主张诗人站在弱者一方。

诗人刘年

诗探索 5　作品卷　2017年　第 1 辑

刘年谈诗

诗歌，是人间的药

1

诗无定势，水无常形。

2

把"诗人"这顶帽子，从垃圾堆里翻出来戴上。

可以骂我，笑我，嫌我，唾我，弃我，但不要同情我。

我在怜悯世界。

3

深秋的后半夜，你会看到词语和星星一样，熠熠发光。

4

喜欢苏东坡。

诗人见面就当讲真话，五分钟之后，当可以谈心；诗人当有趣，好玩，当喜欢音乐和山水；诗人当像热爱诗歌一样热爱女人，当像热爱女人一样热爱生活；诗人把手里的笔换成刀，就是侠客，诗人当关心弱者和星空；诗人在写不出诗的时候，应当坐几个小时的汽车，再转手扶拖拉机，去乡下找一个煮得一手好鱼的朋友。

一生不读顾城诗。

5

希望，我的诗歌，当了外公的大学中文系的教授都喜欢看。

初中二年级接到第一封情书的女生，都看得懂。

6

写到最关键的时候，诗和禅一样，不可教，不可学，只可悟。

文字分行，并不是难事，如何让分行的文字，变成真正的诗歌，就如同把石头点成金子一样，这是诗歌最神奇最神秘的地方。诗意就像一个顽皮的小妖精，你不知道她什么时候、躲在哪里、以何种面目出现，没有人可以完全控制她。

诗，通灵通神，诗，无法无天。

无法用公式推导，无法用定理来证明，无法用金钱来买通，也无法用手枪来威胁。

7

诗在城外六七里，过了柳庄再往西。

8

诗歌，是一个情人，你需要的时候，总在那里。

你可以对他说内心最深处的话。

不管天再冷，夜多长，也不管你有没有户口和房产证。

9

喜欢落日、荒原和雪。

背着背包在雪原上行走，就像一颗背负着多重含义的汉字，在苍茫的白纸上奔突。

10

诗写到最后，拼的是胸襟、心质和风骨。

狭隘、卑鄙、贪婪、奸邪的小人，可以写一流的小说、散文、材料、电视连续剧剧本，可以写一流的书法，可以画一流的画，但拿一流的诗歌毫无办法。

唐人以诗取仕是有道理的，大唐的繁荣也是有道理的。

11

我诗歌里的痛，有十分之七，来源于这片大地。

12

我写诗，除了迷恋语言之外，还想成名，想让那些伴随我多年的误解变成理解。生活没规律，暴饮暴食，熬夜失眠，没有医疗保险又总喜欢冒险，对长寿没有追求，所以，我估计活不长，希望，诗歌能延长我的生命。

希望，百年之后的某个雪夜，有个人看着我的诗歌，像看着我一样，潸然泪下。

13

我有个儿子，经常教他读诗。

我不赞成他当诗人。

一生和灵魂近距离接触，是一件很危险的事。

14

新诗，本质就是自由。生命的本质，也是自由。

所以，诗歌，是纸上的生命，而每个生命，都是大地上的诗歌。

15

"女不看《三国》，男不看《红楼》。"

初中时，我在夕阳里看那本厚书时，奶奶这样告诫我。女不看《三国演义》可以理解，女人一沾上权谋，世界便会失去十分之七的美，有吕后、武后、慈禧太后为鉴。男儿为什么不能看《红楼梦》呢？奶奶没说原因。我也没问，我一直认为她是一个只知针线和佛经的传统守旧的女性。回过头去，才发现她说的话很有道理。《红楼梦》影响了我足足一生。按理说，凭我的智商，此生发点小财，当个小官，问题不会很大。但到目前为止，我财不足买车，权不足使人，出去不仅要看天色，还要看脸色。因为这部书，我迷上了汉字，因为这部书，我开始写诗歌，因为写诗，我内心里，有了痛处，有了软处，有了底线，因此，一些手段便不敢用，也不想用。而在这个年代，没有手段没有足够的狠度，脸皮没有足够的厚度，内心没有足够的黑度，是无法腾达的。

从此，世间少了一个局长。

从此，坊间多了一个诗人。

16

诗歌，是人间的药。

人间存在着各种各样的病症，所以人类发明了诗歌。

17

动物永远追求温饱和繁衍，人类才会追求诗意。

当下，中国人生活在唯经济、唯物、唯钱、唯快、唯新的时代，如雷平阳所说，整个中国，成了一个巨大的建筑工地，成了一个人人都难辞其咎的作案现场。这个时代对环境的破坏，对文化的破坏，对人心的破坏，是几代人都恢复不了的。惨重的代价，换来了经济的发展，物质的满足，但没有换到幸福。我认为，这个时代最缺少的是真诚的诗意，我们现在最应该做的是找寻诗意地栖居在大地上的能力。诗歌是艺术之王，是文学皇冠上的明珠。诗意，可以化腐朽为神奇，当画画出了诗意，就是好画；小说，写出了诗意，就是好小说；散文，写出了诗意，就是好散文。同样，你挣多少钱、出多少名，未必就是成功人士，但你的人生活出了诗意，就是一个成功者。生命要活出诗意，言行就得臣服于内心，而内心又得臣服于真善美。

我们总是把真善美简单化了。真，除了真诚、真实之外，不能忽视真相，追求真相的是艺术和科学殊途同归的地方，科学以严谨的方式追求真相，艺术以浪漫的方式追求真相，而真相是真理的大门，只有接近了真相，才能接近真理；善，是有原则的，不是人人都说好的老好人，对好人好，对恶人恶，才叫善，当下这个时代的大善，应该是追求公平和正义，追求权利和自由；美也很复杂，不单纯是指优美和唯美，让人内心颤动的地方，都可能有各种美的存在。

诗歌，是人间的药，当大家都追求真善美的诗意生活的时候，拜金主义引起的时代病将不治而愈。

诗探索 5

作品卷 2017年 第 1 辑

18

我不是天才，所以，经常反复地修改我的诗歌。

回过头去才发现，诗歌，也在大幅度地修改着我的命运和性情。

19

优秀的诗人，当是一个好老师，好巫师，好医师，当为天地立心，为万物喊魂，为众生治病。

在这年头，优秀的诗人还应该是一个好战士。他们所得甚少，所舍甚多。他们必须与世俗战斗，与金钱和权力战斗，与虚荣和堕落战斗，甚至要与亲人和朋友战斗。

同时，优秀的诗人，也应该是一个好孩子，有敬畏心，有好奇心，有眼泪。

20

祈祷是有力量的，诗歌也是。

回过头去看，你会发现，那些看起来手无缚鸡之力的诗人，那些经常在现实中被人嘲笑和鄙视的诗人，在历史长河中，在人类文明史中，其实是最有权势的一类人。

俄罗斯最有力量的人，不是普京，而是普希金。

21

谁也无法像机械零件一样，给诗歌一个国家标准，用来分出优劣，排出等级。

是不是从你的内心里来，能不能到我的内心里去，是我判断诗歌好与不好的尺子。

这同样也不是一个科学的严谨的尺子，经常出现误差。

诗歌其实与科学没多大关系，诗歌是唯心的，唯心是从，唯真心和良心是从。

22

梵高和八大山人两位画家，是我诗歌上的恩师。

前者，让我学会了对艺术不管不顾地爱；后者，让我领悟了化繁为简的艺术理念。

23

诸神，在细节中。

24

诗歌圈的争吵和骂架，是众所周知的。

无论多老的资格，多有名的大腕，都有可能受到质疑批评，一些官办刊物，更是众矢之的。言论自由，对于一个社会来说，就像医院一样重要。应该感谢这些批评家，造就了诗坛批评的繁荣，而批评的繁荣，直接让中国诗歌有了强大的自我反省能力和自我修复能力，不管误入怎样的歧途，最终都能走上正轨。

写诗的，成名晚才好。

看透了人情冷暖、世态炎凉，知道了自己几斤几两，才能从容地面对那些失去理智的捧和踩。

25

从小就很听老师的话，想做个好人，多为他人着想，多做牺牲。

于是，我半生都活在别人的眼光里和口舌上。

三十五岁，当决心为自己的内心而活的时候，我的人生才真正开始。这是一个充满悖论的世界。当我为别人活的时候，虚荣，物质，自私，狭隘，贪婪，短视。当我为自己的内心而活的时候，当我独立思考的时候，反而，世界和心胸同时开阔了。这时候，我更加牵挂众生。

余下的生命里，我将去追求人与诗的合一。

26

虚张声势的语言，只是一根绳子，掉在了水井边。

可以吓人一身冷汗。

好的语言，是一条真蛇，你捉不住，你不知道它要往哪个方向钻，你捉住它的时候，又不知道它什么时候会反咬你一口。

运气不好的话，你还会中毒。

诗探索 5 作品卷 2017年 第 1 辑

27

写诗，要剖开伤口，让读者看到你的痛处和软处，看到你的心肝、苦胆和骨头。

所以，写诗的时候，会出血。

如果不及时补血，你就会越写越苍白，甚至会失血过多，难以为继。

补血的途径有三条：深入生活、看书、行走。

28

平时，有很多身份。

读者，晚辈，小生，卑职，在下，临时工，北漂者，三流的作者，不称职的父亲。

写诗的时候，我是一个土匪，来自湘西永顺的羊峰山。

我不讲规矩，粗暴直接。我不交税，不开门。这种天气，经常只穿一件短裤。

写诗的时候，老子天下第一。

29

道法自然的思想，是中国对人类文明的一大贡献。

自然，无论作为名字，还是作为形容词，都与艺术息息相关。作为名词的时候，我们称之为大自然，她是所有艺术的母亲，作为形容词的时候，表达自然，是所有艺术的捷径。因自然而亲切，因亲切而动人，动人的事物才能进入别人的内心。写诗，做到新奇，其实并不难。对词语进行陌生化组合，什么稀奇古怪的东西都可以信手拈来。但新奇，只能起到吸引眼球的作用，不能真正进入人的内心。所以，做到新奇的同时，做到自然，这才是写诗的难处和妙处。

道法自然，可以用十六个字代替——"水到渠成，瓜熟蒂落，全力以赴，听天由命"。

我觉得作诗应该如此，做人做事也应该如此。

30

孤独，是诗歌最好的朋友；时间，是诗歌最好的对手。

这个时代，诗歌的反义词是金钱和权力。诗歌的近义词，享受孤独。

找人写序没有用，研讨会没有用，获一两个奖、红三五年没有用。写诗是一项二三十年的事业，其声誉只能靠文本来支撑，靠口碑来传播。所以，诗人的写作要有野心，要视时间为主要敌人。时间是最公正的评论家，同时也是最残酷的编辑。诗人诗作，如恒河之沙，而回看诗歌的长河，能过时间这一关的诗人和诗作，寥若晨星。

写诗的人都知道，在写作的过程中，诗歌已经给了我们无数的慰藉、快乐甚至幸福。

所以，有时候，明知道这是一场没有胜算的决斗，我也愿赌服输。

31
我写诗很慢，像在熬一罐中药。

32
工资很低，稿费很低，交的税却很高，被那堵体制的高墙排斥在外。

可我依然庆幸生活在这个国度。

因为这成熟的、妩媚的、性感的、体贴的、放荡不羁的、让人高潮迭起的汉语。

33
在冈仁波齐，我看到一个用身子丈量大地的朝圣者。

看到了艰辛的同时，我也看到了她淡定的眼神，那是一种只有深信不疑、心存感恩、不担心明天的人才有的眼神。看诗写诗，每天工作十几个小时。连理发和吃早餐的时间，都要从词语里面挤，而且收入微薄。外人只看到我的辛苦和忙碌，但有一个朋友看到了我的眼睛，她说我略显浮肿的单眼皮里，有一种让人放心的温润。

诗歌，是我的宗教。

如果不是诗歌，我要么早已堕落，要么，已经自杀。

34
我写诗的时候，整个北京城都会安静下来。

刘年作品选

万物生

桐叶，托着阳光，像微微颤抖的手掌
杨叶，像微微颤抖的心脏

舍不得啊，这辽阔的人世，这风里的阳光
你的微笑，加重了我的悲伤

念青唐古拉山

一天看不到一个人，背雪水时女人一定要唱歌
歌声里有青稞和牛羊，所以歌声里没有忧伤

一天看不到一朵云，背牛粪时女人一定要唱歌
人间没有了歌声，就像没有了寺庙一样荒凉

念青唐古拉山很高，所以歌声也很高
念青唐古拉山有三千里长，所以歌声到现在还在回响

土豆丝

儿子抱着篮球进来，说饿了
妻子抱怨他没有换拖鞋

在这间小出租屋里，她制定了很多法律
阳光刚好落在砧板上
我像个手艺精湛的金匠，锻打着细细的金条
那一刻，真想宽恕这个世界

驼 背

朋友说，你能不能挺起来
像没做过亏心事一样
我试过，可做不到
就像弓，无法拒绝弯曲
就像稻子到了秋天
无法阻止自己一点一点接近大地

遥远的竹林

水舀满后，倒回湖里
再舀，再倒
手可以感觉到，水的欢欣和颤抖

摘猕猴桃的时候
挑小的，丑的，有伤的
好的，留给过冬的猴子和山楂鸟

写一封绝交书，用魏碑
从此，不关心户口、税收和物价
竹子，一生只开一次花

弹《广陵散》，并长啸
啸声带有咳嗽

诗探索 5 作品卷 2017年 第 1 辑

生活如此静美，痛，来源于大地
拱动的，可能是竹笋，也可能是冤魂

牛车上，装一坛竹叶青
沿那条竹影斑驳的土路走
莫打牛，莫骂牛
它知道，什么速度最适合黄昏

莫抢酒杯
小心划伤你的手
酒坛后面，有一把锄头
——死，便埋我

盐井镇

"神啊，什么时候，不再让我背这沉重的水"
晒盐的女人，一天下江五十回

木槽里，猎人将刀刃抹上盐，等麝鹿，把舌头舔没
又用盐，把鹿肉腌好，等大雪封山

横断山脉的月亮，洒下薄薄的盐，轻轻地，为人间消毒

废　墟

所有的铁锁都在生锈，所有的粉刷都在剥落
所有的围墙，都在等待倒塌
于是，我把这片繁华，命名为废墟

一辆漆黑的两轮马车刚刚过去

没有人过问，里面坐着医生还是巫师

于是，我把断柱上那只沉默的乌鸦，命名为孤独

狗尾草已经高过了落日和庙宇

所有的承诺，已经变成瓦砾

于是，我把这座缺了一只腿的石狮，命名为自己

荨麻只长荨麻叶，牵牛藤只长牵牛叶

针茅只开细白的花，枇杷树不结一颗桃子

四季如此辽阔，从容和无微不至

于是，我把这片饱含泪水的大地，命名为爱人

时间和茂盛的言辞不足以埋葬一切

一定能找到破碎的瓷器，证明历史的骨头

一定有土拨鼠在挖掘老栗树的根

于是，我把这个静如坟墓的废墟，命名为繁华

世人形容金钱和宫殿的，也可以形容草垛

站草垛上，你看到的是故乡，乌鸦，看到的则是死亡

于是，我把这些金黄的晚风，命名为疼痛

于是，我把那只打开翅膀打开沉默的乌鸦

命名为希望

马

看戏回来，有七八里田埂
旱田，种着草子花；水田，装满了的月光和蛙鸣

骑在父亲肩上，从不担心摔下去
仰头，翻腰
可以用手指做的枪，射麻山上，肥白的月亮

可以，在他肩上睡去
醒来
有时，是清晨；有时，是中午

这一次，是中年

克什克腾的风

阴山，正被风，锉成一粒粒细沙
沙一样堆积的时间，当时还在脚底，去年就到了肚脐

"天上没有不散的云啊，地上没有不老的人"
我轻轻地唱

那么多的风，把天空吹得又轻又薄，把人世，吹得如此冰凉

哦，湘西（组诗）

一 芭 蕉

每个黄昏，穿满襟衣的母亲会站成第四棵芭蕉
反复地呼唤我。她的声音，是翠绿的

往往开骂了，我才应
有时在麻山，有时在巴那河，有时在椿树田，有时在幺妹家

像剥开芭蕉叶的粑粑，像反复揉过的泥巴
那时，每一个黄昏，都是糯的

二 吃 酒

总盼着去吃酒，走多远都不怕，死人的酒也不怕
有好吃的，有戏看，还可以捡到爆竹
唢呐贴着秧浪过来，恨不得把田埂拉直
一只秧鸡蹿出来，吓了我一跳，也吓了它一跳
那时，人情不值钱，经常只送两升米，三升黄豆，五升苞谷

三 山茶树

手指般的树杈，可以做弹弓
粗的，可以削陀螺
茶泡，是上天赐给穷孩子的水果

诗探索 5 作品卷 2017年 第 1 辑

茶籽不能吃，最没有用，只能留给大人榨油

山茶叶太硬，不能泡茶，但也有用
可以当钱，向小幺妹买她用花花草草做的饭菜
有时候，她还会找我钱
那钱，是小一点的山茶叶

四 火　坑

火坑里，茶树蔸一直不熄；撑架上，水一直不开
胡须里，父亲的故事，一直不完；母亲的膝上，我一直不睡
姐姐突然在阶沿上惊叫，下雪啦——

去年，我到了老家，原来的火坑处，全是草木
三十多年了，我依然能认出她们：婆婆针、晴草、羊胡子草
刺根、金银花、麻、地枇杷、鸭脚板儿、艳山红……

五 椿　树

生我那年，母亲在门口种了一棵椿树
椿树比我肯长，很快高过了母亲

椿树材质好，等你接婆娘，打衣柜好不好？母亲把我捉住
好！我挣了一下，没挣脱

找幺妹做婆娘好不好
好！我挣脱她的手，追田光贵去了

六 和辣子

受了气，父亲会忍，母亲会站在芭蕉树边骂

隐隐的回声，仿佛群山在和她对骂

下田也骂

背万年时的蟥子，天收的卷叶虫，砍脑壳的雨，偷野老公的牛

脏话和肥料一样。她骂过的秧，长势比别家的都好

七 进　城

父亲的箩筐里，一头是姐，一头是我

姐太重，我还得抱一只月猪儿

六十里山路，经过老司城和一架磨香的水车

翻过高峰坡，就能看到婆婆的永顺城

我有两个婆婆，爷爷只喜欢小婆婆

我更喜欢大婆婆，她会做甜酒、汤圆、米豆腐

八 寂　静

和雪地不同，月光里，不会踩出鞋印

秧，悄然分蘖；凉水，暗生青苔

每一个村庄，都有人偷情

每一个村庄都有孩子在算计，三月泡儿红了没有

九 躲猫儿

大姐总是赢

有一次，找哭了我都找不到，她却躲在草树里睡着了

这回，她又赢了

找了十多年，找到滇缅边境，也没找到

诗探索 5　作品卷　2017 年　第 1 辑

十 姐

我用火钳敲屋檐上的冰凌
她在煮雪和洋芋
我将一捧雪，放进了她的后衣领

一生中，有些事，是我没有办法做到的
比如说，找到或者忘记她
比如说，把铁环开过草籽田的田埂

写给儿子刘云帆

1

突然想到了身后的事
写几句话给儿子

其实，火葬最干净
只是我们这里没有

不要开追悼会
这里，没有一个人懂得我的一生

不要请道士
他们唱的实在不好听

放三天吧
我等一个人，很远
三天过后没来，就算了
有的人，永远都是错过

棺材里，不用装那么多衣服
土里，应该感觉不到人间的炎凉了

2

忘记说碑的事了
弄一个最简单的和尚碑

抬碑的人辛苦
可以多给些工钱

碑上，刻个墓志铭
刻什么呢，我想一想

就刻个痛字吧
这一生，我一直忍着没有说出来

凿的时候
叫石匠师傅轻一点

3

清明时候
事情不多，就来坐一坐

不用烧纸钱
不用挂青
我没有能力保佑你

说说家事
说说那盆兰花开了没有

说说最近看了什么书
交了女朋友没有

不要提往事
我没有忘记
你看石碑上的那个字
刻得那么深

不要提国事
我早已料到
你看看，石碑上的那个字
刻得那么深

口　琴

1

想去乡下教书
远一点，偏一点，穷一点
都不要紧

2

只有八九个学生，也不要紧
既是各科老师，又是主任，又是校长

我还没当过官呢

3

语文课
我要和他们一起，读李白的《将进酒》
一起摇头晃脑
一起，把什么都忘掉

4

音乐课
教他们《骊歌》
清新的童声，会像燕子一样
飞出很远很远

如果担心听出泪来
就走出教室
外面，种着一树无花果

5

美术课
会带他们去村头
画什么都可以
田野，小桥，老牛，藕花
或者，路过的大雁

6

最担心的是政治课
我怕自己说不好

诗探索5 作品卷 2017年 第1辑

7

放学后
学生都走了
就一个人坐在矮墙上发呆

8

山村的夜
会很静，很长
不要紧，我带了很多书

9

我还带了口琴

胡家村记事

1

那些青山，矮了许多；
那些田埂，短了许多。

那棵枇杷，已经挂果；
那轮夕阳，还在下落。

2

那条山路，依然坎坷；
那丛芭蕉，依然婀娜。

那些草籽，依然开着；
那只蜻蜓，再没来过。

3

村外小学，已经残破；
所有教室，已经上锁。

里面的我，外面的我，
隔着窗户，隔着银河。

4

光贵依旧，憨憨笑着，
他的铁环，换了摩托。

几碟往事，摆上木桌，
半碗白酒，半生蹉跎。

5

问问幺妹，不知下落；
问问小青，无法联络。

问问许三，他却沉默，
再问许三，还是沉默。

寻人启事

此生余下的事，就是印广告和贴广告
首先，要去胜利桥，那是我们初恋的地方
其次，要去坡子街，一根电杆一张
撕了又贴，反复地贴。我是在那里丢失她的

天安门上贴一张，埃菲尔铁塔上贴一张
卢浮宫里，蒙娜丽莎旁，要贴一张
还要去冈仁波齐，一路贴，她说过
要和我转山转水，羚羊一样，不考虑三天以后的事
风，会像阅读经幡一样，传送她的名字

最后，要去奈何桥贴一张，和胜利桥一样
也贴在第三个桥墩处

狂沙十万里

1

不搭讪，不讲价，不问路
不停地奔走，不停地转车

到了巴丹吉林沙漠
出租车司机问要不要等，我摇头
问要不要接，我又摇头

风，砂轮一样响
而贺兰山，背负着蓝天，从西而来

2

世界静下来的时候，我开口了
歌虽老去，词未破损

平时上不去的高音
顺着沙丘的曲线，都上去了

而这么大的歌厅
却只有落日一灯孤悬

不恨世人吾不见，不恨世人不见吾狂耳
知我者，贺兰山

3

呼喊一样地唱，呼救一样地唱
像个祈雨的巫师

一滴水，从眼睛里出来
落入了荒漠的人间

而贺兰山，像一匹棕红的骆驼
被谁慢慢地牵进了暮色

在羊拉

拍照，不要站在悬崖边
羊拉的风，力气很大，而且有些变态

诗探索 5　作品卷　2017年　第 1 辑

在羊拉，要学会三件事
第一，要学会同石头说话
第二，要学会钓金沙江的鱼，或者水
第三，要学会喝带着怪味的松子酒

阿明是矿工，穿着脱了毛的皮夹克
两杯酒后，他还原成了牧羊人
用一种神秘的语言和舞姿
又跳又唱。云一片片飘过来
羊群一样，聚满辽阔的夜空

他的话很脏，有的，还带着血丝
他说经常去金少江边，一坐就是半天
金沙江水，血一样红，没有渡船
骑马到县城要四天，寄信要一个半月
一个带卓玛的名字，花生米一样，被他反复咀嚼
他说，挤羊奶的女人，痴得变态
他很想逃走，在变成矿石之前
他还提及这里的冬天，以及一人多高的雪

这个晚上，没有睡好
羊拉的风像女人一样，在旅馆下面的篮球场上
大声地哭，半夜过了都不停
有时候，还跑过来拍我的窗子

第二天，羊拉的草，全部黄了
风，不知去向

青草湖

想停下来，像一只瓢虫，停在丝瓜花上
想掉头而去，给繁华一个背影
水一样，躲进芦苇丛

想跳进湖里，水和阳光，如母亲的手
想把泥翻起来，捡黄鳝，炒干椒与生姜
想种葵花、浆果、韭菜、豌豆以及燕麦

想在屋檐下，等雨住，等青苔
顺着石阶一级级爬上来
想取下竹笠，去水边，看此岸和彼岸，看青和白

想挑一下桐油灯，让它更亮一些
抄一段《心经》。观星象，分辨小熊座与大熊座
明天宜赶集，理发，纳畜，买书，有客从北方来
小黄狗睡了，蜷在怀里，鼻息均匀

想有个黄昏，葛勇来过
门槛外，放着榨菜、酒坛，纸条上
写着一首五绝："访刘年不遇……"
船撑到湖中间，开坛。高粱酒，口味极淡
湖里游动的，有些是星子，有些是萤火虫

想养九只鹅，不用喂食，每天早上，它们
自己下水，找鱼虾吃，晚上自己回家
而且会讲究队形，会咬陌生的人和松鼠
想有一支猎枪，带瞄准镜的

想有个黄昏，我正在钓鳜鱼和螃蟹
屋顶上，谁把炊烟，烧得如此歪歪扭扭？

诗探索 5　作品卷　2017年　第 1 辑

灶边，你手忙脚乱，围着一件粗布的细花围裙
生的松木，烟很浓。熏出了泪
想你学会了游泳，像一条白花花的八爪鱼
向我扑来。鸥鹭，惊慌失措

想用小半天，观察植物的长势和性格
关心苞谷，也关心金钱蒿和鼠尾草
想用余下的时间等，等一场雪，不分南北
等一次潮，不辨沧海。等青苔爬上裤管
等一个人，像怀里的小黄狗一样，幡然醒来

故 乡

我知道天为什么下雨
为什么下这么猛，这么久
但是，我一言不发

昆明，常德，大庸，永顺
不停地转车，不停地往回赶
我知道自己将要失去的是什么
但不知道追赶的是什么

牛郎河、狗爬岩、梭沙坎
现实越来越近
我知道父亲是个软弱的石匠
有很多话只会跟我讲
但我不知道，像一把钢凿
在我身体内部，不停地凿的，是什么

到家已是凌晨三点多了
屋檐下，亮着一盏大灯

姐姐和妻子守在火盆边

故乡，是堂屋正中央
那一具漆黑的棺材

独坐菩萨岩

1

仿佛戴着重孝
菩萨岩的天空很白

坐在那棵杉树下
可以俯瞰人间

绿衣的小女孩是李露
她与弟弟的争吵，隐隐可闻

小河静静流淌
死亡，让人间如此美好

2

石拱桥这头
灰色的房子是我的家

母亲说，前些天
父亲还在平台上
拿着歌书唱《北国之春》

诗探索 5 作品卷 2017年 第1辑

平台在二楼，可以看到路上
每一个回家的人

3

母亲说，临死时
父亲满床翻滚。不知是什么
让他那样疼痛

世上所有问题的答案
都在身后那堆新垒的黄土里

芭茅花很白
山茶花也很白

看到人间照常升起的炊烟
我突然泪流满面

在乌蒙山露营

看到金沙江才知道
乌蒙山一直在大出血

坟地里，走出一个驼背的老人
要了一支烟，又走了
下弦月，像一个头盖骨

接到一个电话，幽幽地问
知不知道她是谁
慌忙关机。握住刀柄

穿过松林的大风，在寻找丢失的孩子
孤独和恐惧是两姐妹
恐惧，头发和指甲都要长得多

缩进睡袋，鸵鸟一样，护住头
念《心经》，向乌蒙山忏悔，祈祷
发誓不再给矿老板写文章

第二天，打开帐篷
紫白的洋芋花，在风中，美如裙裾
朝阳，像母亲煎的蛋

在文林街大醉

一杯一杯地灌进去。身体内部
因为焚烧纸钱，引发了一场大火
挂掉电话，泪水夺眶而出
眼泪，为自己流，三十八了，还蝴蝶一样天真
这是种大逆不道的罪过
有一天，命运会判我的极刑
眼泪，为胡正刚流。这个常在深夜磨刀的年轻人
身无分文，电单车又被偷。他用酒来淬火
那是一把鬼头大刀，藏在胸口偏左的位置
每次拔出来，都会有月色笼罩故乡
眼泪，为雷平阳流，心在天山，身老沧州
吐肠为丝，把自己越捆越紧，透不过气来
酒杯相撞，那是肋骨折断的轻响
眼泪，为杨昭流，长发飘飘的教书匠
面无血色，走路悄无声息，如一具幽灵
在这个巨大的太平间里，寻找着自己的身份证明
眼泪，为王单单流，他说家乡镇雄

诗探索 5 作品卷 2017年 第 1 辑

刚刚山体滑坡，四十六个人，像洋芋一样埋在下面
大杯地喝酒，是为了取暖。那晚的雪太大
太重，太冷。他的话里，含着许多冰屑和煤渣
眼泪，为苍天流，可怜的苍天
被屈原问得满脸铁青的苍天，在荆棘密布的荒城之上
仅比叶子落尽的银杏树高一点点
黑云悄悄地收走星子，我默默地收拾眼泪
愿苍天降一场令彼此安慰的雨

去北京

去北京讨生活
我会埋头做手艺，挣钱给孩子
在五环外租个房子，每天黄昏就回
做饭，煮茶，看书，喂乌龟

我会把北京当成一座竹林
做一个隐者

我会趴在天桥上
长安街，是一条河流
轿车是鲫鱼，公交车是鳜鱼，电动车是虾米
柿树一样结满果实的，是路灯

会提一瓶酒，去看曹雪芹
石头一样坐在对面
不言，不语，不哭，不拜

去北京，脚会长冻疮
会肿得像馒头。踩在楼梯上，会疼
踩在雪上，也会疼

手也一样。剥洋葱会疼
拆信，也会疼

胡家寨的牧羊人

寨子里只剩
胡生元和他的四十一只山羊

人走了，草就回来了
羊儿像新月一样，一天比一天肥
为了压寨里的阴气，胡生元
给它们一一安上了熟人的名字

头羊叫胡光宏
那是他的知交，一辈子都想当回官
五年前，在城里扎脚手架时，摔死了
就埋在青枫岭上
那里的草长得特别好

断角的羊，叫木匠老三
他断了一只手，也是左边的
下得一手好象棋
现在在城里摆残局

那只呆头呆脑的，叫杨代课
和杨老师一样，它个子瘦
经常望着远方，不吃草
村小并校后，不知下落
有次卖羊，胡生元看到他在场上卖一堆枞菌

怀孕的黑羊，叫兴华婆娘
羊羔的名字都准备了
公的叫胡健，母的叫胡秋燕
前者，在牢里蹲着；后者，在城里做鸡

最不听话的那只，叫胡兴华
胡生元每天都骂它娘，踢它屁股
他是村里的小组长
不仅搞大了唐玉娥的肚子
还砍了胡生元的两棵核桃
后来跟女儿去了上海，据说学会了跳舞
中秋，胡生元准备亲手杀了它

傍晚，青枫岭乌云滚滚
那只叫唐玉娥的白羊丢了
老胡满山地喊，声音凄厉
像喊一个离开了二十七年的人

隐　居

枯坐，写字，煮小粒咖啡
一天不下一次楼，一天不说一句话

闷了，在阳台上站一站
黑云低垂，仿佛有雨的样子

有点同情老天爷了
每天都得面对满目疮痍的人间

焚 书

1

坟头草，胡须一样，充满了生机

2

《远》在手里，温顺如白鸽
一声尖叫，翅膀被撕下来了
字，蚂蚁一样，在火海里，不吭一声

3

和纸钱不同
诗的火焰，带有肉色

4

撕到《口琴》一页
想起了右手的单车和左手的口琴
身前身后，天上地下，全是雨
我，头发很长，泪水很浅
那时，特别想有一份安静的稳定的工作
以及一堆火

5

芭茅花依然白着
到处都是风，到处都想燃

诗探索 5 作品卷 2017年 第 1 辑

6

我们一生都在烧一本书
每过一天，就撕下一页，投入时间的火

7

全世界都反对我写诗，父亲是最早的
他说，诗如剑，两面有刃，一面伤人，一面伤己
反对无效。那时候，他已经衰老
那时候，我已经知道，说这话的，是真正的诗人

8

烧《虚构》《废墟》两首的时候
火里有轻微的爆裂声

9

冷却的灰
是生命的证据

野菊花

"日落时分，青石路口
带你的家伙，一对一，生死无悔"
时间，地点，方式，都是我定的

沐浴，更衣，焚香，祭祖，祈祷
菜刀，是妻在超市买的，还登记了身份证

胸口有铁的时候，血，苍凉起来

对手是特种兵出身，拆了王二嫂的店铺
给了补偿，王二嫂说不够
寡妇说不够就是不够，你有法律文书也不够
我话少，第七句过后，就有了这场决斗

青石路口，有九棵枫树，两块巨石
县志载，荆轲曾从这里，西去强秦
野菊，像秋风撒落的金币，一路都是
我选了两朵，放进上衣口袋

天色渐晚。想必她们已经回家
女儿可能在背书，妻，可能在厨房找菜刀

超 市

走进来，却忘了要买什么

物质的国度，温暖、绚丽、整齐
每种商品，都有身份证和故乡
什么都缺，却感觉什么都不必要
导购员的殷勤，和我的悲伤一样徒劳

出来，便是整整齐齐的城市
这是个更大的超市。每个人
都有包装、用途、识别码和保质期
看不见的货架后面
死神，是个时间充裕的家庭妇女
推着小车，慢慢地走，慢慢地看
偶尔，摘下自己喜欢的

诗探索 5 作品卷 2017年 第 1 辑

停电后，躺在棺材一样漆黑的床上
才想起，我要的是蜡烛

云南忆

雷平阳靠里坐着
日子比沙发还旧，没有什么可说的
窗子过去，是一棵苦楝树
再过去是收发室，再过去是翠湖
那是一个更大的收发室，海鸥像信件一样
一年年被春寄出，被冬退回
翠湖过去是洱海，金沙江过去哈巴雪山
到奔子栏，再过一次金沙江，走五百里的土路
就是我和李贵明、扎西尼玛高歌的地方
那里有满山满山的石头

子夜书

捷达车，耐心地倒入车位
一个形容词，准确地停进了诗句

纸，摊开
月光一样皎洁

一只名词，就是一只蛋
小心轻放
接近体温时，可能孵出毛茸茸的小黄鸭

空出一行

让风从窗口，来到纸上

拴住最敏感的动词
不准它跑出来吠

夜，越黑
纸，越白

子夜过后
我开始独自在辽阔的喀拉峻雪原上行走

向阳坡

妻子拣胖的摘，递给母亲
母亲把豇豆扎成一束，扔进背笼里
两个我亏欠最多的女人站在一起，大地是倾斜的

大风歌

找袜子的时候，看到了口琴
铜，黄土高原一样，锈迹斑斑

琴声起，青海青；琴声落，黄河黄
流浪的少年，总带着铜质的口琴

含着铜，如吻别冰冷的唇
深夜的风，少年一样，翻过围墙，开始狂奔

大地，是一支重音口琴
春风吹，青苗青；秋风吹，黄豆黄

诗探索 5　作品卷　2017 年　第 1 辑

破阵子

四十年来起落，三千里地漂泊
月光照耀的地方，便是你的家我的国

一首诗，就是一道圣旨
一首词，就是一道软一些的圣旨

爱妃，把鸽子喂了，把笼子打开
月光艳丽，柿子悄然转红

爱妃，去换换晚礼服，结婚的那套
等改完这首《破阵子》，我们出城投降

江南书

1

膝关节疼起来，若有若无地疼
如雾里的白墙。要下雨了

2

第二次遇见，在苏子绸庄
她捻捻一匹黄丝巾，没问价就走了
如果有第三次，一定上前搭讪，我想

3

青砖缝里，长出了苦蒿

故事，也会旁逸斜出
杜十娘沉百宝箱的地方
货轮载着一只集装箱，扬长而去

4

指甲刚刚修剪过
久久抚摸黄狗，它懂我的善良
雨，是另一只巨大的手
瓦、三叶草、水泥地，被摸出了金属的光泽

5

第三次，在何园
碎花蓝裙，青衣，苍白的脸
她走下台阶，没入人群，像一滴雨落入池塘
如果有第四次，就豁出去，我想

6

盖上甜白釉浅浮雕双凤梨式茶壶
一声轻响过后，黄昏更黄了

7

我粗粝的苍凉
是江南唯一的瑕疵

喜马拉雅

他背着洗衣机，走出了小镇
走向了喜马拉雅

店主说，他叫阿吉，三十七岁
运气好，三天可回到村子
运气差，会遇上暴风雪、泥石流，甚至黑熊
八年前，他的叔叔
在一场雪崩中，跌下了悬崖

他背着海尔双缸洗衣机
走上了喜马拉雅
像身背巨石的西西弗斯，踩得大地，一步一颤
空中，有震碎的雪粒落下来

不确信，雅鲁藏布大峡谷
前世是一片汪洋
但我确信，阿吉有一个深爱的妻子

柳　庄

喜欢这片麦田
小腹一样，微微隆起
要是我的，就不回北京了
太宽——得多大的仓啊
分三份吧，一份给海子，一份给梵高
小的归我，还是太宽
再分一半给稻草人
那是个女稻草人
戴着橘红的编织帽
面对着夕阳
背对着我

在绵阳

第一要提的，是世纪巴登酒店
这个五星级的监狱，到处有摄像头
我经常坐在铝合金的窗口，等吃饭
比我还听话的，是绵阳的云
仿佛有人拿着鞭子抽打一样，只往一个方向去
西北偏北，就是甘南大草原

第二要提的，是黄鹿镇
那天，一辆公交车穿过燃烧的绿野
将我扔在这个满街清甜的集市
黄桷树下，我席地而坐，认真地削一只青皮梨
一个女孩央求妈妈买公主裙
当时，女儿和母亲一样漂亮
当时，真想把整个镇的裙子全买下来

第三要提的，凌晨两点，从网吧出来
倾城的雨，像个巨大的喷头，清洗着尘世
我脱掉凉鞋，金菊街涌来沧浪的水
我大声唱歌，天际传来鼓点
我仰起脸，老天认出了我这个逃犯
我脱掉上衣，一道伤疤，照亮了人间

这一生

黄，是这一生的主色调
黄昏一样荒芜，黄金一样冰凉

这一生，感谢天和地

诗探索 5　作品卷　2017 年　第 1 辑

上天让我相信命运和祈祷
大地，给了一条坎坷但布满风景的路
让我行走，让我狂奔，让我停下来久久地回望
等待和寻找，是这一生的主题

这一生，有很多后悔
最愧对的，是父亲和儿子
还有一个狗，名叫大圣，第一锄头没敲死
在菜花里，转一圈，又回来了

这一生，感谢这具肉体
千辛万苦，不舍不弃
感谢这双眼睛，可以望见最远最暗的灯
感谢这双眼睛，盛着丰盈的泪水，足以洗净我的悲伤

这一生，注定是个失败者
世俗和时间两个对手，都太过强大

这一生，我会回到山里
在靠水的木屋边，每天做四件事
种菜，酿酒，喂鹅，等几个远来的客人

死神，是走在最后的那位朋友

喜 雨

喜欢玻璃上的雨滴
迟迟不肯下来

喜欢炸雷和闪电
让人相信上天的存在

喜欢那对恋人的伞，被吹翻过来
半天没整好
像一支浅黄的碗碗花

喜欢下水道的"咕咕"声
像大地在喝水
像武松在唱酒
喜欢奥迪车经过我时，那微小的减速

喜欢这件雨衣
那年骑单车买的
宽大，无袖，暗红
走在风中，像个赶路的喇嘛

喜欢二楼那两扇亮灯的窗子
像一种含泪的注视

王村镇的银匠

瓦背上，月亮，像刚刚抛光的银

想起了花溪
肌肤在水里，透着光泽
仿佛，女人是纯银的骨

铁砧上，银，女人一样软
很容易就弯成满月的形状
他们说，纯银的手镯，比精钢的手铐
更能锁住一个女人

银圈不小心跌落，顺着青石板

诗探索 5

作品卷 2017年 第1辑

叮叮当当，滚出两丈多远

这让我再次想到了花溪

街头看人模仿迈克尔·杰克逊

黑礼帽，黑西装，太空步，机械手
一个死去的人，在三里屯复活

一手护住私处，一手坚定地指向远处
一个被人谋杀的人，指认的，却是星空

对于世道，我和槐树上的蝉，看法差不多
但是，我不敢那样撕心裂肺地喊

云丹达娃

云丹达娃，是扎西尼玛给我的藏名
意思：智慧的月亮
那晚，月光直接抹去了横断山脉

我回来了，云丹达娃却一直在路上
说要去恒河，又不取经
他像澜沧江边的岩石一样沉默
奔跑起来，像牦牛在顶撞风
喝酒的时候，全身又会像袈裟一样紫红

他走走停停，一直在等我
他回头的时候，克什米尔高原低了下去

2014 年的年终总结

本年度，写诗七十多首，看着舒心的，五十多
它们肥胖而拥挤，几次都没数清

本年度，蜕掉了盔甲和伪装，我行我素，不管不顾
得罪的朋友，略多于新交的

本年度，独行一次，深入黄沙茫茫的巴丹吉林和白雪皑皑的祁
连山
发现壮丽和生命一样，都由粉末构成

本年度，流泪四次

在吉首大学别余秀华

命运孔武有力，揪着她头发，像拔一棵稗子
这棵未被驯化的谷物，竟然高于江汉平原所有的秧苗

雨从湖北过来，她向湖北而去
天边传来的雷声，像后脑磕在墙上的轻响

与雷平阳饮酒后作

我本土匪，落草多年
被命运通缉，惶惶然，如丧家之犬
这位云南的土司，封我为骑士
并为我点了一支云烟

诗探索 5　作品卷　2017 年　第 1 辑

关于骑士，我认为是这样的
敬畏天地，给寡妇孤儿以帮助
防备女人，相信爱情
轻金钱、重荣誉、说真话
为多数人幸福而战。不背后拔剑

酒后，他回他的乌蒙山
我一个人来到他说的中世纪
这里十面埋伏，这里胜算渺茫
这里连风都不敢吹得很响

我需要一匹瘦马
一面皮盾，以及一支矛

镇雄歌

老陆也不废话，单刀直入，生生地
将大黑猪的歌声切断
同时断掉的，还有村外的那条河

不要画像，在镇雄，木门上只需写上
"秦叔宝"和"尉迟恭"六个汉字
就足以吓退一切牛鬼蛇神。风，薄如刀片
从后窗挤进来，在脖子上，比来比去
抱一抱，取取暖，见一面，少一面
骨头的碰撞，会发出觥筹交错的声音
院子外，三百多斤的猪肉，倒悬于木梯
不认真看，还以为是个脱光了的留守妇女

"你喜欢，也要喝，不喜欢，也要喝！"
李骞唱歌的时候，像尉迟恭在叫阵

肥肉，在嘴里流油，卡在喉咙里的高音
很容易就出来了。镇雄，这个断掌的寡妇
只有不信命的男人，才敢爱她

乌峰山，锋利如铁；漆树，刀疤累累
刺穿土地的苦荞，在风中，小心翼翼地青着
跌宕起伏的镇雄，没有几块平地
却有一百八十万人口，还有无数的
戏子、巫师、玩花牌者、身背赌债胸怀利刃者
流落他乡。命贱的，命苦的，命硬的镇雄人
连口音，都像我的湘西，土话沾满灰尘
和从柴火堆里掏出的洋芋一样，焦黑、烫人
你走之后，雪来之前，那片倒悬于木梯的肉体
是镇雄大地，唯一的白

"一寸光阴嘛一寸金，寸金难买嘛寸光阴
失落寸金嘛容易找，失落光阴嘛，无处寻呐
——可怜人！"雷平阳唱《莲花落》，我用筷子击碗
村口，那辆陷在泥泞中的运煤卡车
也跟着吼起来

忽已晚

父亲挖坑，二姐丢种，大姐丢灰，母亲把土盖上
我呢，绑篾圈在竿头，绞上蛛网，粘蜻蜓
这个小恶魔，还在高粱林里，撞破了小青的好事
很长一段时间，看到麻山的云朵，就想起一瓣肥白的屁股

大姐和小青下落不明；父亲洋芋般埋入了大地
二姐在电话说，母亲去网吧找小外甥了
她问，没考上高中怎么办，我说我也不知道

诗探索 5　作品卷　2017 年　第 1 辑

路过广场天就黑了，这个肥胖的中年人，买了朵棉花糖，慢慢地吃

风吹铁管的哨音

1

钟表店里，等老板修表
只有我一个顾客，到处都是嘀嗒的时间，让我感到恐慌
仿佛在一个混凝土大坝的深处
水，正从四面八方渗出来

2

打了一铜壶凉水，满头大汗地回来
在天坪，叫了声妈，没有人应
进了堂屋，叫爹，也没有人应
灶房里，大姐也不在。火，在灶膛里红红地烧
我慌了，跑到里屋叫二姐，依然没有回应
我拼命地喊，一个个地喊，一遍遍地喊，直到把自己喊醒
冰冷的阳光，井水一样，一地都是

3

阿吉死死地抱住那只羊
在零下三十多度的暴风雪中，阿吉奇迹般地活了下来
那只羊也活下来了
阿吉说，阿尔泰山的雪，从此带着羊膻
我写这个故事，有两个原因
首先，体温的传递，是宇宙中仅次于星辰运转的大事件
另外，窗口，风吹着铁管的哨音，有点怕人

4

南瓜越长越大，总担心掉下来
问母亲：要不要找什么撑住
母亲说不用，藤提不起了，瓜就不会长了
于是，那只南瓜，一直在故乡悬着

削土豆

以前怕的鬼、天坑、蛇、哑巴老三，现在都不怕了
现在怕医院、官司、警察、怕尖锐的刹车
怕工作时，家里来的电话
怕出租屋外，突然响起的敲门声
命，捏在命运的手里，有时是把刀，有时是颗虫咬的土豆

诗坛峰会

探索与发现

汉诗新作

译作与研究

作品与诗话

思想的刀锋切入红尘
——商震诗歌印象

蓝　紫

诗探索 5

作品卷 2017年 第1辑

　　喜欢商震的诗歌，源于一次微信朋友圈中读到他的关于诗歌的系列访谈，读完我想：一个能把诗歌写作的方法、技艺、理念、精神等看得如此透彻的人，他的诗歌必然也很棒。于是又认真地读了《半张脸》《无序排队》这两本诗集。

　　读完这两本诗集，我才知道，一个常年为诗歌奔忙、操劳的人，却把自己的作品藏在身后，坚持自己独立的精神与艺术个性，并不为外界的喧嚣与荣辱所动，在滚滚红尘中保持一颗安静的诗心，保持对诗歌的热爱和执着。

　　商震的诗歌往往从我们习焉不察的事物表象开始，发掘隐藏其中的深刻意蕴，为我们呈现关于社会、人生和命运的理性思索，启迪心智，发人深省。他善于从不经意的叙述中，抓住心灵瞬间的触动或情绪的突然变化，而这种极具个人化的触动或变化，正是诗中的"诗核"，他的诗歌关于人性的探索，自我的审视，亲情、爱情的美好感觉和回忆，读后让人有心中一振、眼前一亮之感。

思想里隐藏着刀锋

　　通读商震的诗歌，我可以感觉，他清楚地看见了精神世界与现实世界之间所隔着的重重迷雾，并以诗歌去拔开、挑明。他的诗歌中没有技艺的花拳绣腿，但字里行间的精气神招招到位，语言简练，思维强韧而有力，这样的诗歌是智性的写作。一些寻常的事物、经历，经过他的思索、感悟、发现，露出它们冰冷而残酷的本来面目。他的诗歌就像一把利刃，为我们揭开荒谬的外衣，呈现事物本质，这把利刃，就是他思想的锋芒。

　　商震老师给我最深的印象，就是常看见他手持烟斗，聆听别人说话的同时还悠然地吞云吐雾。而在诗歌中，他手中的烟斗则变成了刀剑，缭绕的烟雾幻变成思维的刀光剑影。读诗的时候，我常能感受到他的这种锋芒：冷峻、锐利、坚硬、寒光闪闪。或许正因为如此，商震对刀、剑情有独钟：

作品与诗话／探索与发现

　　　　我有一把刀
　　　　是金银铜铁锡的合金铸造
　　　　我要磨这把刀
　　　　沾着黄河水银河水
　　　　用泰山石
　　　　女娲补天的五彩石
　　　　细细地磨

　　　　把刀面磨得锃亮
　　　　能照出哪块云中有雨
　　　　能映出泪水里的盐分
　　　　能看清躲在身体里的暗鬼

　　　　刀刃一定要飞快
　　　　可以切断风
　　　　可以斩断光
　　　　削功名利禄为泥

　　　　太阳是刀
　　　　月亮是刀
　　　　我的肉身也是

　　　　——《磨刀》（出自《半张脸》）

在《磨刀》这首诗里，诗人要磨的刀，其实就是在锤炼他锐利的眼光和特立独行的思维方式。而他所思索的宇宙更是无边无际，以至于要用"沾着黄河水银河水 / 用泰山石 / 女娲补天的五彩石"来磨，要"能照出哪块云中有雨 / 能映出泪水里的盐分 / 能看清躲在身体里的暗鬼"。最终的结果便是："太阳是刀 / 月亮是刀 / 我的肉身也是"。委婉的表达是细致的，直接的表达往往最有力量。在这首诗里，诗人直言不讳地亮出了他的刀锋，横眉冷对来自生活中的风霜雨雪：

> 我在顶着风走路
> 风里有刀
>
> 我仅是小衣襟短打扮
> 腰间没挂宝剑
>
> 风，偶尔迎着面劈来
> 更多的时候是在黑黢黢里甩暗器
> 我不躲闪，我自信
> 我的身躯比刀坚硬
> 有趣的是，有时
> 风，看到了我的影子
> 就以为是我亮出的宝剑
> 旋即逃窜
>
> 我昂首挺胸地行走
> 有两座山一直跟着我
> 这两座山忽而是太阳和月亮
> 忽而是我的肝和胆
>
> ——《梦游》（出自《无序排队》）

商震在《三余堂散记》中说过："……诗人应具天地之心，爱憎分明。"读这些诗歌，能感觉到天地之间一个大写的人，怀揣着宇宙和刀

诗探索 5 作品卷 2017年 第1辑

锋，在尘世间特立独行。商震的许多诗歌以刀、剑为意象，如《一把宝剑》《鲁肃堤》《心有利刃》，等等。读他的诗，我能够看到，他思想的刀锋已经深入内心，一寸寸地解剖自己精神的肌理，并陶醉其中。好的诗歌，能够剖开人类的灵魂，解析人性的复杂，给读者带来孤独的慰藉和深层次的思考。商震的诗歌正是如此。

智者的刀锋总是直指自己的内心，无情地解剖自己的灵魂和思想。思考着的灵魂是高尚的，也是高贵的。而诗人正因为思想，才会越过心灵的暗礁，将自身引向理想的彼岸。他的诗歌是"悟与思同行，灵与肉俱在"的真实写照，是情感与理智的"角力"，是智慧与思想的广场。

商震的诗歌没有去堆砌大量的信息，而是采取直视一切的手法，他对生活有着非同寻常的洞察力，因此，他的诗歌既有精确的细节，又给读者留下想象的空间。当他思想的锋芒掠过，在我们看似平淡的生活细节中，他总能发掘出新奇而深刻的诗意。比如他写天要下雨了：即使不能把闷热完全洗去／起码，也可以得到一些天上的消息……（《听信儿》）；他写《拔牙》：麻药针打过／那两个人就把我的口腔／当作采石场／一阵锯、钻、砸、撬后／大夫问我："疼吗？"／我没有回答／我不会向那些在我／皮肉上动粗的人／说出真情……这样的诗句睿智幽默，言辞出彩，读后令人久留余味。在商震的诗中，这样的句子比比皆是。读他的诗歌，有时感觉就好像与作者在聊天，他的诗歌寓意深刻但不晦涩，语言看似平淡但意味深远，表达方式不拘一格但又收放自如，时刻传达着他对某时某地某事的睿智洞见，让读者的心灵、耳、目充满愉悦的感觉。

自我的审视

在商震的诗歌中，一直有两个"我"，一个是精神世界中属于灵魂的"我"，一个是现实世界中辗转于红尘之中的"我"。这两个"我"时而和睦相处，但大多数时间却矛盾重重，这时候，诗歌便成为两个"我"相互窥视与对决的现场：

我知道，还有一个我寄居在我体内

我吃香的喝辣的穿新衣睡暖床
另一个我都逍遥体外从不参与
我爱什么恨什么焦虑失眠
都是另一个我干的事

我不喜欢另一个我时，驱不走它
我想和另一个我聊聊，它不现身
有时，它是一棵树
在它的树荫下，我会唱出绿色的歌
有时，它是驯兽师
我偶尔闪出的梦幻光芒
常被它降服成普通的白日之亮

我一定是欠了它很多债
活着，仅是为了把它的债一笔一笔地还清
它天天盯着我，我却看不见它的形色
就这样，我们僵持着形影不离
据说，只有我的肉体到了生命的终点
别人才能把另一个我看清

这个寄居的家伙
是我心底的情人
只能有距离地靠近

我一直在设想
某一天，我的骨头被生活的泥水冲走
另一个我可能会乘隙而逃
那时，我将成为纯粹的肉
单一的我，是会像麻雀一样叽喳地飞
还是像圈养的家禽快乐地奔向别人的餐桌

——《另一个我》（出自《无序排队》）

诗探索 5　作品卷　2017 年　第 1 辑

对一些诗人来说，诗歌写作要么是寻找"本我"的历程，要么是与自我决裂的过程。而在商震的诗中，两者都是。他时而会在无人的深夜，面对茫然无边的世界垂钓自己（见《钓自己》，出自《半张脸》）；他也会在别人的眼睛中，看见另一个自己都不认识的自己（见《屏幕上的我》，出自《无序排队》）。这两个"我"，就是正常的人在社会生活中所具有的两面性，在他的诗歌中表现得淋漓尽致，而最具代表性的，则是这首《半张脸》：

　　　　一个朋友给我照相
　　　　只有半张脸
　　　　另半张隐在一堵墙的后面
　　　　起初我认为他相机的镜头只有一半
　　　　或者他只睁开半只眼睛
　　　　后来才知道
　　　　他只看清了我一半

　　　　从此我开始使用这半张脸
　　　　在办公室半张脸藏心底下
　　　　读历史半张脸挂房梁上
　　　　看当下事半张脸塞裤裆里
　　　　喝酒说大话半张脸晒干了碾成粉末撒空气中
　　　　谈爱论恨半张脸埋坟墓里
　　　　半张脸照镜子
　　　　半张脸坐马桶上

　　　　就用半张脸
　　　　已经给足这个世界的面子

　　　　——《半张脸》（出自《半张脸》）

无论伟人或平民、圣贤或凡人，每一个人都逃脱不了人性的两面性的束缚。《半张脸》这首诗巧妙地将人的两面性通过拍照这件小事情中一个毫不起眼的小细节，寓意于半张脸之中，并通过具体事例："……在办公室半张脸藏心底下 / 读历史半张脸挂房梁上 / 看当下事半张脸塞裤裆里 / 喝酒说大话半张脸晒干了碾成粉末撒空气中 / 谈爱论恨半张脸埋坟墓里……" 大胆的剖析、深刻的自省和率真的性情，让我们看到了一个爱憎分明的诗人，他说出来的，其实也是芸芸众生中每一个人的内心感觉。

因为常常审视自己，诗人有着比常人更难以可贵的自省精神，"君子博学而日参省乎己，则知明而行无过矣。"（荀子）自省是修身养性的第一步，是保持身心清静的必要条件。正因为如此，我们才能清楚地看到自己身上的罪或恶，商震的诗歌也有同样的叙述：

我有罪
我没能站直腰杆
挡住这股风
还弯下腰身
做了摧花折草的帮凶
这股风很强大
铺天蔽日
我被驱使着
风让我做的事我都做了
若不是一座山挡住了我
我已经彻底成为风的同伙

这是唯一
能挡住这股风的山
是孔子关云长和李白三个壮汉组成的山
我靠着这座山根
才缓缓地把腰直了起来

我伸直腰回过头
看着那些倒伏的花草
一边行礼道歉

诗探索 5 作品卷 2017年 第 1 辑

一边说：

你们痛恨这股风的时候

也不必原谅我

——《我有罪》（出自《半张脸》）

浮躁的社会，压力太大，诱惑太多，欲望太多，很多人在这样的环境中迷失了自己。在这首诗中，诗人以"风"来隐喻这股世俗的力量，以"孔子关云长和李白三个壮汉组成的山"来警醒并拯救自己，而对于"倒伏的花草"，他并不企求原谅，而是甘愿承担一切后果。这首诗的结句有一股让人惊心的力量：一直以来，我深深地认同基督教中的"原罪"观。但不管什么教义、信仰，所有的人都希望在自己的罪行之后祈望原谅，渴望救赎。诗人这种"不求原谅"，甘愿被人"憎恨"的决心，需要多大的勇气？正因为这样的自省精神，诗人在浮躁的社会中保持了宁静致远的心境，并为自己寻得了一处安静的角落。

铁骨与柔情

商震的诗歌版图广阔、多元，不可能在这一篇读后感中一一详尽，但不能不说其中最重要的一个组成部分：他的诗情画意与侠骨柔情；他对亲人的爱、对朋友的情、对虚假事物的不适应，等等，都一一体现在他的诗中。如他对韩作荣老师的敬爱与怀念：《韩作荣六十八岁了》《我师我兄——韩作荣》《丙申清明》《深夜独酌》……他给亲人写的诗：《七十岁的母亲》《小外孙过百日》《小女儿回国》《想爸爸》……从这一系列诗歌中，可以看出商震是一位真性情的诗人，真性情的人往往不介意袒露自己的灵魂、爱恨情仇、嗜好兴趣，等等。在他的诗歌中，我们看到的锐利和温情，并不加半点掩饰。

而在这些款款柔情的诗歌背后，最吸引我的，还是诗人的铮铮铁骨，如《心有雄师》这首诗：

在陕北以北的草地

经历了一场大风

风是狂躁的
起初是一小股贴着地皮
后来是四面八方

地面上的风
尾部都向上挑
试图勾引天上的风
垂直向下吹

草被吹乱
像雄狮披散的鬃毛
一朵瘦小的野菊花
弯下腰躲进草丛里
我也闭上了眼睛

风在制造强大的噪音
试图要把花草吓死
风常幻想自己有很大的能力
我站在一旁窃喜
这混杂的噪音
恰好可以藏住雄狮的吼声

——《心有雄狮》（出自《半张脸》）

　　这里的"雄狮"，对现实生活有着清晰的观察态度，对不公有着自己坚持的立场和姿态。每一个真正写诗的人，都应该有自己在诗歌上的志向、理想、写作理念及精神，有自己诗学探索的方向和追求，以区别一些语言文字的游戏者或伪爱好者。这种方向和追求，也是诗人心中"雄狮"盘踞的地方。这样的诗句，出自一个苍茫辽阔的心灵，出自一颗饱经生活磨炼而历久弥新的心灵。

诗探索 5　作品卷　2017年　第 1 辑

让思想扎根，让语言开花。看过太多世事苍茫，经历过太多人世沉浮，留下的是一颗更为洗练、简单和豁达的心。作为一个坚持独立精神与艺术个性的诗者，他深知一首好诗该长成什么"模样"，该达到什么样的"标准"，并且有他自己独有的通往诗歌的路径，在创作中努力保持了文本与精神的一致。他在灵魂深处建造了一座诗歌的金字塔，塔顶的头像，正是他心中的雄狮。

"诗歌里面的智慧，就要考验诗人的知识，对哲学、宗教的理解。"（《三余堂散记》）商震诗歌中闪亮的光芒，不是作为语言和技巧的运用，而是诗人丰厚的文化底蕴以及不断思考和探索的结果。他思想的刀锋蕴藏于平淡的生活，诗歌则是他从忙乱的世界中超脱出来，去打量、去品味、去探求事物真实的桥梁和旷野。时光荏苒，他思想的刀锋没有随着岁月的变迁而生锈、腐朽，而是越磨越利！

商震说："读懂一首诗，就是和写诗的人交流了心事，可能还会交流心底的秘密。"而在读了《无序排队》和《半张脸》之后，我却深有惶恐，深恐个人认知的局限，无法理会作者的意图、道出诗文中的精髓，只能写下这样一篇小文，以记之。

2016 年 11 月 18 日 于北京鲁迅文学院

商震诗十八首

一把宝剑

我书房的墙上
挂着一把宝剑
那是从少林寺买来的
一把很好的剑
掂在手里很瓷实
拔剑出鞘 寒光耀眼

我为这把剑 豪气了
很长一段时间
拿破仑 项羽 岳飞
都在我眼前闪现过

我一直没为这把剑开刃
我怕开刃后 找不到属于它的血
或者 我怕那刃上会真的有血

宝剑尝不到血是悲哀的
血溅到我身上 我会更加悲哀

一把好剑
只能当工艺品挂在墙上

起初 我偶尔会把剑从墙上摘下
拿在手中舞几下

诗探索 5 作品卷 2017年 第 1 辑

遐思一番
后来 觉得自己可笑
再后来 竟忘了它挂在我的墙上

最后一次想起它
是老婆把剑柄上的红缨摘下来
绑在花花绿绿的扇子上
去跳老年舞

另一个我

我知道，还有一个我寄居在体内
我吃香的喝辣的穿新衣睡暖床
另一个我都逍遥体外从不参与
我爱什么恨什么焦虑失眠
都是另一个我干的事

我不喜欢另一个我时，驱不走它
我想和另一个我聊聊，它不现身
有时，它是一棵树
在它的树荫下，我会唱出绿色的歌
有时，它是驯兽师
我偶尔闪出的梦幻光芒
常被它降服成普通的白日之亮

我一定是欠了它很多债
活着，仅是为了把它的债一笔一笔地还清
它天天盯着我，我却看不见它的形色
就这样，我们僵持着形影不离
据说，只有我的肉体到了生命的终点
别人才能把另一个我看清

这个寄居的家伙
是我心底的情人
只能有距离地靠近

我一直在设想
某一天，我的骨头被生活的泥水冲走
另一个我可能会乘隙而逃
那时，我将成为纯粹的肉
单一的我，是会像麻雀一样叽喳地飞
还是像圈养的家禽快乐地奔向别人的餐桌

梦 游

我在顶着风走路
风里有刀

我仅是小衣襟短打扮
腰间没挂宝剑

风，偶尔迎着面劈来
更多的时候是在黑黢黢里甩暗器
我不躲闪，我自信
我的身躯比刀坚硬
有趣的是，有时
我的影子
就是一把宝剑

我昂首挺胸地走
有两座山一直跟着我
这两座山忽而是太阳和月亮

忽而是我的肝和胆

拔　牙

麻药针打过
那两个人就把我的口腔
当作采石场
一阵锯、钻、砸、撬后
大夫问我："疼吗？"
我没有回答
我不会向那些在我
皮肉上动粗的人
说出真情

我的皮肉被麻醉了
神经的感觉更加细微
那"咯噔、咯噔"撬掰我
牙齿的声音
就像野蛮的房屋拆迁
我想：比疾病更残酷的
是用工具制服人的肢体与意志

我的牙拔出来了
口腔里最坚硬的零件被卸掉
可我身体里更坚硬的部分
是任何工具也无法拆除的

听信儿

天气预报说

今夜有雷阵雨
我真有点欣喜若狂
北京太闷热了
人在这种天气里
就像肉馅在包子里

下场雷阵雨多好啊
那打雷时的闪电像利剑也像长矛
很有可能把包子皮戳开几个口子
让肉馅们透透气
再下一场痛快淋漓的雨
即使不能把闷热完全洗去
起码，也可以得到一些天上的消息

雷阵雨最终也没落到我们头上
我猜想是不是到天津或石家庄下去了
可是，我怎么没听到雷声啊

心有利刃

我去买刀
买了一把吹毛即断见血封喉的刀

我正在赶路
无论是快走还是慢跑
这条路总是终点延后

路边的人身上有刀
与我同行的人身上有刀
我带刀
是为了在他们向我举刀前
抢先一步给他一刀

"咚咚"，有人敲我的门
喊我吃早餐
我醒了
原来我做了一个
带刀的梦

鲁肃堤

我就站在关羽当年"单刀赴会"的码头
向江北望去，我看见了"鲁肃堤"
也似乎看见了"鲁肃堤"以北
那个埋伏着刀斧手的军营大帐
我手拿一把纸扇，模拟关公当年的
冷冷一笑

鲁肃设宴，用刀斧架起餐桌
每道菜里都是血淋淋的荆州
关公却美美地吃喝，他看不到刀斧
满眼都是鱼肉，他身后的
一刀一卒就是不可侵犯的荆州

青龙偃月刀再锋利也仅有一把
关云长再英勇也仅有双臂
鲁肃不怕刘备的整个集团
他害怕关公眉宇间
比青龙偃月还锋利的英雄气
怕这股英雄气飞腾起来，从此
东吴再也没有刀斧手

关羽知道，人只能生一次死一次
更知道设圈套想害死别人的人

最怕这只有一次的死，所以
关羽用不怕死擒获了贪生
青龙偃月的阳刚镇压了阴谋
那些埋伏在草里的上千兵马
是那一刻最没有价值的草
鲁肃的半世英名顷刻沦为草包

江水不舍昼夜地流
却把这场宴会不断地发酵
鲁肃还在吗？鲁肃在，关公一定在
阴谋的埋伏在，青龙偃月的杀气也一定在

我望着江北出神，鲁肃的那个军营大帐
时隐时现，好像在提醒我
来这里不只是观光、品茶
也要拿起历史的镜子
看看自己的手
能不能握住青龙偃月刀

半张脸

一个朋友给我照相
只有半张脸
另半张隐在一堵墙的后面
起初我认为他相机的镜头只有一半
或者他只睁开半只眼睛
后来才知道
他只看清了我一半

从此我开始使用这半张脸
在办公室半张脸藏心底下

诗探索 5　作品卷　2017 年　第 1 辑

读历史半张脸挂房梁上
看当下事半张脸塞裤裆里
喝酒说大话半张脸晒干了碾成粉末撒空气中
谈爱论恨半张脸埋坟墓里
半张脸照镜子
半张脸坐马桶上

就用半张脸
已经给足这个世界的面子

我有罪

我有罪
我没能站直腰杆挡住这股风
还弯下腰身
做了摧花折草的帮凶
这股风很强大
铺天蔽日
我被驱使着
风让我做的事我都做了
若不是一座山挡住了我
我已经彻底成为风的同伙

这是唯一能挡住这股风的山
是孔子关云长和李白三个壮汉组合的山
我靠着这座山根
才缓缓地把腰直了起来

我伸直腰回过头
看着那些倒伏的花草
一边行礼道歉

一边说：你们痛恨这股风的时候
也不必原谅我

磨 刀

我有一把刀
是金银铜铁锡的合金铸造
我要磨这把刀
沾着黄河水银河水
用泰山石
女娲补天的五彩石
细细地磨

把刀面磨得锃亮
能照出哪块云中有雨
能映出泪水里的盐分
能看清躲在身体里的暗鬼

刀刃一定要飞快
可以切断风
可以斩断光
削功名利禄为泥

太阳是刀
月亮是刀
我的肉身也是

韩作荣六十八岁了

今天是你六十八周岁生日

诗探索5

作品卷 2017年 第1辑

我摆了一桌盛大的宴席
请来了月亮星星和风

酒还是我们常喝的那种
菜就不准备了
再热的菜送到你那里也会冷
两个酒杯两包烟
你喝一杯酒我喝三杯
你少喝，你有糖尿病
烟你可以多抽
你抽了烟说话时就绘声绘色
今晚，你使劲抽尽情说

月亮是给我们照明的
星星是替我落泪的
风替我哭

我师我兄——韩作荣

不是地震造成的山崩地裂
不是洪水淹没了炊烟
是太阳睡去了
留给我
永久的黑暗

你走了！今后
我们心底的话只能憋着
茶里的喜
酒里的怒
人之善恶诗之雅俗
只能一个人品尝

你走了！
我们各自抱紧自己的身体
我们会长时间地在两个世界里
孤单

丙申清明

眼泪不是水
是《辞海》里没有的词
是风吹灭太阳时
说了许多无法破译的话

一个朋友问
我的老师在八宝山的住址
我告诉了他
放下电话我就闭上了眼睛
我习惯让泪水内循环
怕泪水一旦面世
会变得浑浊

我泪水的泉在心底
流域面积也仅限心底
日思夜想的那个人
就住在心底

小女儿回国

飞机落地了

诗探索 5　作品卷　2017年　第 1 辑

我的心恢复到正常位置
然后就盯着出口处

看到每一个走出来的人
都想走过去
一个一个地问
你看到我小女儿了吗
你看到我小女儿了吗
直至问到小女儿本人

椅　子

我办公室的椅子
是不锈钢的
每天会发出刺眼的光

金属传热快
传冷也快
我的屁股有烫伤
心头有冻疮

我坐在椅子上
看着自己
每天生一点锈

一个夜晚的两次微笑

像一根枯枝从树干脱落
我倒在地上
醒来时

躺在地上
开始是害怕
爬起来就笑了
刚才我已经死了
现在是重生

医生说
我还会死
我又笑了
我心里住着许多死去的人
他们一直是我活着的方向

又是秋天

又一次看到
离我越来越远的天
还有那些无法具象的云

一阵一阵的风
把我吹向
躲到哪儿都冷的地方

太阳向西
正好落在窗台上
我推了它一把
满手的血
勾出心底陈年的血迹
一股焦煳的味道扑来
世界正在燃烧

我在血里

诗探索 5　作品卷　2017年　第 1 辑

世界在火里

刀剑冢

找一处荒山野岭
挖坑
挖到三米深后
再挖几锹
把心里的刀剑放坑里
填埋
地面留下一个比面包大的
坟冢

我向坟冢行告别礼
从此
任何一缕风
都可以是我的情人

当代诗人的境遇与当代新诗的人格特征

王桂林

一直以来，我是一个诗歌写作者，而不是诗歌述说者，更不是诗歌理论家。在我的文字生涯中，总是观察与感受多于归纳与思考，游历与读书多于创作与书写。我非常仰慕那些有着自己理论体系的诗歌批评家，但是我更愿意阅读那些诗人们写出的随意性文字，哪怕只是动人的只言片语。

我这些年的阅读，基本上还停留在外国诗人的经典作品和当前国内有一定有影响的作品上，对于中国当代诗歌——尤其是现在活跃在中国诗坛的更年轻一代的诗人诗作，我确实缺乏广泛和深入的阅读。在这儿，我只想谈谈"中国当代诗人的境遇和中国当代诗人的部分人格特征"。

基本上归纳为以下四个方面。

一 自尊与自卑

在中国当代诗人中，自尊与自卑这种双重人格几乎体现在所有诗人中。那些优秀的、曾经创造了经典诗歌文本的诗人更是如此！一方面是因为他们内心的丰盈、情怀的高贵、学识的渊博、写作的成熟，让他们迥异于常人，而使他们更加自尊。一方面也因为他们更加看得见崇高的同时也看得见无常，看得清诗歌所无法改变的现实，而使他们更加敏感、脆弱，更加孤独，也更加自卑。当然，这里还有一个身份的焦虑问题。这个身份，既包括作为一个社会的自然人的身份，也包括作为一个诗人的身份。因为诗人从来就不是一种职业。他无法通过写诗为物质世界创造任何财富。充其量，诗人只是一个心灵的对话者，词语的调酒师。他不像一个医生，无论在诊所还是在家中，都能以一个医生的身份自居。

他可以用医术祛除病人身体的病痛，也可以通过医学，给予家人身体与精神的双重安慰。但是诗人做不到这些。大多数时候，无论在他的工作单位，还是在家人面前，他都不敢声称自己是一个诗人。他甚至会刻意隐瞒自己的诗人身份，将诗情深藏在庸常生活的烟尘底下。这是当代诗人必然的尴尬，是当代诗人的命数，也是这个时代的悲哀。我认为，这种双重人格对于诗人个人是不幸的，但同时对于他的写作又是有幸的。因为正是这种双重人格，使他们的作品表现出了极大的丰富性。

二 自我放逐与自我救赎

当代中国社会是一个信仰缺失的社会。信仰危机，在普通民众的内心里，可能并没有造成多么巨大的哀痛或伤悲，但是在敏感的诗人那里，却持续涌流着迷惑和惶恐的波澜。一方面是诗人身不由己的沉入和陷落，一方面是诗人不甘沉沦的救赎和追寻。这些都表现在了当代新诗的写作中，而且绝大部分都会自觉或不自觉地将他的笔触探入其中，甚至从纯粹的诗歌写作本身去获取抵抗世俗、抵抗无常的精神力量，发出对世界、对人生、对所处的现实生活的认识、感叹和思索。这类的作品在当代新诗中非常普遍。

三 自发与自觉

我向来认为，诗歌首先是感性的产物，然后才是思想的产物。我自己就是一个感性多于理性的写作者。但是诗歌的写作，却基本上是由感性发起而最终靠理性完成的。所以，一个成熟的诗人都会经历一个从自发写作到自觉写作的过程。从这次的获奖作品看，绝大多数诗人实现了从激情写作到理性写作，从自发写作到自觉写作的跨越。诗歌源于激情和灵感。没有激情和灵感，便没有诗歌。但很少有人能够幸运地遭逢在相当长的时期内激情汹涌而又灵感源源不绝。而现实的人生又哪里有那么多的激情和灵感呢？如果照此推想，一个以诗歌为主要写作对象的诗人在人生的大部分时间里便肯定无所作为。但我在观察中国当代诗人的

作品与诗话 /// 探索与发现

写作时却发现，优秀的诗人通过广泛阅读和持续训练，不断掌握这门伟大手艺的新技术和新手段，有些诗人甚至还创造出了带有明显的个人符号化的语言和作品，使自己不但能够凭借神赐的灵感之光完成激情的诗篇，而且还能够凭借技术进入自觉的诗歌写作，完成他的诗歌作品。我很高兴地看到，许多诗人都具备了这一优秀品质。

四 自我确认与自我实现

很显然，当代诗人对自我价值的确认，包括对自我写作价值的确认，更多的已经不再完全依赖在传统的文学刊物上发表作品来实现。在这个互联网时代，多媒体和自媒体泛滥的时代，诗人们传播作品的渠道越来越多。尽管还有许多诗人以在传统媒体上发表作品作为自己写作生涯中的重要任务，但是我看到，一部分诗人已经不再把作品发表在传统刊物上，有的诗人甚至只是写作，不再发表作品，这些诗人仅仅从自我写作中获得快乐，获得自我确认和自我实现，压根儿不关心他的作品是否会发表，是否会被人读到。另一部分诗人则通过互联网、各种公号、平台、自媒体大量发表自己的作品，当然在那里也泥沙俱下，鱼龙混杂。但没有关系，这些诗人的作品因此得到了更大范围和更快速度的传播和阅读，也给他们的继续写作提供了动力。同时，也总有非常优秀的作品被我们读到。诗歌写作本来就是一件非常私人化的事情，诗人确立自己的写作方向和写作路径，不断写出让自己满意的文学作品，更是一件非常私人化的事情。一个诗歌写作者，除了能够通过在各种媒体上发表自己的作品来获得自己写作价值的实现，我认为更重要的一点，就是要有意识也有能力，审视自己的写作，能够做到自我确认与自我实现。所以在这里我想说，一个诗歌写作者不但要成为优秀诗歌文本的创作者，还要成为优秀诗歌文本的鉴赏者和批评者，客观而公正地看待自己的写作与自己的作品。当然，我也希望一个诗歌批评者不但要成为优秀诗歌理论的建设者，还要成为诗歌写作的指导者甚至践行者。

自古以来，诗无达诂。诗歌作为一种艺术形式，从来也没有一个如何界定一首诗是否是好诗的物理标准。但它仍旧有相对的标准与尺度。

我们以古今中外的经典诗人和经典作品作为参照，衡量和估算这首诗和这个诗人的文学价值。对于每一位写作者，这个标准与尺度的建立是迫切和必要的。

作者简介

王桂林，当代诗人，曾用笔名杜衡，中国作家协会会员。1984年开始诗歌写作，作品散见于《人民文学》《诗刊》《诗神》等刊物。主要作品有诗集《草叶上的海》《变幻的河水》《内省与远骛》《以一棵矮小的松树的方式》《新绝句：沙与沫》《我的耶路撒冷》以及随笔集《自己的池塘》、楹联书法集《年课》等，主编诗集《黄河口诗人部落》《这不是一个抒情的时代》。现居山东东营。

王桂林近作选

葫 芦

一只葫芦在那里鼓胀——

它挂在院子东南角的藤架上，
风一吹
就忍不住轻轻摆动。

三十只蚂蚁和一只鸟
是它可以承载的重量。
它挂在那里
独自体验着下坠的快乐。

我是从两个月前
看着它一点点长大的。
起初它身上扎手的茸毛
现在让风全部吹尽。

它不是我和你偶尔鼓胀的部分，
也不会因一声呵斥
迅速萎缩。它有着——

让人嫉恨的圆满。

诗探索 5 作品卷 2017年 第 1 辑

那天我们在一间咖啡屋里

那天我们在一间咖啡屋里
吃饭，聊天。
自然而然地，聊起志华，
那个生下来就不方便走路的小丫头。
（就在上午，我们还刚刚去看望了她。）
说她长得好看，眼珠真黑，
说她诗写得比我们谁都好。
"鬼一样精，说话可不饶人！"
我们说起她家，那么大的院子，
东边还有水塘。说起她的爸爸妈妈，
院子里的枣树，还有堆在墙角的
黄灿灿玉米……心里满是温暖。
我们都争着说爱她，但话题
却像秋天一样遥远——
记得有一个时刻，我们都停了下来
谁也不再说话，仿佛她
也来到了这间咖啡屋，
突然出现在我们中间。

搓玉米

多年后我依然记得
一家人在屋子里搓玉米
金黄在寒冷的腊月闪耀
冬日的夜晚比白昼漫长

我们围坐在一只簸箩四周
用一颗去搓另一颗

饱满的籽粒四处星散
它们用自己的牙齿将自己崩落

这看起来似乎有些残忍
但当时并没有人会这么想
煤油灯比窗户纸还要昏暗
大雪在西风中四处飘荡

如今许多事物已在生命中消失
没有人再刻意把它们记起
而我却感到那一刻又在到来
听见了搓落的玉米刷刷的响声

我正把自己一粒粒搓落下来
将一生灰烬当作黄金堆积

我自己

自己永远是自己。
系领结是。着马褂是。穿上大主教的长袍
还是。

谁也代替不了我的人世。我种的果子
定会被我吃。
那是我的黄连,我的蜜。

自己不会活在别人那里。
最多暂时离开,永远不会忘记。
自己永远是自己的标尺。

我是我的一口气。

自己才是自己的钻石。
我和自己会常常相遇，但它们不是一个词。

永远是我在死去。
永远是自己生出更新的自己。
永远是。永远是。

大雾中的三角洲

大雾使三角洲一无所见。
它感到自身的缥缈与苍茫。
我和三角洲曾经是
一样的土地模糊而沉默，
如今更浑然一体，难分彼此。
在大雾里面，黄河也不为所见，
但依然静静地倾入直到大海。
它本是地上河来自天上，
现在却化作一股暗流
翻涌流淌……三角洲，黄河，
连同难以启齿的往事
此刻都像大雾一样在胸中弥漫——

无用之物

旅程中无数次得到的
那些无用之物，我至今不忍扔掉。
它们，和被我无数次写出的诗
一样无用。像极了
我一生中的无数次爱，无数次
不经意踏进时光里的
无用的脚印……

冬日的河流

黄河口六合乡下的
一条无名小河
隐藏在杂木林，芦苇丛
和已经收尽棉花的棉田之间
我走在田边的乡村公路上
甚至看不见它

这是冬日雪后的一个清晨
我踏着布满积雪的田埂
来到它的身边
这条小小的不易被人察觉的河流
正映着清晨料峭的雪光
缓缓而静静地流淌

它不清澈
它的颜色
就是两岸芦苇的颜色
它也不激越
它只比冰冻的田野
略微显得鼓胀

但它绷紧的皮肤下
依然有汹涌，它的呼吸
依然粗重有力
偶然的一个漩涡
一块浮冰，一丛漂浮的蓬草
也没有动摇
它的流动和方向

我不知道它起自哪里

诗探索 5　作品卷　2017 年　第 1 辑

也不知道
它最终流向何处
我只看到它平稳地流过
我站立的地方——
向北是渤海
向南，是鲁北辽阔的大平原

插画师

他总是试图画出他眼中的景象
心目中的生活
他画光芒堆积的大海
披金挂银的原野
风雪里的炉火，星空
以及肉体的至高无上的欢乐

他总是十分努力地
深入那里，甚至不惜
用自己的身体，模拟和再现
他试图画出
哪怕形而下的真实
而他，却时常感到迷茫

他感到自己，始终在生活之外——

他只好就站在远处
画这个世界
画激流中旋转的陀螺
大风里飞翔的香蕉
用纠缠的线，不透明的色块
画下梦，泡影
和幻象……

木 槿

七年前
我在庭院里
栽下一棵木槿

那时它真小
它的主干
才有我女儿小指头
那么粗

没想到第二年
它就开出了满树的花——

那花密密麻麻
几乎盖住了枝条
和枝条上
全部的叶子

白的，粉的花
每一朵
都有女儿手掌那么大
那么娇艳欲滴

转眼七年过去了
木槿
高过了窗棂
婆娑的树冠
已能在炎热的夏日
撒下一大片阴凉

我的女儿

诗探索 5 作品卷 2017年 第 1 辑

也从一个中学生
渐渐长大成人……

我知道
木槿和女儿
还会不断长高
长大
不断充盈
这座庭院和我
偶尔空落的心

有时
我也喜欢一个人
在树下独坐
看木槿在微风中摇曳
摇出满怀寂静
那寂静
装满整个庭院

就是从那时起
我原谅了这个世界
原谅了大地上的
所有喧哗

身体的阴暗如同这世界

身体的阴暗如同这世界。
一盏灯在里面忽明忽灭。
我看不清世界的脸，世界
也看不清我的。
我的一生正如一个梦境。

有醒来后的怔忡和荒芜，
有无法连缀的记忆，碎片。
早晨系上鞋带走出院子，
从一个街角转入另外一个。
街道轰鸣，睁着破碎的复眼。
我因遇见熟人而感到惊悸，陌生。
是啊，你好吗？一转身，
那张脸在人群中已杳无影踪。
我不是最最孤单的这一个，
人群中的他也和我一样。
也许要再过许多年
我才能在黄昏后遇见自己。
那时不再做梦，
而是右手握着左手，
对自己也对世界说：是啊，你好吗？
晚安。

南美诗章：蓝色蜥蜴

蓝色蜥蜴

皮乌拉北方小镇的
一只蓝色蜥蜴
将太平洋甩在
它再生尾巴的左边

独居的花园
曾被西班牙命名
现已无数次
被沙子淹没

诗探索 5

作品卷 2017年 第1辑

夹竹桃的白粉浓香
三角梅
红色爆炸
但它——并不愤怒

不只是蜥蜴的
珊瑚眼珠
才盛得下这寂静
以及更加寂静的
砂岩帝国

海水持续
在远处隆起
一道蓝色围墙
挡住了海洋
习惯的潮汐

它知道那蓝色
知道深处的
所有秘密……

三角梅

开在圣保罗东方街头的三角梅
和开在耶路撒冷哭墙边上的三角梅
一样热烈，与好不羞耻。
我不知道哪一朵心里装着上帝，
哪一朵装着耶稣，佛陀，
哪一朵，装着圣母玛利亚。

子夜的皮乌拉旅馆

皮乌拉旅馆
在子夜漂浮
太平洋岸边的
　　一块石头

云团停在天上
比入海口的无眠
　　还要寂静

就是夜枭它
敲破梆子
也不能
　　把它打碎

我坐在庭院中间
守门人
坐在旁边

没有风
没有露水
而大地
　　依旧辽阔

摩切河谷

我不是第一个，看见你手指的人。
多余的，献祭后的，唯一手指。
唯一的，灰绿骆驼草，
从死亡的河谷，长出——
指着：沙漠中消逝的血，流水
以及太阳城，月亮城……

诗探索 5　作品卷·2017 年　第 1 辑

特别推荐

2016 年漓江版、现代版年选作品（精品选读）之一

诗 歌

牛庆国

不能让亲人完成你的诗歌

这是我最近的想法

比如那些年我一直写着父亲

写着写着 父亲就老了 病了

接着写 父亲就走了

母亲也是这样

那些曾走在我诗里的人

也都一个个先后走进了土里

如果土地是一张稿纸

他们都已成为再不能修改的诗句

难道悲悯 也会使亲人感到疼痛

难道卑微 也会被土地珍藏

那天我给母亲去上坟

整整一天都没看到一个人

岔里干净的土地上

草和庄稼一样寂寞

我担心如果再写它们

秋天就会提前赶到

杏儿岔也就会很快老去

我热爱诗歌 但更爱我的亲人

从此 我要在每首诗里

都写下祝福

愿每一棵小草也都好好地活着

（原载《白银晚报》2016 年 8 月 4 日）

母 亲

毛 子

我厌恶肉体的衰老，尽管她是我的母亲

——痴呆、皱褶，昏聩中散发器官的腐朽……

特别是从抽屉里翻出她年轻的照片：

漂亮、照人，有着大街上

任何一个女孩一样的苗条，时髦。

我的厌恶更胜一筹。

我就想起四岁时，她从夜校回来

刚好遇到一支游行的队伍

她毫不犹豫拉着我的手，跳进欢乐的海洋之中。

她兴高采烈，喊着口号，唱了一支又一支歌。

我以为我的母亲会一直那样的年轻，而那支游行的队伍

也永远没有尽头。

但队伍散了，现在只剩下我的母亲和她的衰老。

剩下她的口齿不清和大小便失禁。

剩下她的现在时和我的将来时。

一想起这些，我的厌恶火上浇油。

可又有什么办法呢，我爱我的母亲，

我只能抱怨上帝设计生命时

没有作逆向的思索。

（原载《诗选刊》2016 年 2 月号）

我还是说出了……

代　薇

我还是说出了溜冰场，那已空无一人的往昔
多少年之后的傍晚，我没有开灯，在你的照片上踉跄、滑倒
还有一次，影碟机里传出一句对白，我听得那分明是你在说话
西南风掠过地铁站台，像你的手臂掠过我的肩膀
一天深夜，走过街角，听见身后有蹑手蹑脚的跟随
我停住，等脚步声靠近，感到一阵熟悉的呼吸触动我脑后的发丝
一回头，你的脸在飞旋的落叶间迅速散尽
我张开手指，触到你留在风中飞扬的衣襟

（原载《读诗》2016 年第 3 期）

熬镜子

西　娃

我正在照镜子
锅里熬的老鸭汤
翻滚了
我没来得及放下手中的
镜子

它掉进了锅里

这面镜子

是外婆的母亲
临死前传给外婆的
外婆在镜子里熬了一生
传给了母亲
在母亲不想再照镜子的那一年
作为家里最古老的遗物
传给了我

这面镜子里
藏着三个女人隐晦的一生
我的小半生

镜子在汤锅里熬着

浓雾弥漫的蒸气里
外婆的母亲从滚汤里逃出去了
外婆从滚汤里逃出去了
母亲从滚汤里逃出去了
只有我在滚汤的里外
用手紧紧捂住自己的嘴

（原载《读诗》2016 年第 3 期）

轨 道

朵 渔

窗外下着雨，人行道上的女孩
头发湿漉漉的，不时侧过身来

诗探索 5　作品卷　2017 年　第 1 辑

在男孩的脸颊上轻轻吻一下
男孩背着包，双臂环抱，伸手
在女孩的屁股上捏一把
隔着玻璃的哈气，看不清外面
但有一种青春的快意洋溢其间
还有某种似曾相识的失落的残余
一些美好的东西并不一定拥有
一些美好的人也只是短暂相遇
唯有自身的罪过会跟随一生
自身的罪，以及一些难言的隐衷
隐秘如房间里不绝如缕的钟表声
嘀嗒，嘀嗒，嘀嗒，像一列火车
静静地数着轨道上的枕木。

（原载《读诗》2016 年第 4 期）

管管十八岁

龙　泉

十八岁那年
管管即将离开大陆
妈妈看看他
他看看妈妈
（一个黑影斜背着一杆长枪）
过一个海峡，到海南岛
又过一个海峡，到台湾
管管无忧无虑，又无奈
无亲无故，又无依

管管十八岁
在风里癫，在雨里疯
在阳光里笑，在月光下悲
嬉笑怒骂，天马行空
一个跟斗就到妈妈眼前
浅浅的海水敌不过深深的思念
深深的思念敌不过薄薄的岁月
（他告诉过妈妈，过几天就回家）
妈妈看着他，他看不到妈妈
管管十八岁，无牵亦无挂……

管管写诗，诗如管管
管管唱戏，戏如管管
管管画画，画如管管
他的天空里有一架载满野马偏离航线的飞机
他的身体里有一头歪着脑袋奔向原始森林的野驴
他的牛仔衣就是他的化身

管管是神，不是人
管管是人，不是神
他脑袋开花异香扑鼻
他张着大嘴奇妙无比
——管管，多大了？
管管今年八十有一啦。

（原载《诗选刊》2016年第7期）

一枚黄叶飞进车窗

刘　春

它在那里躺着，安宁，静谧
像一个平和的老人在藤椅上休息
不想被外界干扰

我仔细地观察它：通体透黄，纹路有力
没有季末的苍凉，莫非
它在到来之前悄悄地进行过修饰？

这个早晨，我在医院门口
等待旧病复查的父亲。不知何时
它乘秋风来，落副驾驶座上

它肯定有过不为人知的过往
肯定稚嫩过，青翠过，和风雨冲突过
它肯定知道自己有离开枝头的一天

就像我们的父亲，曾经倔强、好胜
动不动就和现实较劲
终有一天，变得比落叶还要安详

这样想着，他就来了。坐进车里
一声不响。我看不见他，我的眼睛
塞满了落叶的皱纹

（原载《山花》2016 年第 3 期）

同床共眠

刘立云

睡觉的时候他从来不脱内衣
从来都是先把灯扑灭
在黑暗中进入
像个贼

他黑？这是当然的。看得见的地方
像夜晚那么黑，像煤炭那么
黑。看不见的地方
她从未看过，虽然她是有资格看的

就是个农民。蛮野粗黑那种农民
连做那种事也像耕地
下死力气
喉咙里传出咕噜咕噜
牛饮的声音。她感到他是在用骨头硌她
用铁硌她
那么冰凉尖锐，那么硬

那天，他躺在那里还是不脱内衣
这次他是不得不要脱了
这次她帮他
脱

六十年后。终于，她被这个人吓坏了
被他满胸膛丑陋的疤
被他满胸膛丑陋的疤歪歪扭扭
标着的那些地名

诗探索5　作品卷　2017年　第1辑

比如娄山关，比如大渡河
比如雁门关，比如黄土岭

六十年。她发现在她的床上
睡着一只老虎

（原载《解放军文艺》2016年第10期）

在精神病院

江一郎

他拉着我，神秘兮兮问我
你知道我是精灵，对吗
接着，沮丧地告诉我
他已经丧失隐身和飞翔的能力
因为翅膀丢了，
环顾四周，又用不屑的眼神
打量身边人，愤恨地骂道
瞧这些杂碎，我怎么
可以混迹于他们中间
贴着我的耳朵，他继续细声诉说
多少个夜晚，他在梦里回到故国
见到慈爱的老母亲
但那些杂碎一尖叫，梦即破碎
泪流满面地惊醒
他一边述说，一边深信不疑地看着我
用力摇我的手，他说兄弟

你也是一个精灵

来拯救我的

我们回去，现在就离开这该死的地方

然而，当他用另一只手，摸我的

背脊，他大惊失色

兄弟，你的翅膀呢

喊过之后，抱着我号啕痛哭

（原载《人民文学》2016 年第 2 期）

惠福早茶

苏历铭

琥珀色的茶水映入吊灯的铜坠

我怀疑瓷碗里的茶叶

是飘落下来的铜锈

每次置身广州，我的脑海里

总是浮现出女学生梳着干净的短发

身着白衣和蓝粗布裙，手举彩色纸旗

在大街上高呼革命的口号

她们来自清末，消失于民国

眉宇间除去爱情的初醒

更有拯救民众的道义

她们受孕于理想，分娩着现实

信仰的床单上滴满生命的血迹

期待后代不再流血

有人却变成母亲的敌人

我喜欢肠粉的香滑

诗探索 5

作品卷 2017 年 第 1 辑

其上的青菜碎末
弥漫着乡野的清香，用舌尖轻轻细品
稻谷竟沙沙作响

（原载《读诗》2016 年第 3 期）

放 下

何小竹

放下茶杯，茶水已经淡了
放下香烟，烟抽太多，累
看一看四周，还能放下什么
四周空寂，天近晚，狗不叫
春节过后就心生厌倦
决定着应该放下很多东西
但真要放下的时候，却发现
除了一杯茶，一支烟
其实并没有多少放不下的
自己把自己想多了

（原载《读诗》2016 年第 4 期）

手持灯盏的人

余秀华

她知道黄昏来临，知道夕光猫出门槛
知道它在门口暗下去的过程
也知道一片秧苗地里慢慢爬上来的灰暗
她听到一场相遇，及鼻青脸肿的过程
她把灯点燃

她知道灯盏的位置，知道一根火柴的位置
她知道一个人要经过的路线以及意乱情迷时的危险
她知道他会给出什么，取走什么
她把灯点燃

她是个盲女，有三十多年的黑暗
每个黄昏，她把一盏灯点燃
她把灯点燃
只是怕一个人看她
看不见

（原载《诗刊》2016 年 2 月号上半月刊）

诗探索 5　作品卷　2017 年　第 1 辑

都是狗屁

沈浩波

一直想写一首诗
名字就叫"都是狗屁"
想写这首诗是因为
"都是狗屁"是我这么多年来
在心里说得最多的一句话
看着电视上那些
巴拉巴拉说话的人
我在心里想：都是狗屁
看着微博和微信上
那些巴拉巴拉地说话的人
我也会在心里想：都是狗屁
看着生活中
那些巴拉巴拉说话的人
我还是觉得：都是狗屁
甚至当我自己在巴拉巴拉说话时
心里的那张嘴也条件反射似的说：
都是狗屁
这句话我本想永远憋在心里
以此表明我对这个世界的善意
今天把这句话说出来
因为我对这个世界
有更大的善意

（原载《读诗》2016年第4期）

为这块大好河山活着

张 后

丢掉一点旧时光，安静地
坐在树下，我差不多已经忘了
我写诗的样子

我只是喜欢湖水，对着它闷坐
我不抽烟，也不喝酒
一天也许就这样过去了

我像一个孤寡老人，在这过去
属于皇帝的园子里闲转
一切感觉都挺好的

克里米亚公不公投和我没有多大关系
不仅仅是离得远。只有马航
还能牵住我一小半的心

因为那架飞机上至少还有我一百五十四位同胞
我现在只存这一些念想了
在这个春天里，樱花也开始碎落

我偶尔会用一些面包屑
去喂那些水中的鱼儿
鱼儿吃完之后，就没心没肺地散开了

我偶尔也抬抬头，去望
那些树上的小鸟
它们吱吱喳喳地也不知说些个啥

诗探索 5 作品卷 2017年 第 1 辑

我连一句也听不懂，但我至少
知道它们挺快乐
一会儿向东飞，一会儿向西飞……

乏了我就闭上眼睛眯片刻
太阳照着，这日子很美，无人打扰
一个人独自为这块大好河山活着……

（原载《作品》2016 年第 3 期）

黄昏近

张二棍

一下午坐在山顶
潜入几页史书，做了乱世的
糊涂宰相。掩卷后
黄昏已欺身。史书中
也曾无数次提到，这样的黄昏

有人饮酒杀人
有人喊，刀下留人
有人班师回朝
有人马革裹尸
有人孤独地吟哦，拍遍了栏杆
却无人酬唱。一个人清晨种下的
柏树，在黄昏，就有人借一枝自缢
白绫飘飘啊，乌鸦翻飞

我从史书撕下，荒唐的一页
扔给风。就有千万个黄昏
呼啸着坠崖。我把史书
压在一块山石之下，独自离开
就有无数帝王，目送一个草民
趁黄昏近，揭竿，夺江山

（原载《中国诗歌》2016 年 6 月号）

我们的父亲

张执浩

父亲年过八旬
越来越像个孩子
几天前，妻子陪我回去看望他
给他买了冬衣，药品
红包是以他孙女的名义送的
祝福是以他儿媳的名义
我坐在父亲的床头与他闲聊
他耳朵有点背了
眼眶里不时沁出泪花
他已经孤单地活了十四年
而比孤单更让他感觉无所适从的
是我们祝他长命百岁
一遍，又一遍
就像我们每次端起酒杯时

诗探索 5 作品卷 2017 年 第 1 辑

父亲都要无奈地端起面前的白开水
"少喝点"，从他喉咙里滚过的呜咽
要过很久才会被我听见

（原载《读诗》2016年第4期）

海金的塔拉

张洪波

就是草原。塔拉
我请教年轻人海金
海金用蒙古语说。塔拉
真是好听

我学着说。塔拉
怎么也说不出
海金那种味道
有马蹄声有野草味儿
有奶茶香有牛羊跑
塔拉。就是那个真实草原
不是传说

我一遍又一遍学着说
塔拉。塔拉。塔拉
心越来越舒展
眼前越来越宽阔
塔拉。天地辽远
我用蒙古语念叨着你

从霍林河畔一路下来
逐水草。进入你的深度

（原载《星星》诗刊 2016 年 2 月号上旬刊）

我的车位前曾有一棵樱花树

林　莽

春风掠过时我漫不经心
层叠于枝干上的花朵轻轻地颤动
我打着发动机
车退向一棵刚刚长出叶芽的小小银杏树
初春 有着一年中最新的事物

而后便是夏日飞临
掩去北方短暂的春日

而后便是秋风和冬雪
许多计划随着时间流逝
曾经潜在的希望也已无法落到实处

转过年来的春风中
我突然惊觉 我车位前的那棵樱花树
不知什么时候已不翼而飞

四处春意盎然
而曾在我面前的，这丰盈而充溢的美色
何时化作了一缕飘飞的青烟
那棵我车位前走失的樱花树

诗探索 5　作品卷　2017 年　第 1 辑

看见过我春日的倦怠和心不在焉
生活，一些无端的失落
也许无须再找到它的归宿与理由

春风掠过时
我转动方向盘，车徐徐向前
生活又进入了新的一天

（原载《山东文学》2016 年 2 月上半月刊）

洛尔迦故居

姚 风

抵达格林纳达，已是华灯初上
街上，少女们头插鲜花
向着最璀璨的地方奔去
太阳，或者月亮
总会给她们一个理由去狂欢

而洛尔迦在哪儿
银子和露水都应该是冰凉的
即使有阳光，也是冰凉的温暖

在白色和阴影的房舍
你就是用这样的目光问候了我
窗外，远山顶着白雪
却折射着六月的阳光

你曾饮过的溪水继续流着
它流过你诗歌中的卵石
漫过我的唇间
直到蓄满心灵的池塘

必须像水一样爱你，因为你是水的儿子
因此，你的死亡是那么小
小过你诗歌中的一个逗号

（原载《诗刊》2016 年 5 月号上半月刊）

一个人的东江大桥

莫小闲

一个人的东江大桥
属于黄昏，晚风。孤零零的
东江大道上，两行并排的树木

一个人的东江大桥
属于非法流窜的摩的司机
吊儿郎当的社会青年
经过我的身旁，抛来挑逗的眼神
让我心头一紧

一个人的东江大桥
属于天上那轮淡淡的新月
属于路边挑着箩筐卖黄皮的本地大婶儿
属于一位走在我前面，两手空空的老人

她似乎什么牵挂都没有
什么也不害怕

一个人的东江大桥
属于摄影家。有美感但不属于诗人
警觉与惶恐笼罩了所有
就像暮色越来越重，脚步越来越快

一个人的东江大桥
假如坏人突然出现——
我一定宁死不屈，负隅顽抗
假如有人此时说爱我
我一定双手投降，并恸哭流涕

（原载《星星》诗刊 2016 年第 1 期上旬刊）

人民广场的樱花又开了

高 文

人民广场的樱花又开了
花朵像翅膀飞过眼睛
夜光里，人们纷纷来到树下
拍照，遛狗，放风筝
一阵南风吹过来，人们的惊呼声中
花雨纷飞，两个小女孩
忙不迭地拢着小手，捡拾花瓣
我对十九岁的女儿说
这是单瓣樱花，开得早

你回学校时，替我去看看洪楼樱花
多瓣的，盛开时像一个温暖的故事
"那棵让我感动的大树，也该开花了"
女儿漫不经心地答应了
我却沉默了好久——
其实，她去看了也不一定感动
对每个人而言，有故事的花开才叫美丽

（原载《山东文学》2016年7月号下半月刊）

豹

笨　水

我看一片云，是一头豹子
我看一头豹子，是一片云
它们都带电，会吼叫
雨水打在我的额头上，溅起水花
在人间，我与豹为邻
我也有雷霆之怒，也有豹子之心
豹子看云时，我也在看
它走进云雾深处，我也在其中
荒山多，豹子用石子漱口，我在坡上栽下兰草
月色美，我跟着它在月光下，画皮
豹纹鲜艳，好像云霓
杏花落时，豹纹里会开出桃花
只是残雪劝归，豹子，一退再退
退到山中，退至山顶

诗探索5　作品卷　2017年　第1辑

我退到低处，到退无可退
豹子站在雪山之巅，我低到尘土里
都喜欢，抬头
看星空浩瀚，成群的豹子在天上走动

（原载《扬子江诗刊》2016年5月号）

乡村电影

蓝　野

先是男主角在北京开着
赚钱的公司，有了二奶
死驴撞南墙一样，回乡和女主角离婚。
女主角在村里坚强地养猪
种种困难之后，成了有钱的委员和代表。
话说，故事和传统戏一样没什么新意
二奶被车撞死了
男主角公司破产，流落街头

一个吕剧数字电影
剧情简单，三观腐朽
却对上了乡村的胃口
在村子里被一遍一遍地说起——
富贵就该要饭！
杏花就该委员！
那叫丽娜的二奶就该出事儿！

清晨，我在沉睡中醒来
听到鸟语花香的院子里

妈妈和她儿媳又将昨晚的电影讲了一遍

这个村子，这个电影
对人性的丰富壮阔不予理睬
将时代的波澜起伏看成因果故事
它们和妈妈的讲述一样
只对城市有着说不清的满满的恶意

（原载《马兰花》2016年秋之卷）

悲伤笼罩大地

潘洗尘

没有人 可以从这个斜光残照的黄昏里
走出来了

仅有的一滴泪水
已被太阳的余温蒸发
悲伤 正笼罩着整个大地

越来越重的黑 挤压着无尽的人流
一些无法辨别的声音传来
我只有悲伤地注视
脆弱的生命 和比生命
更脆弱的心

在这谎言如墨的世界 有谁
还肯为一时或一世的清白招魂

诗探索 5 作品卷 2017年 第1辑

当悲伤笼罩着大地

又有谁 能在这面无血色的记忆里

绝处逢生

（原载《诗潮》2016 年 1 月号）

新诗六家

诗十二首

傅 云

塞北四季歌

春

牧羊人脱去皮袄
轻快的哨声大风里飞扬
那片移动的不融化的雪叫羊群

地中央有个兔子窝
闪亮的犁铧缓缓绕过
黝黑起伏的泥浪里出现一座小岛

梦里听见一对燕子说话
醒来瞧见它们正蹲在窗前
探头探脑看家里有什么变化

夏

天色突然黑得可爱
月亮掉在井里了!
农人荷锄回到家里

一对年轻人溜进莜麦地

寂静里有些奇怪的声音
孤单的稻草人在思念什么
星光下乌云开始缓缓飘移
油菜花的气息深深漫溢……

秋

小麦黄了莜麦白了荞麦红了
受苦人提起镰刀来了

第一天的汗水
第二天变成满地的露
第三天变成大碗的烈酒

鸿雁又唱起古老的歌谣
火星悠悠向西沉

有个孩子扯着大人的衣襟问：
妈妈，
是不是快要过年了？

冬

夜雪纷纷扬扬
所有的村庄灯火辉煌
远望好像一座座童话里的王国

正屋里燃着三炷香
炕桌上饺子热气腾腾
母亲虔诚地叩拜许愿

父亲难得地笑呵呵
姊妹们换上新衣裳一个比一个俊

爆竹声声。新一年的太阳
透过高原上无边冰凉的蓝色大气
照亮我们贴着倒福的小木门

冬日·332路车站

凌晨六点。尾气。寒风。
臃肿的脏棉衣推来搡去
这群求生的蟑螂拼命挤入
一只躺倒的空暖瓶
对着外面缓缓后退的广大世界
漠然呵吐口臭弥漫的白气……

啊,人生多么冷酷多么辛酸
多么丑陋而茫然!

可是,一个少女,纤柔的
对着窗外,对着谁?
忽然一根火柴似的笑起来

流淌的街灯

侧过头来,看着我
多少盏街灯从你脸上闪亮流过
一双眼眸,黑色的蜜的莲子
落入我心底,无声地,激起了涟漪

诗探索 5　作品卷　2017年　第 1 辑

寂静的街道，寂静的夜
陌生的老司机好像什么也听不见
你微醉地说了那么多可爱的话
拢了拢头发，我闻到了淡淡的酒香……

为什么无心中才会相识？
为什么送别时才感到依恋？
乐曲终了，宴席散尽
春夜的风里，是什么让我们无法独自离去

也许，这辆车会一直开下去
也许，时光会永远这样暗下来
暗下来……我们侧过脸来凝视着对方
多少盏街灯在彼此目光里闪亮流淌

长河桥上看日落

骑自行车登上大桥的人
落日在你双腿里燃烧

阻碍你的坡度和你上升的高度
成正比。当你成为圆弧的制高点
停下来：一枚铜箭头
在这张拉满的弓上熠熠生辉
或许一声呼啸，会带起脚下的桥墩
破桥而出，射向苍穹
成为黄昏里第一颗星
满河流水激荡，最壮丽的喷泉
落下来化为礼花的暴雨
洗净都城的夜空

桥依然存在
当你跨上自行车缓缓溜下桥面
落日从你头发里隐没

木棉花精

四月的木棉树下
一个小女孩在踢毽子
当我倚到三楼窗户旁时
她的毽子跃入了我视线

那么轻快有力
飞升，下落，起跳，触击
一阵风吹过
纷纷木棉花落下来

那个小女孩就在落花中独舞

小小毽子其实是一朵木棉花
在她脚背与树杈间开放又凋零
小小的她其实是一个木棉花精
旁若无人围绕树干做一项仪式

而这一切只有我看见

天色渐渐幽暗
小女孩一蹦一跳从我视线里消失
只有那株火红的木棉树
默默映亮了我窗户

9月25日，雾

雾海中的都城
水底的亚特兰蒂斯

332路巴士
一艘涂满艳俗广告的潜水艇
穿行灰色海水里

每个人都带着漠然表情
脸朝向舷窗外
那陌生的熟悉世界
每个人
脸上如此熟悉的陌生

我也把脸朝向窗外
灰色的海水
尘雾的海水
潜艇的航道在一条章鱼触须上
周围无数个吸盘蠕动
正喷吐尾气

间或有钢铁的鲨鱼
巡视无精打采的绿藻
大群软体动物涌过
嘴里吐出雾气。哈欠。沙粒和语言

然后，是一排排遗迹般的建筑
隔着玻璃
无声的默片，再现
如此壮观 如此荒凉
任何隆重的庆典都像是葬礼

灰色幕布下
一切曾经上演过的
又一次排练

污浊的海，沉沦的海
我们源出何处
我们将流向何方
我们是雾
我们是灰
我们就是亚特兰蒂斯
一直迷失在自我深处

总有一天
在迷失中消失。成为一个奇迹

所谓奇迹
都是些死了的东西
生命平淡无奇

你在我面前

你在我面前触手可及
依然是一个遥不可及的梦
你在我面前赤裸相对
依然是一个难以解开的谜

行走的大理石雕像
有体温的象牙
会说话会微笑的山楂树
有着幽深眼神的湖水

我是一个古希腊时代的石匠
用手指一寸一寸把你雕刻
我是一个被逐出伊甸的浪子
把你象牙的肋骨插入胸腔
我是一个干渴的路人
攀上枝丫啜饮你火红的果实

我是一个鲁莽的水手
船头犁开你平静的表面
你肉体的大海起伏荡漾
我听见你蓝色乳房上有白鸥鸣啭
我看见你长发翻卷起黑色雨云
我嗅到了飓风逼近时的热带气息
我感觉船头龙骨在海藻下
纠缠，晃动，开裂！
那一刻，情愿你掀起滔天巨浪把我打翻
从此永眠水底

哦永恒的女性，神秘的梦
当岁月和宇宙一起渐渐黑暗，冷却
在我不死的记忆中
你永远是一片令人眩晕的光亮

城铁八通线

把眼球从手机微博里拔出来
城铁正穿过一片槐树浓荫
车窗玻璃布满细小的浅灰雀斑
这张夏天的脸忽然变得生动好看

车经过东五环桥下
两个环卫工人在阴凉里抽烟
一只流浪狗从灌木丛探出头
懒洋洋和我目光对视

然后车厢呼啸着进入一片黑暗
混沌的时光隧道
拖着一条长尾巴的彗星
喷射在宇宙的子宫里

前方出现令人眩晕的光亮
彗星号缓缓停靠国贸站甲板旁
所有乘客把眼球从手机里拔出来
一麻袋土豆滚落站台上

当我从一堆陈年土豆推搡中
挤上地窖一样的出口
带着粗糙的满足感打了个嗝：
这乏味的一天终于变成了一首诗

如果有一天我死了

如果有一天我死了
把我葬在向阳山坡上
我还可以俯瞰下面这辽阔草原

只是没有狮群来我的坟地上盘桓
在坟地上阳光下追逐和午睡

或许也有一头狮子会来
但它懒得读墓碑铭文

诗探索 5　作品卷　2017 年　第 1 辑

也懒得坟头撒尿
它躺在我棺材顶上的草丛中
眯眼俯瞰下面那个世界
它会想起我活着时多么卑微

有一颗狮子的野心
却生就一副水牛的皮囊
食草的一生
吃喝拉撒睡。逃命。交配。
一边逃命一边交配
被无形的命运牵着鼻环
一生从旱季奔向雨季
从雨季奔向旱季

直到有一天失去兴趣
我在这片向阳的山坡上停下来
难得悠然时刻
俯瞰下面四散奔逃的水牛群中
一头狮子向我夺命而来

或许这狮子也是来世的我
生来戴着一副王者项圈
胸腔里却摇摆一颗水牛的心
在权力斗争中永远处于下风
离群索居的 loser
无聊地蹲在我坟头上
一边沉思与己无半毛关系的终极问题

一边丧眉耷眼望着下面那个世界

多么美好的一个世界
阳光灿烂。万物生长。

一片适宜交配与支配的丰饶大地
如今我们再也无法回去

肩胛骨上的羽毛

梦中我抚摸你肩胛骨上的羽毛
感觉里面有羽管折断的消息
一封无字的书信
对折再对折
我知道无须打开
我能读到里面写满了情绪

一只天鹅隐居城市
一只天鹅行走街头。步履轻盈
没有人能认出你
只是当盛夏的傍晚
凉风初起
无人的林荫道上。你总是
一遍遍尝试张开双臂

肉体失去飞翔的能力
因为你灵魂太重了
压折了自己羽毛
你只好把它们一根根从肩胛骨拔出
伸进黑夜蘸满
写一封无处投递的信
一首无人读懂的诗

并不是每个女人都可以
成为永恒的女性
你是被命运选中的一个

诗探索5 作品卷 2017年 第1辑

你不愿意却无可逃避
因为你生来肩胛骨长满羽毛
而现在
你又为自己的灵魂付出全部羽毛

母亲的鼾声

黑暗中醒来
听见母亲在身边打鼾
睁开眼看见窗帘外
隐隐有烟花一明一灭
想起这是年节
想起自己是回到了老家

小时候常被父亲的鼾声惊醒
漆黑冬夜里
我常常好奇地睁大眼
看父亲大张着嘴巴
里面有炉火的光影一明一灭

此刻鼾声中醒来
最初的几秒钟
我以为是父亲睡在身边
以为自己是六七岁
直到下意识挠了挠脸
摸到脸上的胡子茬
和父亲的胡子茬一样

母亲年轻时从不打鼾
也最讨厌父亲打鼾
如今人老了，头发全白了

每晚不到十点就睡意昏沉
我黑暗中蹑手蹑脚走进卧室
在母亲的鼾声中睡去
又在母亲的鼾声中醒来

睁开眼躺床上
想起父母这辈子总是吵吵嚷嚷
终于鼾声成了他们
唯一的共同语言
可惜父亲已听不见

我想替父亲多听会儿
黑暗中听母亲鼾声起伏
在寂静的年夜里
心底慢慢生出一种踏实的幸福
母亲就在我身边
她老人家睡得很香。

春风夜里的槐树

那些槐树在空气中缓缓浮动绿色羽毛
一群从泥土深处飞升的天鹅
每当春天深夜
安静降落这座北方的都城

当时我们并没有发现
我们喝了酒，走在春风沉醉的街头
忽然看见一群庞大身影
婆娑在胡同的青砖与瓦楞间

我们仰头从它们羽毛下走过

诗探索 5 作品卷 2017 年 第 1 辑

像行走在水底的潜泳者
抬头看见上方浮动一群绿色的天鹅
脚蹼在漆黑夜空中划出闪闪发光的涟漪

一群来自外星的物种
每根羽毛都闪烁沉默的启示
我们惊讶于它们的友善与安静
却不能发出一声问候

只要一开口它们就会从枝头飞走
泛着绿色泡沫的空气就会灌进肺叶
我们只能屏住呼吸小心翼翼
仰望它们在离地六米的空中停泊

直到我们内心也长满了羽毛
有那么一刻，随着春风吹绿了我的血液
我感觉自己飞升到和它们同样高度
悬浮在这庸俗的生活之上

诗六首

海 城

空 窗

爱情的桃子，
缀在时光斜出的枝上，
从某个黑斑烂起。

弃了一纸约定，
素身烙下红尘的戳印，
寂寞由寂寞的小奴厮守着，轻呷着月光。

空窗下，
微颤的剪影，每个夜，都像寄宿。

七夕辞

老家的明月，
挂在屋檐。乡村的婉约铺展着，
挽留我，与秋露共饮。

执一盏野菊的小灯，
看无数的芳魂，在乡径边舞蹈，
不远处，秋虫的集会，完成了开场白。

诗探索 5　作品卷　2017年　第 1 辑

缠绵的七夕夜，
问忠厚的牛郎，前尘的爱情，
是否还站在鹊桥上，保持当初的凄美。

织女一年的相思，
攒到此夜，温柔乡完美竣工了，
可在恋人的怀中，用热泪诉说欢欣。

还有漫长的时光，
滤去微尘，为灵魂的棉布刺绣，
如梦的月光，依傍着午夜，不肯衰老。

分离已被星辰充分验证，
等待的美丽，银河悄悄复印了。
人间的纸条，登记着尘缘。

一处大地的院落，
容我安身。哦，仰望星空，
寂静陪着红烛，渐渐向黎明歪去。

旧　局

退出一场季节的赌局，
落叶染伤；疲惫的步履裹着风声，
返回泥土的家乡。
大地的疗养院敞开了大门，
那些绵软的床铺，
早已消完毒，收拾干净；
一身彩衣褪色，
蝴蝶的赌资所剩无几，

为数不多的唯美，
在一轮轮秋光中，缓慢出局。
交节的时光扳弄着指头，
不拘小节的草，
不肯服输，咬紧牙，
继续与风撕打，以命豪赌，最终被砍头。
鸟雀的悲鸣长出另一副翅膀，
拍打寂寥的天空，在城市与郊外之间，
旅游者且行且停的身姿，
被秋色染指。
另一个我是非法的，
伫立于山丘，
欢愉的杯盏漏出一滴怆然。
一场迟到的秋雨，
在身旁使着小性，
簇拥山溪沿蜿蜒的曲沟，一路返场，
灌入江河的肠子。
违背城市的梦境，我俯下身，
记录了雨滴的旁白，
一棵守望的树，遣尽了叶子，
我无法替它们回答，
在残梦的一角，我暂且充当赌徒，
捧着一片枫叶，随秋风步入冬日的新格局。

虚盲之处

在夏末的虚点之处，
我甩出的
语言的飞镖，
误中了季节的轮盘。

诗探索 5　作品卷　2017年　第 1 辑

稀薄的光明，
完成每天的探班后，
形成一块红绸，
披在一棵树的肩部。

两季的谈判桌上，
果实的砝码，不值一提，
花朵所说的芳香语，
有一半飘零。

作为夹在其中的调停人，
我很快被软禁，
叶子的失语保持着原生态，
在某一刻，挨了一阵老式的拳脚。

春夜吟

寂寞的乱子，
挽着春风登门了。

一塌糊涂的月光，
削着脸颊。这一夜，心绪照完了镜子，
返回窗前，蠢蠢欲动。

远方的人，
制作了回忆的笼子，
新鲜的思念，漾在红酒里。

每一处心灵的门口，
该有一个神守卫，
得宠的夜色，替某个人管制着妖魔。

春夜的大学，
不讲什么废话。
一朵盛开的花，录下了小公园的蛙鸣。

向前一步，
总有几处故地，令人怀恋京城，
谁在空巢里，守着一摊乱梦。

恋人和友人，
一个刺绣，一个酿着烈酒，不在乎江湖。

致海子

分裂的三月，
听见了哨声，
一个蒙面的幽灵跳出来，
与你猜拳，最后的交手，
灵魂被绑架了。

隆隆驶来的火车，
裹挟着风声，
那一刻，分与秒还在打架；
速度，逼近死亡的速度，
攒足了巨大的惯性，
尖叫的生命落在钢轨上，
车轮下，一个时代的夜莺失声了，
青春飞溅的血滴，
染红了远方的玻璃。

诗探索 5　作品卷　2017 年　第 1 辑

山海关一片沉寂，
生前的焦虑，
所拧的绳子，从此解开了疙瘩。
仇敌一一变小，
很快融化掉，
灵感先你一步，踏在大海上，
身后蹿起的火焰，
将诗句放在炉子上，
一次次煅烧，驱散尘世的寒气。

你赞美的春天，
嵌入时代的木框。
诗人墙，你的雕像终于合法了，
散落在麦田里的目光，
在青秆上抽穗儿，
不再犹疑。

所 见（组诗）

方健荣

早晨之眼

时光在河流拐弯处逐渐明亮
黑夜与白昼的交替从身体深处涌出
已经年轮样成为不可抹去的习惯
我从一个梦里翻过身
听到又一天的鸟在窗外枝头鸣叫

早晨之眼，我突然就看见
天空和大地之间启开的一抹光亮
微笑的白云和红霞衬托的浅蓝
一个恋人青青眸子里缓缓激荡的柔情蜜意
一下子就把树和万物含住
我也被这眼睛一颗沙粒样含住

夜晚我们什么也看不见
夜晚我们真的都悄悄酣睡
早晨之眼，时光转弯处
河流疼痛地擦出鲜血的地方
一句诗弱小的诞生

诗探索 5 作品卷 2017 年 第 1 辑

处 境

我不再说出这些疼痛
身体里的，心灵上的
我也不再流出一滴泪水
尽管还藏着许多意外的感动
我不再躲避生活里的钢铁、黑暗
这些都曾扭曲击打过我脆弱的神经
在不知不觉的行走中我越来越平静
在上苍赐予的人生中
我只收获一缕麦穗般
沾满阳光水滴的感恩

一粒沙的旅行

时光的画布，渺小热爱渺小
画家喜欢的沙漠，并不广阔

一粒沙的旅行，也许是一千年的遥远
从唐朝诗人王维的衣袂上坠落
阳关烽燧一直处在大风吹拂中
经久不息的风吹散了多少人的骨头
多情的灵魂找不到去向

一粒沙旅行，一行诗不致迷失
今天一些苍白的脸被岁月打疼
朋友的胸口遇到无比坚硬的寒冷
紧紧捧在两手里的泪水和热血
一瞬间里漏得空空无声

一粒沙旅行，一个人身体里的一生
车马匆匆……

隐 藏

窗外风声很大，整整刮了一个夜晚的风
还没有要停的意思，还要刮一个早晨吗
看见楼下有人骑车去干什么，急匆匆的
太阳却不知去干什么了，不会睡懒觉吧
沙尘天气把一切真相隐藏起来
包括我的真实想法，包括城市刚刚擦亮的脸庞
那些纷乱的树想不想安静下来
那飘落在地上的花朵，破碎的表情
多像一个失散在人间的灵魂
我躲在五楼的家里不想出去
平时早早在窗外吱吱叫的鸟儿呢
我怀抱着诗歌、早餐和幻想
没有被风里飞翔的沙粒打疼
我只是被早晨忘记或隐藏的一点想法
风其实早刮到了我，风隐秘地穿过的地方
所有耳朵和身体都不能幸免
纷乱的光线和痕迹
在这无边的尘世上
久久不能平息

边缘的生活

在城市边缘安家
离乡村和沙漠不远
也离一条夏涨冬枯的河流不远

诗探索 5　作品卷　2017年　第 1 辑

我的心情所以
有了一缕激动和灰暗
也有了杂色的忧伤

我的身体每天投奔城里的热闹
被散发出酒香的夜市吸引
脚步不小心就有些轻飘
不小心就会碰见街头飞天
她是反弹琵琶的美女
而我还是要原路返回家中
五楼上的仙人掌
已扎了我好几回
还长得那么绿
像我疼痛而年轻的妻子
她是长在我五楼的花盆里
不是长在沙漠里

所以我的心一次又一次
在夏天的早晨跑向沙漠
让漠风吹拂长长头发
我要光着脚让沙粒亲吻
把灵魂和脸都清洗清洗

我的心向着沙漠
我的身却向着闹市
在城市边缘生活
我不像一个潇洒的边塞诗人
怀抱着深深的矛盾
很多时候在小小城里
就迷失自己

沙漠，时光的额头

被风吹拂一千年
沙粒打疼我的脸庞

在又一个早晨，又一个黄昏
牧驼的孩子眼里含泪
时光刀刃
有收割太阳鬃毛的嚓嚓微响
那细密地留下痕迹的皱纹
多像诗歌被大地的唇
永远念出
被月牙深情的湖泊
久久一望

独处诗

有时我喜欢把自己关起来
拉上窗帘锁上门
在一个小小的房子里
待上很久
一个月或者更长时间
只一个人自言自语
埋头阅读或写几行小诗
外面的一切都消失了
听不见喧嚣，看不清红尘
我的身体成了我的故乡
我的心灵则成了远方
世界被我丢了吗
我找回的又是什么呢

把自己关起来
沙粒静静沉到心底
真的不孤独
旋转的地球
正在不远处
我们彼此注视
母亲和儿子的清澈
彼此温暖传递
在一个夜晚走遍我的全身
在一个早晨涌向一触即发的春天

收藏心情

有那么几天时间
我找回了身上的激情
泡一杯茶
手捧红皮诗集
从早晨到傍晚
我让心安静地注视神圣

有些累，有些困
还有些疼
我差一点哭出声来
这人间汹涌的或沉默的情感
都收藏在一些平常的汉字里
我想把该收藏的收藏好
这样日子会更踏实些

倾 听

我只能倾听一颗内心
可我没有听见

我只能听见汽车的轰鸣
火车的轰鸣
飞机的轰鸣
还有轰鸣的人群
留下的片片水泥丛林
我只能听见鸟儿断翅的惨叫
天空中堕落的鸟群
地震拍击的海啸
和报纸头条爆炸的新闻

我只能倾听一颗内心
可谁值得倾听

江山乐
——致诗人沈苇

渴望一种微醉
在葡萄熟透时节

刚刚沐浴过的身体
是一个杯子
灵魂是酒
而沸腾的血液只能燃烧

我没有醉过

当我与你清澈对坐
这一生的相遇
让彼此深深沉醉

大地空了，牛羊肥了
秋的笑把江山乐了

短　歌

风停在骆驼背上
沙粒沉进湖泊内心

沙漠额头满是皱纹
这是地球的额头
地老天荒
都交给人类阅读

我是喜欢犯错的孩子

总是把路走得歪歪扭扭
有时候站也站不直
不知在人们眼里
我算不算一个好人

把自己从细节做起
可总是在细节里出了问题
我不是在这里犯了错误
就是在那里犯了错误
我像一个喜欢犯错的孩子
老是内疚

老是惭愧
当然也有自豪的时候
不是被别人赞美了一句
而是当一群人犯错的时候
我没有随波逐流跟着瞎起哄
当一群人被风吹散
我一直固守在初衷的原地

我想我的凡心里还有另一个自己
比起忙忙碌碌奔泊尘世的我
这一个更像我
我一直向他靠近
一次又一次感到光明 清澈
感到这是一个灵魂温暖的自我
拥有无穷的力量
因为这一个正义美好的自我引领
我不会离自己太远
甚至会常常因为同样灵魂的相遇
在一个早晨泪盈眼眶
犯过的小小错误
也算不得什么了
一个有血有肉有悔的人
也有小小的涟漪般荡漾的幸福

某个早晨

沉思默想或者发呆
整个早晨
我自己远离自己
小小房间里
我是一只小小动物
而我的长了翅膀的思想

诗探索 5

作品卷 2017年 第 1 辑

早自由自在飞出了脑袋和胸膛
在天地间漫步
甚至地球
也是一只小小圆桌
适合我坐在时间深处
断断续续
挥写一首人类的小诗
抿一口春天泡的绿茶

简单生活

不写诗
又会去干什么
只是看一看天
抓不住变幻的云
没有想更远的路
也走不进更多的人
就只是和你在一起
说一说话
想一想今天或明天的事情
然后自由自在地呼吸
到郊外散散步
到湖边钓钓鱼
别人行色匆匆
我们闲云野鹤
像缓慢的鸟忘记时光
飞到随便的岁月深处
落在没有姓名的西东枝头

念　诗

妻子，让我念一首诗
在这春天小小的屋子
带着爱情的颤音

内心装满泪水

我不可能到广场上去念
我不可能到人群中去念

我多么可怜，还需要诗
如果你爱听，我天天都给你念
在小小的家里
我厚着小小脸皮
非要你听
非要你听
我是一个多么小的诗人
只属于你一个人

妻子，看你专注倾听的样子
我有多么幸福

未·生活（组诗）

川 美

未完成的梦

又梦见你了——
梦见你，和一大片向日葵
梦见你，和蛇皮一样阴凉的小路
梦见你，和头顶上悬停的红蜻蜓
梦见你，和你的黄书包
和一群相互追逐的少年
和更高的天空棉花糖一样的白云

和我。隔着豆田，走在另一条小路上
梦见豆花开了，小小的豆花，隐在豆叶下面
草尖儿上，露水，一滴一滴悬着
我的心事。我那时的野心
是走在你的小路上
将一本蓝皮日记本塞进你的书包里
——这一幕，还是没有梦见

未寄出的信

在书房里，在书柜里
在铜锁守护的桃木匣里

未出阁的老处女
为谁枯守三十年
吃进光阴，长出皱纹，心如止水？

哦，不！她依旧青春如花
停留在永远的二十岁
说到爱情，怀中仍有一团火
烧得两颊绯红
双眸放光，手心出汗
她经年饲养一匹私奔的马
却坚定地管住它的四蹄

一捧汉字埋藏的女子
与我可有血缘关系
每次面对，总是心跳不已
假如，遥远的夏天
这鸽子飞到那人的屋檐下
一切将会怎样改变
我将是她？她将是谁？谁将是他？

一封未寄出的信，不同于
查无此人，被退回的信
我精心收藏它，一年又一年
如考古学家收藏一件文物

未出生的孩子

未出生的孩子——
我宝贝中的宝贝
我用夜的珊瑚绒包裹你
不让小手露在外面

诗探索 5

作品卷 2017年 第 1 辑

不让小脚露在外面
不让风吹破粉嫩的脸蛋儿
我小心地藏你在地宫里
藏你在凡眼看不见之地
不让恶念发现你
不让厄运找到你
不让世间的苦难觅到你踪迹

未出生的孩子——
没有摇篮，没有小床
没有奶瓶，没有玩具
更没有姓氏属相户口国籍
所有的有，你都没有
一切所在，你都不在
你是神的赐予，又被神要了回去

未出生的孩子——
眼神在星星的眼神里
笑声在小鸟的叫声里
脸蛋在树上的苹果里
皮肤在小羊的绒毛里
你无处不在的气息包围我
我习惯了爱你而不抱着你

唯有一次，冬阳照进窗户
如巨大的壁炉，温暖我的午睡
你穿越紧闭的房门，来到我怀里
用湖水一样甜凉的眼睛看我
一只手抓住我胸前的纽扣
一只手将食指含在嘴里
哦——永生的孩子，我的孩子！
在梦中，我流着狂喜的眼泪
干涸的乳房重新涌出奶水

未流出的眼泪

葬礼结束后
女眷们排成一排
胳膊挽着胳膊
边走边哭地离开墓地
野花深处，父亲目送我们离去

沼泽挡住了去路
我们手拉手，沿着边缘
寻找一条岔路
苍耳表妹突然从我们当中挣脱出来
径直朝沼泽走去
只见她右脚刚迈出一步
便垂直地陷落下去
眨眼间，消失得无影无踪

我们全都目瞪口呆
全都没喊"救命"
全都自知无能为力
不知"救命"喊给谁听
许久，最年长的姑妈回过神来
自言自语："这是怎么说的？"
我们全都忘了悲伤
全都没有啼哭
好像，全都没准备好新的眼泪

未到来的死神

谁说死神全都阴森可怖？
我见过她，在水边，头戴荆冠

诗探索 5　作品卷　2017年　第 1 辑

一丛香蒲遮住迷人的脸

我喊她，用亲昵的嗓音
她假装没听见，自顾转身离去
像水鸟，消失在了草丛里

一天夜晚，我在花园乘凉
看见她坐在树下的石凳上
背对我，仰望夜空的月亮

我喊她，用亲昵的嗓音
她假装没听见，起身走开了
她坐过的石凳，留下一片月光

更早的一次，我在厨房择韭菜
一只麻雀在窗外唤我
我扭头望去，却见她疾速从窗口逃离

我喊她，用亲昵的嗓音
她假装没听见，更不回头
我追出门外，她已消失得了无踪迹

我的确从没见过她的真容
但，感觉上，她和我一样年龄
甚至，也和我一样性情

甚至，一样胆小而孤单
甚至，渴望与我为伴？
而她竟然忍住了，不肯把我呼唤

她的神秘，常令我十分好奇
如果她亲昵地唤我，像个姐妹
我想，我不会表现得犹犹豫豫

未到达的远方

那些未到达的远方，原以为
就在地平线那儿，后来
我知道，地平线不过是道门槛
远方，还在门槛那边
有目光弯不过去的曲面

每天，火车、飞机、轮船，忙着到远方去
又从远方辛苦地折返
载着从四处捡回来的旅人
以及，产自远方的稀罕玩意儿
一次，从希腊回来的女伴
为我捎来贝壳和葡萄酒
我却追问：你可见到了苏格拉底

那些未到达的远方，曾繁荣我的梦想
如今，忍看梦之树叶子落光
我却懒得出门逛逛
告诉你吧，我的红色风信子开了
名曰阿姆斯特丹，荷兰种
真不知，她如何跋山涉水
来到我的窗台上。另外，
我听说，一个叫艾伦的叙利亚小男孩
与家人乘坐的偷渡船翻了
小小尸体俯卧在土耳其海滩上
像睡着了一样
梦中，希腊的科斯岛
摇荡在阳光灿烂的远方

这个冬天，我不出门
我和雪人在一起
等待燕子归来，带回春天的消息

诗探索 5　作品卷　2017年　第 1 辑

日暮以西

王 琰

玉门关

这是班超的玉门关
李白的玉门关
王昌龄的玉门关
诗歌如青草
长满玉门关

没有宫阙万间，只一个关隘寂寞耸立
后来玉门关做了羊圈
有一个豁口
供羊群出入

兴亡，百姓苦

戈 壁

几千里戈壁
又几千里戈壁
石头红柳芨芨草
我是一只在石头上梳理羽毛的小鸟
有谁知道我内心的爱情充盈多汁

落日，巡视围猎牧场的大祭司
有着赭色皮肤
精通日晷学和占星术
红柳在其身后长成迎风摇曳的符咒

风沙吹过戈壁石
打磨出一小片白玉心脏
油润温暖

夜　市

黄瓜莴苣清脆
一把烤肉下酒
满街英雄
江湖上走

胡桃、杏干、巴达木、罗布麻
一排温柔甜蜜的异域女子
等着你
将它带回家

河西魏晋画像砖

曾经的生活，就是墓葬画像砖上那样
庖厨、宴饮、百戏、乐舞、出行、农耕、采桑、屯垦
七贤八孝
战争是一场又一场的黑风暴
一代又一代从这里走过的勇士
变成了一块又一块的黑石头
这些与铁剑相伴的人们

现在平息下来，露出骨骼
在清风中晾晒

轻一些，不要惊扰了他们
每一阵风吹过，都是他们在小声说话

想起车在戈壁滩抛锚的那个正午

我还记得那一枚枚石头
是戈壁额头暴晒出的汗珠
总也抹不尽
带咸味的风吹着吹着就远了

一只沙蚤走走停停
一株从石缝中生长的草
发出"丝丝"的响声

头顶有爆裂的声音
一个新的正午从石窠中诞生
白昼乳汁正盛

路是一条长长的白线，把黑色戈壁划为两半
远处潜伏着一大片一大片的水

我相信这不仅仅是幻象
你执另一半戈壁前来救援时
你是美的

罗什寺

黄昏时分的罗什寺很美
是暖色调的
由于夕阳的缘故
鸠摩罗什塔如一株正在生长的玉米那样茁壮
塔里存有舌舍利，铸铁风铃叮当
人来人往的街道
是暖色调的，我刚刚在街上碰见的那个
五官有点像异族的少年手里拿了一本帖书
夕阳下的碑帖也是暖色调的

我买了几颗这座古城特产的人参果
据说其历史可以上溯到鸠摩罗什取经之前
而我的脚下，凉州城楼
不知不觉中，早已经暮色堆积
城楼上，亮起星星点点的灯光
也是暖色调的

酒泉的清晨
一只扇着翅膀的鸟儿
是你写给我的一封短信
看到它，就知道你想我了

从耸屹的钟鼓楼向下看
街灯是一只青铜弩的形状
拉开弩机
我如一支利箭呼啸奔跑
听见你心襟摇荡的声响

诗探索5　作品卷　2017年　第1辑

此时我在一个叫酒泉的地方
在离你最远的地方
做离你最近的梦

白银纳（组诗）

林建勋

秋后的白银纳

秋走后，白银纳，唇目微启
耸了耸版图上的鸡冠
擎起了北部，辽远的天空

昼夜失眠的萨满调，如木样子的火
不停翻炒着
时空里的盐

多么静。山攥紧石头，石头攥紧树
树攥紧，神一样的空旷

速描：老萨满脸谱

需要牛。和一副沉重的犁
犁开鲜嫩的皮肉。需要
蒲公英的花，开放八十次
黄和苦一点也不褪色

需要抽刀断水的痛，花香和
鸟羽的琴瑟合鸣。需要

诗探索 5　作品卷　2017年　第 1 辑

风敲神鼓，缓慢地
缓慢地，揳入灵魂的力

需要山川，在雾气里自由泼墨
猎马，沿贫苦的缝隙驰骋
需要水，不断缝合
通灵，但持续
滴血的伤口

需要你一直，在白银纳行走
背影越来越小，融入尘土
需要你忽然回眸，让穿梭的时光
好好摸一摸，那张平凡到
惊世的图谱

半 坡

是幽处的笛音，一路
扛着风，攀上石阶
风怀着石头的骨血
边用荒草埋葬，边挥刀
刻下入骨的碎纹

山站着，被春光
刺了青，贬入时空的
雾沼。从此
左脸锦绣
右脸空旷

白银纳，陷在幕布后的
半坡。挺了几世的腰

却怎么也，没能摸到
峰顶。遗落的几间
木屋，几碗红尘

如一柄
桦皮的折扇
慢慢地摇，云缝里
漏下的光
和深不见底的斑驳

白银纳

当我走后，白银纳依然是
白银纳。她那么小
小到在中国地图上
你根本
找不到她。她又那么大
大过我的身体，和整个宇宙
大到，她经常
在熟睡中把我唤醒
借用灯光，和笔
从我的身体里
快速溢出

短诗一束

父　亲（外一首）

庞俭克

他就那样躺着
在可以升降倾斜的病床上
目光盯着我　好像要伸出手来
替我拂去外衣上的尘土

他的思想就在十几平方米的病房里转圈
白炽灯照着床头那张小卡片——207号房 老庞 八十六岁
自从大年初四搬进这家疗养院
他就像这张卡片一样安静

很少和老爸这样静默地面对　他总是很忙
仿佛一夜之间就衰老了
只有目光依旧　尤其当他看着老伴的时候
那么温情脉脉　依依不舍

从他的床头斜着望出窗外
山岗上灌木丛生　松树高大　山岗后面是田野
他骑着那辆老旧的三枪牌自行车　带着我去粟木粮所
跑得好快呀　那年他还不到三十岁

在朝阳公园听到喜鹊鸣叫

不知从何时起养成的习惯
喜欢抬头看天 看蓝天白云衬托的树
念想着像树一样自由地呼吸
长成为参天大树

喜鹊的叫声就在抬头之际迎面而来
一片杨树林 护卫着其中一棵树上的喜鹊窝
多像勤劳的人家含辛茹苦修建的结实的大瓦房呀
屋檐下一家老小相依为命过日子

它们的鸣叫沉闷喑哑 如同它们的飞翔一样
努力着从这暗夜般的压迫下突围
我知道 它们和我一样
正在经历重度空气污染的窒息

蓝天白云 风清气正 曾经是与生俱来的呀
这一切从何时起变成稀缺资源了
我想把 3M 防霾口罩送给这一家子
于是我向它们扬了扬手

蔚州行二首

冯连才

南安寺塔

塔依然在，挂满愁容
寺已名存实亡

民居包围着它
散落着几家剪纸作坊
街巷陈旧，尘土飞扬
残破的院落堆满
零零碎碎的古砖古瓦
诉说着昔日的辉煌
失去的总觉得珍贵
留下的没人去珍惜

蔚州玉皇阁

满身的斑驳挂满岁月的沧桑
依然挺立在城墙之上
活灵活现的壁绘《封神榜》神像画
在黑暗中诉说昔日的迷茫
在玉皇阁，我发现一条匾额：
云蒸霞蔚，历古阅今
使我久久惆怅

人们造出尊敬的玉皇、天王

为什么世代人们精心塑造
自己的精神偶像
因为祈望天下太平，永远安康

一个女人（外一首）

洪铁城

没戏。此时此刻
坐在非机动车道
侧石，法国梧桐下
穿着橙色马甲
紧紧抱着扫把
胖墩墩的睡着了
大车与小车在
面前油腔滑调的过去
男人与女人在
背后嬉皮笑脸的过去
她，有没有在
梦中回到了故乡
不知道，看到了
她的孩子和老人
不知道，听到了
家里老母鸡下蛋
咯咯声，不知道
我看到只是
她此时此刻坐在
非机动车道侧石
梧桐树底下
穿着橙色马甲
紧紧抱着扫把
胖墩墩的睡着了
大车与小车在
面前油腔滑调的过去
男人与女人在
背后嬉皮笑脸的过去

诗探索 5　作品卷　2017年　第 1 辑

小科长

非亲非故，也不是
同乡同桌左邻右舍

帮助选择人生路径
推心置腹是应该的

帮助克服燃眉之急
几掏腰包是应该的

帮助办理进城手续
东奔西走是应该的

帮助找块合适土地
绞尽脑汁是应该的

帮助寻找银行贷款
焦头烂额是应该的

帮助注册商标名牌
废寝忘食是应该的

邀请出席庆功大会
他说都是应该做的

没有无缘无故的爱
县纪委找他去喝茶

灰喜鹊（外一首）

刘　炜

秋天的柿子树上
灰喜鹊，整个下午都在吹
柿子的灯
我坐在窗下看书
偶尔也会记下一些细碎的感想
或者，去田野里散会步
当我重新回到，柿子树下
灰喜鹊已经不知去向
书上停着一枚树叶
窗外，漆黑一片
没有柿子，也没有灯
我在等一件意外的事情发生

麻　雀

雪，下了一夜
麻雀会在树丛，与竹园喞啾
窗玻璃上，雪的反光
像少女明净的肌肤
在乡下，只有麻雀与人
会为粮食操心
家长里短，叽叽喳喳
它们在北方过冬
数量众多。在冰雪覆盖的田野

只有麻雀，灰喜鹊，还有野鸽子
才会在清晨，飞过东西走向的
四卯酉河，去防风林觅食
阳光下的雪地白得发亮，耀眼
好像活在童话里
因为没有风，树上的雪还在树上
只有麻雀，在枝头跳跃时
雪才会从树上，落到雪地里

说　不（外二首）

陈世茂

对太多的答案　我需要说不
尽管风有方向　夏天有缺口
我需要一根烟
虚构夏天的故事
有些阴影会挡住阳光
有些文字会沉睡夜里

可你不能忽视
雷声和闪电，击打过我的内心

一个人的夏天

夏季沾了太多灰尘
我流落街头

想用手擦拭身上发酸的尘事
可脚步 如此沉重
让我产生怀疑,
我是不是夏天的一个影子
藏在季节的角落
独自打开黑夜的窗子
尽量让秋天的风和阳光漏进来

九月的某一天
九月的某一天
风突然停住

我掩饰不住恐惧
秋天的影子在树林走动
拽住我空空的行囊

我的世界颗粒无收
无法给瘦弱的父亲
带一件御冬的棉衣
无法给年迈的母亲
带一句宽慰的话语

背着阳光 我穿过村庄
成为故乡一颗忧伤的种子
一些美好的事物来了又走
我靠泥土的气息生根发芽

九月的某一天
我的姓名是多余的野草
在故乡的田野上
被风吹走

诗探索 5 作品卷 2017年 第 1 辑

老家女人（外一首）

黑　羊

在大风垭口
劳作而归的女人
背上背柴，手拿农具
低头顶着劲风
侧身穿过晚霞

风绕过身体
扯一把她们的裙摆
撩一下她们的长发
然后，哗哗笑着
跑向山湾

羞涩的被风戏弄的女人
咬了咬嘴唇
心里默想着家里
等待照料的猪 鸡 牛 马
加快了下山的步伐

牛　阵

在雪山下的一块草坝
我看到了牛群
它们三三两两结伴
悠闲吃草
像是情趣爱好相同的人

聚在一起谈心交流
到了晚上
它们来到一块避风的平地
围成圈卧下来
小牛在里层
母牛在中层
公牛在外层
不知道这是头牛地安排
还是自觉地分工
它们全都头朝外面
长长短短的犄角
摆成错落有致的阵势
警告胆敢来偷袭的野兽
这里众心一致
天下无敌

老房子（外一首）

诺布朗杰

我在老房子上，看到了父亲的骨骼
母亲的心血
以及辞世多年的爷爷的灵魂
当然，这一切别人看不到
别人看到的只是它的破败不堪
它的没落
它一天病似一天。身体布满了颤抖的乡愁
我的命运和它紧连在一起
该消失的都会消失
只是它永恒的地址新鲜如初

一首写给央宗的小诗

我想，世界应该是干净的
所以，在我心里
你也是干净的
我在我的记忆里，给你留了一块好位置
向阳。有光。氧气充沛
是的，你是我美得遥远的往事
只是我的回忆往往会令我
窒息，甚至灰暗

征　婚（外一首）

第广龙

革命公园西侧
树木间，拉起长长的细绳
上面挂满了，中老年征婚的纸片
似乎先由纸片培养感情
才会有真人出场
缺失的是一个人，是一双
能够搀扶的手
寻找起来，应该容易
却不容易
语言不浪漫，也不委婉
好像已经预支过了
直接，实际，简单
疼痛，也可以省略
剩下的，不仅仅是留白

更替的发生
被放大了，也不奇怪
过一生，是妄语
又是安排。走不下去的离开了
活下来的，在半坡
在终点站不远
纸片一样单薄，纸片一样
经不住风雨，真就起来了一阵风
纸片舞动起来
纸片的欲望，舞动了起来
动作大都不猛烈
一棵树旁
一个老人，那么淡定
在打太极拳

预 测

要是能预测
必须发生的死
死能够提前，也能够推后
长江上的龙卷风不能预测
死，不能预测

死，每个人都有
只能用一次
当死变成了结果
是唯一的，终极的吗

没有别的选项了
死能够否定假设、正确吗

诗探索 5 作品卷 2017年 第 1 辑

拒绝翻转，死才是合理的吗
一体两面的每一面，都归于死了吗

一艘邮轮，行驶在监利的江面上
夜里九点三十分，在甲板上跳完广场舞
大妈们都睡下了
八百公里外，我也睡下了

在故乡，拜谒岑参（外一首）

吴开展

岑参，我们的故乡多么祥和
四周葱茏的草木，是一抹一抹的绿
五谷飘香的秋色，是一层一层的黄
久久肃立在像前，我虔诚若止水
更像一柱朝圣的香，身体内有无数个岑参
这静穆的时刻，我羞于一个诗人的称谓
穷于辞藻，无从吟唱或者低泣

岑参，你把气节在眉宇间紧锁，挥舞衣袖
直指真理，孤独等于我对人生的思考
此刻，我要栉风沐雨
熟成那柚子树佩戴一身黄金般高贵的籽实
我要浅酌一杯浊酒，抑或浓茶
用唐朝的笔墨临摹
"忽如一夜春风来，千树万树梨花开"
戳破怀乡的宣纸，从边塞铺回到故乡
一捆又一捆千年的汉字，堆成秋后的岑河
高过肩膀和头颅

远 方

此去，我要用火车穿过针眼，缝补断裂的漂泊
此去，我要让血液流成一条宽阔平稳的河流
此去，我要与另一个我狼与狈，张灯结彩
此去，我要无花无果，为伟大的零而奋斗
此去，我要用千年的汉字戳破纸背，言辞中闪烁黄金
此去，我要逢庙必进，与有名无实的寺庙交换虚无与苍茫
此去，我要追赶一些失语的人，让他们重新开始烦琐的叙述
此去，我要修建内心教堂的塔尖，真理直指苍穹，把天机捅破

此去，车海浮沉，过了长江，就到了中年
此去，飞雪，虽单纯，却是一道风景
此去，风寒，虽切肤，却是一季时节
此去，路径窄处，留一步与人行
此去，滋味深处，减三分与人尝

此去，最不舍的还是妻子和女儿
她们是我一颗心的两瓣……

译作与研究

蒙古诗人：罗·乌力吉特古斯诗选

[蒙古] 罗·乌力吉特古斯 著　哈森 译

　　罗·乌力吉特古斯，蒙古国当代著名女诗人、作家。1972 年生于蒙古国达尔汗市。著有《春天多么忧伤》《长在苍穹的树木》《有所自由的艺术或新书》《孤独练习》《我的忧伤史》《镜中的佛陀》等诗集，著有《留在眼镜上的画面》《所见之界》《城市的故事》等小说卷。作品被译成中、英、日、俄、韩等多国文字。

　　我从 2009 年开始关注并翻译罗·乌力吉特古斯的诗。2010 年 4 月获得她的翻译授权书，2015 年与她相约乌兰巴托并一见如故。在我和罗·乌力吉特古斯本人一见如故之前，和她的文字早已一见如故。感觉她所说的忧伤是缠绕我多年的忧伤，感觉她所说的疼痛就是我感受多年的痛，感觉她的呐喊是卡在我喉咙的那一声吼，感觉她的叛逆就是我骨子里的叛逆……文字的内部，我与她相遇相知甚欢喜。最有感觉的时候，我曾一夜译过她的十首诗歌，基本一气呵成。

　　她的诗歌以独有的自我内省线路，彰显着独特的个性，又从事物的内在关联切入，表达着自己的情感与认知。正因为如此，她从蒙古国众多传统写作的优秀女诗人中脱颖而出，独树一帜，是蒙古国当代诗坛一位有影响力的女诗人。

　　罗·乌力吉特古斯说："诗歌，是可以自由的艺术，它不是话语，它是'语'想表达而不能的'话'。"她在自己自由的话语世界里以诗歌的方式叙说着真。她与她的文字以"真"的面孔出现在蒙古国诗坛，让人不由想起俄罗斯 1912 年出现的阿赫玛托娃。

　　罗·乌力吉特古斯以诗歌的自由式将感情的爆发与隐忍、执着与厌弃、刚强与柔情、平静与骚动，还给了灵魂的自由式。也许没有人敢写自己过于真的灵魂，而读了她的诗歌，你会暗自叫好，不由去想：这样的心情，原来可以这样去写。

　　一个平日深居简出的小女人，一腔包容世间万物的大胸怀。《看见山峦就知道……》是一首令人慨叹的诗："看见山峦就知道自己是山／观察雾霭就发觉自己是云／细雨纷飞后感觉自己是草／鸟儿开始鸣叫就想起自己是清晨／我不只是人"—— 这样的心境是澄静的、无瑕的，更是无私的，她把自然的自己还给了万物自然……

　　愿读者们以各自的"真"，以"自然"的阅读，认识这位蒙古国女诗人以及她的作品。

罗·乌力吉特古斯诗选

自画像

1

从我的发丝
永远闻不到烟味
在我的颈项
看不到男人的唇印……
在我宁静安然的心里
没有一丝厌烦
您好好看看我吧
自昨天走来时
我诀别了自己三回

2

胜过幽怨和仇恨
高更的画让我心伤
胜过嫉妒和欲望
生活的美好折磨着我

清晨太阳升起时
静静地散放出光芒
让我惊叹

人们死去的时候
为何说不完他的话
令我好奇

3

哼唱歌谣时
一想到这曲调即是我
就沉浸在歌声中

望着忧伤的眼睛
一想到这伤痛即是我
就沉浸在痛苦中

我的心啊，我幼小的心
你如何承受得起？

午夜，雪在下

黑漆漆的天空滴落白花花的星星
仿佛有谁在黑暗中哭泣

诗探索 5　作品卷　2017年　第 1 辑

……这是多么松软啊！
这是多么清凉而寂静啊！

穿着闪光的、薄薄的夜衫
我赤足站在自家的阁楼上
此刻像是永恒的冬天
午夜，雪在下

无暇美好的事物漫天飞舞
仿佛有谁在轻轻叹息……
为什么呢，忧伤……
定有一人跟我一样无法入眠
伫立在黑暗里的雪光中

夜间雪

我赤裸裸地
以告别诸佛来到这里的那个模样
连皮肤都没有一样，那般赤裸着
张开手臂，摊开掌心站在黑暗中

呼吸摩擦着我的呼吸的秋雪
初雪！
每每散落我掌心时都要惊叫
如同处女成为女人……
啊，疼痛！
再也无法回到过去
纯白的繁星
在漆黑的苍穹……

啊，曾经何时我还是一个女孩？
曾经何时我已成了女人？

……我赤裸的身子一直在发光

被自己看见时
闭上双眼
夜间雪
哧哧地触落我的身子，那么热！

在遐想的房间

我的面前——是匈奴牌的蒙古酒
我的膝上——是夜夜喧嚣的梦境
我的肩上——是逝世的祖父的手
永远主宰我的——永恒的寂静！
请光临我遐想的房间吧！

你是我的痛苦

你是我的痛苦
我是多么爱我的痛苦
你是我的港湾
我是多么深陷我的港湾
你是我的迷惘
我是多么沉迷我的迷惘
你是我的破碎
我是多么习惯我的破碎
你是我的一贫如洗
我的一贫如洗是我的结局
你是我的胜利
胜利之后的巨大空虚

如果你是我的……

如果你是我的，我是你的
我可能永远不老
我可能永远不死

诗探索 5 作品卷 2017年 第 1 辑

因为我不是你的，你不是我的
我将永远离开你
所有的一切即将结束
我青春的结局，是你！
随时随地都会到来的
我过早的死亡，也是你！

只想看你一眼……

只想看你一眼
看了，就想
用一个手指触摸你
触到了
就想拥抱你一下
拥抱了，就想
品一回你的唇
品到了，就想这样
只是相拥着
整夜、整夜在一起诉说一切
只要这样一想
就奇怪自己怎么一句话都没来得及说
这样伤感着，又成遗憾。

黑色的一天

脸上画着小老鼠、戴眼镜的小女孩
眼看就变成了猫，收起身准备向我跳来
她牵着的小黑狗
诉说着万般的苦难，叹息声令人心惊
虽说雨像雨一样下着，我却没有淋湿
虽说风像风一样卷着，我却没有飞翔
所见的一切都变成了黑色

面面相觑的一切都满目泪水
今天究竟是怎样的一天啊？

选 择

朝鲜的一个诗人
给我起了这样一个名：
云
疯人画家朋友
这般称呼我：
雨
镜子却给我赐予了一个名：
忧伤
爱人以明亮的星辰将我命名，唤我：
瓦尼拉

父亲给我起的名：
乌力吉（加）特古斯
生活赋予我的名：
爱（还是）爱
然而我前世的名字：
飒然（月亮）
诸佛恩赐的名字：
词语

直面岔路口，站在黑暗中
风的缝隙间吟唱的名字：
云、忧伤、圆满的爱
虽然我有选择权
我却没有选择
选择的唯一的名字，即是
诗人。

诗探索 5

作品卷 2017年 第 1 辑

忧伤的蓝色椅子上

忧伤的蓝色椅子上想你，坐了很久
我的嘴唇也发青了
被嘴唇蓝色的呼吸牵引着
像蛇一样向里滑的
心也变得蓝蓝的
现在，我心里所有的颜色
都被轻轻揩拭了

在你迷恋的眼神里发光
一会儿挺直腰杆而坐的
宁静的粉红色的夜晚的气息
奄奄一息地颤着
知道，任何颜色都无法覆盖那一天
老天坐在我身旁
与我一同沉思

天的气息，无法让我欢喜
我还是喜欢你……
那边有一个小女孩黄昏中独自玩耍，等她长大
定会去找寻那么一个人
树木惆怅，一声长叹
风，踮起脚尖走过
星星们像你一样，不知都去了哪里
忧伤的蓝色椅子闭上了眼

吻我手背的你
因为不在身旁
我的手冰凉而发青……

看着天色渐亮……

看着天色渐亮
看着月亮慢慢消失
看着我的头发，将黑暗一丝丝地抖落
将光芒一一相传着闪亮起来
闻到偶尔从某处散发，勉强睁开眼的
春日柔柔的气息
我在高耸入云的山巅
我在那菩提树下
我打开家中洁净的窗户稍站片刻
像是笼罩我身躯
洗净我眼眸的
光一样
温热的泪水洗涤着我
在无常巨大的忧伤中
在自己的忧伤中
静静地
静静地
静静地、幸福地承认
我是多么热爱这生活，这世界，这蒙古
这全部的美！

佛　陀

I

总是想，佛陀有什么样的眼睛？
蓝的？黑的？绿的？
若是蓝眼睛，那他就是俄罗斯人
若是绿眼睛，那他就是美国人

诗探索 5　作品卷　2017年　第 1 辑

若是黑眼睛，那他应该是蒙古人
总是那么想，五岁的时候……

总是想，佛陀是否在倾听我？

他应该不像我的祖父耳背吧？
若是他听到了我的哭声
不会不哄我如此之久！
他把父亲带到了天上
为什么不让他回来？
他好像不喜欢跟孩子说话！
总是那么想，七岁的时候……

总是想，佛陀不会已离我而去吧？

被初恋的风暴无情地抽打
出于纯真的心，激动过也伤心过
无助地寻求护佑时不曾让我抓到什么
无处不在的存在，你去了哪儿？
从无比伤痛的心寻找着答案
心碎过，二十岁的时候……

总是想，佛陀爱我吗？

用他明亮的蓝眼睛、绿眼睛或者黑眼睛
映照无论干净或肮脏的所有心灵的他
将我的心抛给欺侮、诅咒和恨的虎口
赠予我不曾期待的尊重和荣誉，是为什么？

这是佛陀爱我的缘故？
还是不爱我的缘故？
总是那么想，三十岁的时候……

Ⅱ

熟睡时忽然有一个湿漉漉的唇
碰到脸颊
先是闻了闻，又吻了我的肩
"妈妈，我爱你"……
像是那小嘴发了声，又吻
"别吵醒了妈妈!"熟悉而低沉的声音
在他背后叮咛

迅速睁开眼一看
原来是佛陀
他有着乌黑的眼睛
满面是光
右边脸颊上有酒窝
"夜里想念，所以吻了"
佛陀清楚地说
"夜里您唤我，我听见了"
温暖的手臂拥抱了我

"来奶奶这里!"闻声他跑开了
原来就在这个小小的房间里
佛陀会远离
啊，以前我为什么老哭?

椅 子

我的心中有一把椅子
心形的
干干净净、崭新的
高高的椅子

不是用钢铁制作的
不是用木头制作的
但它从不摇晃

当我出生时同我在一起
当我死去时它依然还在
结实的椅子

做工精致
绝无仅有
真想一直看着它

无论是谁不管在哪里
没见过、也见不到

坐过它一回的人
就想一直坐着
温暖而柔软

一万个男人祈求过
求过很多次
谁也未曾触及

那样一个高高的椅子
空空的椅子
直到现在

一直等候那么一个人
在我的心里……

想推倒这个房子，盖起别的房子……

想推倒这个房子，盖起别的房子
想堵住这个路，铺修新的路
想剪掉姐姐的头发
想让哥哥留起长发
额吉啊！我想把这个世界
闹个天翻地覆

下雪的时候，让青草生长
时间忽然在食指上停止
将死亡命名为真正的生活
想把余下的年岁给予秋叶

我不想当欲望的主人
想当小鸟或者是蚂蚁
我想从世界的北端
开始全新的一切
真想打着肥皂
将这个生活洗个净

我为何

我为何这……这样啊？我的额吉
我为何没有像您那样波浪般的长发
我为何没有姐姐那样温柔、随和的微笑
我为何像父亲那样有着刚正不阿的性格
我为何……为何只有我该写诗呢？

我这骄傲的、燃烧的心里
有着巨大的蹄声。
虽然享受着人生的幸福却不留恋生活

诗探索 5　作品卷　2017年　第 1 辑

清晨晴朗的时候亦有黑暗的思虑
沉浸死亡的思索，胜过爱情
如此这般时，我是谁啊？我的额吉

下了雨就哭泣，不下雨就伤感
坐立难安，像个小鸟一样
看见眼泪会惊吓，想给揩拭却挨巴掌
后背上有着翅膀，翅膀上有印记
我是谁的灵魂啊？我的额吉
我以谁的愿望，替谁在说话
为了谁让心灵滴落这一行行诗句

发现每一片雪花的飘落都不同……

发现每一片雪花的飘落都不同
每一刻都是死亡
为了发现这些，我死了十年

苦难是在心里
苦即是生活
为了明白这些，我迷惘了十年

丝缎的面儿上没有暖
镜中的月亮会变得无光
为了明白这些，我眼瞎了十年

欲望是地狱
抵达便是终结
为了懂得这些，我拼了十年

为了遗弃

得到的所有、终于握住的一切
我还需要一百年

漆黑的天空中……

漆黑的天空中
飞行的大雁啊!

你们要飞到哪里去?
请将我带走吧!

我想即刻到达
最高的山巅

想用灼热的手
触摸夜晚的石头

细数着风中散开的发丝
叹息着,紧闭双眼

想用双足去感知
寂静中做梦的花朵微颤的呼吸

然后微微踮起脚
微微踮起脚

希望能抵达
微似记号的那颗星星

诗探索 5 作品卷 2017年 第 1 辑

等　待

就想一直站在外面

就想面朝天空
一直那么站着

想在雪中像树一样被压着
一直那么站着

直到我的面容上
雕刻时光的印迹

就想站着
一直那么站着

直到我红色的丝巾
变成白色
就想一直那么站着

想在雨中一直站到
雨水成河
再放晴

直到带走你气息的风
无奈将她带回来
还给我
就想一直那么站着

直到佩戴的耳环
轻唤你的名字
站着
就想一直那么站着

直到你不来的话语
含羞躲藏
就想一直那么站着

直到你来的路
化作软软的沙
就想那么站着
就想一直那么站着

礼　物

让运载气息的风
将我的气息捎去
就当是我的吻

让淋湿发丝的雨
将我的眼泪捎去
就当是我的饯行

让唤醒清晨的鸟
将我的话语捎去
让它诉说我的心怯

给挚爱的你
捎去除自己以外的所有
就当是我的诀别

诗探索 5

作品卷　2017年　第 1 辑

死亡的预兆和美丽

1

昨夜
世界上所有的鱼儿聚集在一起
忽然呼唤我：
"我的女儿，你要去哪里？"
昨夜
世界上朦胧清晰的所有星星聚集在一起
齐声呼唤我：
"我的孩子，你何时来？"

昨夜整夜下着雨
浸透在雨中的树
像是淋湿的狗抖动身子
忽然抖掉了浑身的叶子
这般呼唤我：
"我的女儿，你何时，何时……"

早晨起来一看
已是到了冬季
留在窗户玻璃上的佛陀之言
（人们称其为霜）
调皮地眨着眼说：
"我的女儿，你为何这么久？"

2

雪，下了一整天
心，疼了一整天

在心的某一处，又是夏季又是雨，草……
它们还没死
清凉的雪，像是不曾发生什么一样
整日回旋在我面前

拴马桩上缩头的可怜的城市乌鸦
像是久居牢狱的老头儿忽然被释放一样
用似失败的眼神
整宿望着我的窗户
我如何拒绝它？佛啊！
雪，下了一整天

乌鸦和我面面相觑
（毫不躲闪）
我和乌鸦整天想着一样的事情
（不知在想什么）
老天早知这一切却装作不曾发生什么
让串珠般的雪前赴后继地飘落

下了一整天的雪
被这美丽的雪，被这清新的空气所蒙骗
怎么就能想到可以留在这里呢？天！

星辰还在呼唤
树木还在喧嚣
现在我在这里做什么？
做什么？
做什么？
唯独这美丽的雪花无穷无尽啊。

3

雪一停，我就要离开这里
时间也会停止，鱼儿去找妈妈
活在人世间被呼唤的名字留在石头上
三盏酥油灯照亮我前行的路

雪一停，就会下雨
雨一停，就挂彩虹
那彩虹真像是我的微笑
天空中显现这样的诗句：

"雪，树，叶子，雨，爱，清晨
时间，忧伤，优美的辞藻，人们。"

图书在版编目（CIP）数据

诗探索 . 5 / 吴思敬，林莽主编 . — 北京：作家出版社，2017.3
ISBN 978-7-5063-9398-0

Ⅰ . ① 诗… Ⅱ . ① 吴… ② 林… Ⅲ . ① 诗歌—世界—
丛刊 Ⅳ . ①I106. 2-55

中国版本图书馆 CIP 数据核字（2017）第 049482 号

诗探索 . 5

主　　编：吴思敬　林　莽
责任编辑：张　平
装帧设计：刘营营
出版发行：作家出版社
社　　址：北京农展馆南里 10 号　　　　邮　　编：100125
电话传真：86-10-65930756（出版发行部）
　　　　　86-10-65004079（总编室）
　　　　　86-10-65015116（邮购部）
E-mail：zuojia@zuojia.net.cn
http：//www.haozuojia.com（作家在线）
印　　刷：北京盛兰兄弟印刷装订有限公司
成品尺寸：165×260
字　　数：426 千
印　　张：26
版　　次：2017 年 3 月第 1 版
印　　次：2017 年 3 月第 1 次印刷
ISBN 978-7-5063-9398-0
定　　价：75.00 元（全二册）